야호夜壺

야호夜壺(상) 하근찬 전집 9

초판 1쇄 발행 2021년 10월 15일

지은이 하근찬
펴낸이 강수걸
기획실장 이수현
편집장 권경옥
편집 신지은 김리연 윤소희 강나래
디자인 권문경 조은비
경영관리 공여진
펴낸곳 산지니
등록 2005년 2월 7일 제333-3370000251002005000001호
주소 부산시 해운대구 수영강변대로 140 BCC 613호
전화 051-504-7070 | 팩스 051-507-7543
홈페이지 www.sanzinibook.com
전자우편 sanzini@sanzinibook.com
블로그 http://sanzinibook.tistory.com

ISBN 978-89-6545-753-4 04810
ISBN 978-89-6545-749-7 (세트)

* 본 전집은 문화체육관광부가 주최하고 한국문화예술위원회가 주관하며 국민체육진흥공단에서 후원하는 2021년 한국작고문인선양사업의 일환으로 제작되었습니다.

하근찬 전집 9

야호 夜壺

上

산지니

발간사

밑바닥을 향한 진실한 시선

세상은 속도에 차이는 있겠지만 늘 변해왔다. 그 변화에 사람들은 순응하기도 하고 저항하기도 하면서 발걸음을 맞춰왔다. 좋은 작가에게 우리가 거는 기대가 있다면, '새로운 눈'으로 세상의 변화를 보여주는 것이다. 작가가 보여주는 세계는 새로운 세상의 창조와 같다. 작가가 개성적으로 바라보는 창조적 관점은 세계에 새로운 옷을 입히는 것과 같기 때문이다.

하근찬은 한국전쟁 이후의 상처를 민중의 관점에서 어루만지면서 '치유의 서사'를 펼쳐 보인 좋은 작가다. 그는 전쟁 이후의 혼란한 세계 속에서 '새로운 눈'으로 창조적 소설 작품을 써낸 존재다. 진실을 향한 집념을 가진 작가는 좋은 작품들을 남긴다. 하근찬은 '새로운 눈'과 '진실을 향한 집념'으로 사실의 기록자에 머물지 않고 진정한 창작자가 되었다.

작가는 맑고 정상적인 눈을 가져야 한다. 건강한 눈으로 항상 세상을 골고루 넓게, 그리고 똑바로 바라보아야 한다. 똑바로 바라본다는 것은 바꾸어 말하면 어떤 현상의 밑바닥에 흐르는 진실을 꿰뚫어 보아야 한다는 뜻이다.

세상을 골고루 넓게 바라보는 것도 중요하지만, 똑바로 바라보는, 즉 꿰뚫어 보는 안광이 작가에게는 더욱 중요하다. 그렇지 않고서는 세상이 빚어내는 갖가지 일들의 의미를 파악할 수가 없는 것이다.(하근찬, 「진실을 꿰뚫어야 하는 안광(眼光)」, 『내 안에 내가 있다』, 엔터, 1997, 274쪽.)

하근찬은 세상을 바라보는 '눈'에는 두 가지가 있다고 보았다. 하나는 '세상을 골고루 넓게' 바라보는 눈이고, 또 하나는 '세상을 똑바로' 바라보는 눈이다. 그렇다면 작가가 강조하는 '똑바로 바라보는 눈'이란 무엇일까? 그것은 나타나는 현상에만 머물지 않고, 그 현상의 밑바닥에 있는 원인을 꿰뚫는 혜안을 말한다. '사건이 있었네!'에서, '왜 이 사건이 일어났을까?'라고 질문하는 탐구정신이기도 하다. 하근찬은 '바로 본다는 것'은 보이는 것에만 시선을 두지 않고, "밑바닥에 흐르는 진실"을 밝히는 것이라고 했다. 진실을 위해서는 깊이, 그리고 많이 생각해야 하고, 현상 이면에 담긴 원리와 작용하는 힘을 밝혀내는 노력을 해야 한다.

하근찬은 밑바닥에 흐르는 진실을 탐구한 작가였다. 웅숭깊은 그의 이 시선과 거룩한 문학적 성취는 한국문단에서 보기 드문 문학적 자산이다. 그럼에도 그의 문학세계를 전체적으로 살필 수 있는 전집이 없었으며, 참고할 만한 좋은 선집도 간행되지 못했다는 것은 참으로 안타까운 일이었다.

하근찬 탄생 90주년을 맞아 구성된 '하근찬 문학전집' 간행위원회는 다음과 같은 목표를 설정하였다.

첫째, 하근찬 작품 세계 전체를 충실히 복원하고자 했다. 그간 하근찬의 소설세계는 단편적으로만 알려져 있었다. 하근찬의 등단작 「수난이대」는 일제강점기와 한국전쟁으로 이어져온 민중의 상처를 상징적으로 치유한 수작이다. 그러나 그의 문학세계는 「수난이대」로만 수렴되는 경향이 있었다. 하근찬은 「수난이대」 이후에도 2002년까지 집필 활동을 하면서, 단편집 6권과 장편소설 12편을 창작했고 미완의 장편소설 3편을 남겼다. 문업(文業)만으로도 45년을 이어온 큰 작가였다. '하근찬 문학전집' 간행위원회는 하근찬의 작품 세계를 '중단편 전집' 8권과 '장편 전집' 13권으로 나눠 총 21권을 간행함으로써, 초기의 하근찬 문학에 국한되지 않는 전체적 복원을 기획했다.

둘째, 하근찬 문학세계의 체계적 정리, 원본에 충실한 편집, 발굴 작품 수록을 통해 자료적 가치를 확보하려고 노력했다. 하근찬 문학전집은 '중단편 전집'과 '장편 전집'으로 구분하여 간행했다. 먼저 '중단편 전집'은 단행본 발표 순서인 『수난이대』, 『흰 종이수염』, 『일본도』, 『서울 개구리』, 『화가 남궁 씨의 수염』을 저본으로 삼았다. 이때 각 작품집에 중복 수록된 작품은 제외하여 편집하였다. 또한 단행본에 수록되지 않은 알려지지 않은 하근찬의 작품들도 발굴하여 별도로 엮어냈다. 이를 통해 전집의 자료적 가치를 높였다. 다음으로, 장편의 경우 하근찬 작가의 대표작인 『야호』, 『달섬 이야기』, 『월례소전』, 『산에 들에』 뿐만 아니라, 미완으로 남아 있는 『직녀기』, 『산중 눈보라』, 『은장도 이야기』까지 간행하여 전체 문학세계를 조망할 수 있도록 했다.

셋째, 젊은 세대들의 감각과 해석을 반영하여 그의 문학에 새로운 생명력을 불어넣고자 했다. 하근찬의 작품세계가 펼쳐 보이고 있는 한국현대사의 진실한 풍경들도 젊은 세대들에 의해 읽히지 않으면 의미가 반감될 수밖에 없다. 하근찬 문학의 새로운 해석의 발판을 마련하기 위해, 젊은 연구자들의 충실하고 의미 있는 해설을 덧붙였다. 또한, 개작, 제목 바뀜, 재수록 등을 작품 연보에서 제시하여 실증적 가치를 높이기 위해서도 노력했다.

한 작가의 문학적 평가는 전집이 간행되었을 때 비로소 그 발판이 마련된다고 한다. 1957년에 등단, 집필기간만도 45년의 문업을 이루어온 장인적 작가에 대한 본격적 연구의 발판이 60여 년이 지난 이제야 비로소 마련되었다는 것은 안타까운 일이다. 하근찬의 문학세계에 대한 새로운 조명이 2021년 문학전집 간행과 함께 활기를 띨 수 있기를 기대한다.

2021.10.

『하근찬 문학전집』 간행위원회

송주현 · 오창은 · 이정숙 · 이중기

일러두기

1) 『하근찬 중단편전집』과 『하근찬 장편전집』은 하근찬의 소설세계를 일반 독자들에게 널리 소개하고, 그 문학적 의미가 현대적으로 재해석되도록 하는 데 목적이 있다.

2) 이 책의 작품 수록 순서는 단행본으로 발간된 순서에 따랐으며, 출전을 작품의 끝부분에 밝혀두었다.

3) 작가가 지문에서 사용한 방언과 비표준어는 작품을 훼손하지 않는 범위 내에서 현대어로 바꾸었으며, 작가가 의도적으로 구분해서 사용한 '목덜미'와 '목줄기'는 그대로 살렸다.
   예 : 밑둥(밑동), 끄나불(끄나풀), 성냥곽(성냥갑), 넓데데한(넙데데한),
   아리숭(아리송), 열적어(열없어), 나꿔채다(낚아채다), 후줄그레한(후줄근한),
   열어제끼다(열어젖히다) 등.

4) 작가 고유의 표현은 그대로 살렸다.
   예 : 오리막(오르막), 고깃전(어물전), 변솟간(변소), 동넷방(동네 방),
   생각키는/생각히는(생각나는) 등.

5) 한 작품에서 같은 뜻의 단어를 표준어와 비표준어 또는 방언을 혼용해서 사용한 경우 하나로 통일했다.
   예 : 뒤안/뒤란 → 뒤안, 복받치는/북받치는 → 복받치는,
   홀홀단신/혈혈단신 → 혈혈단신, 질급/질겁 → 질겁,
   부시시/부스스 → 부스스, 돋우다/돋구다 → 돋우다 등.

6) 명백한 오류에 해당하는 표현과 문장은 바로잡았다.
   예 : 병신스럽게 → 병신같이, 고물스런 → 고물 같은,
   못지않는 것 → 못지않은 것, 엄청나는 → 엄청난, 마지못하는 듯 → 마지못한 듯,
   대추만씩한 열매 → 대추만큼씩 한 열매 등.

7) 영어 표현의 경우 현행 '외래어표기법'에 따르는 것을 원칙으로 했다.

차례

제1부

꽃요강의 전설

1

활동사진*('영화' 이전의 말)이 들어온다는 소문이 돌았다. 활동사진이 들어온다는 소문은 다른 어떤 소문보다도 빨랐다. 마치 바람을 타고 퍼지듯이 면내(面內)의 구석구석까지 골고루 번져나갔다. 그 말을 들은 사람은 누구나, 그래? 정말이가? 하고 눈을 번쩍 떴다. 그만큼 활동사진은 사람들을 끌어당기는 야릇한 힘을 가지고 있었다.

사진이 움직이다니, 생각할수록 신기한 노릇이었다. 사진 속에서 '헤이타이상(일본 병정)'이 움직이고, 담배도 피우고, 때로는 예쁜 색시가 웃으면서 헤이타이상에게 슬그머니 안기기도 하는 판이니 정말 기가 막혔다. 그리고 움직이는 사진도 사진이지만, 그에 못지않은 것이 변사의 목소리였다. 에…… 여기는 태평양의 하와이, 하와이하고도 안개 낀 아메리카의 진주만이었다…… 어쩌고, 구성지게 뽑아대는 목소리는 들을수록 신이 났다. 밤새도록 앉아서 보고 듣고 해도 물릴 것 같지 않은 게 활동사진이었다.

그렇게 기가 막히는 활동사진이 일 년에 한 번 찾아올까 말까 하는 판이니, 그저 안타까울 따름이었다. 그런데 이번에는 활동사진과 함께 신파도 약간 곁들인다는 것이니, 더욱 신나지 않을 수 없었다.

소문은 홍싯골에도 흘러들어왔다.

홍싯골은 면내에서도 아주 후미진 골짜기에 자리 잡고 있었다. 물이 흘러내려가는 쪽만 앞이 트여 있을 뿐, 어느 쪽을 둘러보아도 산이었다. 스무남*(스물이 조금 넘는 수)은 가호 되는 초가집들이 산자락에 안기듯이 한 마을을 이루고 있었다. 그리고 마을은 온통 감나무로 덮여 있었다. 울 안에 한두 그루 감나무가 서 있지 않은 집은 거의 없었다. 대여섯 그루를 거느리고 있는 집도 더러 있었다. 동네뿐 아니라, 둘레의 산기슭도 감나무 숲을 이루고 있었다. 마을 이름이 '홍싯골'이 된 것도 그래서였다.

지금 한창 감이 익어가는 무렵이어서, 먼 데서 얼른 보면 마을은 은은한 주황 일색으로 물들어 보였다. 마치 채색한 동양화 같았다.

이 홍싯골은 세상 소문에 어두울 것 같지만, 그렇지가 않았다. 어쩌면 딴 마을보다도 더 세상 돌아가는 데 빠르고 자상하다고 할 수 있었다. 그것은 다분히 꺼꾸리 때문이었다.

꺼꾸리는 이 마을의 명물이었다. 집도 절도 없는 몸이었다. 그렇다고 살붙이가 있는 것도 아니었다. 혈혈단신이었다. 성도 이름도 없었다. 나이가 몇인지도 분명치 않았다. 보기에 그저 한 스물 서넛 되어 보였다. 그러나 실상은 그보다 훨씬 많다는 것이었다. 그 말에는 약간의 근거가 있었다. 그가 처음으로 이 마을에 흘러들어온 해를 따져보고, 그때 벌써 예닐곱 살은 되었으니, 지금은 족히 서른은 된다는 것이었다.

그가 이 마을에 흘러들어온 것은 어느 몹시 흉년이 든 해였다. 가을도 깊어가는 어느 날 해질녘, 어떤 새까만 애 하나가 어른의 짚신을 끌고 마치 자기 집이라도 찾아오듯이 마을 앞 고개를 넘어 짜박짜박 걸어 내려왔던 것이다. 두 눈이 구성없이 큰 애였다. 애는 고개를 넘어서면서부터 줄곧 새까만 손가락을 입에 물고, 감나무에 주렁주렁 열린 홍시를 그 큰 눈으로 바라보고 있었다. 묻는 말에 대답은 못하면서 곧장 홍시를 쳐다보기만 해서, 마을 어른들은 요 녀석이 틀림없이 감에 홀려서 찾아온 것이라고 애의 대갈빼기를 쥐어박으며 웃기도 했었다. 누가 홀리고 간 것인지 딱한 노릇이었다.

그렇게 흘러들어온 그는 정말 홍시에 홀려서 그런지는 모르지만 마을을 떠나지 않고, 이 집 저 집 부엌강아지처럼 굴러다니며 자랐다. 한 해 한 해 지나면서 보니 그는 반편이었다. 그 큰 두 눈의 동자가 흐려 보였고, 코 먹은 소리를 했으며 혀도 약간 짧은 것 같았다. 시키는 일을 하다가도 어느새 엉뚱한 짓을 하고 있기가 일쑤였고 마음이 내키지 않으면 누가 뭐라 해도 나몰라였다. 그래서 쥐어박히기도 많이 쥐어 박혔다. 어찌된 영문인지 나중에는 다리도 한쪽을 잘름잘름 절게 되었다. 그런데 이상하게도 몸은 날쌔어서 원숭이처럼 나무를 잘 탔다. 그래서 감을 따는 무렵이 되면 그의 값어치는 올라갔다. 그도 정말 감에 홀린 것처럼 감 따는 일만은 딴전을 부리지 않고 아주 열심이었다. 그리고 또 이 반편이가 희한한 재주를 한 가지 발휘하기 시작했다. 그것은 물구나무서기였다. 처음으로 소학교 운동회 구경을 갔다 온 뒤부터 곧잘 두 손을 땅에 짚고는 회똑회똑 물구나무를 서는 것이었다. 참 별일이었다. 병신이 육

갑한다고 웃어댔으나, 그럴수록 그는 더 신이 나는 모양이었다. 그래서 그때부터 마을 사람들은 그를 '꺼꾸리'라고 부르게 되었다.

꺼꾸리는 나이가 들자, 차츰 마을을 벗어나기 시작했다. 처음 얼마 동안은 눈두덩이나 입술 같은 데를 얻어터져 가지고 돌아오기가 일쑤였으나, 차차 그런 일도 없어지고 그는 세월이 갈수록 알아주는 존재가 되어갔다. 물구나무서기는 절대 인기였다. 나중에는 물구나무를 서 있기만 하는 것이 아니라, 두 손을 번갈아 떼어 옮겨 휘청휘청 걸어가기까지 하는 것이었다. 그래서 결국 그는 홍싯골의 꺼꾸리에서 면 전체의 꺼꾸리로 승격하였고, 나아가서는 이십 리 밖에 있는 군청 소재지인 읍내에까지 이름이 떨치게 되었다. 그렇게 마음 내키는 대로 며칠이고 돌아다니다가 재미있는 일이라도 구경하거나 색다른 소문이라도 주워들을 것 같으면 무슨 귀한 선물이라도 얻은 듯이 재빨리 홍싯골로 돌아오는 것이었다. 말하자면 저를 길러준 홍싯골에 대한 보은인 셈이었다. 족히 서른 살은 되었을 것이라는 지금도 그 점은 변함이 없었다.

활동사진이 들어온다는 소문을 얻어들은 것은 면사무소에서였다. 꺼꾸리는 면사무소를 제 집 드나들 듯하고 있었다. 심심하면 절름절름 찾아가는 것이었다. 더러 마당을 쓸어주기도 했고, 담배 심부름을 하기도 했고, 또 공고문이나 광고지 같은 것을 내다붙일 때는 으레 풀 그릇을 들고 따라다녔다. 말하자면 소사나 급사의 또 졸개 격이었다. 그러나 일을 하다가도 싫증이 나면 언제든지 휭 제 걸음대로 가버리는, 졸개치고는 콧대가 높은 졸개였다.

오늘도 정문 밖에 세워져 있는 게시판에 광고지를 내다붙이다가 활동사진이 들어온다는 것을 알았다.

풀칠을 하면서 급사 아이가, 풀 그릇을 들고 멍청히 서 있는 꺼꾸리에게,

“꺼꾸라, 이기 무슨 광곤 줄 아나?”

물었다. 급사는 이제 열대여섯 된, 아직 애송이였다. 그러나 이렇게 해라를 탕탕 하는 것이었다. 그래도 꺼꾸리는 아무렇지도 않은 모양이었다.

“몰라, 머이고?”

혀 짧은 소리로 되물었다.

“활동사진 들어온다는 광고다, 아나? 바보야.”

“머어? 하이똥사진?”

“그래.”

“야— 좋다. 하이똥사진 들어온다—”

“……”

“오느이 밤 들어오나?”

“내일 밤이다. 신파도 한다.”

“심빠? 야— 내이 밤 하이똥사진하고, 심빠하고…… 야—”

무척 좋은 모양이었다. 야— 야— 하다가는 그만 풀 그릇을 아무렇게나 툭 그 자리에 던져버리고, 냅다 달리기 시작했다. 절름절름 절면서 달려가는 꼬락서니가 참 가관이었다.

“저 지랄 문딩이 보래!”

급사 아이는 뿔이 돋았으나, 달려가는 풍신이 하도 어이가 없는 듯 그만 픽 웃어버렸다.

그 길로 꺼꾸리는 똑바로 홍싯골을 향했다. 두 팔을 냅다 흔들며 절름절름 잰걸음을 치면서도 길에서 만나는 사람마다 붙들고, 하

이똥사진하고 심빠하고 들어온다고 떠벌려댔다.

마을 앞 고개를 넘어서자, 거기서부터 벌써,

“하이똥사진하고 심빠하고 들어온다— 내이 밤 들어온다—”

고함을 지르고 있었다.

고함소리는 메아리가 되어 온 마을에 울렸다.

마을 앞 고개를 서낭고개라고 했다. 그다지 높은 고개는 아니었지만, 마을 쪽에서 오르는 비탈은 꽤 가팔랐다. 가파른 고개를 올라서면 거기서부터 밋밋한 야산들이 연이어 있었고, 멀리 면사무소와 학교가 보였다. 잘 보면 주재소도 보였다.

고개 한쪽 등성이에 커다란 바위가 솟아 있었다. 거뭇거뭇한 이끼가 돋은 거창한 바위였다. 바위 언저리에는 돌멩이가 부더기를 이루며 바위를 묻을 듯이 기어오르고 있었다. 그러니까 돌무더기 속에서 바위가 불끈 솟아오른 것 같은 느낌이었다. 바위의 머리 위나 어깨에 돌멩이가 소복소복 얹혀 있어서 더욱 그런 느낌을 주었다. 그리고 바위는 먼 데서 얼른 보면 꼭 사람 형국을 하고 있었다. 장승이 버티고 서 있는 듯한 모습이었다. 그래서 홍싯골 사람들은 옛날부터 이 바위를 서낭으로 모셔오는 모양이었다.

사람들은 이 서낭 앞을 지날 때마다 돌멩이를 주워서 던졌다. 돌멩이가 바위 위에 얹힐 것 같으면 운수가 대통한다는 것이었다. 여자는 더욱 그렇다는 것이었다. 여자 중에서도 특히 처녀의 돌이 얹힐 것 같으면 그 처녀는 틀림없이 좋은 신랑을 맞게 된다고 했다. 두 개, 세 개, 네 개…… 많이 얹을수록 좋다는 것이다. 열두 개를 얹는 처녀는 열두 대문 집에 사는, 천하에 다시없는 장사 같은 신랑을 맞게 된다는 것이었다. 바위의 생김새가 좀 잡스러운 눈으로 볼 것 같으면 남근처럼 보이기도 하기 때문에 생긴 말인 듯했다. 아무튼 옛적부터 내려오는 말이라, 마을 사람들은 그 말을 믿고 있었다.

갑례와 분임이도 부끄럽지만 그 말을 믿고 있었다. 겉으로는 무어 그렇겠노, 했지만 고개를 지날 때마다 주위를 둘러보곤 얼른 돌멩이를 찾기 일쑤였다.

장승처럼 우뚝 솟아 있는 바위의 머리나 어깨 위에 돌멩이를 던져서 얹는다는 것은 거의 하늘의 별 따기였다. 더구나 열두 개를 얹다니, 말도 아니었다. 그래서 갑례와 분임이는 이미 열두 대문집의 신랑은 단념한 지 오래였다. 하지만 대문 같은 것은 하나뿐이라도 상관없으니 신랑만은 장사 같은 사람이라야 될 게 아니냐고 남몰래 애가 쓰였다.

갑례는 학교에 다닐 때, 아마 2학년인가 3학년 적에 어쩌다가 픽 던진 돌이 용케도 바위 어깨에 가서 얹힌 일이 한 번 있었다. 그러니까 지금 당장 시집을 간다 해도 병신 같은 신랑감이 얻어걸리지는 않을 게 틀림없으니 큰 걱정은 없었다. 그 어릴 적에 던진 돌의 효력이 아직 있는지 그게 염려되긴 했지만.

분임이는 아직까지 한 개도 얹질 못했다. 분임이는 갑례와 동갑이었다. 학교도 같은 해에 들어가서 함께 다녔다. 물론 졸업도 함께 했다. 그러니까 갑례가 돌을 던진 만큼 저도 던진 셈이다. 수백, 수천 개 던졌을 것이다. 그런데 갑례의 돌만 한 개 얹히고 자기의 것은 전혀 얹히질 않았으니 안타까운 노릇이 아닐 수 없었다.

한 번은 이야기가 나온 끝에 갑례가,

"내사 진즉 한 개 얹어 놓았으이 기분 좋지 뭐고."

하니까, 분임이는,

"그래, 니는 황소 같은 신랑 골라잡아 가지고 허리가 휘어지게 되겠구나. 좋겠대이."

하고 킬킬 웃었다.

겉으로는 웃었으나, 역시 속은 덜 좋았다. 억지웃음이었다.

바위 머리와 어깨에 소복소복 얹힌 돌멩이를 볼 때 분임이는 도대체 누가 던진 것인지, 자기는 지금까지 그렇게 던졌어도 내내 헛일이었는데, 참 얄궂다 싶었다. 그 중에 갑례의 것이 한 개 섞여 있다는 생각을 하면 슬그머니 새암*(시샘)이 머리를 쳐들기도 했다. 그래서 때로는 내 돌멩이 못 얹는 바에야 얹힌 돌멩이 떨어뜨려나 놓자고, 냅다 팔매질을 하기도 했다. 그러나 그것도 쉬운 일이 아니었다. 번번이 허탕이었다. 분임이는 이제 영 서낭에 대해 구미를 잃고 말았다.

그러나 갑례는 그렇지가 않았다. 오늘도 고개에 올라서자,

"한 개 안 떤져 볼래."

먼저 입을 뗀 것은 갑례였다.

여느 때보다 일찍 저녁들을 먹고 활동사진 구경을 가는 길이었다. 마을 사람들은 삼삼오오 떼를 지어서 고개를 지나면서도 아무도 서낭에 돌을 던질 생각을 하지 않았다. 오래간만에 보러 가는 활동사진 이야기 때문에 미안하지만 오늘만은 서낭 같은 건 안중에도 없는 모양이었다.

그러나 처녀들은 역시 수다스러웠다. 기분이 좋아 들뜬 상태일수록 이것저것 모든 것에 재미가 가는 듯 떠들어댔다.

"떤지자."

"나도 떤져야지."

"오늘은 꼭 얹힐끼다, 보래."

서낭에 대해 흥미를 잃은 분임이도 오늘은 돌멩이를 주워들고,

"아이고 서낭바우님, 내 것 한 개 받아 주이소. 더도 말고 한 개만…… 비나이다. 비나이다."

수다를 떨기까지 했다.

그러나 돌들은 픽픽 엉뚱한 데 가서 떨어졌다.

그런데 놀랍게도 맨 나중에 던진 갑례의 것이 용하게 가서 바위머리 위에 살포시 앉는 것이 아닌가.

"어마!"

갑례는 저도 모르게 훌쩍 뛰어올랐다.

"야—"

"어메이—"

분임이 깜짝 놀라며,

"우야꼬 우야꼬, 얹혔네— 갑렌 또 얹혔네—"

애가 달아 못 견디겠는 듯 발을 콩콩 굴렀다.

뒤따라 고개를 올라오던 사내들이,

"누구 끼 얹혔노?"

"갑례 돌이가?"

"분임이 돌이가?"

굵은 목소리를 질러댔다.

분임이는 사내들을 돌아보며 말괄량이처럼,

"갑례 돌이 얹혔다 아이가. 내사 몬 살끼라."

그러자 사내들은,

"와 몬살끼고?"

"니도 얎으라마."

"내가 하나 얎어 줄까? 가만 있거라."

벌쭉벌쭉 웃으며 달려오기도 했다.

"문딩이같이……."

분임이는 웃으며 눈을 흘겼다. 그리고 펄럭 치마로 바람을 일으켰다. 후닥닥 내닫는 것이었다. 갑례도 살짝 얼굴을 붉히며 내달았다. 사내들 속에 영칠이의 얼굴이 보였기 때문이다. 그녀의 꽃 같은 댕기가 팡파짐한 엉덩이 위에서 나풀거렸다. 그러자 다른 계집애들도 덩달아 교성을 지르며 뛰기 시작했다.

날이 저물고 있었다. 학교가 바라보이는 쪽 먼 하늘에 저녁놀이 곱게 사위어가고 있었다.

학교 정문에 꺼꾸리가 서 있었다. 꺼꾸리는 오늘 저녁 활동사진을 돌리는 데 직접 관계라도 되는 사람처럼 정문에 서서 아는 얼굴이 나타나면 빙글빙글 웃으며 반겼다. 홍싯골 사람들이 들어서면 일부러 구경꾼들이 모여 앉은 장소까지 절름절름 안내를 하는 것이었다.

"꺼꾸라."

분임이가 힉 웃으며 부르자 꺼꾸리는 헤— 입을 벌리며,

"부이미도 오고 감네도 오고야…… 다 왔구나. 심빠도 한대이, 아나?"

무척 반가운 듯 절름절름 앞장을 선다.

"꺼꾸라, 저녁이나 묵었나?"

갑례가 묻자, 꺼꾸리는 돌아서서 배를 퉁 두들겨 보이며,

"뭉었다."

그리고 염려해 주는 것이 무척 기쁜 듯, 느닷없이 그 자리에 두 손을 짚더니, 그만 휘떡 물구나무를 서는 것이 아닌가. 적삼이 아래로 흝어지면서 벌건 맨살이 드러나고, 배꼽이 불쑥 튀어나왔다.

"어메— 비기 싫어!"

"아이구 징그래라!"

"문딩이야 문딩이야."

처녀들은 질겁을 하고 도망을 쳤다.

운동장 한쪽 가에 영사막이 마련되어 있었다. 약간 비뚜름하긴 했으나, 우뚝 서 있는 커다란 포장은 모여드는 구경꾼들의 가슴을 울렁거리게 했다. 그 우뚝 서 있는 영사막 앞에 교실의 책상과 교단만으로 아무런 배경도 장치도 없는 간단한 무대도 마련되어 있었다. 그러니까 그 앞에 가서 적당히 자리를 잡고 앉으면 되는 것이었다. 입장료가 있는 것도 아니고 좌석이 따로 있는 것도 아니었다. 운동장이 그대로 활동사진관이며 극장인 셈이었다.

그 커다란 포장에다가 지금 영사기의 불빛을 맞추고 있는 중이었다. 영사기에서 나온 불빛이 허연 포장에 가서 환하게 비치자, 구경꾼들은 야— 환성을 울렸다.

"활동사진이야—"

"시작한다—"

소리를 지르는 사람도 있었다.

그러나 그 환한 불빛은 꺼졌다가 켜졌다가, 또 옆으로 움직였다

가 위아래로 움직였다가 할 뿐, 좀처럼 사진은 나타나질 않았다. 그래도 구경꾼들은 마냥 즐겁기만 한 듯 희희낙락 떠들어대고 있었다.

영칠이는 조끼주머니에 한 손을 찌르고 서서 한쪽으로 몰려 앉은 여자들의 무더기 속을 가만히 바라보고 있었다. 어두워서 잘 분간이 되질 않았으나, 한 사람 한 사람 열심히 더듬어 나가고 있었다. 갑례를 찾고 있는 것이었다.

갑례의 뒷모습이라고 남다를 게 없었지만 영칠이는 한눈에 알아볼 수가 있을 것 같았다. 똑같은 댕기머리라도 어쩐지 갑례의 것은 다른 것 같았다. 보면 대뜸 느낌이 다른 것이었다. 먼 데서 가물가물 걸어오는 여자가 눈에 띄었을 때 그 형체도 잘 분간키 어려운 한낱 점에 불과해도 그것이 갑례인지 아닌지, 영칠이는 알 수가 있었다. 참 묘한 일이었다. 전에는 그렇지가 않았는데, 지난봄부터의 일이었다.

그러나 오늘 저녁은 어두운데다가 워낙 총총히 박혀 앉아서 도무지 자신이 서질 않았다. 움직이지나 않고 가만히들 앉아 있기나 해주었으면 또 모르겠는데, 곧장 이리 회딱 저리 회딱 나부대쌓으니, 영 글러먹었다. 영칠이는 주머니 속에 넣어 가지고 있는 종이에 싼 것을 곧장 만지작거리며 오늘 밤엔 꼭 이걸 주어야 될 긴데, 싶었다.

마침 달이 뜨는 듯 사방이 훤해지기 시작했다. 잠시 후 달은 학교 지붕 위로 둥둥 솟아올랐다. 운동장이 별안간 후련하게 넓어지는 것 같았다. 달빛을 받아 모든 것이 하나하나 되살아나고 있었다.

"아, 저깄구나."

영칠이는 웃었다.

갑례의 목덜미에 달빛이 하얗게 비쳤던 것이다. 하얀 목덜미만 보아도 그것은 틀림없는 갑례였다.

"아니, 뭐가 저깄다 말이고?"

옆에 섰던 두원이가 종이에 담배를 말아 침을 묻히며 돌아보았다. 영칠이는 무슨 비밀이라도 발각된 듯 얼굴이 화끈했다. 두원이는 갑례 오빠였다. 지난봄에 장가를 들어서 조끼가 비단조끼였다.

영칠이는 두원이의 비단 조끼 주머니에 불쑥 손을 집어넣으며,

"담배 한 대 도고 보자."

엉뚱한 소리를 했다.

와— 환성이 올랐다. 활동사진이 돌아가기 시작한 것이다. 그런데 변사가 없이 사진만 돌아가는 것이 아닌가. 바다가 나오고, 섬이 보이고, 야자나무가, 점점 크게 다가오고 있었다.

"여기가 어디고—?"

"벙어리가—?"

고함을 지르자, 그제야 변사는 소변이라도 보고 뛰어오는 듯 황급히,

"에— 여기는 일본 동경……"

하더니,

"아니 아니……."

그게 아니어서 몇 번 헛기침을 하고는,

"에— 여기는 남양군도, 남양군도하고도 야자수 우거진 보르네오라는 섬이었다……."

제대로 뽑아대기 시작하는 것이었다.

언제 들어도 신이 나는 구성진 목소리였다. 약간 목이 쉰 듯해서 더 멋들어졌다.

"때는 소화 17년*(일본 연호 쇼와 17년은 1942년), 그러니까 바로 작년이었던 것이었다. 우거진 밀림을 헤치며 진격하는 세 용사가 있었으니, 선두를 달리는 용사는 다름 아닌 쿠니모토[國本] 일등병이었다. 아— 쿠니모토, 쿠니모토는 반도 출신의 용감한 지원병이었던 것이었다……."

이런 식으로 활동사진은 돌아가고 있었다. 구경꾼들은 숨을 죽이고 바라보고 있었다.

진격해 나가던 세 병정이 별안간 그 자리에 납작납작 엎드렸다. 그리고 그 곁에서 포탄이 터지며 나무가 휙휙 날았다.

"꽝! 한 방 터졌던 것이었다. 그러나 보아라. 세 용사는 다시 털고 일어나 계속 진격, 진격이었다……."

맨 앞쪽에 모여 앉아 고개를 뒤로 젖히고 바라보고 있던 조무래기들이 와— 손뼉을 쳐댔다.

그렇게 한방 터졌는데도 끄떡없이 일어나 다시 신나게 진격을 하는 판인데, 그만 피르르 사진이 끊어졌다.

"헤헤이."

"와 이라노."

"그것 참…… 고장 났나?"

입맛들을 다셨다.

그렇게 몇 차례를 끊어지는지 몰랐다. 하필이면 한창 신나는 장면에 가서 끊어져 버리니, 일부러 그러는 것 같았다. 지랄이었다.

쿠니모토 일등병이 어떤 토인 아가씨와 만나는 장면이 있었다.

무슨 나문지 잎이 유난히도 넓적넓적한 나무의 으슥한 그늘에서 쿠니모토는 담배를 피우며 편지 봉투를 찢고 있었다. 고국에서 온 편지인 모양이었다. 봉투에서 나온 것은 편지와 한 장의 사진이었다. 쿠니모토는 먼저 사진을 들여다보았다. 무척 반가운 사진인 듯, 한참 들여다보다가 지그시 눈을 감는 참인데, 넓적넓적한 나뭇잎 사이로 토인 여자 하나가 웃으며 나타났다. 젖무덤을 그대로 드러낸 여자를 보자, 쿠니모토도 싱그레 웃었다. 거무스름한 유방이 제법 탐스럽게 처져 있었다.

그런데 변사는 그것이 방년 십육 세의 어여쁜 아가씨라는 것이었다. 구경꾼들은 와— 웃었다. 어메— 처녀들은 입을 딱 벌리기도 했다.

토인 아가씨지만 제법 얼굴이 빈반하고 눈매가 곱살했다. 웃을 때마다 드러나는 이가 너무 희게 보여서 약간 징그럽기는 했지만, 아랫도리는 얼룩덜룩한 무늬의 베로 감고 있었다. 비스듬히 나무에 기대어 다리를 뻗고 있는 쿠니모토 곁으로 토인 아가씨는 바싹 다가앉는 것이었다. 그리고 쿠니모토가 쥐고 있는 사진을 좀 보여 달라는 것이었다. 쿠니모토가 웃으며 그것을 주자, 토인 아가씨는 신기한 듯이 들여다보기 시작했다.

구경꾼들은 숨을 죽이고 있었고, 변사의 목소리는 더욱 구성지게 넘어가고 있었다.

화면 전체에 그 사진이 크게 나타났다. 처녀였다. 단추를 단 저고리를 입고 있었다. 그리고 머리는 약간 긴 단발머리였다. 수줍은 듯 웃고 있었다.

쿠니모토 일등병의 장래의 부인이라고 변사는 열을 올리고 있었다.

그런데 별안간 그 사진이 조그마해지며 픽 날아가는 것이었다. 토인 아가씨가 던져버렸던 것이다. 그리고 토인 아가씨는 야릇한 웃음을 띤 두 눈을 번질거리며 그만 와락 달려들어 쿠니모토의 목을 얼싸안아버리는 것이 아닌가. 뜻밖의 일에 쿠니모토는 당황했으나, 입은 함박처럼 벌어지고 있었다.

이렇게 기가 막히는 장면인데, 지랄같이 또 피르르— 사진이 끊어져버렸다.

"아이고—"

"와 이러노, 와 이래!"

"그 담에 우얘 댔노? 빨리 돌리라, 빨리 돌리!"

사나이들은 온통 야단이었고, 여자들은 킬킬 웃어대기도 했다.

활동사진은 이런 식으로 군데군데 끊어져 가면서, 결국 그 쿠니모토 일등병이 혁혁한 무공을 세워서 훈장을 받게 되고, 그 훈장을 가슴에 달고 찍은 사진을 편지와 함께 고국으로 보내면 고향 한 마을이 온통 들썩들썩하고, 애인도 그것을 받아들고 남몰래 기뻐서 사진을 가슴에 가만히 품어보는 것으로 끝이 났다.

말하자면, 젊은이는 누구나 쿠니모토 일등병처럼 헤이타이상으로 나가 나라를 위해 용감히 싸워야 한다는 투의 알량한 것이었다.

활동사진이 끝나자 잠시 후 불이 밝혀지고, 이번에는 신파가 시작되었다. 아무런 배경도 장치도 없는 교단 몇 개를 이어붙인 노천무대에서 명색이 배우라는 서너 사람의 남녀가 갓을 쓰기도 하고, 어린애를 업기도 하고, 혹은 곱사등이가 되기도 해가지고 왔다 갔다 하며 우스갯짓을 해대는 것이었다. 말이 신파지, 한갓 만담조의 보잘것없는 잡동사니에 불과했다. 그러나 구경꾼들은 그것은 그것대로 또 재미가 괜찮은 듯 곧잘 웃음을 터뜨렸다.

—아 젊은이, 자네 그것 무엇인가?

—무엇 말이시오?

—등에 그 불쑥 나온 것 말일세.

—이 노인이 왜 이러시오. 사람을 놀리는 거요?

—아니, 놀리는 게 아니라 혹, 요즘 구하기 힘 드는 물건이나 아닌가 하고. 그것 팔러 다니는 귀한 물건이면 쌀하고 바꾸세그려.

—여보시오. 내가 야미[暗賣] 장순 줄 아시오? 말조심하시오. 나는 그런 비국민(非國民)이 아니오. 이래봬도 난 곱사등이란 말이오.

또는,

—여보 부인네, 등에 업은 어린애가 정말 어린애요?

—그럼 곱사 아저씨, 정말 어린애가 아니면 거짓말 어린애도 있나요?

—있고말고요. 요즘 그런 어린애가 많아서 걱정이요.

—나 친정 가는 길이요. 어서 길이나 비켜요.

—어디 좀 봅시다. 어린애 구경 좀 합시다.

(업고 있는 어린애를 곱사등이가 확 잡아당긴다. 주르르— 쌀이 쏟아진다.)

—아따! 그놈의 어린애 잘도 쏟아지네. 자아 갑시다. 친정이 아니라, 주재소로!

이런 투의 껄렁한 수작이었다.

영칠이는 웃음이 터질 때마다 갑례 쪽으로 눈을 주곤 했다. 갑례도 얼마나 웃을까, 그게 또 여간 즐겁지가 않은 것이었다.

그런데 한 번은 보니 갑례가 가만히 자리에서 일어나 조심조심 구경꾼들을 헤쳐 나가고 있었다. 그제야 영칠이는 저도 아까부터 소변이 마려운 것을 참고 있었다는 생각이 들었다. 그래서 살짝 저도 자리에서 빠져 나갔다. 무대 쪽에 열중하고 있느라고 아무도 그런 줄을 몰랐다.

달빛을 받아 교사의 그늘이 선명하게 그려져 있었다. 갑례는 그늘을 밟으며 교사 모퉁이를 돌아가고 있었다. 영칠이도 살금살금 그늘을 밟아갔다.

갑례가 돌아간 교사 모퉁이에 이르자 영칠이는 가만히 멈추어 섰다. 그리고 숨을 한 번 들이마시고는 살짝 모퉁이를 돌아보았다. 저만큼 떨어진 곳에서 지금 막 갑례가 치마를 걷어붙이며 앉고 있었다. 영칠이는 찔끔 웃으며 얼른 얼굴을 숨겼다. 이내 물소리가 들려왔다. 영칠이는 그 물소리에 온몸이 야릇하게 떨리는 것을 느꼈다. 어떤 미열 같은 것이 자르르 전신에 퍼지는 것 같았다. 영칠이는 저도 얼른 고의춤을 풀어헤쳤다. 줄줄줄 교사의 벽에 대고 볼일을 보기 시작하는 것이었다. 저쪽의 물소리도 이쪽의 흐르는 소리도 도무지 그칠 줄을 몰랐다. 이렇게 기나긴 물줄기를 어떻게 참고 있었는지, 과연 활동사진과 신파의 힘이 대단하다는 것을 알 수 있었다.

영칠이가 고의춤을 여미자, 저쪽 물소리도 멎었다. 으흠 으흠, 영칠이는 인기척을 내며 천천히 모퉁이를 돌아갔다. 지금 막 일어서서 속곳을 올리고 있던 갑례는 질겁을 했다. 영칠이라는 것을 알자, 더욱 부끄러워서 못 견디겠다는 듯 얼른 돌아서더니, 그만 두 손으로 얼굴을 가리고는,

"나 몰라."

그 자리에 답삭 쪼그리고 앉아버리는 것이었다.

영칠이는 싱글벙글 웃으며 다가갔다. 가슴은 걷잡을 수 없이 뛰고 있었다.

"나 몰라, 저리 가."

"와?"

"몰라. 흥, 흥……."

어깨를 흔들며 어리광 비슷한, 코 먹은 소리를 했다. 치렁치렁 땋아 내린, 숱 좋은 머리채가 어깨와 함께 흔들렸다. 그 끝에서 댕기도 곱게 살랑거렸다.

영칠이는 그만 눈앞이 후끈했다. 와락 달려들어 덥석 갑례의 두 어깨를 안아버렸다. 그리고 얼굴을 갖다가 갑례의 검은 머리에 마구 문질러댔다. 물씬 코에 스미는 냄새, 뭐라고 형인할 수 없는 야릇한 냄새. 여자의 냄새를 이렇게 짙게 맡아 보기는 처음이었다. 영칠이는 정신이 없었다.

그러자 갑례는 바르르 떨다가, 벌겋게 달아오른 몸을 벌떡 일으켰다. 마침 운동장에서 와— 폭소가 터졌던 것이다. 또 한바탕 곱사등이가 웃긴 모양이었다. 그 바람에 영칠이의 산통은 다 깨지고 말았다.

그러나 영칠이는 후닥닥 일어나, 뛰어 달아나려는 갑례의 손목을 잡았다.

"아이 몰라. 안 대. 놓아."

갑례는 손목을 빼려 했다. 그러나 마냥 싫은 얼굴은 아니었다. 오히려 큰아기*('처녀'의 방언) 특유의 수줍음이었다.

"아니, 이기나 받으라 말이다."

영칠이는 조끼 주머니에서 종이에 싼 것을 불쑥 꺼내어 갑례의 손에 쥐어주었다.

"어메!"

"받어."

"몰라."

그러나 갑례는 그것을 손에서 떨어뜨리지는 않았다.

"너 줄라고 일부러 구해 온 기라 말이다. 장에서……."

"멋인데?"

"나중에 보만 알끼 아이가."

"아이 참."

마지못한 듯, 갑례는 그것을 치마폭에 감싸 쥐며,

"얄궂대이."

살짝 눈을 흘겼다.

순간 하얀 덧니가 내다뵈며 얼른 웃음이 지나갔다. 그리고 갑례는 부끄러워 죽겠다는 듯이 냅다 달려가기 시작했다. 방방한 엉덩이를 흔들며 뛰어가는 갑례의 머리 위로 달빛이 좌르르 쏟아져 내렸다.

영칠이는 온몸이 훈훈해지는 웃음을 싱그레 웃으며, 저는 천천히 걸음을 떼놓았다. 와— 운동장에는 또 폭소가 터지고 있었다. 영칠이는 조끼 주머니에 두 손을 찌르고, 흥얼흥얼 콧노래를 흥얼거렸다.

2

함박꽃인 것 같다. 희미해서 잘 분간하기가 어렵지만 꽃잎이 너붓너붓한 것이 아마도 함박꽃으로 짐작된다. 함박꽃 비껴 위로 구름이 두 송이 흐르고 있다. 가느다랗게 꼬리를 그으며 둥실 머리를 쳐들고 솟구쳐 오르고 있다. 이 두 송이 구름 역시 희미해서 잘 분간하기가 어렵다. 그리고 또 자세히 보면 구름이 꼬리를 그은 그 아래에 커다란 나비가 한 마리 날고 있었다. 날개가 너불너불한 것이 호랑나비인 모양이다. 이렇게 희미해서 잘 분간하기가 어려운 꽃과 나비와 구름이 그러나 은은한 금빛을 발하고 있다.

요강인 것이다. 놋쇠로 된 요강의 방방한 겉몸에 그려진 화접문(花蝶紋)이었다. 애초에는 무늬가 또렷하게 새겨져 있었던 게 분명한데, 세월의 손때에 닳고 닳아서 이제는 자칫 그 흔적마저 사라질 것처럼 보였다. 아무래도 예사로운 물건이 아닌 것 같았다.

이런 은은한 화접 무늬의 놋요강이 방 윗목에 놓여 있었다. 농이니 반닫이니 하는 다른 구질구질한 세간들에 비해 이 놋요강만은 유독 귀물스러웠다.

입실댁이는 부스스 자리에서 일어나 그쪽으로 기어가며,

"아가."

부엌 쪽에다 대고 불렀다.

"부르셨능교?"

부엌으로 난 샛문이 열리며 순녀가 얼굴을 나타냈다.

"갑례는 어디 갔노?"

"몰라예. 꽃 새기로 갔겠지예."

"제기는 안 닦아도 대나?"

"추석에 안 닦았습니꼬."

입실댁이는 을씨년스럽게 요강에 가 올라앉으며,

"약은 우애 댔노. 안주 멀었나?"

쿨룩쿨룩 기침을 했다.

"약 다 때리 갑니더."

순녀는 샛문을 닫았다.

부엌에서는 약 달이는 냄새가 피어올랐다. 다홍치마를 입은 순녀는 그 향긋한 냄새 속에 앉아 산적을 만들고 있었다. 고기를 도막도막 썰어서 꼬챙이에 하나하나 꿰어나가는 것이다. 돔발상어였다. 돔발상어 한 토막이 고작이었다.

이슬비가 내리고 있었다. 마당가 장독대의 항아리와 단지들이 비에 젖어 반질반질 윤이 흘렀다. 장독대 모서리에 피어 있는 산구화*(국화과에 속한 여러해살이풀)도 더욱 선연한 빛으로 떨고 있었다. 간혹 감나무 잎사귀가 한 잎 두 잎 떨어져 내렸다.

순녀 곁에 쪼그리고 앉아 순녀의 손에서 다듬어져 나가는 산적을 가만히 구경하고 있던 뿌뚜리가,

"힝이야, 오늘 지사 지내나?"

물었다.

"응."

"누구 지사고?"

"몰라. 너거 징조할부지라카던가, 고조할부지라카던가……."

"징조할부지가 누구고, 고조할부지가 누군데? 잉? 힝이양."

"……."

순녀는 귀찮았다.

솥에서 피지지 김이 새어나왔다. 순녀는 뿌뚜리를 살짝 밀어내고 일어나 소댕*(솥)을 발름하게 열었다. 그러고 다시 자리에 앉았다.

순녀 곁에서 밀려난 뿌뚜리는 곧 도마 앞으로 도로 다가들며,

"힝이야, 지사 다 지내고 고기 묵제?"

"……."

"그제? 묵제?"

"그래그래."

순녀는 웃지 않을 수가 없었다.

그렇게 웃고 있는데, 갑례가 가랑비 속을 뛰어와 뜰방*('뜰'의 전북 방언)에서 이슬을 털고, 부엌으로 들어섰다. 손에는 동그란 수틀을 들고 있었다. 부엌으로 들어서면서 대뜸 갑례는,

"별놈의 공출도 다 나왔다니까."

하고 떠들었다.

"무신 공출인데?"

순녀가 일손을 계속 놀리며 힐끗 얼굴을 쳐들자,

"놋그릇 공출이 다 나왔다 안 카나."

하고는 후닥닥 샛문을 가서 열었다.

"어무이예, 놋그릇 공출이 다 나왔대예."

"머라?"

"놋그릇 공출 말이예. 인제 귀까지 먹었능교?"

"놋그릇 공출이 나와?"

요강에서 내려와 아랫목으로 기어 내려가고 있던 입실댁이는 멍청한 얼굴로 갑례를 돌아보았다.

"오늘 구장 양반이 면소*(면사무소)에서 오라 캐서 갔더니, 글씨 놋그릇 공출이 나와 있더라 안 캅니꾜."

"우리 집도 나왔다나?"

"어무이도…… 우리 집이라고 안 나오겠능교. 집집마다 다 나왔대예."

"별 지랄 같은 공출도 다 있네. 놋그릇도 다 공출을 하능강."

사랑방 문이 열리며, 윤 생원이 담뱃대를 문지방에 땅땅 두들겼다.

"갑례야—."

"예—"

"무신 공출이라?"

"놋그릇 공출이 나왔답니더."

"놋그릇 공출?"

"예—"

"누가 카더노?"

"구장 양반이 카더라고, 분임이네 집에서 들었심더."

"음—"

윤 생원은 허리춤에 장죽을 찌르며 밖으로 나왔다.

"너거 오라방이는 어디 갔노?"

"몰라예."

"홍시라도 몇 개 따야지."

"비 좀 들만 따지예 머."

"비가 숩게 들 것 같들 않는데……."

윤 생원은 헛간에서 삿갓을 꺼내 들었다. 그리고,

"보래, 내 말이 맞지. 내 말이……."

하면서 사립을 걸어 나갔다.

구장네 집으로 놋그릇 공출을 확인하러 가는 모양이었다.

잠시 후 돌아온 윤 생원은,

"보래, 내 말이 어떤고. 내가 머라 카더노, 머라 캐."

약간 노기 섞인 목소리로 뇌까려댔다. 마치 집안사람 누구의 잘못이기나 한 듯이.

"세상에 공짜가 어디 있단 말이고. 활동사진인가 먼가 그기 다 사람 잡는 기라 안 카더나. 누가 우리 겉은 촌사람에게 공짜 구경을 시키주겠노. 우리 겉은 촌사람이 뭐가 잘났다고 일부러 와서 공짜로 구경을 시키주겠노 말이다."

갑례랑 순녀랑 뿌뚜리까지 눈이 휘둥그레 가지고 내다보자, 윤 생원은 슬그머니 사랑방으로 들어가며,

"다 내 말을 들어야 되느니라. 으흠—"

큰 헛기침을 했다.

그러자 갑례는 올케 순녀를 돌아보며,

"아부진 활동사진하고 놋그릇 공출하고 무신 상관이 있다고 저러실까? 그제?"

키득키득 웃었다.

활동사진이 들어온다는 소문이 돌았을 때도, 그리고 활동사진이 지나간 뒤에도 오직 윤 생원만은 그게 다 좋지 않은 조짐이라고 이맛살을 찌푸렸었다. 촌구석에 처박혀 사는 우리들이 무엇이 그리 대단하다고, 일부러 찾아와서 공짜로 그런 것을 구경시켜 주겠느냐고, 그 뒤에는 다 꿍꿍이수작이 도사리고 있는 법이라고, 담뱃대를 빽빽 빨아댔었다. 그리고 실지로 자기는 구경을 갈 생각도 하지

않았었다. 모두가 들떠서 돌아가는 판국에 참 별일이었다.

나중에 활동사진과 신파의 이야기를 대충 듣고는 더욱 못마땅하게 여겼었다. 특히 토인 아가씨가 아랫도리만 베로 감고 젖퉁이를 그냥 드러낸 채 나타나더라는 얘기를 듣고는 이제 두고 보라고, 반드시 무슨 망측한 변이 일어나고야 말 것이라고 장담을 하다시피 했었다. 하필 왜 그런 사진을 가지고 와서 보이겠느냐고, 그게 다 알조라는 것이었다.

보아라, 활동사진이 지나간 지 불과 열흘도 안 돼서, 아직 그 이야기가 곧잘 입에 오르곤 하는 이때에 벌써 놋그릇 공출이라는 생전 듣지도 못한 벼락이 떨어지지 않았느냐, 이게 다 우연한 일인 줄 아느냐, 이것이었다.

윤 생원은 사랑방 아랫목에 퍼질러 앉았으나 좀처럼 심화가 꺼지지 않는 듯,

"놋그릇 공출이 다 머고. 저거가 우리 놋그릇 살 때 한 푼 보태주기나 했나. 애국심에서 자진헌납 하라고? 자진헌납이 와 배당대서 나오노. 도대체 머 말라비틀어진 기고. 앞으로 또 무신 공출이 안 나올 줄 아나. 두고 보래 음…… 음……."

애꿎은 담배만 곧장 갈아 재어 뻭뻭 빨아대고 있었다.

그리고 냅다,

"갑례야— 너거 오라방이 찾아바라! 홍시 따야 댄다."

공연히 소리를 질러대기도 했다.

가물거리는 호롱불 아래, 집안의 모든 유기가 갖다 놓여졌다.

가장 많은 수량을 차지하는 것이 제기였다. 초꽂이와 향로, 향합까지 골고루 잘 갖추어진 한 벌이고 보니, 그럴 수밖에 없었다. 그

리고 다음이 커다란 놋대야였다. 놋대야는 하나뿐이었으나, 워낙 덩어리가 커서 그 중 물건 같았다. 대야보다 조금 작은 양푼도 한 개 있었고, 밥그릇과 대접이 몇 개씩 있었다. 그리고 숟가락 젓가락 나부랭이에 심지어 반닫이의 자물쇠와 열쇠까지 끌러 내려져 있었다. 어디서 찾았는지 녹이 슨 엽전도 몇 닢 굴러 나와 있었다.

이런 유기들과 한 무더기로 놓여 있는 것은 아니었으나, 화접무늬의 놋요강 역시 조금 떨어진 윗목에 한몫 당당히 도사리고 있었다.

어디선가 첫닭 우는 소리가 들려왔다.

윤 생원은 앞에 놓인 유기들을 가만히 바라보며, 홍시 한 개를 우물거리고 앉아 있었다. 이제 치열도 고르질 못한 듯 홍싯물이 곧잘 질 흘러서 턱수염을 적시곤 했다.

그러나 윤 생원은 어쩐지 지금 흐뭇했다. 비록 가물거리는 호롱불이기는 하지만, 불빛 아래 듬쑥하게 놓여 있는 번들번들한 유기들이 어쩐지 믿음직하게 느껴지는 것이었다. 유기란 한 개 한 개 따로 보았을 때보다 이렇게 여러 개를 한데 모아놓고 보니 훨씬 제 값어치가 느껴지는 것 같았다. 그러고 보니, 우리 집에도 꽤 많은 유기가 있었구나 싶으며, 윤 생원은 홍싯물이 묻은 수염을 쓱쓱 쓰다듬어 내렸다.

제사 지내고 고기 먹느냐고, 그렇게 돔발상어 산적에 군침을 흘려쌓던 뿌뚜리는 아랫목 한쪽 구석에 아무렇게나 처박혀 잠이 들었고, 입실댁이는 자리에 옆으로 누워서 이따금 쿨룩거리며 방바닥에 늘어놓은 유기를 멀뚱히 바라보고 있었고, 두원이는 제삿밥에다가 제삿술까지 몇 잔 걸쳐서 식곤증이 온 듯한 얼굴로 한쪽 벽에 기대앉아 두 눈을 멀뚱거리며 아버지의 얼굴과 유기들을 번갈아 바라보고 있었다. 순녀는 부엌에서 딸그락거리고 있었다.

어느새 또 수틀을 들고 앉아 바늘을 놀려쌓던 갑례가 살짝 하품을 하고 나서,

"아부지, 어느 걸 공출할랍니꼬?"

입을 열었다.

"글쎄 말이다."

윤 생원은 지금까지의 흐뭇하던 기분이 와르르 무너지는 것 같았다. 그래서 담뱃대에 담배를 담아, 엄지손가락으로 꾹꾹 자꾸 눌러댔다.

어느 것 하나도 버리고 싶은 게 없었다. 아무 대가도 받지 못하는, 자진 헌납이라는 고약한 공출이고 보니 더욱 그랬다.

그런데, 무슨 심사에선지 윤 생원은 불쑥,

"저 요강이나 조빼릴까."

이렇게 말했다.

약간 농조이긴 했으나, 윤 생원은 만날 콜록거리며 방구석에 들어박혀 있는 입실댁이의 꼬락서니가 은연중 못마땅했던 모양이다.

"머라고요? 요강을?"

입실댁이는 파르르했다.

노상 골랑골랑하는 입실댁이의 어디에 이런 날카로운 소리가 들어 있었는지 알 수 없었다. 입실댁이는 얼른 자리에 일어나 앉기까지 했다.

"저 꽃요강을 공출한단 말인게? 내사 몬 하겠구마. 다른 거 다 갖

다 바치는 한이 있어도 저 요강만은 안 대겠구마. 저 요강이 어떤 요강인동 알기나 아는게?"

물론 윤 생원도 알고 있었다. 그러나 입실댁이처럼 그렇게 그 요강이 소중하고 절실한 것으로 생각되지가 않을 따름이었다.

입실댁이는 그 화접 무늬의 놋요강을 한마디로 '꽃요강'이라고 불렀다. 그러나 입실댁이가 처음 그렇게 부른 것은 아니었다. 그렇게 물려받은 것이었다.

입실댁이가 열일곱 살에 이 윤 생원에게 시집을 올 때 입실댁이의 노모는 그 요강을 예단상자 속에 넣어주었던 것이다. 그리고 "이 꽃요강은 나도 우리 어메한테 물려받은 긴데, 이바굴 들으이……" 하고, 그 꽃요강의 유래를 들려주었던 것이다.

그러니까 입실댁이의 외할미니의 아버지 되는 선조 한 분이 딸만 다섯을 두었었다 한다. 그런데 그 딸들이 하나하나 시집을 가면 가는 족족 다 잘 끝을 보지 못하고, 소박을 맞거나 청상이 되거나, 아니면 단명하거나 했다는 것이다. 넷째 딸까지 다 그렇게 실패를 본 노인은 막내딸만은 그런 액운을 면하게 하는 도리가 없을까 탄식을 하고 있는데, 하루는 사랑에 과객이 들었다. 알고 보니 놋갓장이[鍮匠]였다. 그런데 그 놋갓장이가 여느 과객과는 어딘지 좀 다른 것 같았다. 그래서 노인은 그 놋갓장이와 하룻밤을 지내며 이런 얘기 저런 얘기를 나눈 끝에 박복한 자기 딸들 이야기를 하고는 길게 한숨을 쉬었다. 그랬더니 그 놋갓장이는 잠시 두 눈을 지그시 감고 있더니 조용한 목소리로, 그게 다 남녀의 음양이 맞지 않아 그런 것이라고 하며, 시집보낼 때 요강에 꽃과 나비를 무늬 놓아 가지고 보내보라고, 그러면 아마 액막이가 될 것이라 했다. 그러면서 자기가 백일기도를 드리며 정성껏 한 번 화접 요강을 만들어 보겠다고 얼굴에 깊은 동정의 빛을 띠었다. 노인은 귀가 솔깃하지 않을 수 없었다. 그리하여 막내딸, 즉 입실댁이의 외할머니는 그 꽃요강을 가지고 시집을 갔다는 것이다. 그래 그런지 모르지만, 아무튼 아들딸 많이 낳고 잘 끝을 보았다는 것이다.

그리고 그 꽃요강은 입실댁이의 어머니에게로, 또 입실댁이에게로 물려졌던 것이다.

이제 머지않아 갑례가 시집을 가게 되면 소중히 물려줄 참인 것이다. 그런데 이런 물건을 공출하다니, 당치도 않는 소리였다. 영감이 노망을 했나 싶으며, 입실댁이는,

"말이라도 그런 말 마소!"

또 한 번 쏘아붙였다. 윤 생원은 비시그레 웃었다.

"그럼 임자는 어느 걸 공출했으만 좋겠노, 말해 보소."

"……."

입실댁이는 눈앞에 널려 있는 유기들을 이것저것 눈여겨보았다.

방 안의 공기가 약간 긴장되는 것 같았다. 윤 생원은 물론 두원이도 갑례도 입실댁이의 얼굴에 시선을 붓고 있었다. 가만히 샛문이 열리며 순녀도 방으로 들어왔다.

"대체 머 하는데, 놋그릇을 다 걷아 간다능교?"

입실댁이는 영감을 바라보며 엉뚱한 소리를 꺼냈다.

"내가 안당가, 머 하는동."

그러자 이제 좀 식곤증이 가신 듯 두원이가 아는 체 나섰다.

"대포알 안 맨드능교. 총알도 맨들고. 대포알이랑 총알이 다 놋쇠아잉교. 전쟁 칠라카만 놋쇠가 많이 든답니더."

"누가 카더노."

"학교 댕길 때 안 배왔심꾜?"

"음—"

윤 생원은 입맛이 썼다. 이 녀석 학교 가서 그런 헛것만 배웠구나, 싶은 것이었다. 입실댁이는,

"그러만 니 이 놋대야라도 공출해라구마."

하고 입을 실룩했다.

"머예? 그럼 발은 어디다가 식능교?"

"놋대야 없으만 발 못 식능강. 헤헤헤…… 그럼 놋대야 없는 사람은 생전 발 한 번 못 식겠네."

그 말에 이번에는 순녀가

"놋대얀 안 댑니더. 지가 가지고 온 긴데예."

뾰로통해졌다. 신랑 각시가 둘이서 오손도손 놋대야에다 발이랑 어지간히 씻어쌓는 모양이었다.

그러자 갑례도 가만히 있질 않았다.

"핫다, 그럼 힝이가 갖고 온 건 안 대고, 우리 집에 있던 것은 다 공출해도 좋다 말가?"

"액씨*(손아래 시누이를 부르는 호칭)도 참, 누가 다 공출해도 좋다 카더나?"

"허허이, 와 이래쌓노. 그만들 두어라."

윤 생원은 헛기침을 한 번 크게 했다.

어느 것 한 개도 공출하고 싶은 생각들이 없는 것이다. 하는 수 없었다. 윤 생원은 잠시 가만히 유기들을 번갈아 바라보고 있다가,

"음— 허는 수 있나."

하고 대접 하나와 숟가락 한 개를 집어내는 것이었다.

대접은 한쪽이 약간 우그러진 것이었고, 숟가락 역시 끝이 삼분의 일가량이나 닳아서, 무나 호박 같은 것을 긁을 때나 쓸까 이제 버려도 상관없는 그런 것이었다.

그러나 입실댁이는 안타까워했다.

"아이고, 안주 얼매든지 쓸 낀데…… 숟가락 한 개만 주지, 대지비*(대접)도 줄라 카능게?"

윤 생원은 이제 들은 체 만 체,

"자아 가마니 한 장하고, 등게*(벼의 껍질. 등겨) 좀 퍼 오너라."

했다.

"가마니하고, 등겐 머 할라 카능교?"

두원이가 묻자, 윤 생원은,

"머 할라 카는동 갖고 와보만 알끼 앙이가."

그것도 모르겠느냐는 듯이, 무뚝뚝한 얼굴을 지었다.

곧 달이 떠오를 듯 동녘이 희뿌옇게 밝아지고 있었다. 별도 총총했다. 그러나 감나무숲 속은 어두웠다. 어두운 숲 속을 두 사람의 그림자가 움직이고 있었다. 한 사람은 무엇인가 둥긋한 것을 지고 있었고, 한 사람은 어깨에 무언가를 메고 있었다.

윤 생원과 두원이었다. 윤 생원은 어깨에 괭이와 삽을 메고 있었고, 두원이는 지게에 가마니를 지고 있었다. 윤 생원이 앞장서 걷고 있었다. 어두웠으나, 발에 익은 자기네 감나무 밭이기 때문에 별로 헛디디는 일 없이 걸음을 옮겨 놓고 있었다. 그러나 두 사람 다 인기척이 안 나도록 조심조심 걷고 있었다.

감나무 밭 한쪽 구석에 바위 하나가 있었다. 그 바위 곁에 와서 두 사람은 걸음을 멈추었다. 두원이는 지게를 세웠다. 그리고 윤 생원 손에서 삽을 받아드는 것이었다.

"어디, 여기 팔까예?"

"이리 온나."

두 사람은 바위 뒤쪽으로 돌아갔다. 그리고 거기를 파기 시작하는 것이었다.

마을에서 제법 거리도 있고, 호젓한 곳이라 여간 소리를 내도 상관없을 것 같았다. 그러나 두원이는 조심조심 삽질을 하는 것이었다. 윤 생원은 괭이를 짚고 서서 삽에 돌멩이 부딪는 소리를 조마조마하게 듣고 있었다.

조심조심 놀리는 삽이지만, 가마니 한 덩어리도 못 되는 것 들어갈 만한 구덩이는 쉬 파졌다.

"자아—"

윤 생원은 괭이를 놓고 바위를 돌아가서, 지게에서 가마니를 불끈 들어올렸다. 이미 환갑을 지난 노인이지만, 아직 그런 정도는 약과인 모양이었다.

구덩이 속에 가마니를 내려놓고, 이번에는 둘이 함께 흙을 밀어넣는 것이었다. 잠깐이었다.

아무 표가 나지 않아야 된다고, 윤 생원은 두두룩한 흙더미 위에 올라서서 뒷짐을 지고 어정어정 밟고 또 밟아댔다. 두원이도 올라섰다.

"난리가 끝날 때까지 녹 안 쩌야 될 낀데……."

윤 생원이 중얼거리자, 잠시 있더니 두원이는 바보 같은 소리를 물었다.

"아부지, 난리가 언제 끝나능교?"

"글씨, 설마 지놈이 끝날 때가 안 있겠나."

어디선지 부엉이가 울고 있었다. 그리고 감나무 가지 사이로 이지러진 송편 같은 그믐달이 뻘겋게 비어져 나오고 있었다.

3

갑례는 동그란 수틀을 가슴에 안고 사립을 나섰다. 바람이 선득했다. 산그리메가 어느덧 어둠으로 변해가고 있었다. 감나무 숲이 수묵으로 그린 그림처럼 어둠 속으로 스러지고 있었다. 분임이네 집으로 가는 골목길을 걸으면서도 갑례는 곧장 딴 곳으로 시선을 보내곤 했다. 저쪽 등성이에 있는 오두막집이었다. 영칠이네 집이었다. 지금 저녁을 먹는지 마당에 아무도 보이지가 않았다. 그런데도 갑례는 공연히 혼자 가슴이 두근거렸다.

영칠이가 그렇게 힘이 센 줄은 미처 몰랐었다. 팔뚝이 꼭 장작개비처럼 뻣뻣해서 아무리 꼬집어도 끄떡도 없었으니 말이다. 겉으로 보기에는 별 힘도 없어 보이는데 얄궂었다. 생각하면 절로 귀밑이 화끈 달아오른다. 대낮이었으니 망정이지, 그렇지 않았더라면 어쩔 뻔했는지 모른다.

며칠 전의 일이었다. 감나무 숲 저쪽 무밭에 가서 무를 몇 개 뽑고 있는데 누군가가 웃으며 다가왔다. 물론 영칠이었다. 밭뙈기가 후미진 비탈에 있어서 마냥 호젓하기만 했다. 갑례는 당황했다. 그러나 결코 싫지는 않았다. 전번 활동사진이 들어온 날 밤, 그런 일이 있은 뒤로 처음이었다.

그날 밤, 영칠이가 준, 종이에 싼 것은 색실이었다. 색실 구하기도 어려워진 때라 여간 반갑지가 않았다. 바지저고리를 입고 어떻게 그런 것을 구하러 장바닥을 더듬고 다녔을까 생각하니 우습기도 했고 고맙기도 했다. 평소에 대하는 눈길이 좀 다르다고는 느꼈었으나, 그렇게까지 자기를 생각하는 줄은 몰랐었다.

그리고 역시 가슴을 울렁거리게 하는 것은 영칠이의 그 우악스러운 가슴팍이었다. 비록 뒤로부터 어깨를 덥석 안기긴 했었으나, 그 널따란 가슴팍의 뜨거운 울렁거림을 온몸으로 정신없이 느낄 수가 있었던 것이다. 그리고 뒷머리에 갖다가 마구 문질러대던 얼굴, 그 꾸들꾸들한 코, 후끈거리던 입김…… 난생 처음으로 겪어 본 일이어서 그런지는 모르지만 그 정도만으로도 생각할수록 황홀했다. 며칠 동안은 곧장 뒷머리에 영칠이의 입김이 느껴지곤 했다. 한 번 더, 이번에는 뒤로부터가 아니라 똑바로 정식으로 한 번 안겨보았으면, 그런 기회가 은근히 기다려지기도 했다.

그러나 막상 부닥뜨리고 보니 덜컥 겁이 났다. 너무나 밝은 대낮이기 때문인지도 몰랐다. 잘 안 뽑히던 무가 쑥 뽑혔다. 갑례는 그것을 든 채 얼른 한쪽으로 피해 달아났다. 얼굴이 홍시처럼 물들어 있었다. 피해 달아난다는 것이 도리어 후미진 골짜기 쪽이었다. 영칠이는 벌겋게 웃으며 자신만만하게 다가왔다. 그리하여 결국 갑례는 무를 떨어뜨리고 눈을 감고 말았다. 두 번째로 영칠이의 가슴에 안겼던 것이다. 이번에는 물론 뒤로부터가 아니라 정식으로였다. 은근히 바라던 대로 된 셈이었다.

그러나 잠시 후 갑례는 질겁을 하고 눈을 번쩍 떴다. 영칠이의 손이 맨살에 섬찍하게 와 닿았던 것이다. 순서가 그렇게 된다는 것을 모르는 바 아니었다. 하지만 그것은 감당할 수 없는 너무나 엄청난 일인 것만 같았다. 더구나 벌건 대낮이 아닌가. 갑례는 몸부림을 치며 영칠이의 팔뚝을 마구 꼬집어댔다. 그러나 허사였다. 꼭 장작개비를 꼬집는 것 같았다.

남자의 팔뚝이 그렇게 단단한 줄은 몰랐었다. 정말 큰일 날 뻔했었다. 대낮이 아니었더라면 틀림없이 어떻게 되고 말았을 것이다. 그러나 남자란 또 그 단단한 팔뚝과는 달리 형편없이 허벅허벅한 일면을 가지고 있었다.

"대낮에 우예…… 누가 볼까 무섭구만."

꼬집어 뜯는 것을 단념하고, 이렇게 울상을 지으니까 그만 그 장작개비 같던 팔이 스르르 부드럽게 풀리는 것이 아니던가. 참 잘된 일이었지만 한편 얄궂게 허망한 생각이 들기도 했었다.

대낮에 겁도 없지…… 갑례는 혼자 발그레 웃으며 젖가슴 위에서 수틀을 힘주어 부듯이 안았다.

그 뒤론 다시 영칠이와 마주치질 않았다. 이번에 호젓이 마주치면 별 수 없이 항복해야 될 것 같았다. 조심해야겠다고 생각했다. 그러면서도 갑례는 어찌된 셈판인지 어디가 근질근질한 것처럼 마음을 건잡을 수가 없었다. 이렇게 분임이네 집을 향해 걸으면서도 곧장 영칠이네 집 쪽으로 시선이 가곤 했다. 마음은 콩밭에 가 있는 셈이었다.

분임이네 집 작은방엔 벌써 불이 켜져 있었다. 그리고 저녁들을 먹었는지, 아니면 아직 저녁들도 먹으러 가지 않고 늘어져 앉아 있는지 모르지만, 까르르— 웃음소리가 쏟아져 나오고 있었다.

분임이네 작은방은 마을 젊은 여자들의 동넷방인 셈이었다. 처녀들과 아낙네들이 끊일 사이가 없었다. 심심하면 모여들곤 했다. 낮도 없고 밤도 없었다. 가을 들면서 노상 아랫목이 따스하기 때문인지도 몰랐다. 큰방과 내구들*(한 아궁이에 불을 지펴 두 개의 방을 데울 수 있도록 만들어진 구들)인데, 불이 잘 들고 외풍이 없어서 언제나 훈훈하고 아늑했다. 모여 앉으면 말들도 많았다. 누구와 누구의 눈이 맞았다네, 혹은 누구는 누구에게 혼자 몸이 달아서 야단이라네. 이런 처녀 총각 사이의 은밀한 사실뿐 아니라, 누구네 신랑은 어떻고 어떻고, 누구네 신랑 각시는 어쩌고 어쩌고…… 마을 젊은 내외간들의 금슬 돌아가는 이야기까지가 주로 이 작은방에서 무르익는다고 할 수 있었다. 그렇다고 모여서 남의 뒷구멍이나 들추며 시시덕거리기만 하는 것은 아니었다. 처녀들은 수를 놓기도 했고, 상보 같은 것을 뜨기도 했고, 날씨가 선득해지면서는 무명실로 양말이나 장갑을 짜기도 했다. 아낙네들은 버선이나 조끼 같은 것을 들고 와서 깁기도 했다.

그렇게 동넷방처럼 마음 놓고 드나들 수가 있는 것은 우선 집안에 바깥어른이 없기 때문이었다. 분임이 아버지는 오륙 년 전에 만주로 돈벌이를 하러 간다고 훌쩍 집을 나가고는 종무소식이었다. 난봉꾼이었다. 농사는 둘째 쳐놓고 시금털털한 계집과 술에 휘감겨 휘청거리다가 나중에는 투전에까지 손을 대서 밭뙈기깨나 좋이 날렸던 것이다. 밭뙈기깨나 날렸으니 이제 정신을 차려서 한 밑천 단단히 잡아 가지고 돌아올 것이라고 두고 보라고, 마을 사람들이 농 반 진 반으로 위로하러 들 것 같으면 분임이 어머니 배골댁이는 대번에 콧방귀를 팡 뀌었었다. 그 문둥이가 제 버릇 남 줄 것 같으냐고, 설사 한밑천 잡아온다 치더라도 그것으로 살림 밑천 할 성싶으냐고, 그 꼴 안 보게 돼서 이제 사람이 좀 살겠다고 오히려 후유— 어깻숨을 쉬었었다. 그리고 배골댁이는 잠자리 속에서 남몰래 한숨을 짓는 일은 더러 있었으나, 사람들 앞에서는 언제나 그 문둥이, 그 문둥이 하고 시원시원하게 내뱉으며 까짓것 없는 서방인 셈 잡고, 분임이와 그 밑으로 아들 둘을 키우면서 살아오는 터였다.

배골댁이는 이렇게 걸걸한 성미였다. 욕도 잘했고, 우스갯소리도 곧잘 해서 아낙네들을 웃겼다. 서방이 한창 술과 계집에 빠져 흐늘거리고 다닐 때, 한 번은 집에 돌아와 곯아떨어진 서방의 바지저고리를 벗겨 가지고 둘둘 뭉쳐서 감나무 위에 홀떡 던져버린 일이 있었다. 바지저고리는 높다란 감나무 가지 끝에 매달려서 펄럭거렸다. 온 마을 사람들이 그것을 보고 오입쟁이 바지저고리 모양 좋다, 혹은 분임이네 감나무 경치 좋다고 웃어댔다. 이런 배골댁이고 보니 아낙네들이 좋아하지 않을 수 없었다. 분임이도 저의 어머니를 닮아서 재미있는 구석이 많았다. 그러니 자연 집에 사람이 끓을 수밖에, 또 그들 모녀도 그것을 싫어하지 않았다.

까르르— 터져 나오는 웃음소리에 갑례는 걸음을 빨리 했다. 그러나 사립을 들어서자 갑례의 걸음은 절로 멈추어지고 말았다. 방 안에서 분명히 자기 이야기를 하면서 웃고 있는 것이었다. 갑례가…… 어쩌고 하는 소리가 똑똑하게 들렸다. 갑례는 무슨 이야긴가 싶어서 살금살금 두어 발짝 떼놓으며 귀를 기울였다.

"대낮에 부끄럽지도 않는 모양이제."

"눈이 맞았는데 부끄럽능강."
"내사 눈이 맞아도 대낮엔 못 그랄따."
"말 말아. 닌 눈이 맞으만 갑례 유가 아닐 끼다."
"어메…… 가시나, 내가? 히히히……."
"좋은 모양이제."
"에잇 지랄."
"핫핫하……."
"힛힛히……."
또 웃음이었다.
갑례는 아찔했다. 바로 며칠 전의 그 일 이야기가 아닌가. 어디서 누가 훔쳐보고 있었던 것일까. 무슨 엄청난 잘못이라도 발각된 것처럼 갑례는 눈앞이 핑 돌았다. 그러나 그것보다도 다음 이야기는 더욱 갑례를 당황하게 했다.
"저번에 갑례 색실 새로 샀다는 거 그거 누가 사준긴동 아나?"
"우야꼬, 그것도 영칠이가 사준기구만."
"눈치도 그렇게 없었나. 내사 대번에 알아채겠더라."
"닌 고런 눈친 안 빠르나."
"머라고?"
"헤헤헤…… 그럼 인제 영칠이 징용 나가만 누가 색실 사다 줄낀고."
"색실이사 까짓 거 없어도 괜찮지만 님의 품이 그리워서 우짤랑공 모르지."
"헷헷헤…… 아— 님의 품!"
"아— 원수놈의 징용이로구나! 핫핫하……."

구장 딸 순덕이였다. 그리고 분임이였다. 갑례는 이마빼기를 오지게 한 대 얻어맞은 것 같았다.

"영칠이 징용 나온 줄 갑례 아나?"

"안주 모른다. 안주 아무도 모른다. 쪼끔 전에 아부지 면에서 돌아오싰는데 머, 인제 저녁 잡술끼다. 아무한테도 안주 이 얘기 말라 카시더라."

"영칠이 한 사람인강?"

"안주 이 얘기 말라 카시더라니까."

"헷치, 어지간히 비싸게 노네. 인제 곧 다 알낀데 머."

그러자 순덕이의 목소리가 약간 낮아졌다. 갑례는 바짝 귀를 기울였다.

"갑례네 오빠도 나왔능갑더라."

"그래? 어메—"

"우리 동넨 둘인갑더라."

"우야노—"

갑례는 어쩔 줄을 몰랐다. 왈칵 방문을 열고 똑똑히 좀 물어보았으면 싶었으나 기분이 언짢고 어색했다. 그리고 물어볼 게 뭐 있단 말인가. 물어보나마나 다 알지 않았는가.

갑례는 홱 돌아서서 냅다 달리기 시작했다. 골목길을 집으로 정신없이 달리고 있는데, 어디선지 휙— 휘파람소리가 다가들었다. 영칠이였다. 영칠이가 옆 골목 어둠 속에서 불쑥 나타나며 빙그레 웃었다. 갑례는 우뚝 멈추어 섰다. 그러나 갑례는 후닥닥 다시 내닫기 시작했다.

"갑례야! 갑례야!"

영칠이는 안타까웠다.

그러나 갑례는 뒤도 돌아보지 않고 싸늘한 얼굴로 달리고 있었다. 병신아 병신아, 징용 나왔어, 징용 징용, 그것도 모르고 그것도 모르고……. 이렇게 속으로 뇌까리고 있었다.

일전의 유기 공출은 처음 일이었으나 징용은 몇 차례 겪은 터였다. 네댓 사람이 이미 북해도나 만주로 끌려가 탄광 같은 데서 일을 하고 있었다. 그러니 이번에 또 두 사람에게 징용 통지서가 나왔다고 해서 크게 놀랄 것은 없었다. 원수 놈의 전쟁이 언제 끝날 것인가 하고 마을 사람들은 무거운 기운에 짓눌릴 따름이었다. 젊은 남자들은 자기에게 그것이 나오지 않은 것을 우선 다행으로 여겼고, 아낙네들도 먼저 지기 집 사람에게 그것이 나왔는가 안 나왔는가 그것부터 확인하고는 숨을 쉬었다. 그러나 열 번째이든 스무 번째이든 그것을 받은 사람의 충격은 마찬가지였다.

두원이도 그 기별을 듣자 대번에 새파래지고 말았다. 순녀도 마찬가지였다.

"액씨야 액씨야, 정말이가? 아이고 우야꼬—"

순녀는 설거지를 하다가 말고 그만 부엌 바닥에 주저앉아버리는 것이었다. 그럴 수밖에 없었다. 봄에 시집을 왔는데, 해도 못 넘기고 신랑을 빼앗기다니 정말 너무하는 노릇이었다.

입실댁이도 마찬가지였고, 윤 생원도 마찬가지였다. 입실댁이는 자리에서 일어나 앉으며,

"이 일을 우야노—"

꺼지는 듯한 한숨을 쉬고는 콜록 콜록 콜록 기침을 자지러지게

해댔다.

윤 생원은 입맛을 쩝쩝 다시면서 구장네 집으로 향하기가 바빴다.

영칠이라고 조금도 다를 게 없었다. 너무나 뜻밖의 일이라 어이가 없어서,

"예? 나한테요? 정말입니꾜?"

징용 통지서를 꺼내주는 구장의 얼굴을 멀뚱히 넋 나간 사람처럼 바라보고만 있었다.

골목길에서였다. 갑례를 놓치는 바람에 기분을 잡쳐 고의춤에 두 손을 찌르고는 어슬렁어슬렁 힘없이 걸음을 옮기는 판인데, 구장이,

"여보게 영칠이."

하고 불러 세웠던 것이다.

구장이라고 하면 별로 반가울 것이 없는 세상이라, 영칠이는 무슨 일인가 하고 주춤했다. 그러나 설마 그런 것을 꺼내놓을 줄이야 몰랐던 것이다.

"이번에는 자네랑 두원이가 함께 나왔으니 좀 안 낫겠나. 둘이 같이 가만…… 안 됐지만 그렇게 생각하게."

이렇게 말하고 구장이 돌아서 가자, 영칠이는 받아든 통지서를 잠시 멍하게 내려 보다가 그만,

"씨발 더럽네!"

하고 와작와작 구겨서 손아귀에 똘똘 뭉쳐 쥐었다. 그리고 술에라도 취한 사람처럼 휘청휘청 걸음을 떼놓으며,

"둘이 함께 가니 낫다고? 그럼 지가 한 번 가보지. 지가…… 문둥이 자식!"

괜히 구장한테 욕지거리를 뱉었다.

그런데 몇 걸음 가다가 무슨 생각이 떠올랐는지 우뚝 서더니, 손아귀에 똘똘 뭉쳐 쥔 종이를 도로 펼치는 것이었다. 펼치더니 사정없이 코를 팽! 팽! 풀어가지고는 냅다 던져버리는 것이 아닌가.

징용 통지서가 나오면 마을은 으레 며칠 동안 들뜨게 마련이었다. 술추렴이 시작되는 것이었다. 징용 나가는 사람이 떠나는 날까지, 말하자면 마을의 인심이 그들에게 쏠리는 셈이었다.

술이 귀한 때였다. 도갓술은 이미 특별한 연줄이 아니면 구할 수가 없게끔 되어 있었다. 그러나 어디서 나오는지 땅에서 스며나오듯 술은 나왔다. 주로 농주였다. 평소에는 되도록 숨겨놓고 먹던 것이지만, 이런 일이 있을 때면 어느 집에서나 서슴없이 내놓았다 마침 한창 깊이가는 가을이 아닌가. 며칠 동안 마실 술은 마을에 있었다.

두원이는 술이 약한 축이었으나 영칠이는 소질이 다분했다. 두원이가 반됫술이면 영칠이는 벌써 되반술은 실히 되었다. 그리고 이런 경우의 주량은 평소의 그것보다 월등히 상승하는 법이다. 까짓거 인제 가면 언제 올지 모른다고 정신없이 마셔대는 것이다. 혀가 꼬부라져서 눈앞이 빙빙 돌아야 끝장이 나는 것이다. 팔다리가 제멋대로 놀고 고래고래 고함을 질러대도 아무도 탓하질 않았다.

"간단 말이다. 가! 나는 가! 이누묵 자식들아, 나는 간단 말이다—"

"나도 간단 말이다— 나도 가! 북해도 탄광으로, 니기미할 것!"

이런 식이었다. 길에다가 먹은 것을 주룩주룩 토해놓아도 상관없었다. 그래도 그저 마을 사람들은 쯧쯧쯧 혀를 차며 측은하게 생각할 따름이었다.

이럴 때면 으레 꺼꾸리도 나타나서 한잔 얻어 마시고 공연히 비틀거렸다.

통지서가 나오고 떠나는 날까지는 불과 이삼 일밖에 되질 않았다. 길어야 사오 일이었다. 언제나 그렇게 촉박했다. 이번에도 나흘밖에 여유가 없었다. 안타까운 일이었다.

그래 그런지 몰라도 두원이는 낮으론 술을 마셨으나 밤이 되면 꼼짝을 안 했다. 저녁을 먹기가 바쁘게 저희 방으로 건너가는 것이었다. 순녀 역시 저녁 설거지를 할 생각도 안 하고 신랑의 뒤를 따랐다. 그리고 그들은 초저녁부터 문고리를 걸어버렸다. 그러나 아무도 뭐라고 입을 떼지 않았다. 오히려 윤 생원은 담뱃대도 소리가 나지 않도록 조심히 두드렸다. 자연히 저녁 설거지는 갑례 앞으로 돌아왔다.

영칠이도 나흘 동안에 그저 술이나 퍼마시며 휘청거릴 수는 도저히 없었다. 갑례를 그냥 그렇게 흐지부지 놓아두고 떠나간다는 것은 참으로 안타깝고 쓸쓸한 일이었다. 자기가 떠난 다음 갑례가 시집이라도 가버린다면 어쩔 것인가. 생각만 해도 견딜 수가 없었다. 아무래도 갑례는 제 것이 되어야만 살 것 같았다. 단단히 휘어잡고 자기가 돌아올 때까지 꼭 기다리도록 다짐을 받아놓아야 징용을 떠나도 제대로 떠날 수 있을 성싶었다.

사흘째 되는 날은 술을 좀 덜 마셨다. 그리고 저녁이 되자 단단히 마음을 먹으며 집을 나섰다.

"가시나, 도망가기만 해보래. 용서 없다. 저거 안방까지라도 따라 들어갈끼다구마."

술기가 있어서 별로 겁나는 게 없었다. 그리고 내일모레면 이제 떠나는 것이 아닌가. 영칠이는 갑례네 집 사립 안으로 서슴없이 다가갔다. 혹 윤 생원이라도 마주치면 두원이를 찾아온 것처럼 하면 될 게 아닌가. 그러나 마당에는 아무도 없었다. 부엌에서 딸그락거리는 소리만 들렸다. 잠시 머뭇거리고 서 있는데, 재수 좋게 부엌에서 옹배기를 들고 나오는 것이 갑례였다.

갑례는 설거지한 구정물을 버리러 수채를 향해 가다가 멈칫했다. 사립에 와서 허옇게 서 있는 사람이 영칠이라는 것을 알자 어쩔 줄을 몰랐다. 영칠이가 빙그레 웃으며 손짓을 해대는 것이 아닌가. 그만 저도 모르게 갑례도 벙글 웃었다. 그리고 구정물을 적당히 수채 쪽을 향해 멀리 부어버렸다.

벙글 웃었으니 의당 그 다음은 옹배기를 갖다놓고 나와야 될 게 아닌가. 그러나 부엌으로 도로 사라진 갑례는 좀처럼 나타나질 않았다. 부엌에서는 이제 아무 기척도 없었다. 방으로 들어 가버린 것일까. 영칠이는 슬그머니 화가 치밀었다. 그래서 그만 뚜벅뚜벅 마당으로 걸어 들어가려 했다. 그러자 부엌에서 재빨리 갑례가 튀어나왔다. 숨어서 엿보고 있었던 모양이다. 쪼르르 단숨에 사립까지 달려와서는 다짜고짜 남의 팔을 꼬집으며 살짝 눈을 흘겼다.

"겁도 없구로 어딜 들어올라 카노. 먼저 가 있어. 곧 가께."

영칠이는 기분이 매우 좋았다.

"요전에 거기다."

"그래."

"얼른 와야 댄대이."

그리고 영칠이는 술기 탓인지 등신처럼,

"나 지놩 간다, 지놩."

했다.

"지놩 가는데 우야란 말이고?"

갑례는 킥 웃으며 영칠이를 살짝 떼밀어버렸다.

초이레 달이 감나무 가지에 걸려 있었다. 갑례는 달을 쳐다보며 저고리 섶을 여몄다. 목덜미께가 선득했다. 마을에서 개 짖는 소리가 들려왔다. 갑례는 걸음을 빨리 했다.

숲길은 너무 호젓했다. 떨어져 깔린 감나무 잎이 바스락바스락 발에 밟힐 뿐이었다. 촉감이 좋았다. 그러나 갑례는 어쩐지 으스스했다. 휘파람소리가 숲 저쪽에서 들려오지 않았더라면 갑례는 어쩌면 돌아서버렸을지도 몰랐다. 으스스해서 몸이 움츠러드는 판인데, 후익― 영칠이의 휘파람소리가 날아왔던 것이다. 그 소리는 꼭 무슨 새소리 같았다

영칠이는 무밭으로 돌아가는 길머리에 달빛을 받으며 허옇게 서 있었다. 얼굴은 이쪽을 향해 웃고 있었으나, 아랫도리는 애써 저쪽으로 돌리고 있었다. 볼일을 보고 있는 모양이었다.

"어메, 지랄."

갑례는 얼른 감나무 뒤로 몸을 숨겼다.

볼일을 다 보고 난 영칠이는 바지를 여미며 이쪽으로 걸어왔다. 갑례는 나무에 몸을 바짝 붙였다.

"와 숨노? 저리 가자."

영칠이는 슬금슬금 곁으로 다가왔다.

"……."

"응? 저리 가자."

"어디로?"

몰라서 묻는 것이 아니다. 괜히 그래 보는 것이다.

"요전에 거기 말이다."

"……."

"거기가 조용 안 하나."

"여기도 조용하네."

영칠이는 벌쭉 웃었다. 이런 경우, 남자란 여자를 깨물고 싶은 법이다. 가만히 있는 남자란 숙맥이다.

영칠이는 덥석 갑례의 손목을 잡았다. 그리고 살짝 당겨서 그만 가볍게 그녀를 옆으로 들어 올려버렸다. 발이 공중에 덜렁 뜨자 갑례는 질겁을 했다.

"어메야—"

그러나 경황 중에도 마음껏 소리를 내지를 수는 없었다. 사방은 너무나 고요한 것이다. 감나무 가지들 사이로 밤하늘이 보였다.

"가께 가께, 놓아."

갑례는 두 다리를 버둥거렸다.

영칠이는 매우 기분이 괜찮았다. 그래서 일부러 놓아주질 않고 그대로 걸음을 떼놓았다.

열여덟 살짜리, 살이 잘 오른 큰아기고 보니 역시 만만치가 않았다. 팔이 뻐근했다. 그런대로 버둥거리지만 않는다면 무밭 저쪽 골짜기까지 어떻게 해보겠는데, 이건 괜히 좋으면서 방정을 떨어쌓아서 그만두는 수밖에 없었다. 그래서 내려놓을까 하는데 더럽게 발부리에 무엇이 걸렸다. 그만 앞으로 엎어지려는 것을 어떻게 용케 몸을 비스듬히 옆으로 내던졌다. 순간적이었지만 그중에도 갑례를 안 다치게 해야겠다는 생각이 작용했다고나 할까. 아무튼 그리하여 영칠이와 갑례는 땅바닥에 나가뒹굴고 말았다. 떨어져 쌓인 감나무 잎사귀들이 부서지며 흩어졌다.

영칠이는 팔꿈치 하나가 몹시 아팠다. 정신을 차리고 보니 바로 그 아픈 팔이 갑례의 목덜미 밑에 놓여 있었다. 갑례가 그것을 베고 있는 셈이었다. 이거 차라리 잘 됐구나 싶었다. 아픈 데도 어디론지 달아나버리는 것 같았다.

갑례는 두 눈을 끔벅거리고 있을 뿐 움직이질 않았다. 꽤 놀란 모양이었다.

"안 다쳤나?"

"몰라."

"아이구 내사 팔뚝이 한 개 부러진 거 같대이."

그러자 갑례는,

"고거 잘했다. 고시하다."

하고 웃었다.

마침 갑례의 얼굴은 달빛을 받고 있어서 덧니가 살짝 하얗게 내다보였다.

영칠이는 갑례 가운데서 가장 마음이 끌리는 것이 덧니였다. 한쪽 옆으로 알맞게 돋아나 웃을 때만 지그시 내다뵈는 하얀 덧니, 언제 보나 그것은 참 야릇한 매력이었다. 그래서 마을의 몇몇 처녀들 가운데서 유독 갑례 쪽으로 가슴이 울렁거렸는지도 몰랐다.

영칠이는 갑자기 충격을 받은 사람처럼 갑례를 불끈 끌어안으며 그 덧니를 향해 뜨겁게 다가갔다. 훅— 술내가 육박해 오자 갑례는 찡그리며 고개를 틀려고 애를 썼다. 그러나 이미 허사였다. 하는 수 없었다. 갑례는 스르르 눈을 감아버렸다.

갑례가 훌쩍훌쩍 느껴 울기 시작한 것은 한참 뒤의 일이었다.

먼저 일어나 앉은 것은 영칠이었다. 역시 팔꿈치를 다치긴 다친 모양으로 다시 아파오는 듯 앉아서 곧장 어루만졌다. 영칠이가 일어난 뒤에도 잠시 동안 갑례는 그대로 꼼짝을 않다가 부스스 털고 일어났다. 그러더니 그만 영칠이의 가슴 안으로 와락 무너지며 흐느껴 울기 시작하는 것이 아닌가. 영칠이는 당황했다. 왜 그러는지 얼른 알 수가 없었다. 그러나 생각해보니 참 울 수밖에 없는 노릇인 것 같았다. 만나자 이별이라더니, 이렇게 서로 깊이 알게 되자마자 헤어져야 하는 판이니 눈물이 나올 수밖에. 그놈의 더러운 징용만 아니면 얼마나 기분 좋겠는가. 저 처녀겠다 나 총각이겠다. 아무것도 울 거리가 없는데 말이다. 아아 빌어먹을 놈의 그놈의 징용! 영칠이도 자연히 코 안이 후끈해지는 것 같았다. 가슴에 와 묻혀 우는 갑례를 힘없이 안고 영칠이도 훌쩍 코를 들이마셨다. 그러고 시꺼먼 저쪽 산을 바라보았다. 암담했다. 정말 징용을 어디로 가는 것일까? 북해도로 가는 것일까, 만주로 가는 것일까? 아니면 남양군도로라도 가는 것일까? 어느덧 술기도 가시고 으슬으슬 한기를 느끼기까지 했다. 참 심란한 밤이 되어버렸다.

그러나 갑례의 울음은 그다지 길지는 않았다. 들먹거리던 어깨가 멎더니, 잠시 후 몸을 일으켰다. 온 얼굴이 눈물에 젖어 있었다. 여자란 어디에 저렇게 슬픈 것이 많이 담겨 있는지 몰랐다. 영칠이는 두 눈을 끔벅거리기만 했다. 영칠이의 가슴 안에서 빠져나가며 갑례는 치맛자락으로 얼굴을 닦았다. 그러고 슬그머니 돌아앉으며 저고리 섶을 들추었다. 치맛말*(치마의 맨 위에 둘러대어 허리에 닿는 부분) 속에서 무엇을 꺼내는 것이었다. 무엇인지 희끗한 물건이었다. 갑례는 그대로 등을 돌리고 앉은 채 영칠이를 살짝 돌아보며 그것을 내밀었다. 희끗한 것이 납작하게 되어 있었다. 치맛말 속에서 단단히 짓눌렸던 모양이다.

"머고?"

"몰라."

"……."

"받어."

"아니 이거……."

장갑이었다. 무명실로 짠 장갑이긴 했지만, 얼른 보아도 정성들인 흔적이 역력했다. 손목을 여느 것보다 훨씬 길게 짰고 또 손목 끄트머리께에 가서는 일부러 색실로 얼룩덜룩 무늬까지 넣어놓은 것이 아닌가. 영칠이는 절로 입이 헤벌쭉해졌다.

"맞일랑강 모르겠어. 한 번 끼보래."

"언제 이렇게 짰노?"

"……."

"꼭 맞대이. 손목이 억씨기 기다"

"일부러 길게 안 했나. 북해도랑 만주는 여기보다 억씨기 더 춥다면서?"

"응."

영칠이는 마치 북해도나 만주에 가 본 사람처럼 넙죽 대답한다. 그리고 장갑을 낀 두 손을 폈다 오므렸다 해보다가 별안간 무슨 생각이 떠올랐는지 정색을 하며 약간 떨리는 목소리로 갑례를 불렸다.

"갑례."

"……?"

"나 돌아올 때까지 기다려야 댄대이."

"……."

"어디로 시집가만 안 댄대이."

"시집은 무슨 시집을 가. 얄궂대이."

나직한 목소리기는 했으나 정색이었다. 오늘밤 이렇게 되어버렸는데 딴 데로 시집을 가다니, 그런 소리 기분 나쁘다는 듯이 눈을 흘겼다.

영칠이는 대번에 기분이 얼마나 좋은지 몰랐다. 그렇다면 됐다 싶었다. 그렇다면 징용이 아니라 징용 할애비라도 기분 좋게 갔다 오겠다는 것이었다.

"갑례!"

이번에도 떨리는 목소리였다. 그러나 이번 것은 뜨겁게 떨려 넘치는 소리였다. 영칠이는 장갑을 낀 채 팔을 크게 벌려 벅찬 가슴 안에 갑례를 집어넣어버렸다. 팔꿈치가 쿡쿡 쑤시며 아팠으나 그런 것도 상관없었다.

이튿날 밤도 그들은 만났다. 내일이면 헤어지는, 언제 다시 만날지 기약할 수 없는 마지막 밤이라 그들은 안타까울 대로 안타까웠다. 밤이 깊어도 미진한 그들의 입맞춤이었다.

영칠이와 두원이가 떠나는 날 아침은 서리가 하얗게 내렸다. 동구 앞 정자나무 밑에 나와 선 마을 사람들은 발가락이 시려 발을 동동거리기도 했다. 괴나리봇짐을 멘 영칠이와 두원이가 서낭고개를 넘어 사라질 때까지 마을 사람들은 그렇게 모여서서 바라보고 있었다. 두 사람의 뒤를 따르는 것은 윤 생원과 순녀와 갑례, 그리고 영칠이 어머니 평촌댁이였다. 꺼꾸리도 일행이 되어 있었다. 입실댁이는 겨우 동구 앞까지 걸어 나와서 정자나무에 몸을 의지하고 마을 사람들에 묻혀 서서 기침만 곧장 정신없이 해댔다. 뿌뚜리는 손가락을 입에 물고, 무엇이 어떻게 돌아가는지 몰라 두 눈을 굴렁거리기만 했다.

윤 생원과 순녀와 평촌댁이는 영칠이와 두원이의 뒤를 바짝 따랐으나, 꺼꾸리는 무슨 신나는 일이라도 생긴 듯이 팔을 흔들어대며 맨 앞장을 서 가고 있었다. 갑례는 혼자 뒤처져서 고개를 올랐다. 다른 사람들은 면사무소까지, 그리고 형편을 보아 읍내까지 따라갈 판이었으나 갑례는 고갯마루에 올라서자 걸음을 멈추었다. 여기서 배웅을 하는 수밖에 없었다. 가만히 멈추어 서서 옷고름을 만지작거리다가,

"오빠—"

불렀다.

일행이 돌아보자 갑례는 얼른 옷고름을 입으로 가져갔다.

"응, 그만 들어가아라."

두원이가 손을 들어 가라는 시늉을 했다. 그러자 맨 앞장을 서 가던 꺼꾸리도,

"감네 니능 오지 마라, 머이대이."

소리를 지르며 빙그레 웃었다.

영칠이는 슬그머니 한 번 뒤돌아보곤 고개를 떨어뜨리며 묵묵히 걷고 있었다. 갑례는 그만 눈앞이 희뿌옇게 흐려져 가만히 돌아섰

다. 돌아서서 옷고름으로 눈시울을 찍어냈다.

일행이 가물가물 멀리 사라질 때까지 갑례는 발이 시리다는 생각을 하면서도 그 자리에 서 있었다. 멀리 뒤따르고 있는 올케의 다홍치마도 오늘은 슬프게 아른거린다.

4

그해 겨울은 유난히 눈이 많이 내렸다. 눈 위에 또 눈이 쌓이곤 해서 홍싯골은 온통 눈에 묻히다시피 되고 말았다. 눈 위를 불어오는 바람은 또 차기도 유난했다. 찬 눈바람이 불어올 때마다 북해도는 얼마나 추울까 하고 입실댁이의 거정은 태산 같았다. 평촌댁이도 마찬가지였다. 영칠이와 두원이는 북해도 땅에 가 떨어져 있었다. 편지가 왔었다. 둘이가 북해도 땅에 함께 떨어지기는 했으나 어쩌다가 재수 없게 그만 서로 갈라지고 말았다는 것이었다.

오빠의 편지를 받고 갑례는 한동안 잠을 이루질 못했었다. 물론 오빠가 걱정이 되기도 했지만, 영칠이 생각 때문이었다. 닭이 몇 차례나 우는 소리를 듣고 잠들기가 일쑤였다. 그러나 결국 별수 없는 노릇이었다. 속히속히 세월이나 흘러서 전쟁이 끝나고 무사히 돌아오기를 바랄 뿐이었다.

그리고 그런 먼 데 가 있는 사람 생각만 하고 있을 수가 없는 것이, 당장 눈앞에 너무나 감당하기 벅찬 일이 떨어져 있었다. 가마니 공출이었다. 그해 겨울에는 전에 없이 가마니 공출량이 집집마다 얼마나 겁나게 때려 매겨졌는지 정신들을 차릴 수가 없었다. 남자가 있는 집이건 없는 집이건 아랑곳없었다. 마구잡이였다.

갑례도 꼼짝없이 가마니틀 앞에 앉았다. 윤 생원이 바디질을 하고 갑례와 순녀가 번갈아 가마니바늘을 잡곤 했다. 스르르 탁 스르르 탁…… 긴긴 겨울을 가마니 짜는 소리가 끊일 날이 없었다. 이렇게 수틀을 놓고 가마니틀 앞에 앉아서 수바늘 대신 가마니바늘을 쥐고 보내는 겨울은 지겨워서 견딜 수가 없었다.

그러나 쌓였던 눈도 녹고 차츰 먼 들에 아지랑이가 어른거리기 시작했다. 가마니 짜기도 끝났다. 지겨웠던 겨울은 가고 이제 봄이 오는 것이었다. 개천의 물이 하루하루 불어나면서 양지바른 둔덕에는 어느덧 버들강아지가 피고 냉이랑 쑥이 푸릇푸릇 돋았다. 그리고 산기슭에는 진달래가 봉오리를 맺어가고 있었다.

마을 큰아기들의 가슴에도 물이 오르기 시작했다. 갑례도 괜히 마음이 일렁일렁해지며 곧잘 먼 하늘가로 눈이 가곤 했다. 북해도는 어느 쪽일까? 여기서 동쪽일까, 북쪽일까? 학교 다닐 때 지리시간에 배운 것을 되새겨보기도 하면서 담 너머로 먼 산줄기를 하염없이 바라보고 있기도 했다. 이번 겨울은 추위도 이만저만이 아니었는데, 그 장갑 하나로 견딜 수가 있었는지, 혹시 손가락이 얼지나 않았는지, 이런 생각이 자꾸 마음을 어수선하게 하기도 했다. 그러다가도 별안간 무슨 변덕인지,

"문딩이같이, 지농은 와 가노 말이다. 지농은."

당치도 않는 원망을 해대기도 했다.

안타까운 봄인 것이다.

그런 어느 날 마을에 이상야릇한 소식이 날아들었다. 꺼꾸리가 몰고 온 소식이었다. 마을은 온통 술렁거리기 시작했다.

"정말이가?"

"모르겠어."

"누가 카더노?"

"꺼꾸리가."

"그럴 리가 있나."

"글씨 말이다."

아무튼 모두 어안이 벙벙했다.

서낭고개를 내려오는 꺼꾸리를 보면 마을 사람들은 그가 어째서 오는지 대략 짐작할 수가 있었다. 걸음걸이와 몸짓에 이미 그것이 나타나 보였다. 돌아다니다가 지쳐서 그저 별 일 없이 찾아올 때는 걸음걸이에 힘이 없고 곧잘 한눈을 판다. 돌아다니다가 무슨 재미있는 이야깃거리라도 생겨 가지고 올 때는 제법 고개를 끼딱거리기도 하면서 가볍게 내려온다. 그리고 지난해 가을처럼 활동사진이 들어온다거나, 아니면 하다못해 석유 배급이라도 나왔다는 반가운 소식을 알리러 올 때는 고갯마루에서부터 벌써 팔을 흔들어대며 절름절름 달려 내려오는 것이다. 달려오는 경우도 팔을 흔드는 일 없이 그냥 다급하게만 보일 때는 틀림없이 무슨 반갑지 않은 소식인 것이다.

그런데 오늘은 바로 그 다급하기만 한 동작이었다. 절름절름 정신없이 뛰어내려오더니 아닌 게 아니라 한다는 소리가,

"여자 곤출 나왔구마, 여자 곤출, 여자 곤출."

이것이었다.

"머라고?"

"머? 여자 공출?"

"에라 이놈아, 여자 공출이 머고?"

"빙신 같은 자식이……"

말 같지도 않아서 사람들은 눈을 부릅뜨기도 했다.

"점마이구마. 물어보소, 거지마잉가. 봉시기가 카더마."

꺼꾸리는 억울해서 입에 거품을 내물었다. 봉식이란 면사무소의 급사 애였다.

여자 공출이라니 말 같지도 않은 소리였으나, 도무지 지금까지 거짓말이라고는 모르는 꺼꾸리의 일이라 사람들은 그냥 일소에 붙여버릴 수도 없는 노릇이었다. 마을은 술렁거리지 않을 수 없었다.

그 말을 전해들은 윤 생원은 벌컥 화를 냈다. 지금까지 한 번도 꺼꾸리를 욕해 본 일이 없는 윤 생원이었다. 불쌍한 인생이라고 언제나 두둔을 해주는 터였다. 그러나 이번만은 그게 아니었다.

"그느묵 자식이 어디 가서 말 같지도 않은 소릴 듣고 와서…… 여자 공출이 다 뭐고. 사람을 다 공출하능강! 빙신 놈의 자식, 귓구녁을 송곳으로 콱콱 뚤버 갖고 댕기라 캐라. 문딩이 자식."

무슨 분함이라도 당한 것처럼 공연히 꺼꾸리에게 욕을 해댔다. 그래도 속이 안 차는 듯 구장한테로 달려갔다. 이게 도대체 무슨 소리냐는 것이었다.

구장 역시 어안이 벙벙해 가지고, 내일 면에 나가 알아보겠다는 것이었다. 말을 잘못 들었을 것이라고, 여자 공출이 아니라 피마자 공출이거나 무슨 딴 공출에 대한 이야기로 그 병신이 그렇게 알아듣고 온 것일 게라 했다.

"그렇지 그럼, 여자를 공출하다니…… 그누묵 자식."

그제야 윤 생원은 좀 속이 풀리는 듯 슬슬 수염을 쓰다듬었다.

·

이튿날 구장은 일찍 집을 나섰다.

구장이 면사무소에 갔다가 돌아오기를 마을 사람들이 그렇게 기다리기는 처음이었다. 이제나 오는가 이제나 오는가 하고 마을 사람들은 곧장 서낭고개 쪽으로 눈을 주곤 했다.

여자들이 더 초조한 모양이었다. 그럴 수밖에. 정말 여자 공출이 있는 것인지, 아니면 피마자 공출을 금년에는 얼마나 하라는 그런 얘긴지, 또 무슨 딴 엉뚱한 공출인지 아무튼 진절머리가 나는 노릇이었다.

구장은 점심때가 훨씬 지나서야 빙글빙글 웃으면서 돌아왔다. 약간 술기가 있었다. 그러나 기분이 좋아서 빙글거리는 웃음은 아닌 것 같았다. 어딘지 모르게 어이가 없는 듯한, 약간 비뚤어진 그런 웃음이었다.

구장의 그 웃음을 보자 마을 사람들은 더욱 궁금했다. 벌써 눈치 빠른 사람은 가슴이 쿵 내려앉기도 했다.

"무신 공출이던교?"

"예?"

"여자 공출 맞던교?"

"헤헤헤, 그럴 리가 있나. 그죠?"

그러나 구장은 더욱 입을 옆으로 돌리며 비시시 웃을 뿐 말문을 열지 않았다. 난처한 모양이었다.

마을 사람들이 마당으로까지 줄줄 따라 들어오자, 구장은 마루에 가 걸터앉으며 하는 수 없는 듯 그제야 입을 열었다.

"구장질 인제 못 해묵겠어. 내나야겠구마."

그러면서 주머니에서 부스럭부스럭 두 장의 종이를 꺼냈다. 마당에 모여선 사람들은 모두 숨을 죽이고 있었다.

"이거구마, 자아 보소."

맨 앞에 선 사람이 그것을 받아 펼쳐 보더니,

"아니, 갑례하고 분임이세. 이기 머고?"

깜짝 놀라며 소리를 질렀다.

갑례하고 분임이라는 말에 사람들은 눈이 휘둥그레지고 말았다.

"오메—"

"우야꼬—"

벌써 입을 딱 벌리는 아낙네들도 있었다.

"갑례하고 분임이라니?"

"아니, 그기 무신 소리고?"

"빨리 좀 읽어주소."

마당 안은 온통 수런수런해지고 말았다.

공출은 아니었다. 말은 달랐다. '테이신타이(정신대)'라는 것이었다. 나라를 위해 앞장서서 몸을 바치러 나간다는 것이다. 여자들 중에서 미혼자만 해당이 되는데, 이번에 홍싯골에서는 갑례와 분임이 두 사람이 뽑혔다는 것이다. 종이 한 장에는 '윤갑례', 한 장에는 '최분임' 이렇게 씌어 있었던 것이다. 말하자면 징용이었다. 여자들의 징용인 셈이었다.

마을은 발칵 뒤집히고 말았다. 이제 여자들에게도 징용이 나오다니, 더구나 처녀들만 골라잡아서 나오다니 기가 막힐 노릇이었다.

입실이댁은 아랫목에 누워 있었다. 윗목에는 허연 사기요강이 놓여 있었다. 지난해 가을 유기들을 갖다 묻을 때 꽃요강도 함께 넣어버렸기 때문에 대신 사기요강이 윗목을 차지하게 되었던 것이다. 화접 무늬의 놋요강이 윗목에 놓여 있을 때는 방 안이 어딘지 모르게 훈훈하고 아늑하게 가라앉은 느낌이었으나, 허옇고 민들민들하기만 한 사기요강이 갖다 놓여진 뒤론 어쩐지 방 안이 썰렁하고 허전하게 생각되었다. 그래 그런지 지난겨울은 외풍도 딴 때보다 심한 것 같았고, 기침도 더 잦았었다.

입실댁이는 누워서, 갖다 묻은 놋그릇들이 괜찮은지, 꽃요강에 녹이나 슬지 않았는지, 녹이 슬어 오래 되면 삭아서 구멍이 뚫리는데…… 이런 걱정을 하고 있었다. 그런데 밖에서 누가 훌쩍훌쩍 울면서 들어오는 소리가 들렸다. 입실댁이는 자리에서 몸을 일으켜 얼른 방문을 밀었다. 갑례였다. 아니 이게 무슨 일인가. 대낮에 열아홉 살이나 먹은, 일찌 시집을 갔으면 애를 둘은 좋게 낳았을 그런 말 같은 가시나가 훌쩍훌쩍 울면서 들어오다니, 입실댁이는 어처구니가 없어서,

"와 이카노, 이기 무신 짓이고? 응?"

바락 화를 냈다. 건넌방에서 순녀도 문을 열었다.

그러나 갑례의 울음은 그치지 않았다. 오히려 더 서러워지는 듯 치맛자락을 훌렁 걷어 올려 물코를 풀면서 울었다. 그제야 입실댁이는 가슴 속에서 무엇이 뚝 떨어지는 것 같았다. 덜컥 겁이 났다. 어제 들은 말이 머리에 떠올랐던 것이다.

"아니, 무슨 일이고? 말 좀 해바라!"

입실댁이는 입이 바싹 말랐다.

방에 들어온 갑례는,

"아이고 엄마요……."

하고 입실댁이의 무릎 위에 퍽 엎어지며 엉엉 목을 놓아 울기 시작했다.

들먹거리는 갑례의 어깨를 내려다보고 있던 입실댁이는 답답해 죽겠다는 듯 그만 버쩍 마른 주먹으로 딸의 등줄기를 두들겼다.

"말 좀 해보라 말이다. 말 좀! 말 좀!"

입실댁이도 곧 울상이었다.

순녀도 곁에 와 앉아,

"액씨야! 액씨야!"

하고 어쩔 줄을 몰랐다.

잠시 후, 갑례가 얼굴을 쳐들고 눈물을 닦으면서 테이신타이라는 여자들 징용이 분임이하고 자기 두 사람에게 나왔다는 말을 하자, 입실댁이는 대번에 홱 안색이 변해버렸다.

"머라고? 머? 머?……."

눈의 동자가 딱 멎으면서 바싹 마른 입술이 달달달 떨렸다.

"우야꼬 우야꼬—"

순녀도 눈이 휘둥그레지고 말았다.

잠시 방 안에 침묵이 흐른 다음, 이번에는 입실댁이가 울부짖기 시작했다.

"무신 이런 일이 있노, 이런 일이, 이런 일이…… 아이고— 세상에 세상에—"

그러다가 곧 입실댁이는 캑캑캑 가래 덩어리를 쏟아놓으며 가물가물 까무러지고 말았다.

분임이네 집은 좀 달랐다. 우선 울음소리가 들리지 않았다. 울음소리 대신 배골댁이의 악을 쓰는 소리가 요란했다.

"데신땅인가 무신 땅인가 그기 다 머 말라비틀어진 기고! 개병지랄이라 캐라! 여자를 다 끌어가서 머할라카노 말이다. 머해! 그런데 와 하필 우리 분임이하고 갑례고 말이다. 다른 가시나들도 수두룩한데…… 우리 분임이하고 갑례만 죽을 사람인강! 그렇게 만만한강! 아이고 아이고 분해라 분해!"

자기의 앙가슴을 쾅쾅 두들겨 대다가는,

"뒤통수에 말뚝을 박아 눈깔이 툭 티나올 놈의 자식들! 새가 만발이나 빠질 자식들! 문딩이자식들!"

하고 누구에겐지도 모르게 마구 욕 칠갑을 해댔다. 본래 잘하는 욕이지만 오늘은 더욱 실력을 발휘하는 셈이었다.

그러나 분임이는 그 곁에서 어찌된 영문인지 오히려 히죽히죽 웃고 있었다. 알 수가 없는 일이었다. 히죽히죽 웃다가는,

"어멘 백제*(백줴. 본말은 '白晝에') 야단이네. 죽기는 와 죽어. 공장에 돈벌이 하로 간다는데……."

이렇게 말하는 것이었다.

까짓것 나 같은 건 백 년 살아 봐야 일본이나 만주 구경하겠나. 이런 기회에 기차도 실컷 타보고 일본이든지 만주든지 아니면 남양군도라도 좋다, 그러면 배도 실컷 타겠지, 세상 구경이나 원 없이 해보자. 이런 산골짜기에 처박혀서 백년 살면 뭐 하겠노. 차라리 잘됐다. 이런 심사인 모양 같았다. 만주로 돈벌이 간다고 훌쩍 집을 나간 바람장이 그 아버지의 딸이 과연 다르기는 달랐다.

윤 생원은 감나무 숲 저쪽에 있는 밭뙈기를 일구고 있었다. 밭둑에서는 뿌뚜리가 혼자 소꿉질을 하고 있었다. 어디선지 산비둘기 우는 소리가 들렸고, 하늘에는 흰 구름 한 송이가 둥실 한가롭게

떠 있었다.

윤 생원은 허리를 펴고 이마에 내배인 땀을 씻으며 산비둘기가 우는 저 건너 산허리를 바라보았다. 뽀뽀꾸꾸 뽀뽀꾸꾸……. 산비둘기 우는 소리는 언제 들어도 재미가 있었다. 뽀뽀꾸꾸 뽀뽀꾸꾸……. 그리고 메아리가 되어 이쪽 산에서도 우는 것 같고 저쪽 산에서도 우는 것 같아 더욱 들을 만했다.

산비둘기 때문에 기분이 괜찮은 판인데, 순녀가 옷고름을 팔랑거리면서 달려오더니,

"아부님 아부님, 야단났심더!"

하는 것이 아닌가.

"와?"

"액씨한테 지농이 나왔심더."

"머? 지농?"

"예, 여자 지농이 나왔답니더. 테신타이라고 처녀들만 뽑는데 우리 동넨 액씨하고 분임이하고 둘이랍니더."

"……."

윤 생원은 말문이 막힌 듯 온 얼굴이 벌겋게 상기되어 가지고 턱수염만 덜덜덜 떨고 있었다. 뿌뚜리도 무슨 일인가 싶어서 아버지와 올케언니를 번갈아 빤히 쳐다보고 있었다.

윤 생원은 괭이를 내던졌다. 그리고 허리띠를 불끈 죄며 냅다 달리는 것이었다. 뿌뚜리는 놀라 눈이 동그래지며,

"아부지—"

소리를 질렀다. 그리고 저도 조그만 주먹을 발끈 쥐곤 쪼르르 뒤를 쫓았다.

윤 생원은 똑바로 구장네 집으로 향했다.

윤 생원이 헐떡헐떡 뛰어 들어오자, 구장의 이마에는 금세 주름살이 그려졌다. 대단히 난처한 것이었다.

윤 생원은 헐떡헐떡 숨을 제대로 쉬지도 못하면서 대뜸 내질렀다.

"아니, 정말이가? 정말?"

"……."

"대답 좀 해보게!"

"……."

그러나 구장은 마치 자기의 잘못이기나 한 듯 묵묵부답이었다. 엉뚱한 데만 바라보고 있었다.

"여자 지뇽이 나왔다매?"

"……."

"이 사람아, 여자 지뇽이 다 머고?"

"……."

"여자들을 덜꼬 가서 머 하능강?"

"내가 아능교."

그제야 구장은 입을 떼며 비식 웃었다.

"문딩이 지랄할 누무 자식들! 그런데 와 해필 다른 사람은 다 내비리두고 우리 딸한테 나왔노? 분임이하고…… 응이?"

"……."

"우리가 그렇게 만만항강?"

"아니, 내가 하는 일인교? 와 나한테 시빈교?"

구장도 이제 가만히 있을 수가 없는 모양이었다.

"시비는 무슨 시비고. 좀 알아야 될끼 앙이가. 와 우리 갑례하고 분임이한테만 나왔는강 말이다."

"내가 어떻게 아능교? 나라에서 하는 일을……."

"와 모르노. 구장이 모르만 그럼 누가 아노?"

"이 양반이, 그럼 당신이 구장 해보소! 아능강!"

"누가 내가 구장 한다 카더나? 와 다른 가시나들은 다 나두고 갑례하고 분임이만 딜꼬 가능가, 분해서 말이지."

윤 생원의 말에는 다분히 가시가 들어 있었다. 너거 딸 순덕이는 왜 괜찮느냐, 같은 또래인데 어째서 빠졌느냐? 이것이었다. 구장이 그 가시를 못 느낄 턱이 없었다.

"분하만 면에 가서 따질 일이지, 와 나한테 와서 야단인교?"

"자네도 딸 가진 사람이 우째 말이 그러노?"

"말이 어떤게?"

윤 생원은 턱수염을 덜덜덜 떨더니,

"머가 우째? 구장이만 다가?"

버럭 소리를 질렀다.

"머요?"

"너거 딸은 와 안 나왔노?"

"……."

"와 안 나왔어!"

"아니, 이 영감이……."

"머, 이 영감?"

결국 두 사람은 벌겋게 핏대를 세우며 서로 삿대질을 해대기 시작했다. 마당에 와 섰던 뿌뚜리가 겁을 집어먹고,

"아부지 아부지—"

울음을 터뜨렸다.

그날 밤, 윤 생원은 잠을 이룰 수가 없었다. 식음을 전폐하고 누워서 어둠 속에서 멀뚱멀뚱 눈만 대구 끔벅거렸다. 그러다간 일어나 앉아 구들이 꺼질 듯한 한숨을 쉬며 애꿎은 담배만 빨아댔다.

이렇게 살아서 무얼 할 것인가 싶었다. 열 몇이나 수하인 구장한테 당한 분함도 분함이었지만, 그것보다도 갑례 일이 생각할수록 난감하고 기가 찼다.

과년한 딸을 테이신타인가 뭔가 해서 어디로 끌고 가는지도 모르게 끌고 가는 판인데, 부모라는 것이, 더구나 애비라는 것이 두 눈을 번하게 뜨고도 말 한 마디 못 하다니, 그저 원통하고 절통해서 견딜 수가 없었다. 이래도 살아야 되는가 싶었다. 그리고 과년한 처녀만 골라서 데려간다니, 도대체 세상에 무슨 놈의 일이 이런 놈의 일이 다 있는지, 드르르 치가 떨리기도 했다. 그럴 줄 알았더라면 진작 아무 데나 출가를 시킬 것인데, 세상에 설마 이런 일까지 있을 줄이야 누가 꿈엔들 생각했겠느냐 말이다. 벌써 얼마나 쥐어짜고 들볶았느냐 말이다. 벼 공출은 말할 것도 없고, 보리 공출 · 밀 공출 · 감자 공출에다가 심지어 놋그릇 공출까지 하지 않았느냐. 그것뿐인가. 피마자 심기·관솔 따기·새끼 꼬기·가마니 짜기……. 그리고 징용에 우리 두원이까지 내보내지 않았느냐 말이다. 그만하면 됐지, 무엇이 모자라서 이번에는 남의 딸까지 앗아가느냐 말이다. 백성은 개똥도 쇠똥도 아니란 말인가. 해도 정말 너무하는 것이었다.

윤 생원은 담뱃대를 아무데나 땅땅 두들겨댔다. 닭이 울고 있었다. 벌써 몇 번짼지 몰랐다.

끙, 앓는 소리를 하며 윤 생원은 벌렁 다시 자리에 드러누웠다. 골이 띵했다. 방 안의 어둠이 일렁일렁 흔들리는 것 같아 눈을 감았다. 그런데도 역시 골수에서 떠나지 않는 것은, 왜 하필 갑례하고 분임이만 데려가느냐 하는 점이었다. 억울하고 분해서 아무래도 그냥 죽은 무엇처럼 가만히 자빠져 있을 수는 없는 일이었다.

"따져야지. 면에 나가 따져야지. 빌어묵을 놈의 것!"

윤 생원은 공연히 어둠 속에 벌떡 다시 한 번 일어나 앉았다가 도로 누웠다.

푸드드득! 꿩이 날아올랐다.

"아이고 놀래라!"

배골댁이는 우뚝 멈추어서며 날아가는 꿩을 바라보았다.

"저 꿩 좀 보소."

장끼였다. 햇빛에 꿩의 날개가 영롱한 빛으로 번쩍거렸다.

앞서 가던 윤 생원도 걸음을 멈추었다. 그러나 윤 생원은 아무 말이 없었다. 기분이 울적한 것이었다.

꿩은 푸드득 날아가더니 저 건너 잔솔밭 속으로 내려앉았다.

윤 생원은 두루마기 자락을 걷어 올리며,

"좀 쉬었다 갑시더."

하고 길가에 앉았다.

배골댁이도 저만큼 떨어져 앉으며 팽 코를 풀었다.

면사무소를 찾아가는 길이었다. 윤 생원은 아침상을 물리자 곧

의관을 갖추고 집을 나섰던 것이다. 갓까지 쓰고 집을 나서는 윤 생원을 보자 순녀는 사립까지 따라 나오며 어디 가시느냐고 근심스런 얼굴을 했으나, 입실댁이와 갑례는 방 안에서 꼼짝도 하지 않았다. 입실댁이는 이제 아주 누워 앓고 있었고, 갑례도 그 곁에 아무렇게나 웅크리고 누워서 일어날 생각도 하지 않고 있었다. 윤 생원은 분임이네 집엘 들렀다. 배골댁이에게 함께 안 가겠느냐고 이야길 했더니,

"그럽시더. 가서 까짓 놈의 것, 한바탕 해댑시더."

하고 배골댁이는 무슨 신나는 일이라도 생긴 듯이 서슴없이 따라 나서는 것이었다.

윤 생원은 담배를 피우면서 면소재지 동네를 바라보고 있었다. 이제 별로 멀지 않았다. 면사무소도 잘 보이고, 학교도 주재소도 다 잘 보였다.

"배골댁이, 면소에 아는 사람 있다지요?"

"예."

"누군교?"

"우리 친정 사촌오라버니 처남이구마."

"사촌오라범에 처남이라, 보자……."

윤 생원은 눈을 끔벅끔벅하더니,

"허허, 사돈에 팔촌이구만."

하고 웃었다.

"팔촌은 안 대지요. 따져 보소. 사돈에 육촌 택 아잉교."

"헛헛허……."

"와 웃능교?"

그러면서 배골댁이도 웃었다.

어제 그 소식을 들은 뒤로 처음으로 어쩌다가 터져 나온 웃음이었다. 윤 생원은 웃음을 거두고 또 물었다.

“맞구마. 사돈에 육촌 택이구마. 그 사돈에 육촌 무신 가카린교?”

“가카리라니 가카리가 먼교?”

“면소에 가카리가 다 안 있능교. 자기가 맡은 일이 가카리(係) 아잉교. 호적계·농산계 그기 다 가카리 아잉교.”

“예—”

“무신 가카리라 카던교?”

“저…….”

배골댁이는 말하기가 좀 난처한 듯 우물우물하다가,

“소사로 안 댕기능교, 소사도 가카리가 있능교?”

했다.

“흠, 소사라—”

윤 생원은 어쩐지 약간 실망이 되면서도 웃음이 나왔다. 그러나 웃을 수도 없는 일이어서,

“소사는 무신 가카린동 모르겠는데…… 자— 일어서 봅시더.”

하고 몸을 일으켰다.

면사무소 앞에 이르자 윤 생원은 갓끈을 고쳐 매었다. 여느 때와 달리 몹시 긴장이 되는 것이었다. 면사무소에 들어가는데 이렇게 긴장이 되기는 처음이었다. 윤 생원이 갓끈을 고쳐 매자, 배골댁이도 옷고름을 내려다보았다.

정문을 들어서면 바로 국기게양대가 있고, 게양대를 돌아가면 사무소 현관이었다.

현관에 올라선 윤 생원은 우선 짚신의 흙을 떨었다. 그리고 잠시 머뭇거리다가 정중히 현관문을 열었다. 그러자 배골댁이도 조심조심 뒤를 따랐다.

사무실 안으로 들어갔으나 아무도 거들떠보는 사람이 없었다. 윤 생원은 잠시 멀뚱히 서서 사무실 안을 두리번거렸다. 배골댁이도 윤 생원 뒤에 서서 이리저리 눈을 굴렸다. 혹시 그 사돈에 육촌이 눈에 띄지 않나 해서였다. 그러나 보이지 않았다.

그렇게 머뭇거리고 있으려니까, 바로 가까이 앉은 젊은 서기 한 사람이 힐끗 거들떠보았다. 이마를 번듯하게 넓히느라고 머리를 뽑은 자국이 퍼렇게 그대로 눈에 띄는 젊은이였다.

"여보소, 멘장 어른 좀 뵈러 왔는데……."

윤 생원은 그 젊은 서기 곁으로 다가섰다.

"면장 어른요? 무신 볼일입니꼬?"

"좀 물어볼 일이 있어서……."

"물어볼 일요?"

"그렇네."

젊은 서기는 윤 생원의 위아래를 한 번 훑어보았다.

"물어볼 일 같으면 아무데서나 물어보이소. 와 해필 면장 어른을……."

"아무한테나 물어볼 일이 아니네."

"그래요?"

젊은 서기는 그러면 마음대로 해보라는 듯이 자기 일로 싹 돌아갔다. 곁에 윤 생원이 그대로 서 있는데도 아랑곳없이 자기 할일만 하고 있었다. 윤 생원은 확 비위가 상해서 젊은 서기의 푸르스름한 이마빼기를 가만히 내려다보고 있었다.

그러자 저쪽 한가운데에 혼자 책상을 놓고 앉은 사람이,

"여보, 노인 무신 일이요?"

하고 말을 던졌다.

아직 그럴 나이가 안 되어 보이는데 머리가 온통 민들하게*(미끈하게) 벗겨진 사람이었다. 부면장이었다. 윤 생원은,

"나 참……."

더러워서, 소리는 곧 입 밖으로 나올 것 같았으나 그것을 삼키면서 부면장 쪽으로 갔다.

"무신 일이시오?"

"예, 다름이 아니라, 멘장 어른 좀 뵐까 해서……."

"면장 어른하고 잘 아시는 처진가요?"

"아니 그런 기 아니라, 머 좀 물어볼 일이 있어서……."

"무신 일인데요?"

"저…… 다름이 아니라, 우리 집 여식 일인데……."

"허허— 그런 일 가지고 면장 어른을 찾다니요. 자, 여기 앉으시오. 어디 내가 들어봅시다."

그러면서 부면장은 옆에 놓인 의자를 권하는 것이 아닌가. 윤 생원은 우선 고마워서 허리를 꺾어 인사를 하고는 의자에 앉으며,

"나 홍싯골에 사는 윤수암이요."

자기소개까지 했다.

그리고 자랑스럽게 힐끗 배골댁이를 바라보았다. 배골댁이는 그대로 그 자리에 꾸어다놓은 보릿자루처럼 서 있었다.

"예예, 어서 말씀해 보시오."

“다름이 아니라, 어제 우리 집 여식한테 지농이 나왔는데…….”
“지농이 아니라, 테이신타이죠, 테이신타이.”
“예, 데신땅인가 그기 나왔는데…….”
“그렇습니까? 그거 참 영광스러운 일입니다.”
“예?”
“국가를 위해서 인제 여자들도 앞장서 나가야 할 때가 왔지요. 실은 작년에도 몇 사람 자원해서 나간 일이 있심다만, 이번에는 대대적으로 뽑게 됐지요.”
“…….”
“따님도 그런 영광을 차지하게 됐다니, 노인께서도 퍽 기쁘시겠심다.”
윤 생원은 어처구니가 없었다. 이 사람이 정말로 그러나 부러 그러나 싶어서 그저 번히 그 민들민들한 얼굴을 바라볼 따름이었다. 그러자,
“봉식아, 여기 보리차 한 잔 갖다 디리라.”
넉살맞게 급사 아이에게 보리차를 한 잔 시키는 것이 아닌가.
사람을 앉혀 놓고 병신 만든다더니, 바로 그런 격이었다. 그런 줄을 알면서도 이런 경우 화를 낼 수도 없는 노릇이었다. 그렇다고 멀쩡하게 앉아서 병신만 될 수도 없었다. 윤 생원은 아랫배에 지그시 힘을 주었다.
“그런데 우리 동네에 같은 또래가 수탄데*(숱한데), 우째 해필 우리 여식하고 저 배골댁이 딸한테만 나왔는지 모르겠구마. 그기 궁금해서 알아보로 왔구마.”
턱수염이 가늘게 떨렸다.

그러자 부면장은 사무실 입구에 서 있는 배골댁이를 힐끗 한 번 바라보고는 약간 더 높은 목소리로,

"아, 그래서 오셨구만요. 그기사 한목에 다 뽑을 수가 없으니까, 차례차례 뽑는 기죠. 국갈 위하는 건 좋지만 그렇게 한목에 다 나가면 우애 감당을 합니까. 안 그렇십니까?"

이번에는 이렇게 넉살좋게 말하는 것이었다.

"……."

윤 생원은 다시 말문이 막혔다.

급사 아이가 보리차를 한 잔 앞에 갖다 놓고는 힐끗 거들떠보며 돌아갔다. 윤 생원은 그런 것 본 체 만 체하고,

"차례로 뽑다니 무신 차렌게?"

부면장에게로 바싹 다가들었다.

그러자 부면장은 의자에 비스듬히 몸을 뒤로 눕히며,

"아 그건 저, 저기 저 김 계장한테 가서 물어보시오."

하면서, 저쪽 편에 앉은 사람을 손가락으로 가리켰다.

그러나 윤 생원은 얼른 자리에서 일어날 수가 없어서 그대로 뚱하고 앉아 있었다. 뭣이 이렇노 싶었다.

"가서 물어보시오. 자세하게 잘 가르쳐 줄 낍니더."

그런데도 그냥 앉아 있을 수는 없었다. 윤 생원은 음— 하고, 의자에서 무거운 허리를 일으켰다.

김 계장 쪽으로 걸어가는 윤 생원의 갓 쓴 뒷모습을 바라보며 부면장은 또 급사 아이를 불렀다.

"봉식아, 이 보리차 저리 갖다 디리라."

김 계장이라는 사람은 사무가 몹시 바쁜 모양이었다. 윤 생원이

곁으로 다가가자, 펜대를 그냥 놀리면서,

"노인 어른 무신 일이십니껴?"

공손히 물었다. 그러나 바빠서 그런지 의자를 권할 생각은 하지 않았다.

윤 생원은 엉거주춤하게 서서 처음부터 또 허두를 떼는 수밖에 없었다. 김 계장은 계속 펜대를 놀리고 있었다. 듣고 있는지 어쩐지 알 수가 없었다. 그래서 잠시 말을 중단하자,

"어서 말씀하시이소."

듣고는 있는 모양이었다. 재주도 좋았다. 그래서,

"차례차례 뽑는다 카는데, 그 차례가 무신 차렌강 좀 알고 싶어서……."

하니까,

"나이 차례로 뽑았심더."

했다. 여전히 펜대는 움직이고 있었다.

"나이 차례요?"

"예, 그렇심더."

"나이 차례라, 보자……."

윤 생원은 마을 처녀들의 나이를 머릿속에서 짚어 보는 듯 한참 눈을 먼 데 두고 있다가,

"그람 우째 우리 여식부터 나왔능교? 우리 여식보다 생월생시가 빠른 사람이 있는데, 그 사람은 안 나오고……."

김 계장은 그제야 잠시 펜대를 멈추었다.

"자시한 건 저, 저 사람한테 물어보이소. 저 사람이 계원이니까요."

또 이러는 것이었다.

턱으로 가리키는 사람을 보니, 아까 처음에 부닥뜨린, 이마가 시퍼런 그 젊은 녀석이 아닌가. 그런데 그 젊은 서기는 자기에게 가서 물어보라는 소린 줄을 번히 알면서도 한 번 거들떠보지도 않고 못 들은 체 딴전만 부리고 있었다. 윤 생원은 그만 속에서 무엇이 욱하고 올라오는 것 같았다. 도대체 뭐 이런 것들이 다 있노, 싶었다. 사람을 앉혀 놓고만 병신을 만드는 것이 아니라, 빙빙 돌려가면서 병신을 만들 작정인 모양이었다. 더구나 늙은 사람을 말이다. 윤 생원의 턱수염은 떨리고 있었고, 아랫도리는 후들거렸다.

이때, 급사 아이가 식은 보리차를 또 이쪽으로 가져와서,

"자, 이거 받으이소."

하면서 히죽 웃는 것이 아닌가.

그만 윤 생원은,

"싫다!"

버럭 고함을 내질러버렸다.

급사 아이는 깜짝 놀라 뒤로 물러서며 엉겁결에 손에 들었던 찻잔을 떨어뜨렸다. 마룻바닥에 보리차가 철버덕 뛰었다.

모두 어리둥절해지며 일손들을 놓았다.

윤 생원은 덜덜덜 턱수염을 계속 떨면서,

"더러워서 내 참!"

하고, 돌아서 현관 쪽을 향해버렸다.

배골댁이도 얼른 밖으로 뛰어나갔다.

"저놈의 영감쟁이가 미쳤나 우쨌노!"

급사 아이의 욕지거리가 들렸고,

"나 참 별 영감 다 보겠네."

어쩌고 하는 소리와 함께 웃음소리가 일어나고 있었다.

바깥으로 나온 윤 생원은,

"후리아들놈들! 후리아들놈들!"

하면서 정신없이 걸었다.

배골댁이는 마침 자전거를 끌고 들어오는 사람을 붙들고 무슨 하소연을 해대기 시작했다. 바로 사돈에 육촌 그 사람인 모양이었다. 그러나 윤 생원은 아랑곳없이 핑 혼자 마구 걸었다.

윤 생원의 주름이 잡힌 두 눈구석에는 어느덧 물기가 비어져 나오고 있었다. 이래도 인생인가 싶었다. 이래도 살아야 되는가 싶었다.

5

안개가 낀 아침이었다. 안개라도 이만저만한 안개가 아니었다. 저만큼 앞에 서 있는 사람이 누구인지 잘 분간할 수가 없을 정도로 짙은 안개였다. 근년에 드문 안개였다.

안개 속으로 갑례와 분임이는 마을을 떠나고 있었다. 갑례는 깜장 치마저고리에 까만 고무신을 신었고, 분임이는 명절날 어디 일갓집에라도 가는 듯 노랑저고리에 분홍치마를 입고 새 미투리를 신었다. 그리고 둘이 다 손에는 둥실한 옷보자기를 들었다.

물론 윤 생원과 배골댁이와 순녀가 뒤따르고 있었고, 구장도 오늘은 면사무소까지 나갈 모양으로 말없이 일행의 뒤를 따라 걷고 있었다.

서낭고개에도 안개는 자욱하게 서려 있었다. 고갯마루에 올라선 갑례는 걸음을 멈추고 뒤를 돌아보았다. 동구 앞 정자나무 밑에서 어머니의 울부짖는 소리와 기침소리가 아직도 들리는 것 같았다. 그러나 마을도 정자나무도 어머니의 모습도 아무것도 보이지가 않았다. 안개뿐이었다. 차라리 뒤돌아보지 말고 가라는 듯이 세상은 온통 희뿌연 안개였다.

서낭바위도 안개 속에 부옇게 흐려진 모습으로 서 있었다. 부옇게 흐려져서 그런지 꼭 장승처럼 보였다. 갑례는 또 가슴이 미어오는 것을 느꼈다. 마치 떠나가는 자기와 분임이를 멀뚱히 서서 내려다보고 있는 것 같았다. 좋은 신랑감을 맞으려고 열심히 돌을 던져 쌓던 일이 이제는 아득히 멀어져 간, 아무 소용도 없는 딴 세상의 일처럼 생각되었다. 그리고 저 서낭바위도 이제 언제 다시 보게 될 것인지……. 그렇게 많이 쏟아내서 바닥이 났으리라 생각했던 눈물이 또 눈에 핑 도는 게 아닌가.

어디선지 아침부터 산비둘기 우는 소리가 들려왔다. 뽀뽀꾸꾸— 뽀뽀꾸꾸— 자욱한 안개 속으로 퍼지는 산비둘기 울음소리는 여느 맑은 날과는 달리 어쩐지 구슬픔에 젖어 있는 것처럼 들렸다. 뽀뽀꾸꾸— 뽀뽀꾸꾸— 갑례는 눈에 맺힌 이슬을 기어이 뺨으로 또르르 굴러뜨리고 말았다.

그러나 노랑저고리에 분홍치마를 입은 분임이는 도무지 그게 아니었다. 얼굴 어느 구석에 조금도 수심이 어려 보이지가 않았다. 오히려 여느 때보다 밝고 싱싱한 표정이었다. 차마 벙글벙글 웃지는 못하고 있었으나, 실상 속으로는 그렇게 벙글거리고 있는 것 같았다. 이 답답한 산골짜기를 벗어나 훨훨 만주까지 혹은 일본이나 남양군도까지 세상 구경을 떠나는 기분인 모양이었다.

고갯마루에서 순녀는 떨어지고, 나머지 일행은 안개 속으로 걸음을 옮겨갔다.

해가 높이 솟아오르면서 차츰 안개는 흐늘흐늘 엷어지기 시작했다.

면사무소에 당도했을 때는 언제 안개가 끼었더냐는 듯이 하늘은 씻은 듯 맑게 개어 있었고, 따뜻한 햇빛이 쏟아져 내렸다. 좋은 봄날이었다.

구장은 한 걸음 앞서 면사무소로 들어갔고, 뒤따라 일행이 사무소 정문을 들어서자, 어디서 나타났는지 꺼꾸리가 불쑥 앞으로 다가서며,

"감네랑 부이미랑 왔구나. 윤새인 진지 잡수셨능교?"

공연히 반가워서 야단이다. 뭐 반가워할 건더기가 하나도 없는 날인데 말이다.

"이리 오이소. 어기 모두 와 있구마."

꺼꾸리는 무슨 신나는 일이라도 되는 듯이 절름절름 앞장서 안내를 한다. 윤 생원은 속으로 반편이는 하는 수가 없구나 싶으며 씁쓰레 입맛을 다셨다.

면사무소 뒷마당에는 벌써 사람들이 여기저기 모여 서성거리고 있었다. 모여 서성거리고 있는 사람들 속에는 으레 처녀가 한둘 섞여 있었다. 물론 그들은 오늘 테이신타이로 나가는 당사자들이고, 기타는 따라 나온 가족들이거나 일가친척 아니면 구경꾼들이었다.

갑례와 분임이네도 한쪽 가에 가서 자리를 잡고 섰다. 이제 갑례의 얼굴에도 수심 같은 것은 어려 있지 않았다. 그저 약간 얼떨떨

한 기색과 함께 될 대로 되겠지 하는 가벼운 체념의 빛이 엇갈리고 있었다. 분임이는 벌써부터 세상 구경이 시작되기라도 한 듯이 호기심어린 눈동자를 곧장 굴렸다. 윤 생원은 빠끔빠끔 말없이 담배를 빨기만 했고, 배골댁이는 잠시 사방을 두리번거리다가 꺼꾸리에게,

"꺼구라, 면소 소사 어른 어딨더노?"

하고 물었다.

"소사 어룽예?"

소사 어른이라는 말이 우스운 듯 꺼꾸리는 헤벌레 입을 벌렸다.

"웃기는……."

"소사 어룽하고 자이 아능교?"

"그래, 사돈뻘 된다."

"사동빠이요?"

"그래 와."

"헤헤헤……."

"이놈 자식 와 자꾸 웃노. 가서 소사 어른 좀 덜꼬 온나."

"예."

절름절름 사무소 쪽으로 달려가는 꺼꾸리의 뒷모습을 바라보며 배골댁이는,

"그놈 자석 꼬래야(제 딴은야)."

하고 코로 히죽 웃었다.

잠시 후, 꺼꾸리는 소사 김 씨를 데리고 빙글거리면서 돌아왔다. 김 씨는 비록 소사이긴 하지만 '어른' 자를 붙여 부르고도 남을 그런 얼굴이었다. 광대뼈가 두드러졌고, 거뭇거뭇한 구레나룻이 목줄

기까지 흘러내리고 있었다. 김 씨를 보자 배골댁이는 다짜고짜 달려들었다.

"아이고 사돈 어른요, 이 일을 우짜만 좋은교?"

"나오싰능교, 글씨요……."

김 씨는 눈을 갑례와 분임이 쪽으로 돌렸다.

"야가 우리 딸 분임이 아잉교. 자 분임아, 인사디리라. 사돈어른 되신다."

분임이는 얼굴에 약간 홍조를 띠며 머리를 숙였다.

"참 사돈어른, 이 어른한테 인사하이소. 우리 동네에 같이 사는 윤 생원이구마."

"아 그러싱교. 전 김만숩니더."

"나 윤수암이요."

그러자 배골댁이는 갑례를 돌아보며,

"이번에 우리 분임이하고 함께 나가게 댄 갑례구마. 윤 생원 딸 아잉교."

했다.

갑례는 쑥스러워서 웃으며 얼굴을 돌려버렸다.

"사돈어른요, 어떻게 좀 뺄 수가 없겠능교? 이번만 빠지만 얼른 시집 보내삐리만 대는 긴데…… 좀 빼주이소. 예? 사돈어른!"

"지가 무신 그런 힘이 있능교. 계원한테 한 번 이얘긴 해보지예."

"김주사, 미안스럽소만 우리 여식도 좀 부탁해 주이소. 그 은공은 백골난망하리다. 김주사!"

윤 생원은 김 씨를 김 주사라고까지 받들어 부르며 애원의 빛을 온 얼굴에 띠었다. 지푸라기에라도 매달리고 싶은 그런 심정이었다.

그런데 분임이가 산통을 다 깨고 말았다. 산통을 안 깬다고 이제 와서 무슨 일이 될 성싶지도 않지만, 그러나 실낱같은 한 가닥 기대인데 말이다.

"내사 안 빠질라누마. 내사 나갈라누마. 나가서 돈벌이나 하지, 만날 산골짝에 처박히서 머하겠능교."

이렇게 거침없이 속을 털어놓았던 것이다.

모두 어이가 없는 듯 멍했다. 김 씨는 차라리 잘 됐다는 듯이 고개를 끄덕거렸다.

"좋은 생각이구마. 만주나 일본으로 공장 일하로 간다니까, 가서 돈도 벌고 구경도 하고…… 안 좋은교. 뽕도 따고 임도 보고…… 헛헛허."

김 씨가 웃자, 배골댁이는 분임이를 향해 주먹 하나를 번쩍 쳐들어 발끈 화를 냈다.

"이년의 가시나가 미쳤나 우쨌노. 머라고? 만날 산골짝에 처박혀서 못 살겠다고? 에라잇 이년의 가시나야! 니까짓 걸 다 자식이라고…… 빌어묵을 년의 가시나."

그리고 배골댁이는,

"나는 와 이렇게 인덕도 없는공…… 후유—"

크게 한숨을 쉬었다.

서방은 그렇게 휘청거리다가 훌쩍 만주로 날아버리더니 이번에는 딸년까지 에미 곁을 못 떠나서 안달이니, 참 기가 찼다. 배골댁이는,

"아이고 내 팔자야—"

하고 코를 팽 풀었다. 그리고 몹시 볼일이 급한 듯 저쪽 창고 뒤로

잰걸음을 쳤다.

"긴상요—"

급사 애의 김 씨 부르는 소리가 들리고, 이어서 면서기 한 사람이 나와,

"아쓰마래*(집합)—"

소리를 질렀다.

테이신타이로 나가는 처녀들은 슬금슬금 마당 한가운데로 모였다. 모두 열댓 사람 되었다. 갑례나 분임이처럼 머리를 땋아 댕기를 드린 처녀들도 더러 있긴 했으나 대부분이 머리를 하나로 혹은 두 갈래로 묶고 있었고, 답삭 자른 단발머리도 한둘 섞여 있었다. 옷들도 가지각색이었다. 분임이처럼 노랑이나 분홍의 고운 물색옷을 입은 사람은 별로 눈에 띄지 않았으나, 더러는 울긋불긋한 치마저고리를 입고 있기도 했다. 그러나 대개는 검정 아니면 흙무명베 옷이었다. 개중에는 '몸뻬(일본 여자들이 일할 때 입는 바지 같은 하의)'를 입고, 자진해서 벌써 머리에 '하치마키(머리띠)'까지 매고 있는 처녀도 눈에 띄었다. 신발도 가지가지였다. 검정 고무신과 짚신이 태반이었으나, 하나 둘 운동화도 섞여 있었고, 분임이처럼 미투리를 신고 있는 사람도 간혹 보였다. 손에는 모두 둥실둥실한 옷 보따리를 한 개씩 들고 있었다.

처녀들이 모이자, 면서기는 이열 횡대로 정렬을 시켰다. 따라온 가족들은 약간 거리를 두고 빙 둘러서서 멀뚱히 바라보고 있었다. 윤 생원은 정렬을 시키고 있는 면서기의 얼굴을 남달리 쏘아보고 있었다. '센토보오시(전투 모자)'를 쓰고 있어서 그 푸르스름한 이마빼기가 보이지는 않았으나 며칠 전에 면사무소에 찾아왔을 때, 무

안을 주던 바로 그 서기에 틀림없었다. 머리를 뽑아서 억지로 이마 빼기를 푸르스름하게 까올린 그 정나미 떨어지는 젊은 녀석 앞에 딸을 함부로 내맡긴 것 같아 윤 생원은 분하고 창피했으나 도리가 없었다. 그저 두 다리에 힘을 주고 꼿꼿이 서서 바라보고 있을 따름이었다.

정렬이 끝나자, 면서기는 제가 뭐 제법 지휘관이나 된 듯이 가슴을 쫙 펴고 부동자세를 취하더니,

"방고(번호)!"

하고 꽥 구령을 지르는 것이 아닌가. 손가락이나 눈으로 세어 보아도 얼마든지 인원을 점검할 수가 있는데 말이다.

"이치(하나)"

"니(둘)"

"상(셋)"

"시(넷)"

윤 생원은 쓰디쓴 입맛을 다셨다. 시집을 가고도 남을 말 같은 큰아기들이 이치, 니, 상, 시……가 다 뭐냐 말이다. 그리고 이 큰아기들을 다 데려다가 어쩌자는 것인지, 우리 갑례는 앞으로 도대체 어떻게 되는 건지…… 윤 생원은 또 이런 암담하고 심란한 생각에 빠져들고 있었다.

"고(다섯)"

"로쿠(여섯)"

"시치(일곱)"

"하치(여덟)"

번호는 하치에서 끝났다. 모두 소학교는 나왔는지, 학교를 안 다

녀도 그것쯤은 아는 것인지, 더러 막힐 법도 한데 그렇지가 않았다.

마침 번호가 끝나자, 김 씨가 손에 무엇인가 너덜너덜한 것을 한 오금*(한 움큼) 쥐고 뛰어왔다. 하치마키였다. 면서기는 그것을 받아 한 사람에게 한 개씩 나누어주었다. 그리고 그것을 머리에 매라는 것이었다. 한가운데에 '히노마루(일본국기)'가 빨갛게 박힌 하치마키였다. 모두 하라는 대로 하는 수밖에 없었다. 몸빼 차림에 자진해서 하치마키를 매고 있던 처녀도 히노마루가 박힌 놈으로 갈아 매었다. 단발머리에 하치마키는 어울렸다. 하나로 혹은 두 갈래로 묶은 머리도 그런대로 괜찮은 편이었다. 그러나 갑례나 분임이처럼 치렁치렁 땋아서 댕기를 드린 머리에 하치마키를 맨 꼬락서니는 정말 가관이었다. 민망해서 볼 수가 없었다. 윤 생원은 하치마키를 맨 갑례의 꼬락서니를 보고 음— 무기운 신음소리를 하며 슬그머니 얼굴을 돌려버렸다.

하치마키를 맨 갑례는 기분이 언짢고 쑥스러워서 도무지 눈 둘 바를 모르고 있는데, 누군가가 뒤로 다가와서,

"갑례야!"

어깨를 탁 쳤다.

돌아보니, 학교 때 동기생이었다.

"어마, 남순이 앙이가!"

"니도 나왔구나."

"그래. 분임이도 나왔다."

"어딨노?"

그러자 바로 옆에 섰던 분임이가,

"남순아!"

하고 빙그레 웃었다.

"아이고 가시나야, 몰라보겠구나."

"니도 몰라보겠대이."

"와 시집 안 가고 이런 데 끌려왔노."

"니는 와 시집 못 갔노."

한 교실에서 수다를 떨어쌓던 친구들이었으나, 졸업을 한 뒤론 도무지 만날 기회가 없었던 터이라, 서로 뒷모습만 보고는 얼른 알아보질 못할 만큼 되어 있었던 것이다. 남순이는 머리를 두 갈래로 갈라 묶고 있었다.

이렇게 뜻밖의 자리에서 만나 하치마키를 맨 얼굴을 서로 바라보며 웃고 있는데, 면서기의 요란한 구령이 또 떨어졌다.

"기오쓰케(차렷)—"

면장과 주재소 순사부장이 나타났던 것이다. 학교 교장도 나타나고, 부면장도 계장들과 함께 뒤따라 나타났다. 모두 어디 전장에라도 나가는 사람들처럼 센토보오시에 '게토르(각반)'까지 차고 있었다. 순사부장은 허리에 칼까지 차고 있었다. 그 칼이 걸음을 옮길 때마다 철걱철걱 소리를 냈다. 일부러 그런 소리가 나도록 걷는 것 같기도 했다. 그것이 위엄인 모양이었다.

곧 이어서 테이신타이로 나가는 처녀들의 환송식이 시작되었다. 말이 환송이지, 그것은 숫제 딱딱하고 지겨운 훈시의 계속에 불과했다. 맨 처음에 면장이 에— 에— 하면서 능하지도 못한 언변을 한바탕 늘어놓았고, 다음은 교장이 졸업식에서 졸업생들에게 하는 훈화 같은 것을 '소래카라(그리고)', '소오시데(그래서)' 하면서 끝없이 지껄여댔으며, 마지막으로 순사부장이 또 묘한 억양의 목소리로 마치 무슨 잘못을 저지른 사람들을 앞에 놓고 훈계를 하는 것처럼 '왓카다카(알았나?)'를 연발하면서 떠벌려댔다.

지겹고 따분한 것은 줄지어 서서 그 연설을 듣고 있는 오늘의 당사자들뿐이 아니었다. 둘러서서 듣고 있는 가족들도 마찬가지였다. 배골댁이는 숫제 일본말은 먹통이라 하품을 하고 있었고, 윤 생원도 간혹 '곡카노 다메니(국가를 위해서)'랄지, '타이닛퐁테이고쿠(대일본제국)'이랄지, '고오고쿠신민(황국신민)' 따위 낱말은 주워들을 수가 있었으나, 하품이 나오기는 매일반이었다.

연설이 끝나자, 이번에는 부면장이 나와 만세 삼창을 선창했다. 그런데 기분 좋게도 부면장이,

"텐노오헤이카 반—사이(천황폐하 만세)!"

하고 어찌나 두 팔을 힘차게 높이 처들었는지, 그만 쓰고 있던 센토보오시가 뒤로 벗겨져 떨어지고, 문어대가리 같은 그 민들한 대머리가 훌렁 불거져 나왔던 것이다.

"반사—이!"

"반사—이!"

모두 따라서 만세를 부르고는 있었으나, 킬킬킬 웃음들을 참지 못했다. 실상 텐노헤이카 반사이가 아니라, 훌렁 불거져 나온 민들한 대머리 만세를 부르고 있는 것 같았다. 윤 생원도 보리차 한 잔 갖다 드려라 하던 저 넉살좋은 대머리 녀석 싶으며, 기분이 괜찮아 허허허 웃었다.

환송식이 끝나자, 잠시 후 일행은 출발을 했다. 젊은 면서기의 인솔하에 읍내로 가는 것이었다. 열댓 명이나 되는 큰아기들이 머리에 하치마키를 매고 손에는 옷 보따리들을 들고 줄을 지어 신작로

를 걸어가는 광경은 구경거리가 아닐 수 없었다. 처녀들의 뒤를 가족들이 따르고 있었다. 물론 윤 생원도 배골댁이도 그 속에 섞여 있었다. 마을을 지날 때마다 사람들이 길가로 쏟아져 나왔다. 개들도 나와 꼬리를 치며 나부댔다. 그 중에는 겁을 집어먹고 마구 짖어대는 개도 있었다.

그날 해질녘, 윤 생원은 술에 취한 걸음으로 읍내에서 돌아오고 있었다. 배골댁이가 뒤따르고 있었다. 좀처럼 마시지 않는 술이었다. 그러나 오늘은 마시지 않고는 배길 수가 없었다. 그래서 술도가를 찾아가 커다란 사발로 두 개를 벌컥벌컥 해치웠던 것이다. 휘청휘청 돌아오며 윤 생원은 만고강산 유람할 제……를 흥얼거렸다. 기분이 좋아서가 물론 아니었다. 그저 허망하고 암담하고 눈앞이 어른거리기만 하는 것이었다.

그렇게 휘청휘청 걸음을 옮기다가 윤 생원은 길가에 서 있는 버드나무 밑동을 잡고 쭈그리고 앉았다. 고의춤을 헤치고 줄줄줄 볼일을 보기 시작하는 것이었다. 뒤따르던 배골댁이는 못 본 체 얼른 앞질러 가고 있었다. 줄줄줄 볼일을 보면서 윤 생원은 그만 버드나무를 두 팔로 안아버리는 것이 아닌가.

"아이고 불쌍한 우리 갑례야, 우리 갑례야……."

우는 것이었다. 두 줄기 눈물이 비어져 나와 주름살 진 얼굴을 타고 흘러내렸다.

서천에 해는 벌겋게 타며 떨어지고 있었다.

새벽이었다. 오늘도 안개가 자욱하게 서려 있었다. 자욱하게 안개에 묻힌 서낭고개를 가만가만 내려오는 그림자가 있었다.

마을 안개 속에서 개 짖는 소리가 들렸다. 그러자 그림자는 그 자리에 가만히 멈추어 서는 것이었다. 개 짖는 소리가 멎자 그림자는 다시 움직이기 시작했다. 지쳐서 다리가 제대로 말을 듣지 않는 듯한 그런 걸음걸이였다.

고개를 내려선 그림자는 조심조심 마을로 들어섰다. 안개 속에서 닭 우는 소리가 길게 일어났다. 그림자는 닭 우는 소리에도 깜짝 놀라는 것 같았다. 마을로 들어서자, 그림자는 갑자기 걸음이 가벼워지기라도 한 듯 안개에 묻힌 골목길을 재빠르게 달렸다. 그리고 어떤 사립 앞에 멈추어 섰다. 윤 생원네 집이었다. 그림자는 사립문을 지그시 들어서 안으로 밀었다. 삐그극 소리가 나기는 했으나 손쉽게 열렸다. 그림자는 감쪽같이 안으로 들어서고 사립문은 다시 삐그극 닫혔다.

윤 생원은 잠결에 삐그극 하는 사립문 소리를 들었다. 도무지 밤새도록 깊은 잠을 이룰 수가 없었던 것이다. 얼른 일어나 방문을 열었다.

"누고?"

마당에도 안개는 자욱했다. 안개 속에서 누군가가,

"아부지."

하는 것이었다.

"아니 이기 누고?"

"접니더."

"아니!"

갑례가 아닌가. 이게 어찌 된 일인가. 윤 생원은 정신없이 밖으로 뛰어나갔다.

갑례는 옷 보따리를 허리에 매고 있었다. 허리에 맨 옷 보따리가 축 처져서 궁둥이 위에서 덜렁거렸다. 안개가 서린 밤길을 얼마나 걸어왔는지, 온몸이 물에 빠진 것처럼 젖어 있었다. 하룻밤 사이에 얼굴에는 두 눈만 퀭했다. 아직도 두려움에 질려 있는 듯 저도 모르게 사방을 한 번 둘러보고는 얼른 가서 안방 문을 열었다. 윤 생원도 어찌 된 영문인질 몰라 턱수염을 떨며 뒤따라 안방으로 들어갔다.

입실댁이는 잠에 취해 고랑거리면서 늘어져 자고 있었다. 그 곁에 뿌뚜리도 팔다리를 아무렇게나 내던지고 곯아떨어져 있었다. 사람이 방문을 열고 들어가도 도무지 천지를 모르고 꿈쩍도 하지 않았다.

갑례는 방에 들어서자, 궁둥이에 매달린 옷 보따리를 끄를 생각도 않고 그대로 무너지듯이 어머니 곁으로 풀썩 주저앉았다. 그리고 두 손으로 얼굴을 가리며 몸서리를 치더니, 그만 흐느껴 울기 시작했다. 두려움과 피로가 함께 녹아내리는 듯한 그런 울음이었다.

"여보오!"

윤 생원은 발로 입실댁이를 툭 건드렸다. 이 밤중에 딸이 돌아와서 울고 있는데도 모르고 미련하게 잠만 자고 있는 것이 안타까웠던 것이다.

그제야 입실댁이는 기지개를 켜며 눈을 떴다. 그러나 방 안의 어둠 때문에 뭐가 뭔지 쉬 분간이 안 되는 모양이었다.

갑례의 흐느낌은 더 높아졌다.

"우야꼬!"

입실댁이는 깜짝 놀라며 벌떡 몸을 일으켰다. 어둠 속에서도 갑례를 알아보자, 입실댁이는 말이 막혀버린 듯 그저 입을 딱 벌리고만 있었다. 이게 꿈속이나 아닌가 싶은지, 두 눈만 대구 끔벅거리다가 갑례의 팔을 덥석 잡으며,

"아이고 갑례야! 우예된 심이고, 응? 응?"

반가움과 두려움이 뒤섞인 것 같은 소리를 질렀다.

"시끄럽구만, 목소리도 참……."

윤 생원은 이맛살을 찌푸렸다.

또 어디선가 개 짖는 소리가 들려왔다. 그러자 갑례는 다시 겁에 질리는 듯 뚝 울음을 그쳤다.

"우예된 일이고, 응이?"

"……."

"말 좀 해보래!"

"……."

그러나 갑례는 아무 말이 없었다.

윤 생원은 다 알겠다는 듯이 음— 하고는,

"말은 무신 말을 해. 자, 갑례야 어서 옷이나 갈아입어라."

했다.

그제야 갑례는 또 훌쩍 어깨를 들먹이며 떨리는 목소리로,

"도망쳐 왔어예."

하는 것이었다.

"아이고, 이 일을 우야노— 이 일을."

입실댁이는 곧 우는 소리를 하며 어쩔 줄을 몰랐다. 으레 또 그놈의 기침이 자지러지는 것이었다.

그러나 윤 생원은 그게 아니었다. 입실댁이의 기침이 멎는 것을

기다려서 나직하고 단호한 목소리로 말했다.

"우야긴 멀 우예! 잘 도망 왔지. 자, 어서 옷이나 갈아입어라."

잠시 방 안에는 침묵이 흘렀다. 뿌뚜리가 몸부림을 하며 돌아눕자, 윤 생원은 다시 입을 열었다.

"뿌뚜리가 알면 안 댄대이. 어서 옷 갈아입고 너거 오래비 방으로 가자. 거기서 오늘은 꼼짝 말고 숨어 있어야 한다. 그리고 어디 어떻게 도망쳐 왔능강 대강 얘길 들어보자."

윤 생원은 벌써 무슨 요량이 다 있는 모양이었다. 먼저 방문을 조심히 열고 나가는 것이었다.

건넌방에서 순녀가 부스스 일어나고 있었다.

잠시 후, 건넌방에 모두 모여 앉았다. 윤 생원은 며느리 방에 들어가기가 좀 안 됐으나, 지금은 그럴 계제가 아니었다. 순녀 역시 시아버지가 자기 방에 들어온 것이 처음 일이어서 부끄럽고 거북했으나 가만히 한쪽 무릎을 세우고 그 위에 두 손을 얹고 앉아 있었다.

옷을 갈아입고 아랫목에 와 앉은 갑례는 약간 한기가 드는 듯 오스스 떨었다. 그리고 어디서부터 이야기를 시작해야 좋을지 몰라 망설이다가,

"첨에사 도망 올 생각이 하나도 없었어예."

하고 입을 열었다.

사실, 갑례는 도망칠 생각 같은 것은 조금도 없었다. 그런 엄청난 생각은 아예 머리에 떠올려 보지도 않았다. 남순이도 동행이고 하니, 분임이랑 셋이서 가는 데까지 가 보리라, 오히려 재미있을지도 모른다, 그렇게 마음을 편안히 먹고 있었다. 그래서 곧잘 학교

적 이야기를 나누며 웃어대기도 했었다. 군청 마당에서 환송대회가 열렸을 때는 약간 신까지 나서 만세 같은 것도 남 못지않게 힘차게 부르기도 했었다. 정거장 가까이에 있는 학교의 교실에서 저녁 식사로 옥수수 투성이인 주먹밥 한 덩어리씩을 받았을 때도 서로 웃으며 그것을 베어 먹었었다. 그러나 이상한 소리가 귀에 들어온 뒤로 갑례의 마음은 걷잡을 수 없이 흔들리고 말았던 것이다.

그것은 헤이타이상의 '시다지키(밑에 까는 물건)'가 되러 간다는 소문이었다. 맨 처음 누가 어디서 들은 말인지 알 수 없었으나, 그 이상한 소문은 입에서 입으로 전해져서 마침내 갑례의 귀에까지 번져 왔던 것이다.

처음엔 그게 무슨 소린지 얼른 알 수가 없었다. 갑례뿐 아니라, 분임이도 남순이도 무슨 소린지 몰랐다.

"헤이타이상의 시다치가 머고?"

"글씨 말이다."

"시다지키 같으만 책받침 앙이가, 그제?"

"헤이타이상의 책받침이 대로 가다니 그기 무신 소리고, 말도 앙이다."

"헤이타이상들의 '자부동(방석)' 맨드는 공장에 간단 말인갑다. 그제!"

"글씨 그런갑다. 핫핫하……."

"헷헷헤……."

분임이와 남순이는 그렇게 웃어넘겨버리는 것이었으나 갑례는 그게 아니었다. 머리에 섬찍하게 와 닿는 것이 있었다. 시다지키라면 책받침뿐 아니라, 밑에 깔리는 것은 모두 그렇게 부르는 것이 아닌가. 헤이타이상의 시다지키라면…… 그러면…… 어마야! 순간 갑례는 얼굴이 화끈해지는 것 같았다. 생각만 해도 망측해서 이맛살이 찌푸려졌다. 세상에 그럴 수가 있단 말인가. 공장에 일을 시키러 데려가는 것이 아니라, 그런 흉측한 짓을 시키러 이렇게 데려간단 말인가. 그게 정말인가. 갑례는 걷잡을 수 없이 마음이 산란해지지 않을 수 없었다. 한 덩어리 얻어먹은 저녁밥이 도로 목구멍으로 올라올 것만 같았다.

분임이와 남순이는 새로 사귄 친구들과 어울려 시시덕거리고 있었으나, 갑례는 그때부터 얼굴에서 웃음을 싹 거두고 입을 꼭 다물어버렸다. 그리고 두 무릎을 안고 교실 벽에 심란하게 기대앉아서 이 일을 어쩌면 좋을까, 생각에 생각을 거듭했다.

영칠이의 얼굴이 떠올랐다. 그리고 감나무 숲이 눈앞에 어른거렸다. 그날 밤 일이 생각났다. 영칠이가 하던 말이 짜릿하게 가슴에 되살아 오르기도 했다. 내가 돌아올 때까지 기다려야 된대이, 딴 데 시집가면 안 된대이, 하던 목소리가 지금도 귓전에 울리는 것 같았다. 딴 데 시집을 가다니 얄궂대이, 하고 눈을 흘겨주던 일도 생각났다. 가슴이 미이는 것이었다.

그래서 결국 갑례는 엄청난 생각을 슬그머니 먹게 되었던 것이다. 죽었으면 죽었지, 그런 흉측한 짓을 하러 끌려가고 싶지는 않은 것이었다.

도망을 쳐야지……. 그렇게 마음을 먹고 난 갑례는 스스로 놀라지 않을 수 없었다. 자기의 어디에 그런 간덩어리가 들어 있었노 싶었다. 그리고 과연 무사히 도망을 칠 수 있을 것인가, 생각하니 덜컥 겁이 나기도 했다.

그러나 의외에도 그것은 쉽게 이루어졌다. 안개 때문이라고 할 수 있었다.

이백여 명이나 되는 처녀들이 대기하고 있던 학교 교실에서 쏟아져 나와 대열을 지어서 정거장으로 향한 것은 자정이 가까웠을 무렵이었다. 바깥은 안개였다. 언제 끼었는지 오늘 밤도 안개가 자욱했다. 자다가 깬 처녀들이 태반이어서 인솔자들의 호루라기소리가 요란했으나, 질서는 엉망이었다. 안개 때문에 더욱 그런 것 같았다. 안개 속으로 정거장에 도착한 처녀들은 정거장 마당에서 인솔자들의 지휘에 따라 대열을 정돈하고 차례차례 정거장 안으로 들어갔다. 폼*(플랫폼)에서 기차를 기다리는 것이었다.

갑례는 폼에서 대열을 지어 앉아 기차를 기다리는 동안 옷 보따리를 단단히 허리에 동여맸다. 다 속셈이 있어서 그러는 것이었으나, 아무도 그 눈치를 채지는 못했다.

시간을 잘 맞추어서 나왔는지, 기차는 쉬 들이닥쳤다. 기차가 꽤액— 요란한 기적을 울리며 폼으로 미끄러져 들어오자, 앉았던 처녀들이 일제히 우르르 일어섰다. 다시 질서는 엉망이 되고 말았다. 인솔자들의 호루라기가 또 호들갑을 떨어댔다. 맨 꽁무니에 빈 객차가 한 칸 달려 있었다. 그것이 테이신타이용이었다. 그런 줄을 알자, 앞에 있던 몇몇 처녀가 달려가기 시작했다. 그러자 그만 너도나도 하고 다투어 와— 몰려가는 것이 아닌가. 인솔자들의 호루라기 소리도 아랑곳없었다. 달려가다가 사정없이 엎어지는 사람도 있었고, 신이 벗겨져서 그것을 찾느라고 폼을 기는 처녀도 있었다. 난장판이었다. 호루라기들도 어이가 없는 듯 멍하게 넋을 잃기도 했고, '코라 코라, 칙쇼(야야, 개새끼들)!'하고 고함을 지르면서 마구 따라가기도 했다.

그때, 갑례는 무더기 속에서 벗어나와 폼 밑으로 내려섰다. 그리고 얼른 그 자리에 주저앉았다. 소변 보는 시늉을 하는 것이었다. 혹시 인솔자 누구가 보지 않았나 해서였다. 아무도 보지 않은 것 같았다. 갑례는 그렇게 소변 보는 자세로 슬금슬금 옆걸음을 치다가 그만 일어나 냅다 철로를 질러 뛰었다. 정신 없었다. 한참 그렇게 뛰다가 보니 사방은 안개뿐이었다. 안개 속에 폭 감싸여 있는 셈이었다. 그제야 갑례는 후유— 크게 숨을 내쉬었다. 이마에는 땀이 바짝 내배어 있었다. 가슴도 사정없이 뛰고 있었다. 그러나 생각했던 것보다는 간단하게 끝난 것 같아 오히려 싱겁구나 하는 느낌이었다. 갑례는 머리에 매고 있던 하치마키를 풀어 던져버리고 훌렁 치마를 걷어 올리며 그 자리에 쪼그리고 앉았다. 이제 진짜로 볼일을 보는 것이었다.

의외로 간단하게 끝났다는 안도의 느낌은 잠시뿐이었고 갑례는 곧 엄습해오는 불안을 어쩌지 못했다. 온몸이 오스스 떨렸다. 안개가 서린 신작로를 정신없이 걸으면서도 곧장 누가 뒤쫓아 오는 것만 같아 뒤가 돌아보아지곤 했다. 그리고 이 밤중에 무서워서 어떻게 집에까지 갈 것이며, 집에 간 뒤에는 또 어떻게 되는 것일까, 생각할수록 두렵고 암담한 노릇이었다.

꽤액— 기차는 기적소리를 울리며 안개 속으로 어디론지 멀리 사라져가고 있었다.

6

하루를 건넌방에서 숨어 지내고 이튿날 새벽 갑례는 아버지를 따라 감쪽같이 마을을 떠났다. 고모네 집으로 피신을 가는 것이었다. 고모네 집은 산등성이를 넘어서 질러가면 시오리 남짓밖에 안 되는 곳에 있었다. 평촌이라는 제법 큰 마을이었다. 마을 한가운데에 꽤 오래 된 듯싶은 기와집이 한 채 도사리고 있었다. 그 기와집을 중심으로 마을이 이루어진 듯한 느낌이었다. 그 기와집 바로 이웃에 고모네 집이 있었다.

갑례가 고모네 집에 온 것은 이번이 세 번째였다. 시오리 상간이지만 꽤 험한 산줄기가 사이에 가로놓여 있어서 왕래가 좀처럼 뜸했다. 그리고 산줄기를 사이로 이쪽저쪽이 서로 다른 군이기도 했다.

이른 아침에 찾아온 갑례와 윤 생원을 보자, 고모 선호댁이는 웬 일인가 하고 눈이 휘둥그레졌다.

"아이고 오라버니, 이렇게 일찌감치 우짠 일잉교?"

"글씨 말이다. 이렇게 식전에 찾아오다이 인사가 앙이다만, 그럴 만한 사정이 있어서……."

"무신 일인데예? 자, 어서 들어가입시더."

"살다보니 나 참 별일도 다 당한다이까."

방 안에 들어가 이야기를 듣고 난 선호댁이는 갑례를 향해,

"아이고 잘 왔다. 잘 왔어."

하고 곧장 쯧쯧쯧 혀를 차댔다.

"진직*('진작'의 방언) 시집을 보내뻬리는 긴데……."

"누가 이런 일이 있을 줄이사 알았나."

"세상도 하도 더러버서…… 우리 마실에서도 서이나 뽑히 안 갔능교."

"서이나?"

"예."

"언제?"

"한 보름 댔지예. 앞으로도 얼매나 나올란동……. 그러니 인지라도 얼른 시집을 보내삐리는 수밖에 없심더."

"내 생각도 그렇다. 그럴 도리뿐이 없어. 어디 적당한 자리 없나?"

"가마이 있어 보입시더. 한 자리 있긴 있는데……."

"어디고?"

"하하하, 가마이 기시 보이소. 말을 넣어보고 곧 통지할께예."

"델수록 빠린 기 좋대이."

"물론이지예."

갑례는 그저 고개를 숙이고 앉아서 손가락 하나로 방바닥을 살살 문질러대기만 했다.

이렇게 시작된 혼담은 급히 진전되어 나갔다. 바로 이웃에 있는 기와집 아들이었다.

이 기와집은 이 마을에서는 유세깨나 하는 집이었다. 정 씨였다. 이 마을의 태반이 정 씨인데, 그 문중의 종가였다. 그리고 '딸 부잣집'이라는 별명으로 통하기도 하는 집이었다. 위로 딸이 줄줄이 여섯이나 되고, 아들은 맨 끝에 달랑 하나뿐이었다. 그러니까 그 집안으로선 그럴 수 없이 귀한 아들이었다. 나이는 갑례보다 두 살 위인 스물하나였다. 이름은 태석이라고 했다. 선호댁이와도 전혀 남은 아니었다. 촌수는 얼마나 되는지 알 수 없었으나, 아무튼 먼 시숙뻘이 되는 셈이었다. 그래서 선호댁이는 수월하게 말을 붙여 볼 수가 있었다.

그쪽에서도 하나뿐인 아들이라 일찍 장가를 들이려고 이미 여러 군데 혼처를 보아 왔었다. 그러나 번번이 당자가 마다고 고개를 내저었었다. 그런데 어찌 된 영문인지, 이번에는 마치 기다리고 있기라도 한 듯이 대번에 빙그레 웃었던 것이다. 부모들은 오히려 전에 말이 있었던 혼처들보다 떨어지는 것 같아 심상하게 생각했는데, 참 이상한 일이었다. 번번이 퇴짜만 놓아쌓아서 내심 걱정이 되어 오던 터이라, 부모들은 그렇다면 그저 덮어놓고 좋다는 식으로 나왔다.

일이 이렇게 슬슬 잘 나가자, 선호댁이는 그럼 한 가지도 뭐 숨길 것이 있나 하고, 갑례가 이번에 테이신티이로 뽑혀나가나가 도망쳐서 지금 자기 집에 피신해 와 있다는 얘기까지 털어놓았다. 그러자 부모들의 얼굴에는 확실히 당황하는 빛이 떠올랐다. 그러나 태석이는 예사로,

"그까짓기 무신 상관 있능교. 결혼해서 호적에 신고해 삐리만 해결대는 긴데……."

이렇게 나오는 것이었다.

언제 벌써 갑례를 보았는지, 혹하기는 단단히 혹한 모양이었다. 부모들은 그저 말없이 고개를 끄덕일 따름이었다.

기와집 대문을 나서는 선호댁이는 다리가 어찌나 가뿐가뿐한지, 오히려 걸음이 헛놓이는 것만 같았다. 그러나 문제는 딴 곳에 있었다.

갑례였다. 갑례는 한 마디로 시집을 안 간다는 것이었다. 선호댁

이는 그 소리를 처음엔 큰아기들이 수줍어서 으레 하는 소리거니 생각했다. 그러나 두고 보니 그게 아닌 것 같았다. 정말 무슨 까닭이 있는 것 같았다. 그래서 하루는 갑례를 단단히 붙들고 앉았다.

"정말로 니 시집 안 갈 생각이가?"

"……."

갑례는 말없이 고개만 끄덕였다. 선호댁은 이거 야단이구나 싶었다. 갑례의 꼭 다문 입모습이 결코 만만한 게 아니었다. 선호댁이는 목소리를 가다듬었다.

"무신 까닭이 있는 기로구나. 어디 무신 일인강 얘기해라 보자."

"……."

"야아, 고모한테 못 할 얘기가 어디 있노. 안 그러나?"

"……."

"나는 니를 그렇게 생각하지 않는데, 니는 나한테 이렇게 대하는구나."

그제야 갑례의 꼭 다문 입술이 떨어졌다.

"고모, 그게 앙이라예."

"그래, 어서 얘기해라 보자."

"……."

또 잠시 망설이다가,

"벌써 임자가 있는데예 머."

살짝 얼굴을 붉히며 들릴 둥 말 둥 말했다.

선호댁이는 그럴 줄 짐작은 했으나, 역시 놀라운 일이 아닐 수 없었다. 그러나 그런 기색은 조금도 나타내지 않고,

"너거만한 때사 누구나 임자가 있을 수 안 있나. 나도 시집가

기 전에 눈이 맞은 총각이 있었띠라. 옛날에도 그랬는데 요새사 머…… 그래, 그 사람은 지금 어디 있노?"

이렇게 예사롭게 나갔다.

결국 갑례는 모든 것을 졸졸졸 쏟아놓았다. 그리고,

"고모예 고모예, 이 일을 우야만 좋응교?"

하고 울음을 터뜨리고 말았다.

"야야, 우선 니가 살아야 될 게 앙이가. 지뇽 간 그 총각한텐 안댔다마는, 이 판국에 달리 무신 도리가 있노. 언제까지나 이렇게 피신해 있을 것 같으나? 생각해 바라. 세월이 약이니라. 세월이 가만 다 잊어지니라."

갑례의 눈에서는 더욱 굵은 눈물이 뚜덕뚜덕 흘러나올 따름이었다.

일이 이쯤 되어, 선호댁이가 홍싯골을 찾아가려던 참인데, 윤 생원이 왔다. 윤 생원은 들어서기가 바쁘게 갑례를 보고 일이 잘 됐으니 집으로 가자는 것이었다. 일이 어떻게 잘 됐는지, 갑례뿐 아니라 선호댁이도 귀가 번쩍했다. 집안 식구들도 모두 일이 어떻게 됐느냐고 반색을 했다.

그동안에 윤 생원은 주재소에 불려갔던 것이다. 불려가서 하룻밤 단단히 고초를 겪고, 이다음에 테이신타이가 나오면 그때나 자진해서 나가도록 하겠다는 서약서에 지인(指印)을 누르고 나왔던 것이다. 그러니까 일이 완전히 끝난 것도 아니었다. 그러나 우선 그쯤으로 가라앉은 것만도 천만다행한 일이 아닐 수 없었다.

그렇지만 선호댁이는 걱정이었다.

"그럼 일을 우야만 좋응교? 혼담이 다 댄 셈인데……."

"우야긴 멀 우예. 하루라도 빨리 성사를 시키는 기지."

"나중에 테신타닌가 먼가 나와서 주재소에서……."

"걱정할 거 없어! 그땐 또 내가 당하는 기지 머. 내 딸 내가 시집 보냈는데 설마 저거가 죽이겠나 우야겠노. 대관절 혼처는 어디고?"

갑례는 절로 고개가 수그러졌다. 아버지를 볼 면목이 없었다. 두 눈에는 뜨거운 것이 핑 괴는 것이었다.

그날, 갑례는 아버지와 함께 집으로 돌아갔다.

테이신타이 나갔던 갑례가 재를 넘어 돌아오자 마을 사람들은 온통 야단이었다. 모두 잘했다고, 놀라운 일이라고 입에 침을 아끼지 않았다. 어떤 사람은 갑례가 보통내기가 아니라고 입을 딱 벌리기도 했다. 배골댁이 역시 칭찬을 아끼지 않았으나, 어딘지 모르게 섭섭한 눈치였다. 그리고 냅다 그년의 가시나, 그년의 가시나 하고, 분임이 욕을 해대는 것이었다. 입실댁이는 곧장 골랑거리면서 관세음보살을 찾기만 했다.

그리고 갑례의 혼사는 급히 진척되었다. 사성(四星)이 오고, 택일이 되고, 혼숫감이 오고……. 마을 사람들은 또 한 번 놀라지 않을 수 없었다. 이번에는 윤 생원의 칭찬이 자자했다. 윤 생원이 보통 넘는다는 것은 이미 알고 있는 사실이지만, 더욱 감탄들을 하는 것이었다. 누구보다도 갑례의 혼사를 반기는 것은 영칠이 어머니 평촌댁이었다. 평촌댁이가 그렇게 좋아하는 까닭은, 갑례가 평촌으로 시집을 간다기 때문이었다. 평촌은 평촌댁이의 친정마을이었다. 다시 말하면 영칠이의 외가가 있는 마을이었다. 영칠이와 갑례와의 사이를 평촌댁이는 전혀 모르고 있었다.

"아이고, 우리 친정 곳으로 시집가는구나."

그 말을 듣고 갑례는 가슴이 뜨끔했다. 마치 자기 친정에서 갑례를 며느리로 보기나 하는 것처럼 반기는 평촌댁이의 얼굴을 차마 볼 수가 없어서 얼른 뒤란으로 돌아 가버렸다. 그리고 뒤란에 웅크리고 앉아서 심란해지는 것이었다.

날짜를 가깝게 받아서 혼례식 날은 쉬 다가왔다. 혼례식 전날 저녁, 윤 생원과 입실댁이는 한바탕 입씨름을 했다. 요강 때문이었다. 입실댁이는 기어이 그 꽃요강을 파내 와야 된다는 것이었고, 윤 생원은 그것만 어떻게 파내 오느냐고, 나중에 전쟁이 끝나거든 파내서 보내주면 될 게 아니냐고 맞섰다. 그러나 입실댁이는 첫날밤이 중요한 것이지 나중에 무슨 영험이 있느냐고, 한사코 오늘 저녁에 파내 와야 된다고 우겨댔다. 결국 윤 생원은,

"영험은 무신 놈의 영험. 그렇게 오줌에 질었는데도 영험이 있능강."

하고 지는 수밖에 없었다.

택일을 잘했는지, 여간 좋은 날씨가 아니었다. 구름 한 점 없었다. 너붓너붓한 감나무 잎사귀들 사이로 햇빛이 눈부시게 쏟아져 내렸다. 그리고 그 눈부신 신록 속에서 지금 한창 감꽃들이 피고 있었다. 수없이 피어나는 희끗희끗한 감꽃들은 뭐라고 형언할 수 없는 은은한 향기를 뿜고 있었다. 온 마을이 그 은은한 꽃향기에 싸여 있는 것 같았다. 차일이 쳐진 갑례네 집 마당에도 꽃향기는 떠돌고 있었다. 이따금 나비들이 팔랑팔랑 날아들어 차일 위를 맴돌기도 했다.

오늘 누구보다도 신나는 것은 꺼꾸리였다. 꺼꾸리는 마치 제가 장가를 들기라도 하는 듯 아침부터 벙글벙글 야단이었다. 한시도

갑례네 집 마당에서 떠날 줄을 몰랐다. 신랑이랑 상객이 와서 들어 있는 사랑방 앞에서 귀를 기울이며 헤벌레 웃기도 했다.

혼례식이 시작된 것은 해가 거의 중천에 왔을 무렵이었다.

사모관대로 차린 신랑이 목안(木雁)을 들고 나타나자 마당을 메우고 서서 떠들어대던 구경꾼들이 조용해졌다. 담 너머로는 큰아기들이 다투어 목을 뽑아 올리고 있었다.

목화(木靴)를 신은 신랑이 뚜벅뚜벅 걸어서 차일 밑으로 들어서자 누군가가,

"그 신랑 참 코 크대이!"

소리를 질렀다.

와— 웃음이 터졌다. 신랑도 싱긋이 웃고 있었다.

신랑이 초례상 앞에 와 서자, 홀기(笏記) 부르는 노인이,

"신부 출—"

하고 길게 목을 뽑았다.

그러자 온 마당은 갑자기 더 활기를 띠는 듯 술렁거렸다.

잠시 후, 갑례가 겹족두리에 용잠(龍簪)을 찌르고 활옷의 색동 소맷자락으로 수줍게 얼굴을 가린 채 대반(對盤)들에게 부축되어 나타나자, 잠시 구경꾼들은 숨을 죽였다. 담 너머로 큰아기들은 눈을 반짝거리며 수군댔다.

"어마, 갑례 바라."

"쪽도리 이쁘다 그제?"

"비네도 참 크대이."

"참 좋겠다."

"아이고 가시내야, 헷헷헤……."

"홋홋호……."

흘기 부르는 노인의 목소리가 또 울렸다.

"신랑 재배—"

신랑이 무릎을 꿇고 신부에게 너부죽이 엎드려 절을 하자,

"앗다, 코가 땅에 닿겠네!"

"그렇게 땅에까지 댈 필요는 없는데……."

"억씨기 좋은 모양이제?"

"글씨 말이다."

"핫핫하……."

"헛헛허……."

구경꾼들은 신소리를 해대며 웃었다.

신랑 재배가 끝나자, 다음은 신부의 사배였다. 신랑은 두 번 절을 하고, 신부는 네 번 절을 하는 것이었다.

신부가 대반들의 부축을 받으며 첫 번째 절을 하고 다소곳이 일어서고 있을 때였다.

"아구— 몽 살겠네—"

누군가가 이렇게 소리를 질렀다. 꺼꾸리였다. 꺼꾸리는 이렇게 냅다 소리를 지르고는 그만 마당 한가운데에 번쩍 두 다리를 쳐들고 물구나무를 서버리는 것이 아닌가.

와— 온 마당은 걷잡을 수 없이 들끓었다. 신랑도 무슨 일인가 싶어서 슬금 뒤를 돌아보고 있었다. 그러나 신부의 절은 여전히 계속되고 있었다.

지금까지 마을 사람들은 꺼꾸리를 고자 취급해 왔었다. 여자라는 것을 전혀 모르는 줄만 알았다. 사실, 서른은 되었을 것이라는

꺼꾸리는 지금까지 한 번도 여자에게 손을 대려고 든 일이 없었다. 도무지 그런 생각도 먹어보지 않는 것 같았다. 홍싯골 여자들에게만 그런 줄 알았더니, 그게 아니라 면내 어디에서나 또는 읍내에 나가서도 전혀 그런 일은 없는 모양이었다. 그런 얘기는 한 번도 들려오지가 않았다. 반편이인데다가 그것까지 그래 생겨먹어서 안됐다고 측은해하는 사람도 있었고, 차라리 반편일 바에야 그것까지 고루 반편이인 편이 낫지 않겠느냐고 웃는 사람도 있었다. 짓궂은 젊은 녀석들이 한 번은 꺼꾸리 물건 좀 검사해 보자고 대든 일이 있었다. 그러나 꺼꾸리는 한사코 발버둥을 치며 끝내 사타구니를 고수하는 것이었다. 부끄러운 줄은 아는 모양이었다. 그래서 결국 지금까지 아무도 꺼꾸리의 물건을 똑똑히 확인한 사람은 없었다. 그러면서도 마을 사람들은 막연히 꺼꾸리 물건은 고추만 할 것이라고 생각하며 그를 고자로 여겨왔었다. 또 뭐 그렇게 대단한 일도 아니어서 모두 무관심하게 지내오는 터였다. 그런데 오늘 이거 '아구, 몽 살겠네'가 무슨 소리란 말인가. 마을 사람들은 놀라지 않을 수 없었다.

마당 한가운데 벌떡 물구나무를 선 꺼꾸리는 이번에는,

"아구, 아구, 아구—"

곧장 짐승 같은 얄궂은 소리를 지르며 뿔뿔뿔 두 손으로 걸어가는 것이 아닌가.

"야— 잘한다. 잘해!"

"저런, 저런, 저런……."

"신나는구나, 꺼꾸리."

"저 배꾸무 좀 보소."

혼례식은 제쳐놓고, 잠시 꺼꾸리의 재주 구경판이 되어버렸다.

"네잇 이놈! 이기 무신 짓이고—"

버럭 고함을 지르며 나타난 것은 윤 생원이었다. 윤 생원은 주먹을 번쩍 쳐들었으나, 차마 이 경삿날에 때리지는 못하겠는 듯 한쪽 발로 땅바닥만 쾅쾅 굴러댔다. 꺼꾸리는 얼른 바로 서더니, 히들히들 웃으며 절름절름 마구 사립 밖으로 뺑소니를 치는 것이었다.

이렇게 왁자그르르한 가운데 혼례식은 끝나고, 음식 잔치가 시작되었다. 시국이 시국이니만큼 뭐 먹을 만한 변변한 음식도 없었다. 그러나 차일 위에 산그리메가 덮일 때까지 온 마당 온 집안이 흥청거렸다.

그날 밤, 신방에는 황밀촉이 곱게 타오르고 있었다. 귀한 불이었다. 입실댁이가 시집올 때 가지고 온 초였다. 자기네 첫날밤에 켰던 나머지였다. 그러니까 몇 십 년은 농 속 깊은 곳에 간직해 온 물건이었다.

그 황밀촉을 받들고 있는 것은 초꽂이가 아니었다. 요강이었다. 바로 그 꽃요강이었다. 새로 닦아 깨끗하게 반질거리는 꽃요강 속에 초를 세우고 불을 켜 놓은 것이었다.

발그레 고운 불빛이 꽃요강의 방방한 겉몸을 위로부터 어루만지듯이 비추어 내리고 있었다. 겉몸에 그려진 함박꽃도 호랑나비도, 그리고 가느다랗게 꼬리를 그으며 솟구쳐 오르고 있는 두 송이 구름도 불빛을 받아 여느 때보다 선명한 금빛으로 반짝반짝 빛나고 있었다.

불빛 앞에 갑례는 다소곳이 고개를 숙이고 앉아 있었다. 한쪽 무릎을 세우고, 그 위에 두 손을 포개어 얹은 채 말이 없었다.

불빛은 갑례의 노랑저고리와 다홍치마를 연연하게 비추고 있었고, 머리 위에 얹힌 겹족두리의 보요(步搖)를 영롱한 빛으로 떨게 하고 있었다. 그리고 용잠을 더욱 아름답고 귀물스럽게 비추고 있었다.

잠시 후, 신랑의 손이 갑례의 용잠을 뽑고 족두리를 벗겼다. 저고리 고름을 풀고 한쪽 버선도 벗겼다.

그러자 곱게 타던 불이 나불나불 춤을 추었다. 신랑의 손이 이번에는 나불나불 춤을 추는 촛불로 다가가는 것이었다.

곧 불은 꺼지고, 방 안에는 깨끗한 어둠이 담겼다.

7

연분홍빛 철쭉꽃이 여기저기 한창인 산길을 갑례는 신랑의 뒤를 따라 걷고 있었다. 오늘은 초록색 저고리에 다홍치마였다. 분도 바르고 연지도 좀 묻힌 듯 여느 때보다 한결 고운 얼굴이었다. 반듯하게 탄 가르마가 유난히 눈에 띄었다. 그리고 그 치렁치렁하던 댕기머리는 간 데 없고, 예쁘장한 낭자머리에 옥비녀가 반짝거린다. 곧잘 펄럭거려지는 다홍치마의 자락을 살짝 여며 잡고, 콧등에 맺히는 이슬 같은 땀방울을 손수건으로 찍으면서 걷고 있다. 새색시의 아리따운 자태가 자르르 흐른다.

몇 걸음 앞서가는 신랑의 두루마기 자락도 이따금 바람에 펄럭거린다. 두루마기 자락 밑으로 옥색 명주바지가 화사하다. 머리에는 중절모자를 얹었다. 땀이 나는지, 모자가 뒤로 비스듬히 젖혀졌다.

이렇게 둘이만 걷고 있는 것은 아니었다. 일행이 모두 다섯이었다. 윤 생원과 선호댁이가 뒤처져 따라오고 있고, 저만큼 앞장서 뿔뿔뿔 재를 올라채고 있는 것은 꺼꾸리였다. 꺼꾸리는 등에 큼직한 짐을 지고 있었다. 갑례의 혼수 짐이었다. 그 속에는 금침과 함께 꽃요강도 소중히 들어 있었다. 그 둥실한 짐 덩어리를 지고도 무슨 신이 그렇게 나는지, 꽤 가파른 재를 절름거리면서 잘도 올라가고 있었다.

신행길이었다. 어제 혼례식을 올렸는데, 오늘 벌써 신행이었다. 2일 신행이란 없는 법이다. 3일 아니면 5일 신행이 관례였다. 그러나 그런 관례를 좇고 있을 계제가 못 되었다. 혹시 주재소에서 알면 또 무슨 변이 일어날지 모르니, 하루라도 속히 떠나버려야만 마음이 놓일 것 같아, 관례를 이기고 일을 서두른 것이다.

매사에 관례를 존중하는 윤 생원이었다. 그러나 이런 경우에까지 관례, 관례 하고 그것밖에 생각할 줄 모르는 그런 앞뒤가 막힌 윤 생원은 아니었다. 오히려 입실댁이가 2일 신행이 말이 되느냐고, 3일 신행을 우기고 나오자, 윤 생원은 천천히 고개를 가로저었다.

"3일 신행이 존 줄이사 누가 모르나. 3일 신행보담 5일 신행이 더 좋지. 그렇지만 그런 태평세월이 아니란 말이시. 만약 주재소에서 알고 나오기라도 하는 날이만…… 임자가 책임질 낀가?"

주재소라는 말에 3일 신행은 그만 쑥 들어가고 말았던 것이다.

좋은 날씨였다. 여기저기 무더기 무더기로 피어 있는 철쭉꽃 위로 햇빛은 눈부시게 쏟아져 내리고, 비비 호르르 비비 호르르 호르르……. 어디선지 산새 지저귀는 소리가 들려오기도 했다. 하늘에는 구름 몇 송이가 한가롭게 흐르고 있었다.

잿마루에는 시원한 바람이 불고 있었다. 일행은 한참 앉아 쉬었다. 갑례는 앉아서 가만히 홍싯골을 내려다보았다. 가물거리는 감나무 숲을 하염없이 내려다보고 있던 갑례는 무슨 생각이 떠올랐는지 저만큼 떨어져 앉은 신랑을 힐끗 돌아보며 약간 귀밑을 붉혔다. 그리고 그런 생각을 해서는 안 된다는 듯이 얼른 반대 방향으로 고개를 돌렸다.

반대 방향에도 세상은 후련하게 펼쳐져 있었다. 그러나 후련한 들녘도 야산도 길도, 그 사이사이에서 가물거리는 마을들도 모두가 갑례에게는 생소하기만 했다. 지금까지 살아온 세상과는 전혀 별개의 세상인 것만 같았다. 물론 몇 차례 가 본 고모네 마을이었다. 그리고 그 마을이 지금 이렇게 가고 있는 시집 마을이기도 하다. 그러나 그 마을이 어디쯤인지 잘 분간이 안 되는 것처럼, 도무지 눈앞의 모든 것이 서먹서먹하기만 했다.

여자가 시집을 간다는 것은 결국 이런 재를 넘는 일일 것이다. 재를 넘어 전혀 생소한 곳으로 순순히 따라가는 것이 여자의 길일 것이다. 앞으로 펼쳐질 운명이 어떤 것인지, 약간 불안한 가슴을 안고 말이다. 잿마루에서 비로소 갑례는 시집간다는 사실을 실감하는 것 같았다. 집 사립을 나설 때, 어머니 앞에서 흘리던 눈물과는 또 다른 야릇한 것이 복받치는 것 같아, 갑례는 손수건으로 소리 없이 콧물을 풀었다.

재를 내려갈 때는 꺼꾸리의 등에 매달린 혼수 짐에 불그레 꽃이 피어 있었다. 철쭉꽃이었다. 쉬는 동안 꺼꾸리가 꺾어다가 꽂은 것이었다. 짐을 진 꺼꾸리는 오르막보다 내리막이 더 힘이 드는 듯 곧장 짐 덩어리가 기우뚱거렸다. 그럴 때마다 꽃은 나풀나풀 춤을 추었다.

일행이 재를 거의 내려갔을 때였다. 꺼꾸리가,

"저기 멍고……."

소리를 질렀다.

모두 그쪽을 바라보았다.

"가매 앙이가."

선호댁이가 말했다.

"음. 여기꺼지 가매가 나왔구나."

윤 생원은 만족한 얼굴이었다.

가마라는 말에 갑례는 어쩐지 얼굴이 살짝 붉어지는 것 같았다.

아닌 게 아니라 저 아래 길 가운데에 빨간 가마가 놓여 있고, 두 사람의 가마꾼이 소나무에 비스듬히 기대앉아 있는 것이 보였다. 인기척을 들었는지, 그 중 한 사람이 자리에서 일어나 이쪽을 우러러보며 반가운 듯 한쪽 손을 번쩍 들었다.

"마 서방이구나."

신랑 태석이도 한 손을 들어 알은 체를 했다.

마 서방은 이마에 수건을 질끈 동이고 있었다. 일행이 다 내려오자, 마 서방은 일부러 들으라는 듯이,

"사람을 이렇게 기다리게 하는 법이 어딨노 말이다. 한참 늘어지게 잘 자기사 했다마는……."

기지개를 한 번 크게 켜는 것이었다.

윤 생원과 갑례는 그 말에 약간 무안을 당한 것 같아 표정이 굳어졌다. 그러나 어찌된 셈인지, 태석이와 선호댁이는 싱긋싱긋 웃고 있었다. 꺼꾸리는 그런 소리가 자기와는 아무 상관도 없다는 듯

이 얼른 짐을 벗어놓고, 가마 곁으로 가서 그 속을 들여다보느라고 정신이 없었다.

무안을 당한 얼굴로 윤 생원이 한자리에 멀뚱히 서 있자, 선호댁이가 얼른 곁으로 가서 소곤거렸다.

"저 양반 말버릇이 그렇심더. 참 맘씨가 좋고 재밌는 사람이구마. 오라버니, 기분 나빠하지 마이소."

"아무리 그렇지만, 이런 자리에서……."

"나쁘게 생각지 마시라니까예. 저 입 생긴 거 좀 보이소."

"흠—"

과연 입이 걸작이었다. 얼굴에 온통 입밖에 없는 것 같았다. 입을 위해서 얼굴이 있는 듯한 그런 인상이었다. 정말로 그러는지 일부러 그러는지, 또 기지개를 켜며 이번에는 그 거창한 입을 딱 벌리는 것이었다. 꼭 하마가 입을 벌리는 것 같았다. 윤 생원도 웃지 않을 수 없었다.

마 서방은 태석이네 집 머슴이었다. 육십이 가까워 보였다. 그러나 기골은 아직 정정했다. 그가 나이를 얼마나 먹었는지 아는 사람은 아무도 없었다. 남들이 모를 뿐 아니라, 실상 당자도 자기 나이가 얼마인지 잘 모르는 모양이었다. 어쩌다가 누가 연세를 물을 것 같으면 그런 것 꼬박꼬박 챙겨서 뭐 하겠느냐고, 나 같은 사람 그저 살 때까지 살다가 죽는 것이지 이런 식이었다. 말하자면 꽤 괴짜였다.

"자, 탈라카거등 어서 타보소구마."

갑례를 보고 하는 소리였다. 그러나 그 말소리가 조금도 싫게 들리지가 않았다. 익살 투였다. 갑례는 하얀 덧니를 드러내며 웃고만 있었다.

"야아, 어서 타거라. 어서 가자."

고모의 재촉에 갑례는 수줍은 듯 손수건으로 살짝 입을 가리며 가마 곁으로 다가갔다. 그러나 이렇게 조그마한 궤짝 속으로 어떻게 들어가는 것인지 몰라 웃기만 했다.

"헤헤— 문꺼지 열어 디리야 대능가배. 이기 문 아잉게."

마 서방도 그 큰 입으로 히죽이 웃었다.

갑례가 조심스럽게 웅크리고 가마 속으로 기어들어가자, 꺼꾸리는 무엇이 그렇게 좋은지 힐힐힐…… 마구 킬킬거렸다.

"그 녀석 웃기는……."

그러면서 윤 생원 자기도 입을 비시그레 옆으로 가져갔다.

가마 속에 들어가 자리를 잡고 앉은 갑례는 우선 답답하다고 생각했다. 바로 머리 위에 천장이 있고, 앞뒤와 옆이 바싹 벽이었다. 갑례는 궤짝 속을 이리저리 살피다가 얼른 몸을 가누었다. 가마가 땅에서 떠서 건들건들 움직이기 시작했던 것이다. 양쪽 벽에 손바닥만 하게 뚫린 창구멍 밖으로 바깥 경치도 건들건들 움직이고 있었다. 갑례는 건들건들 움직이는 눈부신 경치를 살그머니 내다보며 미소를 지었다. 이거 묘하구나 싶었다. 이제 제대로 격에 맞게 시집을 가는 것 같아 꽤 기분이 괜찮았다.

시가란 모든 것이 서먹서먹하고 얼떨떨한 곳이었다. 잿마루에서 생소한 방향을 바라보았을 때와 흡사한 느낌이었다.

우선 집 구조부터가 그랬다. 지금까지 살아온 친정의 아늑한 초가집과는 달리 어쩐지 덜렁하고 허전하게만 느껴졌다. 대문간에 행랑방까지 마련되어 있었으나, 고향집의 사립문처럼 정이 가지가 않았다. 푸릇푸릇 이끼가 돋은 기와지붕은 보기에 역하기까지 하고, 저녁으로 바라보면 공연히 무섬증이 들기도 했다.

마당가에 서 있는 나무도 감나무가 아니었다. 대추나무였다. 갑례는 처음엔 그게 무슨 나문지 알 수가 없었다. 처음 보는 나무였다. 잎사귀가 어찌나 곱슬곱슬한지, 참 별스럽게 생긴 나무도 다 있구나 싶었다. 이런 곱슬곱슬한 나무에 열리기 때문에 대추가 그렇게 고들고들한가 보다고 웃기도 했다. 홍싯골을 뒤덮고 있는 우뚝우뚝한 감나무들과 그 너붓너붓한 잎사귀들에 비하면 도무지 풍신이 말이 아니었다.

시아버지 정 참봉은 점잖은 노인이었다. 우선 수염 분량부터 친정아버지보다 많고 윤기가 흘렀으며, 신수도 비할 바가 아니었다. 입고 있는 비단 마고자 때문인지는 몰랐지만, 글도 꽤나 하는 모양이었다. 그러나 역시 친정아버지에 비길 성질이 못 되었다. 매사에 그저 어렵기만 했다.

시부모와 친부모를 비겨본다는 것은 말도 안 되는 소리다. 더구나 시어머니와 친정어머니의 경우에 있어서는 말이다. 시어머니 영일댁이의 성질이 어떤지는 더 두고 보아야 알 일이지만, 맵기 아니면 짜기지, 뭐 시어머니 별다른 데 없을 것이다. 그쯤 모르는 갑례가 아니었다.

그리고 정신을 차릴 수가 없었던 것은 여섯이나 되는 시누이들이었다. 신행 날 모두 와 있었는데, 누가 누군지 도무지 그 사람이 그 사람인 것 같아 얼떨떨하기만 했었다. 모두 손위인데 혹 실수나 하지 않을까 하고 무척 애를 먹었었다.

이렇게 서먹서먹하고 얼떨떨한 가운데 갑례의 시집살이는 시작되었다. 그러나 바로 이웃에 고모네 집이 있어서 여간 마음이 든든하지가 않았다. 생판 낯선 곳으로 시집을 왔더라면 얼마나 적적했을까 싶었다. 갓 시집온 새색시가 대문 밖으로 곧잘 나다닐 수가 없어서 자주 찾아가지는 못하지만, 그래도 바로 지척에 고모가 계시다는 생각만으로도 족했다.

그리고 또 한 가지, 이 평촌으로 시집온 뒤로 늘 갑례의 머리를 떠나지 않은 것은 영칠이네 외가가 어느 집인가 하는 생각이었다. 이제 그런 생각을 해보아야 아무 소용도 없고, 또 그런 생각일랑 싹 씻어버려야 될 일이지만, 그렇게 잘 되지 않는 것이 사람의 일인가 보았다. 영칠이네 외가는 무슨 성바지일까. 혹 같은 문중이나 아닌지. 잘 사는 집일까 어떨까. 그리고 영칠이네 외조부 외조모가 다 계시는지. 외숙은 어떤 분일까. 외숙모는…… 공연히 자꾸 이렇게 생각을 이어가다가 슬그머니 그만 영칠이 생각으로 빠져들어가버리는 것이었다. 활동사진이 들어온 날 밤의 그 가슴 뛰던 일이며, 무밭에서의 그 부끄럽던 대낮의 일, 그리고 눈앞이 빙 도는 것 같던 그날 밤 감나무 숲에서의 일, 밤이 깊어도 미진한 그 달디단 입맞춤 같은 것이 짜릿하게 가슴에 되살아 오르는 것이었다. 지난해 가을의 일인데 벌써 아득히 멀어져 간 옛일처럼 생각되기도 했다. 그리고 지금 북해도에서 영칠이는 얼마나 고생을 하고 있을까. 내가 이렇게 된 줄은 꿈에도 모르고, 전쟁이 하루 속히 끝나 고향에 돌아올 날만 기다리고 있겠지. 이런 생각에 미치면 갑례는 그만 몸을 소스라치며 자리에서 벌떡 일어나지 않을 수가 없었다. 견딜 수 없는 아픔이 가슴 안쪽에서부터 살을 가르고 비어져 나오는 것만 같았다.

'잊어야지, 잊어야지.'

혼자 중얼거리며 고개를 내젓기도 했다. 언젠가 고모가 한 말, 세월이 약이니라, 세월이 가면 다 잊어지니라, 하던 그 말이 유일의 방패처럼 여겨져, 어서어서 세월아 좀 흘러라 보자, 싶기도 했다.

그리고 그런 생각을 떨어버리기 위해서도, 또 혼전의 부정을 용서받기 위해서도 갑례는 신랑을 극진히 위하려고 애를 썼다. 어차피 엎질러진 물, 그러는 도리밖에 없었다.

그것이 또 여자의 길인 것만 같다.

"여보."

갑례는 부끄러웠다. 처음으로 신랑을 이렇게 불러본 것이다. 그 소리가 왜 그렇게 입에서 잘 안 떨어지는지 몰랐다. 무척 힘이 들었으나, 오늘은 있는 용기를 다했던 것이다.

바깥에 비가 내리고 있었다. 추적추적 내리는 빗소리 때문에 그런 용기가 났는지도 몰랐다.

"응?"

아랫목에 번듯이 누워 있던 태석이는 이거 웬일이냐는 듯이 가볍게 몸을 뒤집어 엎드리면서 웃었다. 갑례는 귀밑이 화끈 달아오르는 것 같아 얼른 다음 말을 꺼내지 못했다.

"와?"

미닫이 곁에 앉아 시어머니의 버선 뒤꿈치를 깁고 있던 갑례는 그제야,

"불 켤까예?"

이렇게 말했다.

방 안에 어둠이 서리고 있었다. 그러나 그 말을 하려고 애써 여보

라고 부른 것 같지는 않았다.

"난 또 무신 일이라고."

태석이는 기대에 어긋났다는 듯이 도로 번듯이 몸을 뒤집으려 했다.

"저 다름이 앙이라……."

"……."

"이 요강 어때예?"

"어떻다이?"

"보통 요강 같으나 말이예."

태석이는 무슨 뜻인지 잘 몰라, 윗목 한쪽 구석에 놓인 요강을 멀뚱히 바라보다가,

"글씨, 꽃이랑 머가 좀 안 기리졌나*(그려졌니)."

했다.

갑례가 웃자, 태석이는 얼른 또 덧붙였다.

"참, 그리고 우리 첫날밤에 촛불 담아 났던 요강 앙이가."

갑례는 일손을 놓고 가만히 일어나 등잔에 불을 켰다. 그리고 등잔 곁으로 옮아 앉아 다시 일손을 놀리면서 꽃요강의 내력을 이야기하기 시작했다.

"보통 요강이 아니라예. 무슨 요강인강 하만, 옛날에 우리 어머니의 외할머니의 아버지가 계싰는데……."

"머라고? 어머니의 외할머니의 아버지라?"

"예."

"참, 억씨기 복잡하네."

"핫핫하, 가만히 들어 보소."

바깥의 빗소리는 한결 더 세어지고 있었다. 가물거리는 등잔불 아래서 갑례는 곧장 일손을 놀리면서 마치 옛날 옛적 이야기라도 하듯이 꽃요강의 유래를 차근차근 늘어놓았고, 태석이는 엎드려서 두 손으로 턱을 괴고, 갑례의 이야기를 듣고 있었다. 눈을 끔벅거리다가 이따금 요강 쪽으로 힐끗 시선을 보내기도 하면서 말이다.

"그 꽃요강이 인제 나한테 물려져서 우리 방에 와서 놓이게 됐다, 그기라예."

갑례가 살짝 덧니를 드러내며 이야기를 끝내자, 태석이는 엎드린 채 요강 쪽으로 뽈뽈 기었다.

"그거 참 그래 볼 끼 앙이구나."

요강의 겉몸에 그려진 무늬를 손가락으로 살살 건드려 보며 태석이는 비죽이 웃었다.

"아, 그러고 보이 이건 호랑나비로구나. 꽃에 호랑나비라, 그럴 듯한데. 이건 구름인가. 별 기 다 있네."

갑례는 가만히 태석이의 얼굴을 지켜보고 있었다.

"이 요강에 오줌을 누만 잘 살고, 아들딸도 많이 놋는다 그 말이제. 너무 많이 노만 곤란한데……."

어디 그렇다면 한 번 누어 보자는 모양인지, 태석이는 자리에서 벌떡 일어나며 요강을 들어올렸다.

갑례는 약간 당황했다. 정말로 바지를 헤치더니 요강을 앞에 받쳐 들고 우뚝 서는 것이 아닌가. 남자란 참 어쩌면 저럴 수가 있을까 싶었다. 자기는 죽었다 깨어나도 저러지 못할 것 같았다. 밤중에 일어나 어둠 속에서 신랑 모르게 쪼르르 할 수는 있지만 말이다. 갑례는 슬그머니 돌아앉았다. 그러나 결코 싫은 것은 아니었다.

싫다니, 오히려 콱— 꽃요강 속으로 쏟아지는 줄기찬 음향은 당당하고 믿음직스럽기만 했다. 빗소리 속에서도 그 소리는 힘차고 뚜렷했다. 때마침 볼일을 보고 싶었던 모양이다.

갑례는 순간, 어느 모로나 영칠이에 못지않다는 생각을 하며 혼자 얼굴을 붉혔다. 영칠이가 거무스름하다면 신랑은 희멀쑥하다는 차이뿐인 것 같았다. 같은 값이면 검은 편보다 흰 편이 낫지 않는가. 갑례는 어느덧 자기의 마음이 이렇게 되었는가, 이런 것이 여자의 속인가 싶으며 쓸쓸히 웃었다. 만약 영칠이가 이런 자기의 마음을 안다면 얼마나 야속해할까 싶었다. 그러나 어쩔 수 없는 노릇이 아닌가. 아— 갑례는 속으로 한숨을 쉬었다.

꽃요강에 떨어지는 물소리는 그치고, 추적추적 빗소리만 여전히 계속되고 있었다.

8

딸을 시집보내고 난 윤 생원은 우선 한시름 놓았다. 그러나 아직 두 다리를 쭉 뻗을 수는 없었다. 얼른 혼인신고를 해서 갑례의 호적이 저쪽으로 넘어가도록 해야만 했다. 그것은 간단한 수속이다. 그러나 혹 면사무소에서 갑례의 호적초본을 떼어주지 않으면 어쩔 것인가, 그게 걱정이었다. 면사무소에서도 필경 갑례가 테이신타이에서 도망해 온 것을 알고 있을 것이고, 또 자기가 주재소에 불려가서 다음번 테이신타이엔 자진해서 나가도록 하겠다는 서약서에 지장을 찍은 일까지도 알고 있을 것만 같았다. 자칫하면 긁어 부스럼을 일으키는 결과가 될지도 몰랐다. 그렇다고 그냥 가만히 있을 수도 없는 노릇이었다. 혼인신고를 못 하면 헛시집을 보낸 셈이 아닌가. 어떻게 하면 좋을까. 골치가 아픈 판인데, 머리에 떠오른 것은 김 씨였다. 면 소사 말이다.

"옳다, 그렇구나!"

그리고 잇따라 번쩍 머리에 떠오른 것은 곶감이었다. 아직 팔다가 남은 곶감이 여러 접 있었다. 윤 생원은 혼자 회심의 미소를 지었다. 궁하면 통한다고, 사람이 죽으라는 법은 없구나 싶었다. 배골댁이에게 먼저 의논을 할까 하다가 그만두었다. 분임이를 혼자 테이신타이로 내보낸 배골댁이의 심정을 건드리는 일인 것 같아서였다. 윤 생원은 곶감 두 접을 따로따로 창호지에 잘 싸가지고 면사무소를 찾아갔다. 두 접을 따로따로 싼 것은 혹시 김 씨 자기 혼자 힘으로 어려울 경우를 생각해서였다. 자식이 무엇인지 환갑을 지난 노인이 참 용의주도하기도 했다.

이야기를 듣고 김 씨는 처음에는 고개를 기울이며 좀 난처한 얼굴을 했으나 윤 생원이 내미는 곶감 두 뭉치를 보자 슬그머니 생각이 달라지는 모양이었다.

"아입니더 아입니더. 가만 기시 보이소."

그리고 본적을 알아가지고 가더니, 한참 후에 손에 종이 한 장을 쥐고 벙글벙글 웃으면서 돌아왔다. 허망하리만큼 간단했다. 곶감의 힘이 이렇게 큰가 싶었다. 윤 생원은 환갑을 넘은 지금까지 감고장에서 곶감을 만들어 왔지만 곶감의 힘이 이렇게 위대한 줄은 일찍이 몰랐었다. 호적초본을 받아 들고 집으로 돌아가는 윤 생원의 발길은 나는 것처럼 가벼웠다. 그리고 그날로 곧 재를 넘어 딸네 집까지 가는 것이었다.

이렇게 해서 갑례의 호적은 무난히 태석이 호적 곁으로 옮겨졌다.

호적초본을 갖다 주고, 이튿날 홍싯골로 돌아가는 아버지의 뒷모습을 바라보며 갑례는 울었다. 친정아버지가 처음으로 찾아왔다가 돌아가기 때문만은 아니었다. 물론 그런 것도 있었다. 호적초본을 떼어다 주어서 고마워서만도 아니었다. 그날따라 아버지의 목덜미가 무척 초췌해 보였다. 아버지의 목덜미가 그렇게 바싹 마른 줄은 몰랐었다. 처음 발견한 것 같았다. 바싹 여위고 골이 파인 까맣게 그을은 목덜미. 시초는 그것이었다. 그것이 눈물을 자극했다. 그러나 그래서 슬픔이 복받친 것만도 아니었다. 무어라고 형언할 수 없는, 여러 가지가 한데 뒤섞여 솟구쳐 오르는 그런 눈물이었다. 아버지와 자기가 그저 커다란 한 덩어리의 슬픔인 것 같고, 그 커다란 슬픔이 뜨겁게 녹아내리는 것 같았다.

마을에서 꽤 멀리까지 배웅을 나간 갑례는 언덕 기슭의 도토리나무 그늘에 서서 옷고름을 입에 물고 제법 어깨까지 들먹거리며 울었다. 아버지의 흰 두루마기와 까만 갓이 가물가물 사라질 때까지 그렇게 그 자리를 뜰 줄 몰랐다.

일이 이것으로 깨끗이 끝나는 것이라면 얼마나 좋을까. 그러나 아직 커다란 진짜 고비가 남아 있었다. 앞으로 테이신타이가 한 번 더 나와 보아야 알 수 있는 노릇이었다. 결혼을 해서 호적까지 옮겼으니 그저 흐지부지 넘어갈 것인지, 아니면 끝내 말썽을 일으킬 것인지 말이다.

"걱정할 것 없어! 그땐 또 내가 당하는 기지 머. 내 딸 내가 시집보냈는데 설마 저거가 죽이겠나 우야겠노."

언젠가 아버지가 하던 말이 생각나 갑례는 더욱 가슴이 아팠다. 그렇게 바싹 여위고 가많게 그을은 늙은 아버지가 또 주재소에 불려가 이번에는 진짜 무슨 고초를 겪을는지 모른다는 생각을 하면 갑례는 그만 눈앞이 아찔했다. 아버지가 그렇게 바싹 여윈 것도 죄다 자기의 탓인 것만 같았다. 이런 불효여식이 살아서 뭘 할 것인가 싶었다.

노고지리*('종다리'의 옛말)가 지저귀고 있었다. 지지배배 지지배배…… 하늘 높이 솟구쳐 올랐다가는 노골노골노골…… 하고 도로 땅으로 내려앉곤 했다. 그러나 집으로 돌아가는 갑례의 발걸음은 도무지 무겁기만 했다.

갑례가 남몰래 구역질을 하기 시작한 것은 시집온 지 불과 두 달도 못 되어서였다. 장마철이었다. 처음엔 습기에 찬 구질구질한 기후 탓인가 했으나, 갑례는 쉬 그게 아니라는 것을 알았다. 부끄러운 생각이 들어 구역질이 날 것 같으면 얼른 뒤란으로 돌아가곤 했다. 그렇게 구역질 끝에 먹은 것을 토해내기도 했다.

아무리 남모르게 뒤란에서 그런다고 해도 집안사람들이 눈치 채지 못할 까닭이 없었다. 맨 먼저 안 것은 시어머니였다. 영일댁이는 며느리가 윽! 하고 나오려는 구역질을 참으며 뒤란으로 돌아가는 것을 얼른 한 번 보고도 대번에 알아챘다. 그리고 회심의 미소를 지으며 영감에게 그 사실을 알렸다. 그 말을 듣자 정 참봉도,

"아무렴, 그래야지 그래야지."

하고 벙그레 웃음을 감추지 못했다.

딸이 여섯이라 외손자는 시글시글하지만, 아직 친손자라곤 하나

도 없는 판이니 그럴 수밖에 없었다.

근 열흘 계속되던 구역질이 가시자, 이번에는 별스럽게도 입맛에 변화가 왔다. 바싹 살구가 먹고 싶었다. 살구의 그 신맛을 생각하면 입안이 바싹바싹 마르는 것 같아 가만히 앉아서 견딜 수가 없었다. 그러나 이미 살구 철은 지나 있었다. 그래서 하는 수 없이 복숭아를 대신 먹어댔다. 먹어보니 복숭아도 꽤 직성을 풀어주었다.

갑례가 임신을 했다는 것을 안 태석이는 몹시 멋쩍고 쑥스러웠으나, 조금도 싫지는 않았다. 싫다니, 오히려 은근히 기분이 좋기만 했다. 이제 명년 봄쯤이면 아버지가 되는구나 생각하니 좀 우스웠으나, 한편 속히 한 번 그렇게 되어 보았으면 싶었다. 도대체 어떻게 생긴 놈이 태어날 것인가. 아들일까, 딸일까? 참 신기한 생각이 들었다. 그래서 태석이는 갑례가 무엇이 좀 먹고 싶은 늣한 눈치만 있어도,

"가만 있거래이, 복성*(복숭아) 사오께. 수박도 한 덩이 사오까? 수박은 안 묵고 싶어?"

하고 어정저정 대문 밖으로 나서는 것이었다.

그런 태석이의 뒷모습을 바라보며 갑례는 가슴에 배어드는 따뜻하고 짜릿한 것을 느꼈다. 이만하면 신랑은 잘 얻은 셈이지, 싶기도 했다.

그리고 서낭바위 생각이 머리에 떠올라 혼자 웃기도 했다. 좋은 신랑을 만나게 된 것은 다 그 서낭바위 덕분이 아닌가 싶었다. 그 바위에 돌멩이를 두 개 얹었으니 말이지, 그렇지 않았더라면 태석이 같은 좋은 신랑을 만나지는 못했을 것 같았다. 그리고 분임이 생각이 났다. 돌멩이를 하나도 못 얹어 애가 달아서 야단이던 분임

이는 지금쯤 어디 가서 무얼 하고 있을까. 정말 그때 들은 말대로 그런 신세가 되어 있는 것일까? 갑례는 어쩐지 좀 미안한 생각이 들면서도 몹시 분임이가 그리웠다. 서낭바위도 그리웠고 홍싯골도 그리웠다.

갑례의 배가 남의 눈에 띄기 시작한 것은 그로부터도 몇 달 뒤의 일이었다. 여름이 가고 가을로 접어들었을 무렵엔 제법 아랫배가 도도록했다. 다홍치마를 입은 새색시가 첫아기를 배어 배가 불러 오는 모습은 애처로우면서도 아름다웠다. 더구나 스무 살도 안 된 앳된 새색시가 말이다. 다홍치마에 노랑저고리를 받쳐 입어서 그런지, 갑례의 도도록하게 불러 오르는 아랫배와 차츰 방방해져 가는 허리는 남달리 귀염성스럽기까지 했다.

그런데 갑례의 귀에 이상한 소리가 들렸다.

"씨는 받았구나."

하는 소리였다. 갑례는 그 말을 그저 임신을 했구나 하는 뜻으로 예사롭게 들었다. 그러나 두고 보니 그게 아닌 것 같았다. 다른 묘한 뜻을 지니고 있는 것만 같았다. 어쩐지 그런 여운이 풍기는 것이었다.

"태석이는 씨를 받아 놓아서 안심이지."

이런 말까지 귀에 들어오자, 갑례는 고개를 기울이지 않을 수 없었다. 무슨 까닭이 있는 게 분명했다. 그러나 무슨 일인지 얼른 알 수가 없었다. '씨는 받았구나, 태석이는 씨를 받아 놓아서 안심이지.' 도대체 무엇을 말하는 것일까.

결국 갑례는 태석이에게 물어보지 않을 수 없었다.

"여보, 이기 무신 말이라예? 남들이 씨는 받았구나 카는데……."

"……."

"그리고 당신은 씨를 받아 나서 안심이라 카는데, 그기 무슨 뜻이예?"

"……."

"예?"

"당신이 알라(아기) 뱄다 말이지, 무신 말이긴……."

태석이는 뜻밖에도 무뚝뚝한 표정으로 내뱉듯이 대답했다.

"씨를 받아 나서 안심이라이, 그럼 알랄 안 뱄으면 무슨 걱정 댈 일이 있능교?"

"장개 가서 알라 못 노만 걱정이지, 그럼 당신은 걱정 안 대겠나?"

"그런 뜻으로 하는 소린가예?"

"그렇지 머."

태석이는 어쩐지 갑례의 시선을 피하는 것만 같았다.

갑례는 조금은 마음이 놓이는 듯했다. 그러나 남들이 말하는 투는 그게 아닌 것만 같아, 속이 후련해지지는 않았다. 어쩐지 께름한 것이 남는 것이었다. 과연 그 말에는 까닭이 있었다. 그 말이 무엇을 의미하고 있었는지, 갑례는 머지않아 알게 되었다.

가을도 가고, 찬바람에 희끗희끗 첫눈이 나부끼는 어느 날 아침나절이었다. 닫힌 대문을 삐그그극 밀고 들어서는 사람이 있었다. 순사였다. 칼을 찬 순사가 철거덕거리며 들어서고, 뒤따라 동네 구장과 낯선 사람 하나가 들어왔다.

희끗희끗 눈이 묻어 내리는 바람에 줄에 널어놓은 빨래를 걷고 있던 갑례는 두 눈이 휘둥그레졌다. 칼을 찬 순사가 난데없이 대문을 밀고 철거덕거리며 들이닥치다니, 이게 무슨 일인가 싶었다. 번쩍 갑례의 머리에 떠오르는 것이 있었다. 테이신타이 생각이었다. 이번에는 또 테이신타이가 나와서 자기를 잡으러 온 줄 알았다. 가슴이 덜컥 내려앉았으며 얼굴이 새파랗게 질렸다. 그러나 그건 아니었다.

낯선 사람 하나는 면서기였다. 면서기가 내민 것은 징병영장이었다. 그때 태석이는 집에 없었다. 정 참봉이 나와 그것을 받고, 도장을 찍어주었다.

그것이 태석이 앞으로 나온 징병영장이라는 것을 알자 갑례는 또 한 번 눈이 휘둥그레지지 않을 수 없었다. 그제야 갑례는 '씨는 받았구나, 태석이는 씨를 받아 놓아서 안심이지' 하던 말이 무슨 뜻인지 똑똑히 알겠는 것이었다. 참 기가 막힐 노릇이었다. 그렇다면 결국 자기가 이 집에 시집을 온 것은 병대*(군대)에 나갈 아들의 종자나 받으러 온 것이란 말인가. 이 집의 자손이 끊이지 않도록 하기 위해서 말이다. 갑례는 분했다. 무엇에 속은 것만 같았다. 세상에 이럴 수가 있는가 싶었다.

갑례는 곧 고모네 집을 찾아갔다. 물레를 잣고 있던 선호댁이도 그 말을 듣자 당황하며 일손을 놓았다. 선호댁이가 그런 사실을 전혀 몰랐던 것은 아니었다. 그러나 선호댁이는 세상 돌아가는 판세에 어두워서 그저 젊은 청년들은 누구나 다 병대에 나가게 되는 것으로만 알고 있었다. 징병이라는 것이 실시되어서 그에 해당되는 사람과 해당되지 않는 사람이 따로 있는 줄은 몰랐었다. 그래서 중매를 할 때 그 점에 대해서는 전혀 신경을 쓰지 않고 단지 갑례의 처지만 생각해서 서둘러댔던 것이다. 설사 그런 점을 알았다 치더라도 그때의 급한 형편으로는 우선 발등의 불이나 꺼볼 셈으로 그대로 성사를 시켰을 것이다.

선호댁이는 한숨을 쉬었다.

"지금 와서 누굴 원망한들 무슨 소용이 있노. 다 세상 잘못 타고 난 탓 앙이가. 그리고 병대에 뽑히 나간다고 어디 모두 죽는 기가. 다 지 명대로 가는 기지. 너무 한탄 말아라. 몸에 해롭니라. 뱃속의 알라를 생각해야제. 알라를……."

고모 말대로 잘 생각해 보니, 사실 어느 누구도 원망할 수가 없을 것 같았다. 누가 그런 것을 숨기고 싶어서 숨겼을 것이며, 또 병대에 나가고 싶은 사람이 어디 있단 말인가. 원망을 한다면 그저 더럽게 되어먹어 가는 시국이나 실컷 원망하는 도리밖에.

갑례도 한숨을 쉬었다. 스무 살도 못 된 앳된 잉부가 벌써 서방을 병대에 빼앗기게 되어 내쉬는 한숨은 정말 측은한 것이었다.

태석이 외에 또 한 사람 징병영장을 받았다. 평촌에서는 두 사람이 해당되는 것이었다. 그 사람은 아직 총각이었다.

"태석이는 씨를 받아 놓아서 안심이지."

하는 소리가 그래서 나왔던 모양이었다. 갑례는 씁쓰레한 웃음을 웃지 않을 수 없었다.

두 사람에게 징병영장이 나오자, 마을 젊은 축들은 온통 술렁거렸다. 두 사람이 떠날 때까지 하루도 잠잠한 날이 없었다. 먹고 마시고 춤추고, 온통 법석이었다. 주로 태석이네 집에서 그 야단들을 떨었다.

그리고 태석이네 집엔 여섯이나 되는 출가외인들이 다 모여들었고, 윤 생원까지 사위가 병대에 나간다는 소식을 듣고 달려왔다.

그런 들끓는 속에서도 갑례는 저녁으로 늦게까지 등잔불 곁에 앉아서 양말을 짰다. 태석이가 신고 갈 양말이었다. 두 켤레나 짰다. 그러나 장갑을 짤 생각은 하지 않았다. 장갑은 끼던 것이 있었다. 하지만 그래서 안 짜는 것은 아니었다. 영칠이 생각 때문이었다. 영칠이에게 짜준 장갑을 또 태석이에게 짜줄 수는 없을 것 같았다. 그것은 태석이를 모욕하는 일인 것만 같았다. 그리고 두 남자에게 똑같은 것을 만들어 주다니, 어쩐지 여자로서 할 일이 아니었다. 그 대신 양말을 정성껏 두 켤레나 짰던 것이다.

자기에게 지금까지 병대에 나간다는 말을 한 마디도 안 비쳤을 뿐 아니라, 씨를 받아서 안심이니 어쩌니 하는 말들이 무슨 말이냐고 물었을 때도 시치미를 딱 뗀 소위를 생각하면 괘씸해서 양말이고 뭐고 다 집어치워버리고 싶었으나 그게 아니었다. 그러기에는 이미 너무나도 정이 들어 있었던 것이다.

갑례는 아랫배에 무엇이 슬그머니 와 닿는 것을 느끼며 잠을 깼다. 남편의 손이었다. 배에서 꿈틀꿈틀 태아가 놀았다. 남편의 따뜻한 손은 그 꿈틀거리는 태동 위에 가만히 멎어 있었다. 새벽이었다. 방문에 희뿌연 새벽 기운이 배어들고 있었다.

태동이 멎자, 남편의 손은 서서히 움직이기 시작했다. 일곱 달로 들어선 배는 제법 두두룩했다. 따뜻한 손이 조그마한 동산을 슬슬 부드럽게 어루만지는 것이었다.

"여보."

갑례가 가만히 불렀다.

"응, 깼어?"

태석이의 대답도 은근했다.

"날이 샜지예?"

"응."

그리고는 말이 없었다.

잠시 후, 이번에는 태석이가 지그시 불렀다.

"여보."

"예?"

"알라 언제 놓제?"

"내년 봄에."

"몸 조심해야 대."

"……."

갑례는 그만 남편의 가슴 안에 얼굴을 묻어버렸다. 품 안으로 들어온 아내를 부듯이 안으며 태석이는 저도 모르게 한숨을 쉬었다. 갑례도 한숨을 쉬었다.

이제 날이 밝으면 헤어져야 하는 것이었다. 오늘이 떠나는 날이었다. 서로 신랑각시가 된 지 불과 여섯 달 만이었다. 반 년 만에 사이를 떼버리다니, 정말 너무하는 것이었다. 이제 피차 스스럼도 좀 없어지고 제법 재미가 우러나는 판인데 말이다. 야속한 세상이었다.

"언제 돌아와예? 당신."

"글씨……."

"빨리 돌아와야 대예."

"그럼."

"알라 낳서 잘 키워 놓께예."

"응."

그만 갑례는 남편의 가슴에 얼굴을 비벼댔다. 혼자 아기를 낳아서 혼자 키울 생각을 하니 별안간 설움이 복받치는 모양이었다. 우는 것이었다. 안타까운 눈물이 남편의 가슴팍으로 묻어 흐르고 있었다.

훌쩍훌쩍 느껴 우는 아내의 아랫배에서는 또 꿈틀꿈틀 태동이 있었다. 태석이는 이번에는 그것을 자기 복부로 느끼면서 가만히 눈을 감았다. 온몸이 조금씩 떨리는 것이었다.

그날 태석이는 하얗게 내린 눈 속으로 마을을 떠났다. 입영하는 두 사람의 뒤를 많은 사람들이 따랐으나 갑례는 쓸쓸히 담 모서리에 붙어 서서 떠나가는 남편의 뒷모습을 언제까지나 바라보고만 있었다. 속눈썹에는 눈물이 반짝거렸다.

9

마 서방은 하마 같은 그 입의 생김새와 마찬가지로 퍽 남다른 사람이었다. 여느 집 머슴과는 아주 판이한 데가 있었다.

머슴살이라고 하면 으레 누구나 처음에 사경을 결정하고 들어가는 법이다. 그러나 마 서방은 그게 아니었다. 사경 같은 것은 별로 염두에도 없는 사람처럼,

"그기사 머 뻔한 거 아잉게. 알아서 주이소."

이런 식이었다.

주면 얼마나 주겠느냐, 두 섬 아니면 두 섬 반, 많아야 석 섬인 걸 가지고 뭐 그렇게 귀찮게 따질 것이 있느냐, 이런 생각인 모양이었

다.

마 서방이 처음으로 정 참봉네 집에 발을 들여놓은 것은 벌써 이십오륙 년 전의 일이었다. 그때도 그는 그런 투였다.

"까짓 거 그거 머 알아서 주이소."

그 말에 정 참봉은 잠시 말없이 두 눈을 끔벅거리며 마 서방을 위아래로 훑어보기만 했었다. 그리고 한마디로,

"좋네, 알아서 줌세."

했었다.

정 참봉은 처음에는 좀 안심이 안 되는 작자 아닌가 싶었으나, 그 커다란 입과 무릎 위로 축 늘어뜨리고 있는 마디가 굵은 두 손을 보자 절로 고개가 끄덕거려졌던 것이다. 보통 머슴감이 아니라는 생각이었다.

아니나 다를까, 정 참봉이 예상했던 대로 마 서방은 보통 머슴이 아니었다. 그렇게 일을 잘할 수가 없었다. 한참 일에 열중일 때는 마치 무슨 신이라도 나는 사람 같았다. 보고 있는 사람까지 팔다리가 근질근질해질 지경으로 시원시원하게 해치우는 것이었다. 아무리 자기 일이라도 그렇게 할 수는 없을 것 같았다. 힘도 장사였다.

그리고 먹성도 이만저만이 아니었다. 꾹꾹 눌러서 제아무리 고봉으로 담은 밥그릇도 그 큰 입 앞에서는 맥을 못 추었다. 술도 말술이었다. 막걸리 같은 것 몇 사발 마셔 가지고는 눈썹 하나 까딱없었다.

주인네가 혀를 내두르지 않을 수 없었다. 영일댁이는 농사짓는 것 머슴 아가리에 다 들어가겠다고 걱정이었으나 정 참봉은 혀를 내두르면서도 우리 집에 진짜 상머슴이 들어왔다고 은근히 좋아했

다. 이 머슴이 앞으로 계속 있어 주기만 한다면 농사는 걱정할 게 하나도 없다는 것이었다.

그러나 마 서방은 많이 먹고 많이 일이나 하며 주인이 적당히 알아서 주는 사경으로 말없이 몇 해씩이나 한집에 눌러 있는 그런 모범적인, 어떻게 보면 미련하기 짝이 없는 머슴은 아니었다. 오히려 건잡을 수 없는 데가 있었다.

무슨 일로 비위가 틀리면 그만 그렇게 잘하던 일도 걷어치우고 벌렁 드러누워서 며칠이고 문밖에 나올 생각을 안 하는 것이었다. 결국 주인 쪽에서 고기 근이나 사다가 비위를 맞추는 도리밖에 없었다. 그리고 누구 앞에서나 자기 하고 싶은 말을 서슴없이 내뱉는 성미였다. 기분 나쁜 것은 요만큼도 참질 못했다. 그렇게 입이 괄괄하고 거침없는데도 이상하게 남에게 도무지 미움을 사지 않는 것이었다. 말투에 언제나 적당한 익살기가 섞여 있기 때문이기도 했지만, 다분히 하마 같은 그 입의 생김새 때문인 것 같았다.

그러나 그런 점보다도 정말 마 서방의 남다른 데는 따로 있었다. 그것은 가을이 끝나면 나타나는 일종의 증상 같은 것이었다. 마음을 건잡을 수가 없는 듯 그만 어디론지 훌쩍 떠나버리는 것이었다. 여느 머슴들 같으면 딴 데로 가더라도 해를 채우고 떠나는 법인데 이건 그게 아니었다. 사경을 기다리기가 지겨울 것 같으면 그런 건 나중에 와서 받지, 하는 식으로 주인한테 온다간다 말도 없이 떠나버리는 수도 있었다. 사경 같은 것 알아서 달라는 것도 아마 그래서인 모양이었다. 일 년을 다 채우지 못하니 말이다.

그렇게 떠나간 마 서방은 이듬해 정월에 돌아오기도 했고, 봄이 되어 돌아오기도 했고, 어떤 해는 모내기를 할 무렵에야 덜렁덜렁 나타나기도 했다. 몇 해를 그냥 무소식이다가 홀연히 돌아오기도 했다. 참 걷잡을 수 없는 사람이었다. 뜬구름 같은 사람이었다.

마 서방이 왜 그렇게 가을이 끝나면 마음을 걷잡지 못하고 구름처럼 떠나버리는지, 그에 대한 얘기들이 많았다. 술과 계집 생각 때문이라고도 했고, 노름 때문이라고도 했고, 그게 아니라 옛날 데리고 살던 여편네 생각이 나서 찾아나서는 것이라고도 했다. 어떤 사람은 그게 다 타고난 역마살 탓이라 자기도 마음대로 못한다는 것이었다. 어느 말이 맞는지는 모르지만 아무튼 집도 절도 없는 마 서방은 그런 식으로 한세상을 살아가는 셈이었다.

그러니 연세가 어떻게 되느냐고 물으면,

"그런 거 꼬박꼬박 챙겨서 머하겠노. 나 같은 사람."

이렇게 나오는 것도 무리가 아니었다.

그리고 육십이 가까워 보이는 오늘에 와서도 생원이라거나 노인 호칭을 붙이지 않고 그냥 옛날 그대로 마 서방, 마 서방 하고 불러도 조금도 섭섭할 것도 뭐할 것도 없는 그런 인생이었다.

그런 뜬구름 같은 사람이지만 한 번 인연이 되었으면 언제나 그 집을 찾아 돌아오는 것이지, 같은 마을의 딴 집에 들어가는 일은 절대로 없었다. 아무리 사경을 더 준다 해도 그것은 안 되는 소리였다. 만일 그 집에서 이미 머슴을 들여서 곤란할 것 같으면 또 멀리 어디론지 걸음대로 덜렁덜렁 떠나가는 것이었다.

이런 식으로 이미 이십오륙 년 전부터 정 참봉네 집과 인연이 되어 거의 그 절반 이상의 세월을 정 참봉네 집 논밭을 주무르며 살아오는 마 서방이었다. 이런 별난 데가 있는 사람이긴 하지만, 그러나 딴 어떤 머슴보다도 든든하고 정이 들어서 이미 마 서방은 정 참봉네 집의 한식구와 다름이 없었다.

그런데 올해는 참 이상한 일이었다. 가을이 끝나도 떠나갈 생각을 하지 않는 것이었다. 눈이 내리고 제법 겨울로 들어서는데도 도무지 그런 기색이 없었다. 마 서방도 이제 기력이 쇠해서 그런 바람기도 시들어드는가 보다고 오히려 측은하게 여기는 사람도 있었다. 그러나 실은 그게 아니었다.

갑례 때문이었다. 갑례가 이 집으로 시집을 온 뒤로, 그러니까 자기가 갑례의 가마를 메고 온 뒤로 마 서방은 어쩐지 종전보다 매사에 재미가 나는 사람처럼 보였다. 일 년에 한두 번 으레 비위가 틀려 가지고 드러누워 주인네 애를 먹이던 그 고약한 버릇도 갑례가 온 뒤로는 싹 가신 듯 아직 한 번도 그러지를 않았다. 그리고 종전에는 상머슴답게 집안의 자질한 일은 도무지 거들떠보지도 않았는데, 이제는 곧잘 우물에서 물을 길어서 갑례가 밥을 짓고 있는 부엌으로 날라다 주기까지 하는 것이었다.

갑례에 대해서 주인집 아리따운 며느리라는 정도를 넘어서 자기에게도 딸이 있었으면 저런 딸이 있고도 남으며, 또 실제로 지금쯤은 저런 며느리를 볼 수도 있었을 것인데 하는, 그런 어떤 혈연 아닌 혈연의 정 비슷한 것을 느끼고 있는 듯했다. 그러니 자연 갑례도 마 서방을 좋아하지 않을 수 없었다.

어느 날 마 서방은 갑례에게 자기의 비밀이라고도 할 수 있는 이야기 한 토막을 털어놓았다. 지금까지 전혀 입을 뗀 일이 없는 아무도 모르는 이야기였다.

날이 어슬어슬 저물어가고 있었다. 갑례는 저녁쌀을 씻으려고 우물가로 갔다. 벌써 눈이 두어 차례 내린 뒤의 일이라 해질녘의 바람은 한결 매웠다. 절로 목덜미가 움츠러들었다. 마침 시부모들이 출타해서 집안은 호젓하기만 했다. 마 서방은 쇠죽을 끓이느라 행랑방 가마솥 앞에 앉아 불을 지피고 있었다. 활활 벌겋게 타고 있는 불을 보자 갑례는 절로 그쪽으로 걸음이 떼어졌다. 아직 저녁쌀을 씻기에는 좀 이른 것 같았다.

마 서방은 갑례를 돌아보며 입으로 히죽이 웃었다.

"이리 와서 불 좀 쪼소."

"억씨기 춥네예."

"자, 이리 앉으소."

마 서방은 약간 비켜 앉으며 갑례에게 자리를 내주었다. 그러나 갑례는 내주는 자리에 바싹 들어가지는 않고 좀 떨어져서 앉았다. 벌써 일곱 달을 채운 배는 일어섰다 앉았다 하는 데 픽 거북살스러웠다.

"몸이 무거버서 고생이 많구마."

마 서방이 위로하듯 말하자, 갑례는 어쩐지 부끄러우면서도 우스웠다. 그리고 잠시 말이 없던 마 서방은,

"나도 지금쯤은 손잘 봤을 낀데……."

혼잣말처럼 중얼거리는 것이었다.

갑례는 마 서방의 옆얼굴을 가만히 바라보았다.

"아니 그럼 마 생원 아들이…… 죽었십니꾜? 아들이 있었십니꾜?"

갑례는 마 서방을 마 생원이라고 불렀다. 남들처럼 옛날부터 마 서방, 마 서방 하고 불러왔다면 모르지만 그게 아니고 중도에 시집을 온 색시가 아무리 머슴이라곤 하지만 육십이 가까운 노인을 마

서방이라고 부를 수는 없는 것이었다. 그래서 마 서방이 갑례를 그렇게 남달리 위하는지도 몰랐다.

"나도 옛날에 장갤 한 번 안 들었덩교. 예핀네가 지법 납따그리하이 갠찮았구마."

마 서방이 웃자, 갑례도 웃었다.

"아들까지 하나 안 노았능교. 그런데 그만 그놈이 다섯 살인강 여섯 살 때……."

"죽었심니꾜?"

"아니."

"그럼예?"

"음—"

마 서방은 괴로운 듯 지그시 눈을 감았다.

솔가리 불은 가마솥 밑을 활활활 핥으며 신나게 타오르고 있었다. 불빛을 받아 마 서방의 얼굴은 벌겋게 이글거렸다. 갑례의 다홍치마 역시 한결 더 선명하고 고운 빛깔로 타는 것 같았다.

잠시 후 마 서방은 감았던 눈을 뜨고,

"그 해가 억씨기 숭년이 든 해였구마."

하고 이야기를 이어나갔다.

그 몹시 흉년이 든 해, 마 서방은 그만 여편네를 잃어버리고 말았던 것이다. 여편네뿐 아니라 아들까지 잃어버리고 말았었다. 그때도 마 서방은 남의 집 머슴을 살며 행랑채에서 살림을 하고 있었다. 그러나 워낙 흉년이 들어서 말이 살림이지 거의 굶다시피 했었다. 그래서 하는 수 없이 여편네를 도붓장수*(이지저리 떠돌아다니면서 물건을 파는 사람)로 내보냈었다. 내보냈다기보다도 나가겠다고 우기는 바람에 그럼 마음대로 해보라고 놓아준 셈이었다. 다섯 살인가 여섯 살 먹은 아들 녀석도 그때 울며불며 제 어미를 따라나섰는데, 그 길로 어떻게 된 영문인지 영영 모자는 돌아오지 않고 말았던 것이다. 얼굴이 제법 반반한 여편네를 도붓장수로 내보낸 게 아예 잘못이라고 사람들이 말하자 마 서방은 견딜 수가 없었다.

가을이 끝나면 마음을 걷잡지 못하고 어디론지 떠나가는 마 서방의 그 남다른 버릇은 그때부터 비롯된 것이었다. 그러니까 옛날 데리고 살던 여편네 생각이 나서 그런다는 말이 옳은 셈이었다. 거기에 한 가지 더 곁들여서 아들 생각까지 나서 그러는 셈이었다. 그것이 한으로 맺혀서 뜬구름 같은 사람이 되어버린 것이었다.

"어딘가 있긴 일을 낀데 어디 있는동 알 수가 있어야 말이제. 그 녀석 나(나이)가 보자…… 서른 살 가깝게 대능가배."

마 서방은 불을 안으로 밀어 넣으며 쓸쓸하게 웃었다.

갑례는 마 서방의 그 커다란 입 언저리에 떠오르는 쓸쓸한 웃음을 보자 가슴이 아릿했다. 참 안 됐다는 생각이었다.

그 뒤로 내내 혼자 사느냐고 물어보려 했으나, 입이 떨어지지 않았다. 들어보나마나 이야기 투로 미루어 그런 것 같았다. 갑례는 아릿한 가슴이 이번에는 알 수 없는 뿌듯한 기운으로 부풀어 올라 절로 한숨이 내쉬어졌다.

갑례가 한숨을 쉬자 마 서방은 못 들은 척 슬그머니 일어나 가마솥 뚜껑을 열어보는 것이었다. 쇠죽냄새가 김과 함께 물씬 솟았다.

"어메, 저녁 늦겠대이."

갑례도 얼른 무거운 몸을 일으켰다.

갑례가 첫 귀녕(歸寧)을 한 것은 이듬해 이른 봄이었다.

첫 친정길이라 갑례의 가슴은 부풀었다. 그러나 단순히 다니러가는 것은 아니었다. 해산을 하러 가는 것이었다.

만삭이 된 몸이라 혼자 길을 나설 수가 없었다. 더구나 재를 넘어야 하니 말이다. 마 서방이 동행이 되었다.

갑례는 닭 한 마리를 보자기에 싸안았고, 마 서방은 떡 상자를 새끼로 멜빵을 해서 메고, 한 손에는 술병을 들었다. 떡이니 술이니 하는 것들이 여간 귀한 때가 아니라, 이만하면 누가 보나 부끄러울 것이 없는 이바지였다. 그러나 갑례는 걸음이 무거웠다. 만삭이 된 몸이라 무겁기도 했지만 그것보다도 첫 근행(覲行)이 신랑과 동행이 되지 못하는 게 못내 서운한 것이었다. 으레 술병을 든 신랑이 두루마기자락을 펄럭거리며 앞장을 서면 여자는 닭을 안고 그 뒤를 따르는 법인데 말이다. 떡 상자는 머슴이 지더라도 말이다.

바람결은 아직 쌀쌀했다. 그러나 마 서방은 기분이 썩 괜찮았다. 등에 매달린 중량이 별것 아니긴 했지만 그게 다 떡이라는 생각을 할 때, 그리고 병에 든 것이 술이라는 생각을 할 때, 비록 그게 자기 몫은 아니지만 결코 기분이 나쁘지는 않았다. 갑례를 자기가 혼자 데리고 길을 간다는 것도 여간 즐거운 일이 아니었다. 마치 자기가 며느리를 거느리고 사돈네 집에라도 가는 듯한 느낌이었다. 그래서 마 서방은 시종 갑례의 앞을 천천히 걸었다. 행여나 갑례가 따라오지 못하고 헐떡이지나 않을까, 연방 뒤를 돌아보면서 말이다. 갑례의 얼굴에 피로한 기색이 조금이라도 보이면 곧 자기가 먼저 길가에 앉곤 하면서 쉬엄쉬엄 재 아래까지 왔을 때였다.

"저기 멉니꼬? 마 생원."

갑례가 걷던 걸음을 멈추고 하늘을 가리켰다.

"글씨, 저기 머고?"

"무신 구름이 꼭 붓으로 기리논 거 같지예?"

"글씨……."

"아니, 구름이 자꾸 기리져 나가는데예."

"핫하—"

마 서방은 알았다는 듯이 커다란 입을 떡 벌렸다.

"그지예? 자꾸 기리져 나가지예?"

"미국 비행기구마. 삐이시꾸라던가 머라던가 그기구마. 그 비행기는 구름을 기리면서 날아댕긴다 카더이, 하하— 정말이구나. 저 구름 뻗어나가는 거 좀 보소. 야! 보인다 보인다. 비행구다. 비행구! 구름 맨 앞에 보소. 반짝거리는 기 보이지."

"어메— 글씨예 글씨예."

"야—"

"어메—"

"참 히안한 비행구도 다 있제."

마 서방은 비행기를 비행구라고 하면서 곧장 희한해서 못 견디었다. 갑례도 신기해서 연신 두 눈을 깜작거리며 하얗게 뻗어나가는 비행운을, 그리고 비행운 맨 앞에 보일락 말락 은빛으로 반짝반짝 빛나는 물체를 가만히 바라보고 있었다.

"일본 동경은 매일 폭팔탄을 퍼부어서 쑥대밭이 대가고 있다더이, 인자 우리 조선에도 폭팔탄을 떤질라카나?"

귀는 있어서, 마 서방도 제법 시국 돌아가는 형편을 알고 있었다.

그의 말대로 그 무렵, 일본은 B29의 폭격하에 회진(灰塵)이 되어

가고 있는 실정이었다.

사이판 섬의 병대가 전멸을 했고 오키나와가 기동부대의 공격을 받았으며, 유황도(硫黃島) 역시 섬의 지형이 변할 지경으로 포탄의 세례를 받아 마침내 그들 말대로 전원이 옥쇄(玉碎)를 하고 말았었다. 그리고 미군은 오키나와 상륙을 목전에 두고 있는 형편이었다. 말하자면 일본의 명맥은 풍전의 등화처럼 깜박거리고 있는 셈이었다.

우리 조선에도 폭발탄을 던지려고 저러는가 하는 마 서방의 말에 갑례는 약간 불안한 생각이 들기도 했다. 그러나 당장 눈앞에 보이는 비행운이 어찌나 신기하고 고운지 그런 소리는 도무지 실감이 나지가 않았다. 저런 고운 비행기가 어떻게 폭발탄 같은 것을 던질까 싶었다.

파아란 하늘에 붓으로 멋있게 휘갈긴 것 같은 하얀 비행운을 그려놓고 B29는 재 너머로 사라져 갔다. 그러나 한 번 그려진 비행운은 좀처럼 지워질 줄을 몰랐다.

만삭이 된 몸으로 재를 오른다는 것은 여간한 고역이 아니었다. 갑례는 숨을 헐떡거리며 곧장 이마에 물 같은 땀을 흘렸다. 마 서방은 안타까워서 닭을 싼 보자기도 자기가 받아 들었다. 그리고 혹은 무슨 변고라도 일어날까 두려워서 나무 그늘만 있으면 쉬곤 했다.

그렇게 고역을 치르면서도 갑례는 신랑 생각을 하고 있었다. B29를 보았기 때문인지 마 서방이 한 말 때문인지 아무튼 병대에 나간 신랑 걱정이 슬그머니 머리에 그늘처럼 와서 덮이는 것이었다.

입영을 한 뒤로 두 차례 편지가 왔었다. 한 번은 훈련을 받으면서 쓴 것이었고 다음은 훈련을 마치고 어디론가 배속이 되어 간 뒤에 보낸 것이었다. 어디로 배속이 된 것인지 소속 부대명만으로는 도무지 알 수가 없었으나 코가 얼어붙도록 춥다는 말이 있는 것으로 미루어 보아 아마도 만주나 북지나(北支那) 방면이 아닌가 짐작이 되는 터였다. 코가 얼어붙도록 춥다는 말에 영일댁이는,

"관셈보살—"

했었다.

잿마루에 올라섰을 때도 비행운은 아직 엷은 구름처럼 희미하게 남아 있었다.

잿마루에서 홍싯골을 내려다본 갑례는 그만 눈앞이 뿌옇게 흐려지는 것을 어쩌지 못했다. 시집간 지 불과 아홉 달인가 열 달밖에 되지 않았고, 또 시집살이가 그렇게 매운 것도 짠 것도 아니었는데 왜 그렇게 눈앞이 흐려지는지 알 수 없었다. 그동안에 신랑을 병대에 빼앗기고 이렇게 머슴과 함께 친정을 찾아오기는 했지만 말이다.

아버지는 별고 없이 잘 계시는지, 어머니의 신병은 좀 어떠신지, 그리고 뿌뚜리도 많이 컸겠고 올케는 혼자 고생이 많겠지……. 갑례는 줄 흘러내리는 콧물을 어쩌지 못해 저만큼 떨어진 나무 밑으로 갔다. 어쩐지 마 서방에게 눈물을 보인다는 것은 미안한 일인 것 같아서였다. 나무 그늘로 가서 갑례는 소리 없이 물코를 풀었다. 손수건으로 눈물도 닦아냈다.

내리막은 오르막보다는 덜했으나 역시 만삭의 몸엔 고역이었다. 그러나 갑례는 보자기에 싼 닭을 다시 마 서방한테서 받아 안았다.

마을이 가까워지자 갑례가 앞을 섰다.

갑례가 친정에 오는 것을 맨 먼저 보고 달려온 것은 꺼꾸리였다. 어디서 보았는지 꺼꾸리는,

"감네 온다! 감네—"

소리를 지르며 절름절름 냅다 달려오는 것이었다.

갑례와 마 서방은 재를 다 내려와서 감나무 숲길로 들어서고 있었다. 숨을 헐떡거리며 달려온 꺼꾸리는 갑례가 안고 있는 닭 보자기를 덥석 빼앗다시피 하며 헤벌레 웃었다. 닭이 놀라서 꼬꾸대꼬꾸대— 빨간 벼슬을 마구 내저으며 퍼더덕거렸다.

꺼꾸리는 갑례의 불룩한 배를 보더니,

"어마, 감네 안나 뱄구나……."

신기해서 못 견디겠는 듯 자꾸 히죽히죽 웃었다. 그러다가 그만 손으로 그 불룩한 배를 한 번 만져 보려고 드는 것이 아닌가.

"어메! 지랄 안 하나!"

갑례는 깜짝 놀라며 크게 눈을 흘겼다.

헤— 꺼꾸리가 여전히 웃고 있는 것을 보자 마 서방은 냅다 두 눈을 딱 부라렸다.

"이누묵 자식! 이거 어떤 눔의 자식이고 응이? 어떤 눔의 자식이라!"

곧 한 주먹 올려붙일 기세였다. 그 커다란 입이 무섭게 실룩거렸다.

그러자 꺼꾸리는 겁에 질린 듯 비실비실 뒤로 두어 걸음 물러서는 것이었다. 가뜩이나 크고 흐릿한 눈이 더욱 휘둥그레져서 온 얼굴에 겁을 집어 먹은 두 개의 눈만 있는 것 같았다. 꺼꾸리의 그 초점이 없이 번들거리는 커다란 두 눈을 보자 마 서방은 절로 말문이 닫혔다. 그리고 한참 그 야릇하게 생긴 두 눈을 가만히 바라보고만 있었다.

꺼꾸리도 멀뚱히 서서 여전히 겁을 먹은 얼굴로 마 서방을 바라보고 있었다.

그런데 참 이상한 일이었다. 처음엔 그저 이따금 한 번씩 껌벅거리던 마 서방의 눈이 차츰 껌벅거리는 도수를 더해 가더니 나중에는 연방 계속해서 껌벅껌벅하는 것이 아닌가. 고개까지 약간 기울이면서 말이다. 그리고 꺼꾸리 역시 처음에는 겁에 질린 얼굴이더니, 점점 그 기색이 풀려서 나중에는 그만 헤벌레— 웃음으로 바뀌고 마는 것이었다.

갑례는 도대체 어떻게 된 영문인질 몰라 마 서방과 꺼꾸리의 얼굴을 번갈아 바라보기만 했다. 얄궂다 싶었다.

헤벌레 웃으면서 꺼꾸리는 난데없이 고개를 굽신 깊숙이 숙여 마 서방에게 절을 한 번 하고는 다가와서 마 서방의 손에서 술병을 받아 드는 것이었다. 꺼꾸리가 누구에게 절을 하는 일은 절대로 없었다. 그저 누구에게나 헤— 웃는 것이 인사였다. 그런데 어찌 된 일로 마 서방에게 이렇게 난데없이 절을 하는 것일까. 더구나 머리를 깊이 숙여 큰절을 말이다. 눈을 부릅뜨고 호통을 쳤기 때문일까. 갑례는 또 한 번 얄궂다 싶었다.

한 손에는 닭 보자기를 한 손에는 술병을 든 꺼꾸리는 무척 기분이 좋은 듯,

"감네 왔다— 수이 갖고 왔다— 히히히 히히히……."

마구 웃어대면서 절름절름 앞장서 달리기 시작했다.

숲길에는 햇빛이 얼룩덜룩 무늬를 그리며 신기한 빛깔로 쏟아져 내리고 있었다. 그 위를 뛰어가면서 히히히 히히히 웃어대는 꺼꾸리의 웃음소리가 숲속에 무슨 이상한 짐승소리처럼 야릇한 음향으로 퍼져나갔다.

그렇게 뛰어가는 꺼꾸리의 뒷모습을 한참 말없이 바라보며 걷고 있던 마 서방은 나직한 목소리로 갑례에게 물었다.

"저 사람 이 마실에 사능게?"

"예."

"성이 멍게?"

"성은 무신 성이예. 집도 절도 없는 사람인데."

"아, 그렇구만."

마 서방은 잠시 묵묵히 걷다가 또 물었다.

"그럼 이름은 멍게?"

"이름도 없심더. 그저 꺼꾸리라고 안 부릅니꾜."

"꺼꾸리?"

"예."

갑례는 킬룩 웃었다.

"음— 저 사람이 꺼꾸리구만."

마 서방도 꺼꾸리라는 이름은 들은 적이 있는 모양이었다. 그리고는 마 서방은 다시는 아무 말도 없었다.

갑례는 그제야 번쩍 머리에 떠오르는 것이 있었다. 어머나! 싶으며 마 서방의 표정을 가만히 살폈다. 그러나 마 서방의 얼굴에는 아무런 기색도 볼 수가 없었다. 그저 덤덤한 표정으로 주머니에서 쌈지를 꺼내며 걷고 있었다. 갑례는 속으로 혼자 혹시…… 싶기도 했고, 설마…… 싶기도 했다. 아무튼 좀 알 수가 없는 일이었다.

갑례가 진통을 시작한 것은 친정에 온 지 열흘 가까이 지나서의 일이었다.

저녁을 먹다가 말고,

"아이고 배야—"

소리가 나왔다.

저녁나절부터 이따금 아랫배가 꿈틀거리며 사르르 사르르 아프더니 마침내 견딜 수가 없게 통증이 오는 것이었다.

갑례는 저도 모르게 손에서 숟가락을 떨어뜨려버렸다.

"아이고 야단났다. 빨리 상 치아라!"

입실댁이는 어쩔 줄을 몰랐다.

입실댁이의 신병은 여전했다. 더했다가 덜했다가 하며 늘 골랑거렸다. 그러나 딸의 산기에 놀란 입실댁이는 조금도 병자 같지가 않았다. 입실댁이는 아직까지 한 번도 아이를 받아본 일이 없었다. 어찌 된 영문인지 며느리가 잉태를 못했으니 그럴 수밖에 없었다.

입실댁이는 정신이 바짝 돌아오는 것 같았다. 그러나 무엇을 어떻게 했으면 좋을지 몰라 상을 치우라고만 서둘러댔다.

순녀가 밥상을 들고 부엌으로 나가자 뿌뚜리도 어찌 된 일인가 하고 눈이 똥그래지며 숟가락을 입에 문 채 밥상을 따라 나갔다.

입실댁이는 걸레로 대강대강 방바닥을 훔치고 얼른 이불을 내렸다. 벌써 갑례는 아랫목에 새우처럼 나가뒹굴며 아이고 배야— 아이고 어메—를 연발하고 있었다. 입실댁이는 정신없이 갑례의 속곳을 벗겨냈다.

부엌에서 밥을 마저 뜨는 둥 마는 둥 하고, 순녀는 솥에 불을 지폈다. 미역국을 끓이기 위해서였다. 그리고 설거지를 서둘렀다.

윤 생원도 사랑방 문을 열고 가만히 밖으로 나왔다. 잠시 뜸하던 갑례의 진통소리가 또 높아가고 있었다. 윤 생원은 뒷짐을 지고 어정어정 마당을 거닐며 땅에 떨어진 새끼·오라기·지푸라기·돌멩이 같은 것을 말끔히 주워서 버리는 것이었다.

달이 떠오르고 있었다. 그리고 끼르륵 끼르륵…… 때늦은 기러기가 몇 마리 울면서 북쪽으로 날아가고 있었다.

"아이고 배야— 아이고 아이고, 아이고 어메! 아이고 어메!"

갑례는 계속 아프디아픈 소리를 지르고 있었다.

윤 생원은 갑례의 진통 소리를 들으면서 멀뚱히 서서, 산 뒤로 솟아오르는 달과 그 커다란 달을 스치면서 지나가는 기러기를 바라보고 있었다.

참 신비스럽기까지 한 밤이었다.

갑례가 마침내 큰일을 해내고 큰대자로 나가떨어진 것은 자정이 훨씬 지나서의 일이었다.

그동안 얼마나 많은 진통을 겪었는지 몰랐다. 한창 진통이 몰아올 때는 누워 있을 수가 없어서 고함을 지르며 벌떡 일어나 앉기도 했고 벌떡 일어서서 악을 쓰며 농 위에 얹힌 이불을 마구 쥐어뜯기도 했고 또 오만상을 하고 방바닥을 정신없이 기기도 했다. 그 아픔은 뭐라고 도저히 형언할 수가 없었다. 배가 사정없이 당기는 것 같기도 했고 냅다 쥐어 틀리는 것 같기도 했고 찍찍 찢어지는 것 같기도 했으며 때로는 칼로 사빡사빡 도려내는 것 같기도 했고, 착착 저미는 것 같기도 했다.

초산이기 때문에 그 아픔은 한결 더했고, 시간도 오래 끌었다.

하나의 새 생명을 이 세상에 내보내고 큰대자로 축 늘어진 산모는 온통 물에 젖은 사람처럼 되어 있었다. 그 곁에서 갓난아기는 아응아응아응…… 힘찬 목소리로 울고 있었다.

갓난아기의 울음소리는 사랑방에서도 들렸다. 윤 생원은 그때까지 잠이 들지 않고 있었다. 아응아응아응……. 힘찬 울음소리를 듣자 윤 생원은 벌떡 일어나 앉았다. 그리고 어둠 속에서 담배 한 대를 피우고는 잠시 후,

"어흠, 어흠."

하면서 방문을 열고 밖으로 나갔다.

그러자 부엌에서 일을 보고 있던 순녀가 쪼르르 나와서,

"아부님 아들입니더, 아들."

하고 알려주었다.

"흠—"

윤 생원은 매우 흡족했다. 환갑을 지난 지금까지 손자라고 하나도 없었는데, 외손이긴 하지만 고추 달린 놈을 하나 보게 되었으니 기분이 좋을 수밖에. 절로 입이 벙그레 벌어지는 것이었다.

어디선지 첫닭이 길게 목청을 뽑아 올리고 있었다. 마치 윤 생원 집의 경사를 축복하듯이 말이다.

10

그 해 여름, 윤 생원은 더위 때문에 매우 애를 먹었다. 덥지 않은 여름이 있을까마는 여느 해 여름보다 훨씬 더 더운 것 같았다. 연세 탓인 모양이었다. 기운이 부쳐서 그런지 땀도 지난해보다 많이 흘렸고 낮잠도 훨씬 많이 오는 것이었다. 뙤약볕이 맞바로 쏟아져 내리는 한낮이 되면 헐떡거리다가 늘어져서 절로 낮잠에 떨어지기

일쑤였다.

어느 날, 그날도 윤 생원은 마당가 감나무 그늘에 밀짚모자를 깔고 누워서 드르릉드르릉…… 코까지 골며 낮잠을 자고 있었다. 그렇게 정신없이 곯아떨어져 있는데 철거럭거리며 마당으로 들어서는 사람이 있었다. 순사였다. 철거럭거리는 것은 옆에 찬 칼이었다. 순사를 안내해 온 듯 구장은 사립 밖에 난처한 얼굴로 서 있었다.

"엄마— 순사 왔다!"

놀라서 소리를 지른 것은 뿌뚜리였다.

뿌뚜리는 국민학교 생도가 되어 있었다. 지난 4월에 다행히 시험에 합격을 해서 입학되었던 것이다. 그 무렵엔 국민학교에 들어가는 데도 시험을 치러야 했다. 결코 수월한 관문이 아니었다. 미끄러져서 다니고 싶은 학교에 못 다니는 아이들이 수없이 많았다. 그런데 뿌뚜리는 재수 좋게 합격을 했던 것이다.

지금 여름방학 중이었다. 아버지가 누워서 드르릉드르릉 코를 골고 있는 곁에서 뿌뚜리는 제법 방학 과제장을 한다고 연필을 입으로 빨면서 끙끙거리고 있었다. 그러다가 난데없이 들이닥치는 칼을 찬 순사를 보자 놀랐던 것이다.

"아부지 아부지! 순사 왔심더, 순사!"

뿌뚜리가 소리를 지르며 흔들어 깨우는 바람에 윤 생원은 눈을 떴다. 낮잠을 자다가 말고 깨면 눈이 붉은 법이다. 여름에는 더욱 그렇다. 윤 생원은 일어나 앉아 멀건 눈으로 멀뚱히 순사를 바라보았다.

순사는 바로 두어 걸음 앞까지 와서 떡 버티고 서 있었다. 한 손으로는 옆에 찬 칼을 철거럭철거럭 일부러 흔들고 있었다.

아직 잠이 덜 깬 윤 생원은 그저 정신이 멍멍하기만 했다. 그러나 곧 윤 생원은 알 수가 있었다. 드디어 올 것이 왔구나 싶었다. 가슴에서 무엇이 덜컥 내려앉는 것 같았다.

"영감, 춋토(좀) 일어서해."

일인(日人) 순사는 대뜸 윤 생원을 일어서라는 것이었다. 순사가 일어서라는데 안 일어설 장사가 있을까. 윤 생원은 몇 번 턱수염을 떨면서 자리에서 일어섰다. 다리도 약간 후들거리는 것 같았다. 그러나 윤 생원은 애써 태연한 얼굴로,

"무신 일이시오?"

한 마디 입을 뗐다.

"무슨 일이까 와키랑카(모르겠나)?"

"……."

그런데 고약하게 마침 하품이 나오는 것이 아닌가. 이런 때 하품을 해서는 재미가 적은 법인데 말이다. 그러나 하는 수 없었다. 나오는 하품을 어쩐단 말인가. 윤 생원은 에라 모르겠다, 까짓놈의 것, 될 대로 되겠지 싶으며 그만 입을 쩍 벌려버렸다. 하품과 함께 기지개까지 갈빗대에서 뿌두두둑 소리가 나도록 켜댔다.

그러자 순사의 안색이 대뜸 변했다.

"고노(이) 영감 후테이센진다나(불령선인이로구나)."

"……."

"이코! 하야쿠(가자! 빨리)."

순사는 덥석 윤 생원의 덜미를 잡았다. 그리고 질질 끌어내어 사립 쪽으로 확 밀어버리는 것이 아닌가. 윤 생원은 하마터면 고꾸라질 뻔했다.

뿌뚜리가 질겁을 하고 울음을 터뜨렸다. 입실댁이와 순녀도 놀라 뛰어나왔다. 그러나 이 일을 어쩐단 말인가. 무슨 영문인지도 잘 알 수가 없었다. 입실댁이는 노오랗게 질려 가지고 벌벌 떨기만 했고 순녀도 얼굴이 붉으락푸르락 하기만 했다. 그러나 순녀는 곧 시아버지를 앞세우고 사립 밖으로 나서는 순사에게로 가서 매달렸다.

"나아리, 유루시데 구다사이(용서해 주세요), 유루시데 구다사이"

어떻게 된 영문인지도 모르고 덮어놓고 용서해 달라고 빌어댔다.

그러자 순사는 순녀를 돌아보며,

"난다 기미와(뭐야 너는)? 기미가 이 영감 딸이까?"
하고 눈을 무섭게 굴렁거렸다.

순녀는 고개를 내저었다. 그리고 곧 울상이 되며 용서해 달라고 곧장 뒤를 따랐다. 그러나 허사였다.

사립 밖에서 난처한 얼굴을 하고 있던 구장은 어디로 사라졌는지 보이지 않았다.

입실댁이는 사립까지 비실비실 쫓아 나오더니 그만 그 자리에 풀썩 힘없이 쓰러져버렸고, 뿌뚜리는 정신없이 울어댔다. 여기저기서 매미들도 지글지글 끓듯이 울고 있었다.

마을 사람들도 놀라 눈들을 휘둥그레 가지고 여기저기서 수군거렸다.

테이신타이가 또 나왔던 것이다. 갑례를 시집보낸 지도 어느덧 일 년이 훨씬 넘었고, 그동안 테이신타이니 뭐니 하는 소리도 없었고, 주재소에서도 아무 말이 없고 해서 이제 일이 그냥 흐지부지 잘 지나버렸는가 보다고 잊어버리고 있는 참인데, 기어이 말썽을 부리고 마는 것이었다. 이번에는 홍싯골에는 한 사람도 해당이 없었다.

그래서 윤 생원은 그런 것이 나온 줄도 모르고 낮잠만 자고 있었던 것이다.

벌써 어제 출발을 한 뒤였다. 그런데 어찌 된 셈인지 이번에는 통지서를 받고도 아예 나오질 않고 피해버린 사람이 몇 발생해서 숫자가 모자랐던 것이다. 그래서 주재소에서 발칵 뿔이 돋아 요것들 봐라, 하고 오늘 일제히 덮치러 나선 것이었다. 그렇지 않고 모두 다 순순히 응해서 숫자가 찼더라면 벌써 일 년이 훨씬 지난 갑례의 일까지 굳이 뒤적거려내지는 않았을 참이었다.

한 사람도 아니고 몇 사람이나 피해버리다니, 그 원인이 어디에 있을까 하고 캐본 결과, 지난해 테이신타이 때 한 사람이 중도에서 도망해 왔는데, 그것을 알고도 미온적으로 처리를 했기 때문에 요것들이 만만하게 보았다는 결론이 나왔던 것이다.

주재소 순사부장은 눈썹이 아주 짙은 사람이었다. 먹을 시꺼멓게 마구 칠해 놓은 것 같았다. 그 시꺼먼 한쪽 눈썹에 바르르 경련을 일으키며,

"코노야로다치, 민나 힙팟데고이(이 새끼들 죄다 끌고 와)!"

소리를 버럭 질렀던 것이다.

주재소 구류간은 마치 조그마한 창고 같았다.

문을 열고,

"하잇도래(들어가 있어)!"

순사가 등을 확 떼밀자, 윤 생원은 힘없이 안으로 고꾸라졌다.

정수리가 따끈따끈하도록 내리쬐는 뙤약볕 속으로 걸어온 윤 생원은 지칠 대로 지쳐 있었다. 삼베 중의적삼이 온통 땀에 젖어 있었

고, 숨이 걷잡을 수 없이 헐떡거렸다.

구류간 안은 어두웠다. 그러나 한쪽 벽에 조그만 창문이 있어서 곧 안을 분간할 수가 있었다. 어둠 속에 세 사람이 웅크리고 앉아 있었다. 한 사람은 사십을 넘었을까 말까 한 남자였고, 두 사람은 모녀간인 것 같았다. 두 모녀는 불안에 싸인 얼굴로 나란히 붙어 앉아 있었다.

윤 생원은 한쪽으로 기어가서 벽에 기대앉았다.

구류간 안은 숨이 막힐 지경으로 무덥기도 했다. 일어서면 바로 손에 잡힐 듯한 천장이 함석으로 되어 있어서 온통 찌는 것 같았다. 그러나 뙤약볕 밑보다는 좀 나은 듯 윤 생원은 헐떡거리면서도 지그시 두 눈을 감았다.

잠시 후, 또 한 사람이 들어왔다. 육십이 가까워 보이는 노인이었다.

노인이 들어오자, 윤 생원은 어쩐지 좀 반가운 생각이 들었다. 말벗이 생겨서 그런 모양이었다. 노인도 구류간 안을 두리번거리더니, 윤 생원 곁으로 와서 앉는 것이었다.

잠시 후, 윤 생원에게 노인이 먼저 말을 건네 왔다.

"형씬 어떻게 오씻능게?"

"글씨요. 순사가 와서 가자 캐서 왔구마. 딸을 시집보냈는데, 아마 그래서……."

"딸을 시집보냈는데 잽혀오다니, 그기 무신 말잉교?"

딴사람들도 모두 윤 생원에게 시선을 집중했다.

"작년 봄에 우리 애한테 테신타인가 멍가 그기 안 나왔덩게. 그런데 우리 애가 읍내까지 갔다가 도망을 해왔습띠다. 그래서 얼른 시집을 보내삐렀구마. 주재소에서는 담뺀 테신타이가 나오만 자진해서 보내라 캐서 그러겠다고 문서에 지장을 안 찍었덩게. 그래놓고 시집을 보내비렀더이……."

"예— 알겠심더. 그때 형씨 딸이 도망해 왔구만요. 소문은 들었구마."

그러자, 어머니 곁에 바싹 붙어 앉았던 큰아기가,

"그럼 혹시 갑례 아버지 앙이십니꼬?"

하고 반가운 듯 물었다.

"그렇소. 갑례 애비 되느마."

"아이고 그렇구만예. 갑례하고 학교 때 한 반에 안 있었십니꼬. 아주 친하게 지냈심더."

"흠— 그렇구만."

"갑례 어디로 시집갔습니꼬?"

"저…… 재 너머 평촌이란 데로."

"예."

"올봄에 아들 안 노았나."

"으야꼬! 벌써예."

"응."

"아이고 갑례가 벌써 아들까지……."

무더운 구류간 안에 잠시나마 부드러운 웃음이 감돌았다.

"그런데 큰애긴 어떻게 댄 일로 여길……."

"이번에 테이신타이가 나왔는데……."

큰아기는 가만히 얼굴을 떨구었다.

"음— 테신타이가 나왔구만. 언제 나왔는가?"

"어제 출발 안 했심니꼬."

"음—"

윤 생원은 대고 고개를 끄덕거렸다. 얘길 들으나마나 알겠다는 것이었다. 이제 자기가 붙들려온 까닭도 분명해졌다. 짐작한 바와 다름이 없었다.

윤 생원은 고개를 끄덕거리고 나서,

"어디 먼 데 있는 일가 집으로 피해 삐릴끼제."

은근한 목소리로 말했다. 갑례의 학교 때 친구라는 말에 측은한 정이 가는 모양이었다.

그러자 옆에 앉은 노인이 입을 열었다.

"멀리 피해도 별수가 없구마. 우리 애는 저거 외가로 보내삐맀는데, 순사가 와서 앨 디리고 와야지, 그렇지 않으만 나를 언제꺼정이라도 구리깐에 가다놓는다 안 캅니꺼. 별수 없이 집에서 디리로 갔구마. 이럴 줄 알았으면 그냥 내보내는 긴데……."

사십쯤 되어 보이는 남자도,

"맞심더, 우짤 도리가 없심더."

자기 처지도 그렇다는 듯이 맞장구를 쳤다.

한 사람씩 불려나가기 시작한 것은 한참 뒤의 일이었다. 맨 먼저 불려나간 것은 사십쯤 되어 보이는 남자였다.

한 사람이 불려나가자, 다른 사람들은 모두 심란한 얼굴로 아무 말이 없었다. 미구에 닥쳐올 자기의 차례를 생각하며 혹시 무슨 소리가 들리지나 않을까 하고 가만히 귀들을 기울이고 있었다.

아니나 다를까 잠시 후, 사무실 쪽에서 고함소리가 들려왔다. 순사의 고함소리였다. 뭐라고 하는지는 잘 알아들을 수가 없었으나,

아무튼 몹시 핏대를 세운 것만은 틀림없었다. 그리고 이어서 아이고 아이고— 어디를 정통으로 얻어걸린 듯 자지러지는 소리가 들렸다.

아이고 아이고 아이고— 비명소리가 들릴 때마다 그게 남의 일이 아닌 것 같아 모두 침통한 얼굴로 굳어들고 있었다.

그 남자가 돌아온 것은 거의 한 시간이나 지나서였다. 어디를 얼마나 얻어맞았는지 거지반 엉금엉금 기고 있었다.

다음에 불려간 것은 윤 생원 옆에 앉은 노인이었다. 노인 역시도 나가더니 얼마 안 있어 곧 비명소리가 들려왔다. 으이구 으이구— 노인의 비명소리에 윤 생원은 이맛살을 찌푸릴 대로 찌푸렸다. 그리고 턱수염을 덜덜덜 떨었다. 아무리 왜놈 순사들이라곤 하지만, 설마 육십 노인을 저렇게 함부로 디룰 줄은 몰랐던 것이다. 으이구 으이구 으이구— 윤 생원은 저 비명소리가 얼마 후에 바로 자기가 내지를 비명소리일 것만 같아 치가 떨렸다.

육십 노인을 저렇게 다루는 것을 보고 모녀도 새파랗게 질려버렸다. 자기들은 여자이니 설마 좀 안 보아주겠나 하고 바라던 조그만 희망마저 산산이 부서져버리는 것이었다. 큰아기는 곧 울상이 되어 있었다.

노인 역시 거의 한 시간이 지나서야 돌아왔다. 노인은 한쪽 다리를 절름절름 절고 있었다.

다음은 두 모녀였다.

호출되어 나가는 모녀의 을씨년스러운 꼬락서니를 윤 생원은 가만히 바라보다가 음— 무거운 한숨을 내쉬었다. 그러나 딴 두 사람은 이제 누가 불려나가거나 말거나 도무지 귀찮다는 투였다. 엉금

엉금 기다시피 하고 돌아온 사십쯤 된 남자는 새우처럼 옆으로 쓰러져서 끙끙 앓고 있었고 절름절름 절며 돌아온 노인은 벽에 힘없이 기대앉은 채 한쪽 다리를 쭉 뻗고 있었다.

이제 해도 기울어져 가는 듯 구류간 안의 무더위가 좀 수그러지는 것 같았다.

여자의 비명소리는 남자의 그것보다 훨씬 듣기가 고약했다. 더구나 모녀가 번갈아가며 내지르는 소리는 차마 귀를 뜨고 듣고 있을 수가 없었다.

"아이고, 아이고, 나 죽는다 나 죽어—"

어머니의 비명소리에 이어,

"어메야 어메야, 아이고메 아이고메—"

딸의 울부짖는 소리는 정말 처참한 것이었다.

윤 생원은 질끔 두 눈을 감았다. 만일 갑례하고 함께 붙들려 왔더라면 자기들도 저 꼴이 되었을 게 분명하다는 생각을 하면 절로 몸서리가 쳐졌다.

두 모녀가 다 죽어가는 몰골로 돌아오자, 어찌된 셈인지 구류간 문에 자물쇠가 걸려버렸다. 윤 생원은 불려나가지 않은 게 이상한 듯 모두 눈을 끔벅거렸다. 그러나 아무도 입을 떼는 사람은 없었다.

한참 후에 저녁밥이 들어왔다. 가족들이 가지고 온 것을 주재소 소사가 받아다가 들여보내주는 것이었다.

밥맛이 있을 까닭이 없었다. 모두 몇 숟가락 뜨는 둥 마는 둥 했다. 그러나 윤 생원은 아직 불려나가 모진 꼴을 당하지 않아서 그런지 비교적 많은 분량을 먹어치웠다. 이럴 때일수록 단단히 배를 채워놓아야 되는 법이라고, 잘 넘어가지 않는 밥을 억지로 자꾸 떠

넣었던 것이다.

윤 생원이 호출되어 나간 것은 저녁을 먹고도 한참 뒤의 일이었다. 바깥은 이제 깜깜한 밤이었다. 주재소 담을 넘어 개똥벌레가 한 마리 반짝반짝 날아들고 있었으나, 지금의 윤 생원에게 그런 것이 보일 턱이 없었다. 그저 도수장*(도살장)에 끌려들어가는 소처럼 무거운 걸음을 떼놓을 따름이었다.

사무실에는 웬 '유카다(일인들이 여름에 입는 두루마기처럼 생긴 옷)'를 입은 사람이 의자에 앉아서 부채질을 하면서 신문을 보고 있었다. 눈썹이 시꺼먼 순사부장이었다. 저녁을 먹고 바람이라도 쐬러 나온 사람처럼 한가로운 얼굴이었다.

윤 생원이 들어서자 힐끗 위아래를 한 번 훑어보고는 계속 신문에 시선을 떨구었다. 곁에 놓인 라디오에서 때마침 뉴스가 흘러나왔다. 뉴스가 흘러나오자 순사부장은 신문에서 시선을 떼고 가만히 라디오에 귀를 기울이는 것이었다.

윤 생원을 불러내온 순사가 버럭 고함을 질렀다.

"꿇어앉아해!"

두 손을 무릎 위로 축 늘어뜨리고 엉거주춤 서 있던 윤 생원은 음― 하면서 하는 수 없이 그 자리에 꿇어앉았다.

윤 생원을 꿇어앉혀 놓고 순사도 라디오의 뉴스에 귀를 가져가는 것이었다.

일본말을 잘 모르는 윤 생원은 라디오에서 뭐라고 떠들어대는지 알 수가 없었으나, 라디오에 귀를 기울이고 있는 두 사람의 표정으로 보아 반가운 소식이 아니라는 것만은 짐작할 수 가 있었다. 순사부장의 시꺼먼 눈썹은 이따금 무슨 징그러운 벌레가 움직이듯이 꿈틀거렸고, 순사도 고개를 이리 갸웃 저리 갸웃 하고 있었다.

뉴스가 끝나자, 부장은 화가 난 사람처럼 라디오를 딱 꺼버렸다. 그리고 냅다 부채질을 해대는 것이었다.

그러자 순사도,

"영감!"

하고 공연히 소리를 빽 지르며 윤 생원을 향해 돌아앉았다.

이제 시작을 할 모양이었다.

순사는 책상 서랍에서 무슨 종이 한 장을 꺼내어 그것을 윤 생원 앞으로 내밀며,

"고래가(이것이) 무엇인가 알겠소까?"

하고 눈을 번들거렸다.

보나마나 그것은 지난해 봄에 지장을 찍은 서약서였다. 그러나 윤 생원은 아무 대꾸도 없이 그 종이와 순사의 얼굴을 슬금슬금 바라보기만 했다. 그저 관대한 처분을 기다린다는 듯이 말이다.

"어째서 대답이 없소까?"

순사가 발로 마룻장을 쾅 울리자, 윤 생원은 얼른 입을 열었다.

"예예, 알겠심니더."

"무엇인가 말이 해바."

"지장을 찍은 서약서올시다."

"난토(뭐라고) 서약했소까, 와카루카(알겠나)?"

"예예."

"와캇도루 쿠새니(알고 있으면서) 어째서 딸을 시집보냈소까, 응? 코노야로(이 새끼야)!"

순사는 벌떡 일어서더니, 윤 생원의 앞가슴을 걷어 차버리는 것

이었다.

어이쿠— 비명을 지르며 나가뒹굴지 않을 장사가 어디 있을까. 윤 생원은 마룻바닥에 벌떡 뒤로 나가떨어져 버렸다. 그러자 이번에는 '지카다비(일본 노동화)' 뒤꿈치로 허벅다리께를 마구 조져대는 것이 아닌가. 어이쿠 어이쿠 어이쿠— 윤 생원은 자기도 모르게 냅다 고함을 지르고 있었다. 눈에서는 불이 번쩍번쩍하는 것 같았다.

사람을 그렇게 마구 조져놓고는 잠시 숨을 돌리는 셈인지 순사는 담배를 한 대 유유히 피워 물고 있었다.

지금까지 무슨 생각에 잠긴 듯이 무뚝뚝한 얼굴로 앉아 있던 부장은 슬그머니 일어나 유카다 자락을 여미며,

"대와 다노무(그럼 부탁해)."

하고 '게다(왜나막신)'를 끌고 밖으로 나가는 것이었다. 아무래도 아까 라디오에서 들은 뉴스가 께름해서 도무지 기분이 나지 않아 일찍 집에 들어가서 잠이나 잘 모양이었다.

"하잇! 오야수미나사이마세(예! 들어가 주무십시오)."

순사는 번쩍 거수경례를 붙였다.

부장이 나가고 나자, 순사는 담배 연기를 유유히 날리면서 발로 툭툭 윤 생원을 건드렸다. 일어나라는 것이었다. 윤 생원은 끙끙 앓는 소리를 하며 간신히 몸을 일으켰다. 그러자 순사는 조금 전과는 전혀 딴사람 같은 얼굴로,

"담배 피우겠소까?"

하고 담배 한 가치를 꺼내어 불까지 붙여주는 것이 아닌가.

이런 경우, 그것을 사양하는 것은 재미가 없는 법이다. 윤 생원은 얼른 받아 입에 갖다 물었다.

담배를 빨고 앉아 있는 윤 생원의 모습을 멀뚱히 내려다보고 있던 순사는 그만 입을 딱 벌리고 커다랗게 하품을 해댔다.

윤 생원의 담배가 거의 다 타자 순사는,

"영감, 잠이 안 와?"

물었다.

물론 잠도 오고 몸도 아프고, 어서 구류간으로나마 돌아가서 눕고 싶은 생각이 간절했다. 그러나 윤 생원은 가만히 눈치를 살피듯 순사의 얼굴을 바라보았다.

"자고 싶지 않소까?"

"왜요, 자고 싶심더."

"그럼, 일어나해!"

마지막은 허망할 지경으로 후했다. 자기가 잠이 와서 그런지는 모르지만.

윤 생원은 두 손으로 마룻바닥을 짚고 겨우 몸을 일으켰다. 일어서며 윤 생원은 힐끔 다시 한 번 순사의 얼굴을 살폈다. 이마가 좀 좁기는 하지만, 그런대로 마음씨가 독한 사람은 아닌 것 같았다.

댕댕댕댕……. 벽에 걸린 시계가 벌써 열 점을 치고 있었다.

윤 생원은 어디론지 자꾸 걸어가고 있었다. 어딘지 도무지 알 수가 없는 낯선 길이었다. 길 저편에 시퍼런 바다가 보였다. 윤 생원은 몹시 땀이 나고 또 목이 타는 것이었다. 옳지 됐구나 하고 윤 생원은 마구 달리기 시작했다. 가까이 가보니 그것은 바다가 아니었다. 커다란 못이었다. 못둑에 많은 사람들이 모여 서서 무엇을 구경하고 있는지, 못 가운데를 바라보고 있었다. 못 가운데서 무엇인지 시꺼먼 것이 혼자 헤엄을 치고 있었다. 그런데 처음에는 그게 무엇인지 알 수가 없었으나 나중에 보니 거북이었다. 커다란 거북이가 물 위에 불쑥 떠오르는 것이었다. 구경꾼들은 모두 와— 환호성을 울렸다. 그러자 거북이는 놀란 것처럼 이쪽을 향해 물 위를 마구 미끄러져 오는 것이 아닌가. 겁나게 큰 거북이였다. 어지간한 초가집 한 채만 했다. 그렇게 거창한 거북이 무서운 속도로 다가오자, 구경꾼들의 환호성은 그만 비명으로 바뀌고 말았다. 와— 구경꾼들은 정신없이 달아나기 시작했다. 어이구…… 윤 생원도 냅다 고함을 지르며 달아나고 있었다.

윤 생원은 깜짝 놀라 눈을 떴다. 구류간 벽의 조그만 창으로 햇빛이 흘러 들어오고 있었다. 윤 생원은 눈을 비비며 부스스 일어나 앉았다.

참 이상한 꿈이었다. 지금까지 수없이 많은 꿈을 꾸어 보았지만, 거북이 꿈을 꾸기는 처음이었다. 더구나 그렇게 거창하게 큰 거북이 꿈을 말이다. 거북이 꿈은 운수가 대통하는 서몽(瑞夢)이라는 말이 있지 않는가. 그런데 이 구류간 안에서 운수는 무슨 놈의 운수가 대통할 것이란 말인가. 이 지린내가 나는 구류간 안에서 말이다.

마침 사십쯤 된 남자가 일어나 한쪽 구석에 놓인 오줌동이에 소변을 보고 있는 것이었다. 노인은 아직 드릉드릉 코를 골며 자고 있었고, 두 모녀는 깼는지 아직 자고 있는지 딱 붙어 쪼그리고 앉은 채 얼굴을 파묻고 꼼짝도 하질 않고 있었다.

윤 생원은 그 큰 거북이 때문에 아직도 정신이 얼떨떨한 듯 조그만 창밖의 손바닥만 한 하늘을 멀뚱히 바라보고 있었다.

과연 거북이 꿈은 서몽이었다. 그 꿈의 효력이 곧 나타났던 것이다.

점심때가 조금 지나서였다. 누군가가 와서 황급히 구류간 자물쇠를 여는 것이었다. 여느 때 여는 소리와는 어쩐지 좀 다른 것 같았다. 주재소 소사였다.

소사는 구류간 안으로 성큼 들어서며,

"해방입니더! 해방!"

하고 외치다시피 했다.

"머?"

"해방?"

모두 어안이 벙벙했다.

"일본이 항복했심더. 전쟁이 끝났다 말입니더. 오늘 열두 시에 나지오에서 방송을 했심더. 일본 천황이 직접 방송을 하는데 곧 우는 소립띠더. 인자 우리 조선은 해방입니더. 해방!"

소사의 떠들어대는 소리에 비로소 모두 정신이 번쩍 드는 것이었다. 얼굴들이 벌겋게 달아오르고 있었다.

정말 거짓말 같은 사실이었다. 이게 꿈인가 생신가 싶었다. 윤 생원은 온몸을 덜덜덜 떨고 있다.

"자, 해방이니까 모두 어서 집으로 가이소. 어서! 하룻밤이나마 고생들이 많았심더."

너무나 뜻밖의 말에 사십쯤 된 남자는 그만,

"만세—"

두 손을 번쩍 높이 쳐들었다.

전쟁이 끝났다느니, 우리나라가 해방되었다느니 하는 그런 말보다, 어서 집으로 돌아가라는 말이 실상 더 감격스러웠던 모양이다.

윤 생원도 서슴없이,

"만세……."

외쳤다.

"만세……."

노인도 외치고,

"만세……."

"만세……."

두 모녀도 부끄럼 없이 외쳐댔다.

무덥고 지린내 나는 조그마한 구류간 안에 여섯 사람의 만세 소리가 넘쳤다.

11

해방이 되었다는 소문은 한낮 여름 햇볕 아래서도 순식간에 마을에서 마을로 물결쳐 나갔다. 그것은 뜨거운 파도 같은 것이었고, 또 커다란 소용돌이와도 같은 것이었다. 활동사진이 들어왔다는 그런 소문과는 비할 바가 아니었다.

"야……!"

대번에 환성을 울리는 사람도 있고,

"왔구나 왔구나……!"

마치 목메어 기다리고 있었다는 듯이 우쭐우쭐 활개춤을 추어대는 사람도 있었고,

"정말이가 정말이가?"

너무나도 뜻밖의 일이라 얼떨떨해서 곧장 되묻는 사람도 있었다.

개중에는,

"머라고? 일본이 두 손을 들어?"

도무지 믿어지지 않는다는 듯 고개를 갸웃거리는 사람도 있었다.

일본이 항복을 하다니, 그렇게 위세가 당당하고 서슬이 시퍼렇던 일본이 말이다. 그리고 우리나라가 해방이 되다니…… 정말 얼른 믿어지지가 않는 너무나 가슴 벅찬 사실이었다. 되어가는 판세가 아무래도 곧 어떻게 될 것 같기는 했지만, 그러나 이렇게 쉽고 허망하게 끝장이 날 줄은 몰랐던 것이다. 국토가 모조리 불바다가 되는 한이 있더라도 일억 국민 최후의 한 사람까지, 최후의 일각까지 싸우겠다고 나발을 불어대더니 말이다. 죽창을 깎으라고 야단 지랄이더니 말이다.

감격과 흥분은 날이 갈수록 더해갔다. 해방된 우리나라는 미구에 독립이 된다는 소문도 물결쳐서 사람들은 온통 감격과 흥분의 소용돌이를 이루었다. 중국에 있는 우리나라 정부가 곧 환국해서 독립국가를 세운다는 소문은 사람들을 들뜨게 하고도 남는 것이었다. 처음엔 해방이 무슨 말인지 독립이 무슨 뜻인지도 모르던 답답한 사람들도 그동안 우리의 임시정부가 중국에서 우리나라의 독립을 위해 싸워왔다는 이야기를 듣고는 입이 벌어지고 가슴이 울렁거려 어쩔 줄을 몰랐다. 어느새 누가 퍼뜨린 말인지는 모르지만, 대통령 자리는 누가 앉고 내무대신 자리는 누가 앉으며, 국방대신은 누가 되고 문부대신은 누가 된다는 둥, 각료의 명단까지 흘러나와 사람들을 더욱 흥분의 도가니로 몰아넣었다.

시골 사람들의 감격과 흥분에는 으레 농악이 따르기 마련이다.

해방이 된 그날 저녁부터 벌써 울리기 시작한 풍물소리는 날이 갈수록 신명을 더해서 연일 끊일 사이 없이 이 마을 저 마을에서 울려 퍼졌다. 유기 공출에 다 빼앗겼을 터인데도 어디서 나왔는지 꽹과리도 나왔고 징도 나왔다. 장구도 나오고 버꾸도 나오고, 더러는 날라리가 구성지게 울리기도 했다.

깨갱깨갱 징징, 깨갱깨갱 둥더꿍, 삘릴리삘릴리 삘릴리 둥더꿍둥더꿍 징징…….

절로 누구나 어깨가 우쭐거리지 않을 수 없었다. 이제 정말 새 세상이 열린 것 같은 느낌이었다.

농악과 함께 또 마을마다 철철 넘치는 것은 술이었다. 그렇게 바싹바싹 말랐던 마을에 어디서 쏟아져 나왔는지 연일 술이 출렁거렸다. 먹을 줄 아는 사람은 말할 것도 없고, 못 먹는 사람도 겁 없이 마셔대고는 벌겋게 취해서 너풀거렸다.

그리고 감격과 흥분에 겨운 함성이 온통 산야를 흔들었다.

"만세—"

"만세—"

"대한독립 만세—"

"대한독립 만만세—"

"만만세—"

홍싯골이라고 여느 마을에 뒤지고 있을 턱이 없었다. 농악은 여느 마을 못지않게 구성지고 멋들어지게 울려댔고 술도 풍성풍성하게 마셔댔으며, 만세도 목이 터져라고들 불러댔다.

누구보다도 신이 나는 것은 꺼꾸리였다. 해방이 무엇인지, 대한독립이 무슨 말인지 알 턱이 없는 그였지만, 오히려 단순하고 뜨거운 피는 그런 반편이에게 더 흐르고 있는 모양인지, 온통 신명이 나서 어쩔 줄을 몰랐다. 술을 턱없이 벌떡벌떡 마셔대고는 기우뚱거리면서도 남들 갑절이나 설치고 돌아가는 것이었다. 제법 깨갱깽갱 깨갱깽갱 꽹과리를 쳐대기도 했고, 둥더꿍둥더꿍 버꾸를 치기도 했다. 그러나 주로 그의 차지가 되는 것은 징이었다. 징징징…… 별로 가락에 맞출 필요가 없이 이따금 기분 내키는 대로 두들기기만 하면 되는 징이 그의 격에 맞기도 했다.

홍싯골에는 처음엔 징소리가 빠졌었다. 꽹과리는 용케 구장네 집에서 나왔지만, 징은 공출을 해버리고 말았던 것이다. 그러나 꽹과리와 장구, 버꾸가 울리기 시작하자, 윤 생원이 농악에 징이 없어서야 되겠냐고, 아무래도 징소리가 제일인데 하고 들고 나선 것이 자기 집 놋대야였다. 감나무 숲 한쪽 바위 뒤에 몰래 묻었던 놋그릇을 해방이 된 이튿날 백주에 빙그레 웃으면서 당당히 캐냈던 것이다.

새끼로 얽어서 손잡이를 만들어 들고 두들기니 흡사 징소리였다. 오히려 징소리보다 더 울림이 굵고 세어서 사람들을 한바탕 웃겼다. 징징징…… 재미가 나서 더 신나게 두들겨대는 것이었다.

그러나 윤 생원은,

"너무 그렇게 함부로 치지 말게. 우리 메누리 낀데, 깨질라……."

하고 웃었다.

그것을 보고 순녀도 처음엔 웃었으나, 생각할수록 그게 아니었다. 아무리 해방이 좋고 독립이 좋다지만, 남 시집올 때 가지고 온 놋대야를 징이라고 들고 나가 두들겨 대다니, 심사가 자꾸 꼬여들지 않을 수 없었다. 그것을 들고 치며 기분이 좋아서 우쭐우쭐 돌아가는 꺼꾸리 녀석까지 밉고 보기 싫었다. 그러나 시아버지가 한 일인데 뭐라고 입을 뗄 수도 없고, 순녀는 그저 속으로 멍이 들 뿐이었다. 지금까지 순녀는 시아버지가 하는 일에 사리에 어긋난다고 생각되는 일을 한 번도 보지 못했다. 그러나 이번 일만은 아무래도 못마땅한 것이었다. 그렇게 해방이, 또 독립이 좋은 것인가 하고 이해를 하려고 들어도 여자의 속이라 그런지, 징징징…… 놋대야 울리는 소리가 날 때마다 심사가 뒤틀리곤 했다. 그것이 조금도 징소리로 들리지 않을 뿐 아니라, 놋대야 소리라도 밑구멍이 곧 금이 갈 것 같은 소리로 들리는 것이었다.

순녀의 이런 심사를 알 턱이 없는 꺼꾸리는 제멋에만 겨워서 신명이 나는 대로 마구 징징징 두들겨댔다. 그리고 꺼꾸리는 만세 소리가 터져 오를 때면 누구보다도 두 손을 높이 쳐들고 목에 벌건 핏대가 서도록 고함을 질러댔다. 그는 만세를 '만사이'라고 했다. 얼마 전까지 '반사이'라고 부르던 그 잔재라고 할까. 그리고 혀가 짧아서 독립을 '돈닙'이라고 했다.

"대한돈닙 만사이— 만사이— 만사이."

만세가 끝나면 으레 꺼꾸리는 근질근질해서 못 견디겠는 듯 손을 땅에 짚고 벌떡 물구나무를 섰다. 물구나무를 서서는 뿔뿔뿔 옮겨가면서 냅다 두 다리를 흔들어대기도 했다. 참 가관이었다. 아무것도 모르는 꺼꾸리까지 이렇게 통쾌해서 못 견디는 것을 보니, 과연 해방과 독립이라는 것이 얼마나 좋은 것인가 알 수 있었다.

그러나 정말 해방의 고마운 점은 징용이나 테이신타이, 혹은 징병으로 끌려간 사람들이 돌아오게 된다는 사실에 있었다. 아들이나 딸, 혹은 손자, 혹은 남편을 빼앗긴 가족들은 그저 이게 꿈이 아닌가 싶었다. 일본 놈들은 모조리 쫓겨 가고, 대신 우리 아들딸, 혹은 손자, 남편이 돌아오게 되다니…… 정말 해방의 고마움이 피부에 와 닿는 것 같았다.

자, 누가 먼저 돌아올 것인가. 모두 무사히 잘 돌아와야 할 것인데…… 가족들은 말할 것도 없고, 그렇지 않은 사람들도 절로 가슴이 설레지 않을 수 없었다.

그런 어느 날, 그러니까 어느덧 8월도 다 가는 무렵이었다.

어떤 남자 한 사람이 마을 앞 서낭고개 위에 와서 앉는 것이었다. 옆에는 둥실한 봇짐을 놓고 말이다. 뉘엿뉘엿 저물어가는 해가 그 남자의 배경을 곱게 물들이고 있었다.

남자는 앉아서 담배를 피우며 가만히 마을을 내려다보고 있었다. 먼빛으로 보아도 젊은 사람은 아닌 것 같았다. 꽤 먼 거리에서 보아도 젊은 사람과 나이 많은 사람은 구별이 되는 법이다. 어디가 어떻게 달라서 그런지 묘한 일이었다. 아무튼 앉아서 이쪽을 내려다보고 있는 품이 한 사오십 된 사람으로 보였다.

그날도 마을 사람들은 농악을 즐기고 있었다. 동구 앞 정자나무 둘레에서 한창 풍물을 치다가 지쳐서 아무 데나 픽픽 궁둥이들을 내던지고 쉬고 있는 참이었다.

"저기 누구고?"

"글씨……."

"지뇽 갔던 누가 돌아오는 거 앙이가?"

"지뇽 갔던 누구?"

"글씨…… 아잉강."

"앙이다. 그럼 와 얼른 안 오고 저렇게 앉았겠노."

"지나가는 사람인강?"

"억씨기 이쪽을 바쌓제?"

"글씨 말이다."

"와 저렇게 보아쌓노, 자식……."

이런 소리를 주고받고 있는데, 그 사람은 담배를 픽 던져 버리고 궁둥이를 털며 일어서는 것이었다. 마을 사람들은 모두 아무 말 없이 그 사람의 거동을 지켜보고 있었다.

봇짐을 들고 그 사람은 건들건들 고개를 내려오기 시작했다. 고개를 내려오는데 보니 옷이 이상했다.

"중국 사람 앙이가?"

"맞다, 중국 사람이다!"

"중국 사람이 우리 동네에 우짠 일이고?"

"글씨……."

"핫핫핫……. 해방이 되더니 우리 동네에 때국 놈이 다 찾아온대이!"

"맞다, 힛힛힛히……."

"헛헛헛허……."

"별일도 다 있제."

그런데 고개를 내려서서 동구 앞길로 가까워오는 모습을 잘 보니 윗도리는 까만 중국옷에 틀림없지만, 밑은 조선바지가 아닌가.

"어."

"중국 사람도 아닌 모양인데……."

그러자 누군가가,

"아니!"
하고, 자리에서 벌떡 일어났다. 그리고 깜짝 놀란 사람처럼 냅다 소리를 질렀다.

"최 서방이다! 최 서방!"

최 서방이라는 소리에 모두 우— 자리에서 일어났다.

"최 서방?"

"최 서방이라니?"

"최 서방이 누고?"

엉겁결에 일어서기는 했으나, 아직 누군지 잘 알아보지 못하는 축도 있었고,

"핫하…… 맞다, 최 서방이다!"

"최 서방이 돌아오는구나."

"절반은 만줏놈 돼갖고 돌아오네 그려, 헛헛허……."

이렇게 웃으며 반기는 축도 있었다.

저쪽에서도 걸어오며 빙그레 웃고 있었다.

만주로 돈벌이하러 간다고 훌쩍 집을 나가고는 종무소식이던 그 난봉꾼 최 서방이었던 것이다. 술과 계집으로 배골댁이의 속깨나 썩이던 분임이 아버지 말이다. 그러니까 어느덧 칠팔 년이라는 세월이 흘렀으니, 얼른 알아보지 못하는 것도 무리가 아니었다. 더구나 윗도리는 멋대가리 없는 되놈 옷을 입고 오는 판이니 말이다.

최 서방은 곧장 빙글빙글 웃으면서 마을 사람들 앞으로 다가왔다. 약간 멋쩍기도 하고 감개가 무량하기도 한 모양이었다. 그리고 나이 많은 노인들 앞에 와서는 필요 이상으로 공손히 인사를 하는 것이었다.

칠팔 년이라는 세월이 흘렀다고는 하나, 가까이서 보니 옛날의 최 서방 그대로였다. 이마에 주름살이 좀 더 뚜렷해진 것 같고, 구레나룻이 더 짙어진 것뿐, 칠팔 년 전의 그 건달 같은 얼굴 그대로였다. 그러나 얼른 보면 검실검실한 구레나룻에 가려서 잘 보이지 않지만, 귀밑께서 턱께로 짝 내갈긴 것 같은 흉터가 생겨 있었다. 거창한 흉터였다. 칼에 맞은 흉터가 틀림없는 듯했다. 하마터면 목이 댕강 날아갈 뻔했을 것 같았다. 하지만 아무도 그에 대해서는 입을 떼지 않았다.

"이 사람아, 돈 많이 벌어 갖고 오는가?"

노인 한 사람이 이렇게 말하자, 최 서방은,

"벌긴 많이 벌었는데, 갖고 나올 수가 있어야지요."

멀쩡한 얼굴로 대답하는 것이었다.

"와 못 갖고 오노? 그럼 많이 번 거 다 우쨌노?"

"다 안 빼낐능교."

"빼끼긴 누구한테……?"

"만주 놈들이 돈 댈 만한 기라면 다 뺏심더. 그냥 보내주는 줄 아능교? 어림도 없구마."

빼앗긴 것이 무슨 자랑이나 되는 것처럼 최 서방은 양양한 태도였다. 정말로 좀 빼앗기기라도 하고 그러는지 모르지만 말이다.

그러자 이번에는 최 서방과 나이가 비슷한 누군가가 입을 열었다.

"자네도 꼭 만주 사람 같은데, 뺏던가?"

윗옷을 두고 하는 말이었다.

최 서방은 그런 줄을 얼른 알아차리고,

"예끼! 이 사람아."

하고 벌쭉 웃었다.

모두 한바탕 웃었다.

조무래기들도 와 웃자,

"이 녀석들아 너거 아부지 왔는데, 인사도 않고 웃기만 하나?"

창돌이를 보고 한 사람이 하는 말이었다.

창돌이는 분임이 작은 동생이었다. 그러니까 최 서방의 막내아들인 것이다. 열한 살이었다. 그러나 서너 살 때 아버지가 집을 떠났으니 알아볼 턱이 없었다. 최 서방 역시 마찬가지였다. 창돌이라고 하니까 그런가보다 싶은 듯 멀뚱히 바라보기만 했다.

지금까지 싱글싱글 웃기만 하면서 재미있게 구경을 하고 있던 창돌이는 너의 아버지라는 말에 그만 표정이 싹 굳어져 버렸다. 저 시꺼먼 되놈 옷을 입은 저 사람이 우리 아버지란 말인가 싶은지, 어색한 표정으로 눈만 대구 깜박거렸다. 그러더니 획 돌아서서 집 쪽을 향해 냅다 달리는 것이었다.

"엄마—"

여기서부터 벌써 소리를 지르면서 말이다.

그러자 깨갱깨갱 깽깽깽…… 한 사람이 꽹과리를 치기 시작했다. 그에 따라서 다른 사람들도 우쭐우쭐 일제히 또 시작이었다. 다시 정자나무 둘레는 풍물소리로 들끓어댔다. 마치 제일착으로 고향에 돌아온 최 서방의 환영회를 벌이기나 하는 것처럼. 물론 왜놈들에게 끌려서 만주에 갔던 것은 아니지만 말이다.

해가 지고 서서히 땅거미가 깔리고 있었다.

배골댁이는 마당에 걸어놓은 솥에 저녁거리를 안치다가 소식을 들었다.

"머 아부지가 와?"

"정말이다. 정자나무 밑에 와 있어."

"……."

"빨리 가 바!"

"……."

배골댁이는 너무나 뜻밖의 일이라 그저 멍하기만 했다.

"아부지 얄궂은 옷 입고 왔어."

"어떤 옷?"

"때국 놈 옷이라께."

"……."

"더럽게 생겼더라. 시커멓고."

"……."

배골댁이의 멍멍하던 가슴이 이제 벌떡벌떡 뛰기 시작하는 것이었다. 서방이 돌아오다니, 죽었는지 살았는지 소식조차 알 길이 없던 서방이 칠 년 만인가 팔 년 만에 살아서 돌아오다니, 꿈만 같은 일이었다. 옛날의 속 썩이던 일, 그동안의 원망스럽던 생각은 어디론지 사라지고 그저 걷잡을 수 없이 가슴이 벌떡거리기만 했다.

그러나 배골댁이는 겉으로는 아무렇지도 않은 듯이 저녁거리를 마저 안치고 불까지 지폈다. 그리고 그제야 손을 치마폭에 썩썩 문지르며,

"힝(형)인 어데 갔노? 돌아, 불 좀 바래이."

하고 뒤뚱뒤뚱 사립을 나서는 것이었다.

동구 앞 정자나무 쪽으로 잰걸음을 치면서 배골댁이는,

"아이고, 우리 분임이는 우예 댔노. 우리 분임이는 언제 돌아올랑

고…….”

곧장 중얼거렸다.

“우리 분임이도 저가부지*(저희 아버지)처럼 얼른 돌아와야 댈 낀데…… 아이고…….”

콧속이 물큰해지는 것이었다.

그것이 어디 가서 어떻게 지냈는지, 해방이 되었으니 무사히 돌아오고나 있는지……. 눈시울이 뜨거워지기도 했다. 서방이 돌아왔다니 반가운 반면, 딸 걱정이 이렇게 밀어닥치는 것이었다. 기쁘기도 하고 가슴이 아프기도 하고 착잡한 심정이었다.

그러나 막상 정자나무 밑을 바라본 배골댁이는 어이가 없어지고 말았다.

칠 년인가 팔 년 만에 돌아왔다는 사람이 집 걱정은 조금도 없는 듯 봇짐은 아무렇게나 한쪽에 내버려두고 풍물 치는 데 어울려 우쭐우쭐 돌아가고 있는 것이 아닌가. 옷은 시꺼먼 되놈 옷을 입고 말이다. 더운데 그것이라도 좀 벗고 우쭐거리면 그래도 좀 낫겠는데 말이다. 칠팔 년 만주에 가 있더니 그만 더위도 모르는 되놈이 되었는지…… 기가 막혔다.

물론 오래간만에 고향에 돌아왔으니 기분이사 얼마나 좋겠노마는, 그러나 먼저 집에 와서 봇짐이라도 놓고, 옷이라고 좀 갈아입고 나가서 춤을 추든지 뺑뺑이를 돌든지, 마음대로 하면 어떻겠노 말이다. 배골댁이는 절로,

“아이고 이 문둥아—”

소리가 나왔다.

그러자 나무 밑에서 깨갱깨갱 둥더꿍 하고 돌아쌓던 떼들이 줄

줄이 이쪽을 향해 계속 풍물을 치면서 오기 시작했다. 물론 최 서방도 함께였다.

배골댁이는 얼른 돌아서서 슬금슬금 내빼듯 집으로 향했다.

"아이고 문딩이, 아이고 문딩이……."

하면서 말이다.

그러나 집에 돌아온 배골댁이는 헐떡거리면서도,

"술안주를 멀 좀 만들어야 댈 낀데……."

하고 부엌으로 뛰어 들어가는 것이었다.

최 서방이 돌아오자, 마을 사람들은 한동안 심심한 줄을 몰랐다. 최 서방의 만주 이야기 때문이었다. 그는 입담도 남달리 좋았고, 풍도 꽤 세었다. 그 좋은 입담으로 풍까지 많이 섞어 가지고 줄줄이 엮어대는 만주 이야기는 듣는 사람으로 하여금 군침을 삼키게 하고도 남음이 있었다. 별의별 이야기가 다 많았다. 칠팔 년 동안 얼마나 지저분하게 굴러다녔는가를 스스로 털어놓는 셈이었다.

마적들이 대낮에 떼를 지어 마을을 털러 내려와서는 조금이라도 눈에 거슬리는 놈이 있으면 칼로 목을 쳐서 그것을 장대 끝에 꽂아 마을 어귀에 높이 세워놓는다는 이야기랄지, 하르빈*(하얼빈) 같은 도회지의 으슥한 뒷골목에 있는 음식점에서는 더러 사람고기를 음식에 넣어 파는데 자기도 한 번은 무심히 숟가락으로 국그릇 속의 고기를 떠올렸는데 보니 그게 바로 사람의 발가락이더라는 이야기 같은 것은 몸서리가 쳐지면서도 끔찍한 맛이 있어서 사람들은 숨을 죽이고 듣곤 했다. 다분히 허풍이라고 짐작을 하면서도 말이다.

그러나 역시 어른들의 구미를 돋우는 이야기는 뭐니뭐니해도 여자 이야기였다.

마적들이 마을에 내려오면 으레 여자들을 겁탈하기 마련인데 겁탈을 해도 그냥 하는 것이 아니라, 그 여자의 남편을 잡아다가 기둥 같은 데 묶어 놓고, 그 보는 앞에서 그러기가 일쑤라는 이야기랄지, 돈 많은 늙은 오입쟁이는 여자에게 손을 대지 않고, 여자를 벗겨 세워놓고 자기는 아랫목 비단요 위에 비스듬히 누워서 아편이나 빨면서 여자의 이모저모를 눈으로 즐긴다는 이야기 같은 것은 잔인하면서도 일품이었다.

그리고 그는 만주 여자들의 가지가지 특징을 설명해 나가며 스스로 신이 나서 입에 거품까지 물기도 했고, 노서아 여자의 살은 어떻다는 둥, 마치 자기가 노서아 여자와 살아보기라도 한 것처럼 허풍을 떨어대기도 했다.

과연 거기 가서도 난봉 솜씨만은 유감없이 발휘하고 다닌 모양이었다. 들어도 들어도 자릿자릿하고 재미가 나서 수염이 희끗희끗한 노인들까지고 헤— 하고 침을 흘렸다.

한 번은 윤 생원이 그런 이야기를 들었다. 한참 듣고 있던 윤 생원은,

"예끼놈 같으니!"

하고 자리에서 일어나버렸다.

처음에는 귀가 솔깃했으나, 갈수록 말이 아니어서 도무지 듣고 있을 수가 없었던 것이다. 윤 생원은 속으로, 저 녀석이 만주에 가서 고약한 것은 모조리 몸에 묻혀 가지고 왔구나 싶었다. 시꺼먼 되놈 옷을 입고 올 때부터 기분이 역하더니…… 필경 저 녀석이 이 마을에 구정물을 일으키고 말 놈이라고, 슬그머니 걱정이 되기도

했다.

최 서방은 그렇게 별의별 이야기를 다 늘어놓았으나, 자기의 얼굴에 생긴 흉터에 대해서만은 끝내 시원하게 입을 열지 않았다.

"이 사람아, 자네 그 옆 볼때기 숭터는 와 생긴 기고? 칼이라도 맞은 거 같은데 우짜다 그랬노?"

"……."

"때국 놈 각시 겁탈이라도 하다가 그런 거 앙이가?"

"예끼! 남의 각씰 맞아죽을라고 겁탈을 해. 겁탈을 하는 오입쟁이가 어디 있단 말이고. 살살 낚싯밥을 던지면 다 대는 긴데 뭐."

"헛헛헛, 그럼 우짜다 그랬노?"

잠시 우물우물하다가,

"독립운동을 하다가 안 그랬나."

이런 뚱딴지같은 소리를 하는 것이었다.

독립운동이 좋은 것인 줄은 아는 모양이었다.

"자네가 독립운동을 했으면 내가 손가락에 불을 붙일 끼다."

그러자 모두 옳다, 맞다는 듯이 와— 웃었다. 최 서방 자기도 우스운 듯 콧구멍을 벌름거리며 위로 쳐들었다.

시원하게 말을 못 하는 것을 보니, 필경 무슨 온당치 못한 고약한 짓을 하다가 얻어걸린 게 틀림없었다. 그렇지 않고 온당한 짓만 하고 다녔다면 아무리 우중충한 만주라고 하지만 저렇게 험하게 칼을 맞았을 리가 만무한 것이다.

그 뒤부터 최 서방의 별명은 독립운동가가 되었다.

"독립운동가 일찍 일어났네그려."

"독립운동가 낮잠 자는가?"

"심심한데 또 만주 여자 이바구(이야기)나 해보시지. 독립운동가."

이런 식이었다.

최 서방의 만주 이야기도 언제까지나 그렇게 계속될 수는 없었다. 아무리 입담이 좋고 풍이 세다 하더라도 바닥이 있는 법이다.

그러나 홍싯골에 새로운 이야기는 계속되었다. 최 서방의 만주 이야기가 시들어들 무렵, 북해도에 징용 갔던 두원이가 돌아왔던 것이다. 그러니까 만주 이야기 대신 이번에는 북해도 탄광 이야기인 것이었다.

두원이가 돌아오자 누구보다도 입이 벙긋벙긋 벌어지는 것은 순녀였다.

두원이는 몰골이 말이 아니었다. 입성도 형편이 없었다. 얼른 보아도 그 동안 얼마나 고생을 했는가 가히 짐작할 수 있었다. 그러나 그런 게 문제가 아니었다. 그저 살아서 무사히 돌아와 준 것만으로도 족했다. 더구나 징용에 간 사람들 가운데서 맨 먼저 돌아오지 않았는가. 징용뿐 아니라, 테이신타이나 징병에 끌려간 사람들 중에서도 아직 돌아온 사람은 아무도 없는 것이다.

순녀는 겉으로 드러내어 말은 못 하고, 혼자 속으로 좋아서 어쩔 줄을 몰랐다. 옮기는 걸음까지가 가뿐가뿐했다. 꼬박 이 년의 독수공방도 이제 끝이 났으니 그럴 수밖에.

물론 순녀뿐 아니었다. 윤 생원도 입실댁이도 기뻐서 눈물이 날 지경이었다. 입실댁이는 곧장 골랑거리면서도,

"아이고 관셈보살, 관셈보살."

했다.

뿌뚜리도 좋아서 공연히 사립을 들락날락했다. 해방이 된 바람

에 여름방학이 끝나고 9월도 중순으로 접어들고 있었으나, 아직 학교에 가지 않고 있었다. 아직 안 가는 것이 아니라, 이제 해방이니 학교 같은 데 갈 필요가 없다고 집에서 놀고 있는 것이었다. 더구나 여식애들은 이제 학교 공부 같은 것 필요 없다는 것이 홍싯골의 공론이었다. 홍싯골뿐 아니라, 딴 마을도 대체로 비슷했다.

두원이가 돌아왔다는 소식을 듣고 누구보다도 헐떡거리며 달려온 것은 영칠이 어머니 평촌댁이었다.

두원이를 보자 대뜸,

"아이고— 신수가 말이 아니구나. 우리 영칠인 우예 댔노? 응이?"

숨 가쁘게 물었다.

두 눈엔 어느덧 물기가 어려 있었다.

두원이는 혼자 돌아온 것이 어쩐지 좀 미인스러운 듯 슬그머니 한 손을 뒤통수로 가져갔다.

"글씨예, 한 탄강에 안 있어서 우얘 됐는동 모르겠심더."

"아이고— 와 서로 떨어져 있었노. 같이 안 있고……."

"마음대로 안 댑디더."

"둘이 손을 꼭 붙들고 댕깄더라만 안 떨어졌을 낀데……."

"흐."

두원이가 웃음이 나오려는 것을 참고,

"곧 올낌니더, 염려 마이소. 연락선이랑 기차가 비잡아서 아직 못 타고 기다리고 있는 사람이 억씨기 많심더. 염려 마이소."

하고 안심을 시켰다.

"아이고— 글씨, 늦게라고 돌아오기만 함사…… 후유."

평촌댁이는 힘없이 한숨을 쉬었다.

평촌댁이뿐 아니라, 징용에 나간 사람들의 가족은 모두 모여와서 우리 아무개는 언제 오느냐, 우리 누구는 어떻게 되었는지 모르느냐고, 곧장 물어댔다. 그 낯선 북해도 천지에 더구나 탄광에 매였던 몸이 어떻게 함께 징용 가지도 않은 남의 소식을 알 수가 있단 말인가. 그러나 가족들은 안타까워서 혹시나 하고 물어보는 것이었다. 두원이는 묻는 말에 전부 모른다고 대답하기가 몹시 난처하고 힘이 쓰였다.

징용 나간 가족들뿐 아니라, 딴사람들도 꾸역꾸역 모여들어서는 북해도 이야기를 이것저것 물어댔다.

북해도 이야기는 별로 무시무시하지도 않았고 짜릿짜릿한 것도 없었다. 사람의 대가리를 장대에 꽂는 것도 아니고, 여자를 발가벗겨 세워놓고 이리저리 눈요기를 하는 것도 아니고, 그저 탄광에서 석탄이나 파고 공습이나 당하고 배나 곯고 하는 이야기니 그럴 수밖에. 그러나 그것은 또 그것대로 들을 맛이 있었다. 가슴의 피가 벌떡거려지고 콧속이 뜨거워지는 그런 분한 맛이라고나 할까. 두원이의 입담도 괜찮은 편이었다. 전혀 허풍이 섞이지 않는 이야기는 오히려 또박또박 가슴에 와 닿는 힘이 있었다.

물론 재미로 치면 만주의 그 무시무시하기도 하고 짜릿짜릿하기도 한 가지가지 이야기에는 비할 바가 아니었다. 만주의 그 끔찍끔찍하고 미끈둥미끈둥한 이야기들이 배갈 같은 독한 맛이라면, 구질구질하고 분통이 터질 것 같은 북해도 탄광 이야기는 쓰디쓴 무슨 약술 같은 맛이라고나 할까.

아무튼 우중충한 만주 이야기의 뒤를 이어, 이번에는 두원이의 북해도 징용살이 이야기가 마을 사람들의 가슴을 울렸다.

12

들은 어느덧 누르스름한 빛으로 물들어가고, 여기저기서 새 보는 소리가 한창이었다.

"후여딱딱 후여—"

"아랫녘 새는 아랫녘으로, 후여딱딱 후여—"

"후여후여후여—"

쫓긴 새들이 떼를 지어 푸르르 날아간다.

신작로를 달구지 하나가 다르르 다르르 한가롭게 가고 있다.

그 달구지 위에 갑례가 타고 있었다. 어린애를 안고 말이다. 그리고 마 서방도 달구지 앞쪽에 두 다리를 덜렁거리며 앉아 가고 있었다.

구름 한 점 없는 좋은 날씨였다. 서늘한 바람까지 간간이 불어왔다.

"용아 용아, 저거 보래. 저거."

갑례는 젖을 다 빨고 난 용이를 안아 올렸다.

"저거 저거……."

봄에 태어났으니, 이제 겨우 만으로 반 살이 된 셈이다. 그러니 말귀를 알아들을 턱이 없다. 그러나 용이는 두 눈을 똥그랗게 뜨고 그것을 바라보는 것이었다. 눈에 들어왔던 모양이다.

"무섭제 그제?"

그러자 용이는 마치 말귀를 알아듣는 것처럼 방그레 웃었다. 웃는 얼굴은 더욱 귀여웠다. 보름달 같은 둥실둥실한 녀석이었다.

허수아비가 바로 길가의 논 가운데에 서 있었던 것이다. 꼭대기가 달아난 밀짚 벙거지를 쓰고 술 취한 사람처럼 삐딱하게 서 있는 것이었다. 제법 먹으로 부리부리하게 눈도 그려놓았고 입도 커다랗게 벌린 놈으로 그려져 있었다.

마 생원도 그것을 보더니 헛헛헛…… 웃고 나서,

"그놈 신수 꼭 나같이 생깄구나."

하는 것이었다.

그 말에 그만 갑례도 핫핫핫…… 소리를 내어 웃지 않을 수 없었다. 다른 데는 몰라도 커다란 입만은 닮았다고 생각하면서 말이다.

읍으로 가는 길이었다. 징용 나갔던 오빠가 돌아왔다는 소식을 듣고 친정엘 다니러 가는 길이었으나, 오늘은 재를 넘어 질러가는 것이 아니라, 신작로를 따라 읍으로 돌아서 가는 참이었다. 혼자 어린애까지 업고 재를 넘어 산길을 간다는 것은 수월한 일이 아니고 또 마음이 놓이지 않기도 했지만, 그것보다도 정거장에 한 번 나가볼 생각에서였다. 혹시 남편이 돌아오지나 않을까, 혹시 소식이라도 들을 수 있지 않을까, 안타까운 마음에서 말이다.

평촌에도 돌아오지 않은 사람이 돌아온 사람보다 많았다. 태석이 역시 아직 돌아오지 않았고, 소식도 알 길이 없었다. 정거장에 나가면 병대에 갔다가 돌아오는 사람이 있을 터이니 붙들고 좀 물어보기라도 해야 시원할 것 같았다. 오늘이나 오는가, 내일이나 오는가 하고 집에 앉아 애를 태우기만 하자니 사람이 바싹바싹 말라들어가는 것 같아 견딜 수가 없었다.

홍싯골에서 읍내까지는 이십 리 남짓밖에 안 되었으나 평촌에서는 이십 리가 훨씬 넘었다. 거의 삼십 리 가까이 되었다. 물론 군은 달랐지만 기차역으로는 그곳이 가장 가까운 곳이었다. 그러니까 읍내로 돌아가면 친정까지 오십 리가 되는 셈이었다. 그러나 오늘 마침 읍내까지 달구지가 나갈 일도 있고 해서 잘 되었다고 나섰던 것이다.

간밤에 꿈도 이상하고 해서 어쩌면 오늘 남편이 기차에서 내릴지도 모른다고 갑례는 가슴이 설레기까지 했다. 만일 그렇게 되면 도로 집으로 왔다가 며칠 뒤에 함께 재를 넘어 친정엘 가야지, 생각하는 것이었다. 아, 그렇게 된다면 얼마나 좋을까 싶었다.

읍 들머리에서 갑례는 달구지를 내렸다. 마 서방은 달구지를 몰고 볼일이 있는 쪽으로 가고 갑례는 용이를 업고 정거장 쪽으로 향했다.

정거장 마당에는 솔문이 만들어져 있었다. 해방을 축하하고 미군의 진주를 환영하는 아치였다. 솔잎으로 장식된 아치였다.

갑례는 그 아치에 씌어 있는 글자를 쳐다보았다. '대한독립만세'니 '환영'이니 하는 글자는 그녀가 학교 다닐 때까진 아직 조선어 시간이 있었기 때문에 알 수가 있었다. 그러나 꼬부랑꼬부랑하게 씌어진 글자는 생전 처음 보는 글자였다. 하하, 저게 영어라는 것이로구나, 하고 갑례는 두 눈을 반짝거렸다. 참 얄궂게 생긴 글자였다. 저게 다 글잔가, 별 희한한 글자도 다 있구나 싶었다. 뭐라고 읽는지, 저런 글자도 척척 알 수가 있었으면 얼마나 좋을까 싶기도 했다. 'Welcome U. S. A.' 이렇게 씌어 있었던 것이다.

기차는 하루에 한 번밖에 없었다. 상행·하행이 각각 한 번씩이었다. 대합실 벽에 시간표가 붙어 있었다. 그런데 공교롭게도 상행·

하행 시각이 거의 같았다. 이십 분 정도의 차이밖에 없었다. 다행한 일이 아닐 수 없었다. 어느 쪽 차를 타고 오는 것인지 알 수가 없는 터이라 두 차를 다 기다려보아야 하기 때문이었다.

그러나 그 시간표는 형식적인 것에 불과했다. 열두 시 삼십 분에 들어온다는 하행은 한 시간이 지났는데도 아직 아무런 기척이 없고 열두 시 오십 분의 상행이 먼저 꽤액 소리를 지르며 들어왔던 것이다. 그것 역시 사오십 분 연착인 셈이었다.

갑례는 정거장 마당 한쪽 가에 있는 나무 그늘에 앉아 떡을 먹고 있었다. 그렇게 귀하던 떡을 이제는 정거장 마당에 여남은 사람이나 되는 떡장수가 늘어앉아 팔고 있는 것이었다. 과연 해방이 좋다는 것을 알 수 있었다.

꽤액— 요란한 기적소리에 갑례는 베어 먹던 떡까지 얼른 보자기에 싸서 넣고 용이를 둘러업었다. 꽤액— 기차는 벌써 정거장으로 들이닥치는 모양이었다. 갑례는 공연히 가슴이 두근거려 정신없이 집찰구가 있는 쪽으로 뛰었다.

"어메야—"

역구내로 서서히 미끄러져 들어오는 기차를 보자 그만 갑례는 저도 모르게 소리를 질렀다.

갑례뿐 아니라, 마중을 나온 사람들은 모두,

"아—"

"우야꼬—"

"갱장하다 갱장해!"

입들을 딱딱 벌렸다.

참 볼 만한 광경이었다. 기차라기보다는 그것은 사람의 무더기라고 하는 편이 옳을 것 같았다. 어디 한군데 사람이 안 붙어 있는 곳이 없었다. 발을 디딜 수 있을 만한 곳은 죄다 사람이었다. 승강구는 말할 것도 없고 지붕 위에도 빠꼼한*('발 디딜 틈도 없다'는 뜻) 자리 하나 없이 온통 사람이었다. 심지어 기관차의 앞쪽에까지 사람이 묻어 있었다.

저러니 연착이 안 될 도리가 없을 것 같았다. 대부분이 귀환 동포들인 것이었다. 둥실둥실한 봇짐들을 이고 지고, 이 정거장에서 내리는 사람도 많았다.

갑례는 바싹 긴장이 되었다. 차에서 내려 이쪽으로 쏟아져 나오는 사람들을 열심히 살폈다. 병정 옷을 입은 사람이 몇 사람 섞여 걸어오는 게 눈에 띄었다. 갑례는 그 사람들에게만 주의를 집중했다.

먼빛으로는 긴지 아닌지 알 수가 없었다. 그러나 차츰 가까워지는데 보니 모두 낯선 얼굴들이었다. 갑례는 긴장되었던 가슴에 무엇이 스르르 무너지는 것 같았다. 절로 한숨도 나직하게 쉬어졌다.

붙들고 좀 물어보기나 해야지 하고, 갑례는 맨 먼저 집찰구를 나온 사람의 뒤를 따랐다.

"여보이소, 말 좀 물어보입시더."

그 병정 옷 입은 사람은 걸음을 멈추었다. 물론 일본 병정 옷이긴 했지만 계급장이니 뭐니 하는 것들을 다 떼어버린 것은 말할 것도 없다. 계급장이니 부대 표지니 명찰 따위를 죄다 떼어버리고 나면 군복이란 참 구성없는 법이다. 게다가 모자도 쓰지 않은 박박 깎은 맨대가리이고, 손에는 옷보자기까지 들었으니 말이다.

"저…… 미안합니더만, 어디서 오시는 길입니꾜?"

"예, 구주서 옵니더."

"구주예?"

"예, 일본 구주 말입니더. 와예?"

"다름이 아니라…… 우리 애기아빠도 병정에 나갔는데, 혹시 같은 부대에 있지 않았능가 해서예. 정태석이라고 혹시……."

그러자 어찌 된 영문인지 그 사람은 그만,

"헛헛헛……."

소리를 내어 크게 웃어버리는 것이 아닌가.

갑례는 무안했다. 뭐 이런 남자가 다 있노 싶었다.

껄껄 웃고 나서 그 남자는 말하는 것이었다.

"난 병대에 나간 기 앙이라, 지붕 갔다 오는 길입니더. 이 옷은 주워 입은 기구마."

"예? 아이 미안합니대이."

갑례도 킥 웃지 않을 수 없었다.

그리고 갑례는 딴 병대 옷 입은 사람을 찾으려고 돌아섰다. 그때였다.

"아니!"

깜짝 놀라면서 우뚝 걸음을 멈추는 사람이 있었다.

몇 걸음 앞에 우뚝 멈추어 서는 사람을 보자 갑례도 그만,

"어메!"

소리를 지르고 말았다.

갑례는 온 얼굴뿐 아니라, 목덜미까지 홍당무처럼 물들었다. 잠시 두 사람 사이에는 아무 말이 없었다. 서로 똑바로 바라보고만 있는 것이었다. 저쪽 시선은 바르르 떨고 있는 것 같았고, 이쪽 갑례의 두 눈은 뿌옇게 흐려지고 있었다. 곧 갑례는 고개를 떨구었다.

그리고 돌아섰다.

뜻밖에도 그것은 영칠이였던 것이다.

북해도에 징용 갔던 영칠이가 공교롭게도 오늘 이 기차로 돌아왔던 것이다. 갑례는 가벼운 현기증을 느끼며 비실비실 정거장 마당 한쪽으로 저도 모르게 걸어가고 있었다.

그 자리에 멀뚱히 서서 걸어가는 갑례의 뒷모습을 바라보고 있던 영칠이는 냅다,

"갑례야!"

하고 외치다시피 했다.

그것은 어떤 견딜 수 없는 뜨거운 부르짖음이었다. 갑례가 업고 있는 어린애를 보자, 그리고 갑례의 비녀를 찌른 낭자머리를 보자 그만 두 눈에 피가 맺히는 것 같았던 것이다.

한쪽 탱자나무 울타리 그늘에 가서 갑례는 어린애를 업은 채 그냥 답삭 쪼그리고 앉았다. 그리고 두 손으로 얼굴을 가리고 흐느끼기 시작하는 것이었다.

영칠이는 흐느껴 울고 있는 갑례의 뒤에 와 서서 벌겋게 충혈된 눈으로 갑례를 가만히 내려다보고만 있었다. 갑례의 낭자머리에 꽂힌 옥비녀 위에서 영칠이의 시선은 아프게 몸부림을 치고 있었다. 옥비녀도 주인의 흐느낌에 따라 떨고 있었다.

한참 뒤, 들먹거리던 갑례의 어깨가 잠잠해지자, 영칠이는 성큼 곁으로 다가앉으며,

"갑례야, 이기 우째댄 일이고?"

떨리는 목소리로 물었다.

"……."

갑례는 가만히 얼굴을 돌리고, 소매 속에서 손수건을 꺼냈다.

"응? 우째댄 일이고?"

"……."

"말 좀 해보래."

"……."

"니가 그럴 줄은 몰랐다."

"……."

갑례는 더욱 입이 굳어들기만 했다.

"난 설마 니가 시집을 갈 줄이야 꿈에도 생각 못 하고 얼매나 고향에 돌아올 날을 기다렸는동 모른다. 잠시도 니 생각이 머리서 떠난 때가 없었어. 이런 줄은 모르고……."

"……."

"아 씨발, 나는 이런 줄은 모르고, 이런 줄은 모르고."

영칠이는 분통과 함께 뜨거운 울음이 터져 나올 것 같아 견딜 수가 없었다. 이를 악물고 주먹을 부르쥐었다.

"설마 이런 줄은 모르고 말이다! 설마!"

결국 영칠이의 두 눈에서는 뜨거운 것이 비어져 나와 뚜르르 방울이 되어 흘렀다. 그러나 영칠이는 주먹으로 얼른 그것을 문질러 으깨버렸다.

갑례는 이제 와들와들 떨고 있었다. 등에 업힌 용이도 삐— 울음을 터뜨렸다.

그때였다.

꽤액— 멀리서 또 기적소리가 들려왔다. 하행이 이제 들어오는 모양이었다. 아까 들어온 기차는 아직 그대로 정거장에 머물러 있었다.

꽤액— 기적소리가 가까워지자, 어찌 된 셈인지 용이는 더 악을 쓰며 울어댔다. 갑례는 하는 수 없이 자리에서 일어났다. 갑례가 일어나자, 영칠이도 얼른 따라 일어섰다.

갑례의 걸음은 절로 집찰구 쪽으로 옮겨지고 있었다. 그러나 영칠이는 그 뒤를 따르지는 않고 그저 닭 쫓던 개처럼 멀뚱히 서서 바라보고만 있었다. 저게 틀림없이 저거 신랑 마중을 나왔구나 생각하니 영칠이의 가슴은 또 미어지는 것 같았다. 고향에 돌아온 선물이 결국 이런 것인가 싶으며 그는,

"음—"

무거운 신음소리를 내뱉었다. 그리고 돌아서서 성큼성큼 읍내 쪽으로 걸음을 떼어놓는 것이었다. 한쪽 손에서 덜렁거리는 옷보자기가 어쩐지 처량하기만 했다.

꼬박 두 해 만에 밟아보는 거리였다. 여러 가지가 달라져 있었다. 읍내에도 군데군데 솔문이 세워져 있고, 가지가지 벽보가 나붙어 있기도 했다. 그러나 지금 영칠이에게 그런 게 눈에 들어올 턱이 없었다. 그저 넋 잃은 사람처럼 자꾸자꾸 걸어가기만 했다.

곧장 걸어가다가 어느 길 모서리에 차려놓은 목로주점이 눈에 띄자 영칠이는 주저 없이 그 차일 밑으로 들어섰다. 아무래도 막걸리를 좀 때려마셔야 속이 풀릴 것 같았다.

"큰 잔으로 좀 주이소."

영칠이는 몹시 바쁜 사람처럼 목로 앞으로 다가앉았다. 뿌연 막걸리가 철철 넘치는 큼직한 사발 잔이 앞에 놓이자 영칠이는 얼른 두 손으로 그것을 들어올렸다. 그리고 그 큰 잔을 벌컥벌컥 단숨에

비워버리는 것이었다. 두 해 만에 마셔 보는 막걸리였다.

영칠이의 꿀꿀꿀 소리가 나는 목줄기를 가만히 보고 있던 주모는,

"어디 지농 갔다 오능교?"

하고 빙그레 웃었다.

"예, 한 잔 더 주이소."

"얼마나 고생했능교. 자아 이 안주 좀 찝어 보소."

사람 좋아 보이는 아주머니는 청하지도 않는 돼지 내장 삶은 것을 썽둥 썰어서 몇 점 앞에 놓아주는 것이었다.

두 번째 잔은 중간에 한 번 쉬고, 두 숨에 비웠다. 이제 어지간했다. 그러나 영칠이는,

"한 잔 더 주이소."

또 사발을 내밀었다.

"지농 어디 갔덩교?"

"북해도에."

"아이고 그렁교. 우리 시동생도 북해도 탄광에 갔다가 얼매 전에 돌아왔구마."

내장 한 점을 또 썽둥 썰어서 놓아준다.

세 사발을 해치우고 나니, 이제 배가 불러서 더 마시려야 마실 수가 없었다. 술값을 치르고 입가를 쓱쓱 문지르며 일어섰다.

두 해 만에, 더구나 시장하던 속에 술이 큰 사발로 세 개나 들어가고 보니 곧 눈두덩이 화끈거려 오고 약간 길바닥이 일렁거리는 것 같기도 했다. 확실히 술이라는 물건이 좋기는 좋았다. 그렇게 미어질 것처럼 아프고 답답하던 가슴이 이제 좀 누그러지며 곧장 벌

렁벌렁할 따름이었다. 그러나 여느 때 같으면 눈두덩도 화끈거리고 콧구멍 속도 훈훈해서 기분이 매우 좋을 터인데 역시 그건 아니었다. 분한 생각은 마찬가지였다. 오히려 울렁울렁 가슴이 울렁거려 더 마음의 갈피를 잡을 수가 없었다.

홍싯골로 가는 쪽 길을 한참 건들거리면서 걸어가다가 영칠이는 도로 돌아섰다. 아무래도 이대로 갑례를 뒤에 남겨 놓고 혼자 갈 수가 없는 것이었다. 갑례를 붙잡고 어떻게 된 영문인지 단단히 좀 따져 보아야만 속이 시원할 것 같았다. 영칠이는 옷보자기를 덜렁거리면서 휘청휘청 다시 정거장을 향했다.

그러나 이미 양쪽 기차도 다 떠나가고 정거장 마당에 진을 치고 앉았던 떡장수들까지도 어디론지 옮겨가고 보이지 않았다. 말하자면 정거장의 오늘 일은 이제 끝난 셈이었다. 물론 갑례의 모습도 보이지 않았다.

"갑례야— 갑례야—"

영칠이는 꽤 취해 있었다. 곧장 발이 헛놓이는 듯 비틀거리며 대합실로 찾아 들어갔다.

그러나 거기도 이미 텅텅 비어 있었다.

"갑례야— 이 가시나야—"

대합실에서 나온 영칠이는 이번에는 집찰구 쪽으로 돌아가 보았다. 거기에 지금까지 무엇 하러 갑례가 서 있단 말인가. 개 한 마리가, 주둥이를 시멘트 바닥에 대고 늘어지게 잠을 자고 있었다.

"이누묵 개새끼야!"

영칠이는 공연히 그 개를 걷어찼다.

놀란 개는 후닥닥 뛰어 일어나 빽소니를 치며 악을 써댔다.

"갑례야— 이누묵 가시나, 어디 갔노! 어디 숨었노! 응이 응이!"

영칠이는 오줌이 마려운 모양이었다. 고의춤을 풀어헤치며 비틀비틀 탱자나무 그늘 쪽으로 가는 것이었다.

"갑례야, 니가 그럴 줄 몰랐다. 이누묵 가시나야! 이누묵 가시나, 니만 가시난 줄 아나? 이 세상에 가시나가 니 하나뿐인 줄 아나? 헷헷헤…… 시그럽다*('시다'의 방언) 시그럽어!"

마치 눈앞에 갑례가 아까처럼 앉아 있기라도 한 듯이 그 앉아 있는 갑례의 온몸에다가 오줌을 휘갈겨주기라도 하는 것처럼 영칠이는 냅다 오줌줄기를 휘둘러대는 것이었다.

"니 앙이라도 가시나 천지다! 천지 삐까리다! 천지 삐까리!……."

꼭 실성한 사람 같았다.

한 대 얻어 채었던 개가 저만큼 접근해 와서, 뭐 저런 자식이 다 있노 싶은 듯 마구 짖어대고 있었다.

신작로를 다르르 다르르 달구지가 돌아가고 있었다. 물론 마 서방이 모는 달구지였다.

달구지에는 짐이 실렸고, 그리고 갑례가 그 짐 뒤에 타고 있었다. 갑례는 용이를 안고 넋 나간 사람처럼 앉아 있었다. 용이는 엄마의 품에 안겨 새근새근 잠이 들어 있었다.

하행차로도 남편은 오지 않았다. 그러나 갑례는 오늘 친정으로 가는 것은 단념하지 않을 수가 없었다. 도저히 용이를 업고 홍싯골까지 걸어갈 수 있을 것 같지가 않았다. 온몸의 맥이 탁 풀리는 것 같았고, 곧장 현기증이 느껴졌다. 몸이 그렇지 않다고 하더라도 오늘 홍싯골에 갈 생각은 없어져버린 것이었다. 만사가 그저 심란하고, 울고 싶기만 한 것이었다. 말할 것도 없이 영칠이를 만났기 때문이었다. 그래서 갑례는 그 길로 바로 마 서방이 짐을 실러 간 곳을 찾아갔던 것이다. 용케 달구지는 아직 떠나지 않고 있었다.

갑례를 보자 마 서방은,

"와 어디 아픈게?"

안색이 좋지 않았던 것이다.

"예, 도로 집으로 가야겠심더."

"많이 아픈게?"

"아니예, 그저 좀……."

그리고 달구지가 읍내를 빠져 나가 들녘으로 들어서자, 갑례는 달구지 뒤에 올랐던 것이다.

"후여딱딱 후여—"

"후여후여후여—"

새 보는 소리가 여전했다.

그러나 올 때와는 달리 갑례는 새 같은 것 보거나 말거나 아랑곳없었다. 도무지 그런 소리 귀에 잘 들리지도 않았다. 갑례는 새근새근 잠이 든 용이의 얼굴을 하염없이 내려다보고만 있었다.

해방이 되었다는 소식을 들었을 때, 갑례는 맨 먼저 남편을 생각했었다. 이제 남편이 돌아오게 되는구나, 돌아와서 우리 용이를 보면 얼마나 기뻐할까, 생각하니 절로 가슴이 울렁거렸다. 그러나 울렁거림은 슬그머니 어떤 안타까움과 두려움으로 바뀌고 마는 것이었다. 영칠이 생각 때문이었다. 영칠이도 이제 돌아오게 되는구나, 생각하니 견딜 수가 없었다. 가슴 밑바닥에 깨끗이 파묻어버린 줄 알았던 영칠이에 대한 짜릿한 것이 다시 불끈 고개를 쳐드는 것이었다. 영칠이가 돌아오면 얼마나 놀랄까, 아무래도 그냥 넘기진 않을 것인데……. 갑례는 눈앞이 아찔해지기도 했다. 그리고 만일 영칠이는 돌아오고, 남편은 돌아오지 않는다면 어떻게 되는 것일까…… 이런 방정맞은 생각을 하고 있는 자신에 스스로 놀라,

"안 대지 안 대지, 안 대고말고……."

두 눈을 찔끔 감으며 고개를 내젓기도 했다.

그런데 그 방정맞은 생각이 적어도 오늘만은 들어맞지 않았는가 말이다. 그럴려고 간밤의 꿈이 그렇게 이상했던 것일까? 그럴 줄 알았더라면 아예 집을 나서지도 않았을 것인데…… 아, 지금 남편은 어디쯤 오고 있는 것일까?

갑례는 속이 뒤숭숭해서 견딜 수가 없었다. 그래 그런지 골머리가 띵해오기 시작했다.

마 서방이 꼭 자기 신수 같다던 그 입이 큰 허수아비가 보였다. 허수아비는 부리부리한 눈으로 꼭 갑례를 바라보고 있는 것 같았다. 좀 웃어 보라는 듯 말이다. 그러나 갑례는 도무지 웃을 맥이 없었다. 만사가 그저 귀찮기만 했다.

허수아비를 뒤로 달구지는 다르르 다르르…… 한가롭게 가고 있었다.

13

"영칠이 그눔아, 오늘도 또 취했던데."

"그눔아, 사람 비렸어."

"지뇽 가서 석탄은 안 파고 만날 술만 퍼묵었는 모양이라. 말술

이 대갖고 왔다이까."

"그누무 자석, 안주 장개도 안 간 자석이 벌써부터……."

마을 노인 두 사람이 논두렁에 앉아 주고받는 말이었다. 한 사람은 윤 생원이었다. 윤 생원은 공연히 남의 일에 핏대가 서는 듯 담배를 빡빡 빨아댔다.

"남자가 술 묵는기사 개안치만……."

"술도 한두 잔이라야 말이제."

"글씨, 그것도 음식인데, 적당히 묵고 뒤가 곱으면사 누가 입을 대겠노. 그런데 그눔아는 그기 앙이라, 꼭 미친눔 같다이가."

"그누묵 자석, 최 서방 빰치고 나갈 끼다, 두고 보래."

"헛헛허……."

"평촌댁이가 불쌍치."

윤 생원이 이렇게 영칠이를 못마땅하게 여기는 것은 비단 그가 술을 많이 마신다고 해서만은 아니었다. 아무리 술을 마시고 젊은 놈이 주사가 심하다 하더라도 남의 일을 그렇게까지 감정을 섞어 가지고 말할 것은 없는 것이다. 들은 말이 있기 때문이었다.

그 녀석이 술에 만취가 되면 곧잘 갑례를 들먹거린다는 것이었다. 들먹거려도 그저 이름이나 들먹거리는 것이 아니라 갑례가 자기 마누라라는 둥 갑례가 낳은 아들이 자기 아들이라는 둥 누가 들어도 웃을 그런 소리를 제멋대로 뇌까린다는 것이었다. 그 말을 듣고 윤 생원은, 그런 고얀 놈이 있나, 하고 발끈했었다. 남의 시집간 딸을, 더구나 지금은 아들까지 낳은 남의 집 귀한 며느리를 총각 녀석이 함부로 입에 올리다니, 올려도 곱게 올리는 것이 아니라, 넋 빠진 놈처럼 그런 엉뚱한 소리를 함부로 해대다니, 괘씸하고 고약하기가 이를 데 없었다. 그러나 누가 들어도 웃을 어처구니가 없는 소리여서, 그 녀석이 징용 가기 전에 혼자 속으로 은근히 달았던 모양이라고, 윤 생원은 씁쓰레 한 번 웃기도 했었다. 제깐놈이 어디라고 우리 갑례를…… 어림도 없지 어림도 없어, 하면서 말이다.

그리고 그래서뿐 아니라, 영칠이와 잘 어울리는 두원이가 그 녀석의 고약한 물이나 들지 않을까 하는 염려도 있었다.

사실, 윤 생원은 해방을 맞이한 감격은 누구에게 못지않았으나, 그러나 그 감격을 언제까지나 가라앉힐 줄 모르고 걸핏하면 술들이나 퍼마시고 들떠서 건들건들 놀기나 일삼으려 드는 마을 젊은 축들이 몹시 못마땅했다. 해방이 되었다고 만날 그렇게 빈둥빈둥 놀기만 하면 누가 입에 밥술을 떠 넣어준단 말인가. 놀고먹으라는 것이 해방인가. 이제 미구에 독립도 된다고 하니 더 부지런히들 일을 해야 할 이치가 아닌가. 윤 생원은 허리를 꼿꼿이 펴고 이런 생각까지 하며, 해방이 자칫하면 젊은 녀석들 다 버려놓겠다고 걱정이 대단했다.

서낭고개 너머 건넛마을로 갈라지는 길목에 새로 주막이 하나 생겼는데, 그것부터가 우선 못마땅했다. 주막이라도 그저 막걸리나 놓고 한 잔씩 파는 것이라면 누가 뭐랄까 마는, 이건 그게 아니라, 어디서 굴러들어왔는지 아니면 데려다 앉혀놓았는지 모르지만, 꼭 낮도깨비 같은 술계집까지 두고서 낮도 없고 밤도 없이 뚱땅거려쌓니, 이맛살이 찌푸려지지 않을 도리가 없었다. 계집이라도 비녀를 꽂고 버선을 신은 그런 계집이라면 또 모르지만, 이건 어디서 굴러먹던 나머진지, 머리는 꼭 새집 쑤셔놓은 듯 부글부글 지지고 볶은 데다가 입술에는 웬 놈의 뻘건 칠을 그렇게 요란스럽게 해댔는지 꼭 짐승 잡아먹은 주둥아리 같고, 긴 치만지 짧은 치만지도 알 수 없는 그런 어중간한 치마에 남자 양말인지 여자 양말인지도 모를 멋대가리 없는 것을 쑥 발에 잡아 꿰고 술상 앞에 아무렇게나 퍼져 앉아서 키들거려쌓는 꼬락서니는 정말 비위가 뒤틀려서 볼 수가 없었다.

그런 것이 뭐 그리 좋다고 소갈머리들 없이 곧잘 그 집으로 슬금슬금 걸음을 하는지, 돈들이 그렇게 썩어빠졌는지 도무지 윤 생원은 이해가 안 갔다. 술꾼들이란 결국 똥파리나 다름이 없는 것이라고 생각하며 윤 생원은 고개를 내저었다. 부디 두원이만은 그런 똥파리 축에 들지 말아주길 바랐다.

그리고 마을 젊은 아낙네들이 그 낮도깨비 같은 술집 계집의 머리나 입술을 흉내 내려 들까 봐 그것이 적잖이 마음이 쓰였다. 며느리 순녀까지 그런 데 눈이 팔리게 되면 야단이라고 생각했다. 어디서 불어온 바람인진 모르지만, 아무쪼록 그런 못마땅한 바람만은 서낭고개 이쪽으로 넘어들지 말아주길 윤 생원은 간절히 바랐다.

말하자면 윤 생원은 그 버쩍 마른 용모와 마찬가지로 생각하는 것도 그렇게 빳빳하기만 한 노인이었다. 도무지 전래의 것 이외는 마음에 들지가 않는, 좀 지나치다고 할 수 있을 정도로 완고한 성미였다. 그런 노인이 어찌 상투는 쫓지 않았는지 모를 일이었다.

"앙이, 저눔들……."

윤 생원은 고개 쪽으로 얼굴을 들었다.

"헤헤— 잘 어울렀구만, 하나는 독립운동갈세그려."

"저런 눔들 보래, 술을 얼매나 처묵었길래……."

"독립운동가도 많이 치했네그려. 구경할 만하구마는."

"저 지랄, 저 지랄……."

"헛헛허…… 가관일세 가관."

정말 가관이었다. 곤드레만드레가 된 영칠이를 최 서방이 부축하고 함께 이리 비칠 저리 비칠 하면서 고갯길을 내려오고 있는 것이었다. 이리 비칠 저리 비칠 하다가는 거꾸러져서 한 덩어리로 얽혀 버둥거리기도 했다. 고래고래 고함들을 질러대면서 말이다. 최 서방도 곧장 팔다리가 헛놀고 있었다. 둘이 잘 어울린 셈이었다.

"노소동락일세그려."

"고얀 눔들."

"저것 저것 보래. 허허—"

"동고동락이구만. 내 참 기가 막히서……."

하나는 스물댓 되었고, 한 사람은 마흔을 넘었으니, 가히 노소동락이라 할 수 있었고, 또 거꾸러졌다가는 함께 버둥거리며 일어나고, 일어나서는 어깨동무를 하고 노래를 불러대기도 하니, 동고동락이라고도 할 수 있었다. 그리고 술꾼의 처지는 술꾼만이 안다는 듯, 또 자기와 비슷한 사내대장부가 하나 생겨 기분이 좋다는 듯이 최 서방은 자기의 팔다리도 여의치 않으면서 아들 같은 녀석의 곤드레만드레를 끝내 부축하고 내려오는 것이었다. 말하자면 충분히 선배 역할을 하는 셈이었고, 동지애도 십분 발휘하는 셈이었다.

고개를 내려와 이쪽으로 비칠거리며 오더니, 난데없이 영칠이 녀석이,

"장인어른—"

하고 고함을 질렀다.

그렇게 취한 눈에도 논두렁에 앉아 있는 두 노인 가운데 한 사람은 윤 생원으로 비쳤던 모양이다.

"장인어른요—"

이번에는 비칠거리며 냅다 절을 해대는 것이 아닌가.

"장인영감요— 헷헷헤…… 장인어른요—"

어른이라 했다가 영감이라 했다가, 꼭 미친 사람 같았다.

그러나 최 서방까지 쓸개 없이,

"으앗하하…… 으흣흣흐……."

가가대소를 해댔다.

이거 정말 뿔이 돋지 않을 도리가 없었다. 윤 생원은 덜덜덜 턱수염을 떨었다. 그리고 자리에서 벌떡 일어서려 하자, 곁의 노인이 소매를 잡았다.

"아, 이 사람아! 술 취한 미친개라고, 저런 것들을 상대하다이…… 무신 망신을 할라고……."

"후리아들눔 같으이라고."

윤 생원은 눈언저리에 가벼운 경련이 일기까지 했다.

대신 곁의 노인이 호통을 쳤다.

"이 고얀 눔 같으니! 젊은 눔이 대낮에 술을 처묵고 이기 무신 짓이고? 썩 집으로 안 갈끼가?"

그러자 배꼽까지 드러내며 웃어대던 최 서방은 얼른 웃음을 거두고 영칠이를 잡아끌기 시작했다.

질질 끌려가다시피 하면서도 영칠이는 곧장 이쪽을 돌아보며,

"장인영감요— 갑례 내놓소— 갑례는 내 마느래구마—"

혹은,

"갑례야— 이누묵 가시나야— 니가 그럴 줄 몰랐다, 몰랐어—"

이렇게 악을 써댔다.

"저런 호로자석이 다 있나. 저눔을 그저 그저……."

윤 생원은 이번에는 약까지 올라서 버쩍 마른 주먹을 쥐고 냅다 흔들어댔다. 당장에 그저 잡아서 요절을 내주었으면 시원할 것 같았으나 술 취한 미친개를 그럴 수도 없고, 오늘 이거 무슨 망신살이 뻗쳤는지 도무지 분해서 견딜 수가 없었다.

윤 생원은 아무래도 그냥 참아 넘길 수가 없는 일이라고 생각했다.

"이누묵 자석, 술 깨거든 어디 보자, 어디 바."

갑례가 재를 넘어, 징용 갔다 돌아온 오라버니를 보러 온 것은 바로 그날 해거름이었다. 마 서방과 함께 왔다. 물론 용이를 업고.

마 서방은 재를 다 내려와서 산모롱이를 돌자,

"우와—"

그 큰 입을 딱 벌렸다.

감 때문이었다. 눈앞이 온통 불그레 물들어 보였던 것이다. 감나무 숲이 앞을 가로막았던 것이다.

올해는 여느 해보다 더 감 풍년이었다. 나무마다 쏟아지도록 열린 감들이 지금 한창 익어가고 있는 참이었다.

"어메—"

갑례도 약간 놀랐다.

이렇게 가지가 휘어지도록 감이 잘 열리다니, 기쁘지 않을 수 없었다. 친정 마을에 온 시집간 여자의 우러나는 정이기도 했다.

"억씨기 많이 열렸네. 다 따만 및 백 섬 안 대겠나."

"보통 한 나무서 스무 접 서른 접 따는데, 올핸 근 오십 접 따겠는데."

"왐머이! 한 나무서 그렇게 많이 따능게?"

"그럼예."

"더럽게 많이도 따는구나—"

"핫핫하……."

갑례가 앞서고 마 서방이 뒤를 따라 감나무 숲길로 들어섰다. 숲속으로 들어서자, 마 서방은 곧 손에 잡힐 듯 주렁주렁 매달린 감을 쳐다보며 어린애처럼 벙글거렸다.

"안주 못 묵지? 묵능게?"

"떫어서 그렇지, 못 묵지사 않지예, 집에 가서 히니 따 디리께 잡사 보이소."

"떫은데 우얘 묵능게."

"떫은 감도 한 개쩜은 개안심더 와."

"알라(아기) 서능강, 개안쿠로."

"핫핫하, 알라 서만 새그랍은 걸 찾지, 누가 떫은 걸 묵심니꼬."

"그렁가? 알랄 서 봤어야 알제."

"핫핫하. 마 생원도 참……."

"안 그렁게?"

"맞심더. 집에 삭카논*(삭혀놓은) 것도 있을 낍니더."

"진작 그렇게 말 안하고. 그기나 여남 개 주소. 묵어 봅시더."

"그렇게 많이 잡술라고예? 핫핫하……."

"묵을라만 실컨 묵어야지, 헛헛허……."

웃음소리가 호젓한 숲속에 울려 퍼졌다.

갑례의 등에 업힌 용이도 감을 쳐다보며,

"찌찌찌……."

좋아서 소리를 지르고 있었다.

숲을 나와 마을을 들어선 갑례는 주춤 걸음을 멈추었다. 영칠이네 집 쪽을 보았던 것이다. 아무래도 맨 먼저 눈이 가는 곳이 그쪽이었다. 저 건너 편 영칠이네 집 마당에 웬 사람들이 허옇게 모여서 있었던 것이다. 그리고 고함소리도 들려오는 것이었다.

무슨 일일까. 갑례는 잠시 그 자리에 서서 가만히 그쪽을 바라보았다. 잘 알 수는 없었으나, 아무튼 무슨 시비가 벌어진 것만은 틀림없어 보였다. 누군가가 일방적으로 누군가를 닦아세우고 있는 것 같았다.

갑례는 공연히 가슴이 두근거렸다.

"우야꼬!"

고함을 지르고 있는 사람이 다름 아닌 아버진 것 같아 그만 갑례는 눈이 휘둥그레졌다. 그리고 상대방은 영칠이에 틀림없다고 느꼈다. 무엇 때문에 그러는지도 다 알겠는 것이었다. 갑례는 가슴에서 무엇이 쿵 하고 떨어지며 눈앞이 노랗게 물드는 것 같았다. 잘못 왔구나 싶기도 했다.

'이럴 줄 알았더라면 안 오는 긴데…….'

갑례는 속으로 중얼거리며 정신없이 집을 향해 잰걸음을 쳤다.

그날 저녁, 갑례네 집은 어쩐지 무거운 공기에 뒤덮인 것 같았다. 오래간만에 갑례가 다니러 왔는데도 말이다. 윤 생원은 저녁을 뜨는 둥 마는 둥 자리에 누워버렸고, 두원이도 몇 해 만에 갑례를 만났으면서, 더구나 그동안에 갑례는 출가까지 했는데도 뭐 이렇다 할 이야기를 꺼내는 일도 없이 그저 몇 마디 주고받고는 어디 골머리라도 아픈 사람처럼 저희 방으로 건너 가버렸으며, 순녀 역시 어딘지 모르게 좀 어색한 표정이었고, 입실댁이만은 그게 아니었으나 그러나 그녀의 해수병은 이번 여름을 지나면서 더 심해져서 이제는 쉴 새 없이 골랑거리며 맥을 못 추고 늘어져 누워만 있으니 그럴 수밖에 없었다. 뿐만 아니라, 갑례 자신부터가 어쩐지 전과는 달리 무슨 잘못이라도 저지른 사람처럼 기가 없고 조심스레 슬금슬금 눈치를 보는 판이니, 집안 공기가 부드러워질 까닭이 없었다. 그리고 그녀가 신랑이 돌아와서 신랑과 함께 왔다든지, 아니면 그런 반가운 소식이라도 가지고 왔다면 또 모를 일이지만 말이다.

그저 좋아서 야단인 것은 뿌뚜리뿐이었다. 뿌뚜리는 용이가 귀여워서 못 견디겠다는 것이었다.

그 눈만 들여다보고 있어도 절로 재미가 난다. 용이는 까만 두 눈을 곧장 굴렁거리며 잠시도 가만히 있질 않았다. 앉아서 고사리 같은 주먹을 쭐쭐 빠는데, 그 주먹이 어찌나 귀엽게 생겼는지 그냥 막 깨물어주고 싶었다. 그리고 찌찌찌…… 하고 제 딴은 무엇을 가리키며 재롱을 떨기도 했다.

"용아 용아, 이리 온나."

하고 두 손바닥을 내밀면 방그레 웃으며 넓적 두 손을 주기도 했다.

그러면 뿌뚜리는 용이를 발끈 껴안고 곧 어쩔 줄을 모르며 뺨에 입을 쪽쪽쪽 맞추어 대기도 했고, 냅다 얼굴을 비벼 대기도 했다.

이렇게 용이의 귀여움은 온통 뿌뚜리의 독차지였다.

갑례네 집에 와서 하룻밤을 묵게 된 마 서방은 사랑방 툇마루에 앉아 삭힌 감을 베먹으며 달을 쳐다보고 있었다. 어쩐지 집안 공기가 지난봄에 왔을 때에 비해 무겁고 이상한 것 같아 마 서방도 괜히 기분이 언짢았다. 무슨 일이 있었구나 짐작은 하면서도, 그렇지만 아무리 그래도 사돈네 집에서 온 사람인데, 혼자 마루에 앉혀 놓고 주인이 먼저 방에 들어가 눕다니, 머슴이라고 그러는가 싶어 괘씸한 생각이 들기도 했다. 내일 날이 밝으면 바로 떠나야지, 하는 것이었다.

그러면서도 감은 잘도 먹어댔다. 벌써 여섯 갠가 일곱 개를 먹어치우고, 또 집어 드는 것이었다. 까짓 거 그러거나 말거나 감이나 실컷 바수어대자 싶은 모양이었다.

미안한 것은 갑례였다. 갑례는 혼자 앉아 감을 우물거리고 있는 마 서방 곁으로 가만히 갔다.

"마 생원예, 감 더 갖다디리까예?"

"인자 됐구마, 그놈의 달 참 좋다! 달밤에 혼자 앉아서 감 대접을 받으이 감 맛이 여간 앙이구만."

마 서방은 집안사람들 들으라는 듯이 서슴없이 뇌까렸다.

갑례는 미안하고 난처해서 어쩔 줄을 모르면서도 웃음이 나왔다. 잠시 후, 갑례는 나직한 목소리로,

"마 생원예, 낼 같이 가입시더."

했다.

"예?"

"낼 같이 가예."

"와요? 와 벌써 갈라카능게? 친정에 왔는데 좀 메칠 안 쉬고……."

"가야겠심더. 오빠도 밨고 하이 가야지예. 집에 빨래할 것도 그대로 두고 왔는데……."

갑례는 방 안에 아버지가 누워 계시기 때문에 조심스레 말했다.

"정말인게?"

"정말입니더. 메칠 뒤에 혼자 가기보다 낼 같이 가는 기 낫겠어예."

그 말에 마 서방의 언짢았던 기분은 어디론지 말끔히 사라지고 말았다.

"마 생원예, 그럼 들어가서 잘 주무시이세이."

하고 돌아서는 갑례를 마 서방은 말없이 바라보았다. 마 서방은 코안이 후끈해지는 것을 느꼈다.

이튿날, 집안사람들이 만류했으나, 갑례는 마 서방을 따라 쓸쓸히 시집으로 돌아갔다.

윤 생원은 갑례가 간다고 인사를 하자,

"와, 메칠 쉬었다 안 가고……."

했으나 굳이 붙잡으려 들지는 않았다.

그래, 어서 가서 시집이나 잘 살아라. 영칠이란 놈이 장가를 들고 나거든 와서 실컷 쉬도록 해라, 싶은 모양이었다.

누구보다도 섭섭해서 못 견디는 것은 입실댁이와 뿌뚜리였다. 뿌뚜리는 용이를 못 잊어서 왜 벌써 가느냐고, 더 있다 가라고, 감나무 숲을 지나 재 밑까지 따라와서 동동 발을 굴러대며 안타까워 못 견디었다.

갑례가 어제 왔다가 하룻밤을 자고 바로 돌아갔다는 말을 듣자,

영칠이는 처음엔 그저 피식 웃었다. 그러나 그게 아닌 것이었다. 생각할수록 분하고 괘씸하고 또 억울하기까지 했다. 도무지 세상 살맛이 뚝 떨어지는 것 같았다. 갑례가 어째서 시집을 가지 않으면 안 되었는지 대강 들어서 알고 있었으나, 그러나 견딜 수가 없었다. 아무래도 직접 갑례를 만나서 그 입에서 무슨 말을 좀 들어봐야 속이 풀릴 것 같았다. 윤 생원에게 단단히 혼이 났으나 소용이 없었다. 이대로 가다가는 윤 생원 말마따나 정말 사람 버리고 말 성싶었다.

"오냐—"

당장에 뒤를 쫓아갈까 했다.

그러나 아무리 그렇지만 위신이라는 것이 있는 법이었다. 머슴과 함께 갔다고 하니 쫓아가도 별수가 없겠지만, 그것보다도 이마빼기 때문이었다. 어제 이마빼기를 보기 좋게 갈아붙였던 것이다.

동네 사람들이 모여든 가운데 윤 생원에게 호통을 당할 때도 몰랐는데, 아침에 일어나 이마빼기가 쑥쑥 쑤시기에 보니, 좋이 어린애 손바닥만큼이나 벌겋게 갈아붙여져 있었던 것이다.

그러니 그런 이마빼기를 들고 어디를 쫓아간단 말인가. 이마빼기의 상처가 낫기를 기다리는 도리밖에 없었다.

그리고 그날부터는 술이라면 절로 머리가 내둘리었다. 그렇게 엉망이 되었던 것은 소주 때문이었다. 처음부터 무슨 심사인지 소주를 병으로 놓고 홀짝홀짝 마셔댔던 것이다.

자꾸 들여다보아쌓서 그런지, 상처는 도무지 낫는 것 같지가 않았다. 영칠이는 조바심이 나서 조그마한 손거울을 조끼주머니에 넣어가지고 다니면서까지 틈만 있으면 들여다보곤 했다. 왜 그렇게 더딘지 알 수가 없었다. 그래서 그는 꺼덕꺼덕 눌어붙은 딱지를 가장자리로부터 조금씩 살살 뜯어내 보기도 했다. 그러다가 피가 찔 배나올 것 같으면,

'지랄 같은 따까리도 다 있네, 와 이렇게 눌어붙어서 안 떨어지고 속을 썩이노.'

공연히 딱지를 나무라대는 것이었다.

딱지가 떨어져서 벌그무레하게 자국이 난 이마빼기를 들고 영칠이가 재를 넘어 평촌을 찾아간 것은 그로부터 열흘이나 지난 뒤의 일이었다. 평촌에 외가가 있기 때문에 십상이었다. 퍽이나 오래 걸음을 하지 않았던 외가였다. 그동안의 문안도 드리고 징용에 무사히 갔다 왔다는 인사도 할 겸, 잘 되었다 싶었다.

오래간만에 찾아온 영칠이를 그 외가에서는 몹시 반겼다. 더구나 징용에 끌려갔다가 무사히 돌아왔다니, 대견해서 못 견디었다. 제일 반기는 것은 외조부였다. 외할아버지는 칠십이 넘었으나, 아직 정정한 편이었다.

노인은 영칠이를 붙들어 앉혀놓고, 이런 얘기 저런 얘기 곧장 물어대며 이야기 벗을 삼으려 들었다. 징용 갔다 온 이야기를 비롯해서, 시속(時俗) 돌아가는 이야기, 홍싯골 감 농사 이야기, 벼농사 이야기, 심지어 이마빼기를 어쩌다가 그렇게 갈아문댔는지, 그 이야기까지 들으려 했다.

할아버지가 묻는 이야기를 안 해드릴 수도 없고, 영칠이는 지겨워서 혼이 났다. 마음은 벌써 딴 데 가 있기 때문에 더욱 지겨웠다.

그날 당장 영칠이는 갑례네 시집을 알아내어 그 언저리를 슬금슬금 돌았다. 그러나 좀처럼 갑례를 대할 기회가 오질 않았다. 어

떻게든지 단번에 단둘이 만나게 되어 덥석 붙잡아버려야지, 그렇지 않고 어설프게 서로 얼굴만 보게 된다거나 해서 갑례가 집 안에 딱 들어앉아 버리기라도 한다면 야단이었다. 영칠이는 조끼 주머니에 두 손을 찌르고 꿀컥 침을 삼키기도 했다.

첫날도 허사였고, 이튿날도 허사였다. 그러나 그는 설마 죄지은 사람도 아닌데 담벼락 안에 갇혀만 있지야 않겠지 하고 끈기 좋게 기회를 기다렸다.

드디어 기회는 왔다.

대낮이었다. 갑례가 혼자 바구니를 옆에 끼고 대문을 나왔던 것이다. 영칠이는 재빨리 담 모퉁이로 몸을 감추었다.

갑례는 그런 줄은 꿈에도 몰랐다. 영칠이가 평촌에 와 있다는 것도 감쪽같이 모르고 있었다. 밭에 가서 익은 고추나 따다가 말리려고 바구니를 들고 나온 것이었다.

밭은 마을 뒤 언덕 모퉁이를 돌아 후미진 곳에 있었다. 두 마지기가 넘는 길쯤한 밭 들머리는 채소밭이었다. 배추와 무가 시퍼렇게 자라고 있었고, 다음이 고추밭이고, 맨 안쪽이 조밭이었다.

갑례는 채소밭 가를 지나면서 문득 옛날 생각을 떠올리고 있었다. 팔뚝보다도 더 굵게 잘 자란 왜무들이 흙을 헤치고 미끈미끈하게 솟아오른 것을 보자, 옛날 홍싯골의 무밭이 생각이 났던 것이다. 옛날이래야 재작년 가을이니까, 이제 겨우 두 해밖에 되지 않은 셈이었다. 그런데 어찌 된 일인지, 벌써 한 칠팔 년 흘러간 것처럼 아득한 과거로 느껴졌다. 그동안에 별 단 고비 쓴 고비를 다 겪었기 때문인지도 몰랐다.

아무튼 그때도 이런 대낮이었지, 생각하니 갑례는 절로 쓸쓸한 웃음이 나왔다. 어떤 아득한 그리움이 가슴속에 잔잔한 물처럼 괴는 것이었다. 남자는 참 겁도 없지, 시뻘건 대낮에 어쩌자고 그렇게 마구 덤비는 것이었는지…… 영칠이가 그처럼 힘이 센 줄은 미처 몰랐어.

꼭 팔뚝이 장작개비 같아서 아무리 꼬집어도 끄떡도 없었지.

그리고 대낮의 무밭은 어느새 밤 감나무 숲으로 바뀌어져 있었다.

'아— 내가 이거 무신 생각을 하고 있노.'

갑례는 고개를 내저었다. 가슴속에 잔잔하게 채워진 그리움이 짜릿한 아픔으로 바뀌는 것이었다. 그녀는 잰걸음을 쳐 고추밭 속으로 뛰어들었다.

고추밭에는 무수한 고추들이 뿔긋뿔긋 익어가고 있었다. 햇빛을 받아 눈이 부시도록 선명한 진홍빛으로 반짝거리고 있는 고추도 많았다. 갑례는 그런 잘 익은 고추만 골라가며 따기 시작했다.

한참 그렇게 고추를 따서 바구니에 담아나가던 갑례는 난데없이 한숨을 쉬었다. 신랑 생각이 났던 것이다. 도대체 어디서 뭘 하고 있는 것인지, 해방이 되었는데 돌아오질 않고 말이다. 혹시 어떻게 된 것이나…….

'아이고 내가 이기 무신…… 방정맞구로. 그럴 택이 없지. 그럴 택이…….'

그러면서 자기도 모르게 아직 시퍼런 고추까지 자꾸 따고 있었다.

그때였다. 누군가가 뒤에 와서 가만히 멈추어 서는 것 같은 기미를 느꼈다. 사람의 육감이란 비상한 것이다. 전혀 어떤 기척이 나지 않아도 어떻게 감지하는지 모르지만 번쩍 그런 기미를 느낄 수 있는 것이다. 자기를 가만히 바라보는 사람이 있을 것 같으면 절로 자기의 시선도 그쪽으로 움직여서 그 사람의 시선과 마주치는 법이다.

갑례는 얼른 뒤를 돌아보았다.

“어마야!”

깜짝 갑례는 놀라지 않을 수 없었다. 너무나도 뜻밖의 일이었다. 이게 꿈인가 생시인가 싶을 지경이었다. 천만의외에도 거기 영칠이가 서 있는 것이 아닌가.

“갑례야!”

영칠이는 고추밭 가에 서서 싱긋 웃었다. 나직하나 뜨거운 목소리였다.

갑례는 어찌할 바를 몰랐다. 혹시 누가 보고 있지나 않을까 하고 얼른 사방을 휘둘러보았다. 그러나 아무도 보이지 않았다. 언덕 위 도토리나무에 매어놓은 소가 한가롭게 꼬리를 치다가, 음모— 하고 이쪽을 보고 울 뿐이었다.

영칠이는 어느새 뚜벅뚜벅 고추밭 속으로 걸어 들어오고 있었다. 갑례는 덜컥 겁이 났다. 영칠이가 가까이 오기 때문이기도 했지만 그것보다도 만약에 남의 눈에 띄기라도 한다면 큰일이기 때문이었다. 시집을 와서 아들까지 낳은 여자가 아무리 대낮이라곤 하지만 이런 호젓한 장소에서 외간 남자와 단둘이 만나다니 될 말이 아니었다.

갑례는 벌떡 고추 바구니를 집어 들고 일어났다. 그러나 허사였다. 어느 결에 한쪽 손목이 영칠이의 손아귀에 덥석 붙들려 있었고, 그 힘에 이끌려 벌써 비실비실 마구 고추밭을 가로지르고 있었다.

조밭 쪽으로였다. 비명이라도 질러야 옳을 일이었지만, 그러나 이미 갑례는 아무런 저항도 하지 않았다. 그저 얼굴에 불이 붙는 듯 화끈화끈 달며 정신없이 이끌려가고 있었다. 오히려 얼른 함께 숨으려는 것처럼 재빨리 조밭 속으로 묻혀 들어가 버리는 것이었다.

여전히 환한 대낮이었다. 그러나 어디선지 까치 우는 소리가 까깍 까까깍 아득히 들릴 뿐, 조밭 속은 이불 속처럼 아늑하고 고요하기만 했다.

상기된 얼굴과 가쁜 숨을 가라앉히느라고, 잠시 두 사람은 아무 말이 없었다.

갑례는 돌아앉아 고개를 숙이고 있었다. 고추가 발 앞에 몇 낱 흩어져 있었다. 갑례는 그 진홍빛의 고추를 무슨 진기한 것이라도 되는 듯 가만히 내려다보고 있었다. 그러나 실은 등 뒤에 있는 영칠이에게 온 신경이 집중되고 있는 것이었다.

"갑례야."

드디어 영칠이의 입이 열렸다.

"좀 돌아앉아 보래."

차분한 목소리였다.

그러나 갑례는 그대로 자세를 지키고 있었다.

또 잠시 침묵이 흘렀다.

영칠이는 바로 눈앞에 있는 갑례의 낭자머리와 거기 꽂힌 옥비녀를 원망스런 눈길로 가만히 바라보고 있었다. 잠시 후, 이번에는 갑례가 나직한 목소리로,

"고생 많이 했지예?"

이렇게 말했다.

들릴락 말락 한 목소리였으나, 영칠이는 귀가 번쩍했다. 실로 이

년 만에 들어보는 그녀의 목소리였다.

"응."

영칠이는 이렇게밖에 더 뭐라고 말이 안 나왔다.

그러나 어쩐지 쓸쓸한 생각이 드는 것이었다. 목소리에 너무나도 맥이 없을 뿐 아니라, 경어를 썼기 때문이었다. 그전 같으면 으레 감정이 짙게 담긴 목소리로 "고생 많이 했제" 이렇게 반말을 했을 텐데 말이다.

"여기는 언제 오싰어예?"

또 이렇게 깍듯이 물으며, 갑례는 발 앞에 떨어져 있는 고추를 가만히 주워서 바구니에 담는 것이었다.

"어제 아래*('그저께'의 방언)……."

그리고 영칠이는 약간 열을 띤 목소리로,

"갑례야!"

"예?"

"와 나한테 그런 말투를 쓰노? 예가 머고. 그런 소리 듣기 싫다. 내사……."

"……."

"전에 같이 와 그렇게 말을 못하노, 응이?"

"……."

"전에 같이 해라를 해도고, 갑례야."

"……."

"응?"

"……."

갑례는 다시 잠잠히 앉아 있을 뿐이었다.

영칠이는 그만 갑례의 두 어깨를 덥석 잡았다.

"니가 이럴 줄 몰랐다! 니가 이렇게 대버리다니……."

그리고 곧 울음이라도 터질 것 같은 목소리로,

"아— 갑례야! 갑례야!"

하면서 덥석 잡은 어깨를 냅다 흔들어 댔다.

그리고 벌겋게 열이 오른 얼굴을 갖다가 그녀의 낭자머리에 마구 문질러대는 것이었다. 낭자머리와 거기에 꽂힌 옥비녀를 으깨버릴 듯한 안타까운 몸부림이었다.

갑례는 당황했다. 이러다간 안 되겠다는 생각이 번뜩 들어 얼른 몸을 빼치며 일어나려 했다. 그러나 허사였다. 어느새 영칠이는 와락 그녀의 허리를 안고 있었다. 갑례는 그만 그의 가슴 안으로 무너지고 말았다. 갑례의 몸뚱어리가 물큰 가슴 안에 와서 담기며 그녀의 냄새가 물씬 코를 찌르자, 영칠이는 불끈 힘주어 안았다. 참으로 오래간만에 맡아보는 갑례의 황홀한 냄새였다.

영칠이는 그 향긋하고 야릇한 냄새에 도취된 듯,

"안 댄다, 안 대! 절대로 안 댈 끼다! 절대로……."

무엇이 절대로 안 된다는 것인지, 정신없이 뇌까리고 있었다.

갑례 역시 오래간만에 접해 보는 남자의 냄새였다. 더구나 처음으로 몸을 맡겼던 남자의 가슴 안이 아닌가. 지금까지의 두려움과 긴장이 그만 꿈결처럼 아련히 스러져 버리는 것 같았다. 남의 아내라는 생각도, 남의 집 며느리라는 생각도, 그리고 아기의 어머니라는 생각도 다 안개처럼 희미해져 가는 것이었다.

"아—"

한숨과 함께 그녀는 영칠이의 품 안 깊숙이 얼굴을 묻어버렸다.

영칠이는 걷잡을 수 없이 가슴이 부풀어 올라, 무슨 말을 하려고 했으나, 아무 말도 목에서 나오지가 않았다. 이미 말 같은 것은 소용이 없는 것이었다. 꿀꺽 뜨거운 침을 삼켰다.

그리고 영칠이는 갑례의 입술을 정신없이 찾고 있었다.

잠시 후, 입술을 만끽하고 나서 영칠이는 숨을 돌리며,

"테이신따이가 나왔더라면서?"

물었다.

"응."

이제 '예'가 아니라, '응'이었다.

"그래서 결국 시집을 가게 댔다메?"

"응."

"갑례야!"

"응?"

"나하고 살자!"

영칠이의 두 눈은 이글거렸다.

갑례도 그 이글거리는 영칠이의 눈을 똑바로 마주 바라보고 있었다.

"한번쯤 시집간 거 아무 상관없다. 인자 나하고 살자!"

"……."

"싹 잊어삐리고 새로 시작하는 기라."

"……."

"응? 갑례야!"

그러자 갑례는 다시 영칠이의 품 안에 얼굴을 묻으며 그만 흑흑 흐느끼기 시작했다.

영칠이는 흐느끼는 갑례를 지그시 힘주어 안으며,

"우지 마! 울 거 없어. 오늘이라도 당장 도망가는 기라! 그래서 새로 시작하는 기라! 신랑도 없는 집에 붙어 있을 끼 머고. 돌아오지도 않는 남자를 언제까지나 기다리며 혼자 산단 말이가?"

그리고 약간 삐뚤어진 목소리로,

"흥! 지금까지 안 돌아오만 다 알아보능 기라, 알아 바!"

이렇게 나오는 대로 지껄였다.

뚝 갑례는 울음을 그치고 얼굴을 들었다. 똑바로 영칠이를 쏘아보는 것이었다. 그리고 얼른 그의 가슴에서 빠져 나가려고 몸을 사렸다.

그러나 영칠이가 놓아줄 턱이 없었다.

"놓아예! 갈랍니더."

쌀쌀한 목소리였다. 다시 경어로 돌아가 있었고, 얼굴도 형편없이 찌푸려져 있었다. 그렇게 화끈화끈 열이 오르던 몸이 금세 싸늘하게 식어지며 와들와들 떨기까지 하는 것이었다.

영칠이는 그녀를 안고 이번에는 뒹굴어버릴 심산이었는데, 다 틀린 것을 알았다.

"놓라니까예!"

홱 뿌리치는 것이 보통 서슬이 아니었다.

영칠이는 절로 두 팔에서 힘이 주르르 풀려버리지 않을 수 없었다.

벌떡 일어선 갑례는 그 경황 중에도 고추 바구니를 집어 들고 몸을 날렸다. 잘 익어서 죽죽 늘어진 조 이삭들이 와스락와스락 마구 흔들렸다.

엄모— 엄모— 언덕 위의 소가 이쪽을 내려다보며 울고 있었다.

14

어머니의 병환이 위독하니 속히 오라는 기별을 받은 갑례는 당황했다. 영칠이와 뒷밭에서 그런 일이 있은 지 며칠 뒤의 일이었다. 꺼꾸리가 기별을 하러 왔었다.

아침나절이었다.

꺼꾸리는 절름절름 대문을 들어서면서부터,

"감네야— 너검메 많이 아프대이!"

이렇게 소리를 질렀다.

남의 집 며느리라는 것도, 시집이라는 것도 모르는 모양이었다. 모르는 것이 아니라, 그런 거 아무 상관이 없는 모양이었다.

갑례는 우물에서 용이의 기저귀를 빨고 있었다.

"머, 많이 아프셔?"

그녀는 깜짝 놀라며 자리에서 일어났다.

"그래, 잉자 죽을지도 모른다카더라, 아나?"

"……."

꺼꾸리의 말이긴 했지만, 갑례는 안색이 홱 변하지 않을 수 없었다.

시어머니도 방문을 열고 무슨 일인가 하고 밖을 내다보았다.

갑례는 그렇다고 빨던 기저귀를 그냥 내던져 놓을 수는 없어서 대강대강해서 훌훌 줄에 널었다. 그리고 밖을 내다보고 있는 시어머니 앞으로 갔다.

"누구고?"

"친정 동네 사람입니더. 와 신행 때 짐 지고 안 왔습띠꼬."

"응, 그런데 무신 일이……."

"예, 집에 어무이가 핀찮으신가바예."

"사돈이?"

"예."

"사람까지 보낸 걸 보이 많이 핀찮으신 모양이구나."

"한 번 가바야겠심더."

"가 바야지."

영일댁이는 며느리 시집을 매우 수월하게 살리는 편이었다. 본래 성품도 그런 편이었지만, 아들이 병대에 나간 뒤로 새파란 새색시가 혼자 시집살이하는 것이 못내 측은한 생각이 들었던 것이다. 더구나 해방이 되었는데도 아직까지 아무런 소식이 없는 신랑을 애타게 기다리며, 그러면서도 조금도 찡찡한 기색을 겉으로 나타내지 않고 수굿하게 독수공방을 하고 있는 며느리이고 보니 그럴 수밖에 없었다.

시아버지는 집에 없었다. 면사무소에 나간 것이었다. 정 참봉은 얼마 전에 큼직한 감투를 하나 쓴 것이었다. 면장 감투였다. 일은 밑에 직원들이 다 하는 것이지만, 아무튼 풍채와 덕망은 면내에서는 제일 어른인 그는 큼직한 감투를 쓰기에 부족함이 없었다. 글깨나 읽어서 말도 점잖게 문자를 섞어가며 곧잘 하는 것이었다. 그래서 매일 두루마기에 단화를 신고 나들이를 가듯이 면사무소로 나가는 터였다.

꺼꾸리는 절름거리면서 마당가 담 곁에 서 있는 대추나무 쪽으로 갔다. 조랑조랑 수없이 열린 대추가 지금 한창 빨그잡잡하게 익어가고 있었다. 그리고 곱슬곱슬한 잎사귀들은 노르스름한 빛으로 단풍이 들고 있었다.

"후아—"

꺼꾸리는 입을 딱 벌렸다.

"대쭈구나! 대쭈 대쭈……."

그것이 대추라는 것을 알자, 더욱 희한해서 못 견디었다. 처음 보는 무슨 진귀한 열매라도 되는 듯 곧장 이리 쳐다보고 저리 쳐다보고 했다. 사실, 이렇게 나무에 열려서 곱게 익어가는 대추는 처음이었다. 곧장 쳐다보다간 그만 질— 침을 흘리는 것이었다.

그러나 꺼꾸리는 남의 물건에 무단히 손을 대는 법이 없었다. 아무리 탐이 나는 것이라도 반드시 주인의 허락을 맡는 것이었다. 반편이가 참 기특한 일이라고, 사람들은 어지간한 것이면 웃어주는 터였다. 간혹 길을 가다가 들녘에 있는 밭에서 무 같은 것을 한 개쯤 뽑아 들고 베먹는 일은 있지만 말이다.

"감네야—"

자기 방으로 뛰어 들어가는 갑례를 큰소리로 불렀다.

갑례가 힐끗 돌아보자, 손을 대추 열매께로 가져가며 헤— 웃었다. 몇 개 따고 싶다는 뜻이다.

그러자 내다보고 있던 영일댁이가,

"저 사람 쪼매 모자라는 사람 앙이가?"

물었다.

"예, 꺼꾸리라고, 많이 모자라는 사람입니더."

"몇 살이나 묵었노?"

"나이도 몰라예. 아메 서른 살이 훨씬 넘었을 끼다 캅니더."

"관셈보살—"

그리고 영일댁이는,

"많이 따만 안 된대이! 및 개만 따 묵어라."
하고 웃었다.

잠든 용이를 둘러업고 허둥지둥 집을 나선 갑례는 자꾸만 마음이 급하고 뒤숭숭했다. 부지런히 꺼꾸리의 뒤를 따라 걸음을 옮기면서 그녀는 간밤에 어떤 꿈을 꾸었는가 생각해 보았다. 그런데 아무리 생각해도 무슨 꿈을 꾸었는지 머리에 떠오르지가 않았다. 꾼 것 같기도 하고, 안 꾼 것 같기도 하고…… 아리송하기만 했다.

전에는 꿈을 자주 꾸는 그녀가 아니었다. 지난해 겨울부터, 그러니까 신랑이 병대에 나간 뒤로 곧잘 꿈이 꾸어지는 것이었다. 그리고 해방이 된 뒤론 그것이 더욱 잦아졌다. 거의 매일 저녁 별의별 꿈을 다 꾸었다. 그리고 그 꿈이 이튿날 비교적 머리에 선명했다.

그런데 오늘은 그게 아니라, 도무지 몽롱하기만 했다.

그렇게 정신없이 들길을 가고 있는데 어디선지,

"용아— 어디 가노?"
하는 소리가 들렸다.

마 서방이었다. 찐쌀을 만들려고 논 한 모서리를 베고 있던 마 서방이 허리를 펴는 것이었다.

"친정에예—"

갑례는 걸음을 멈추었다.

"친정엔 또 머하로 가능게—"

"어무이가 많이 핀찮아서예—"

그러자 앞서 가던 꺼꾸리도 걸음을 멈추었다. 마 서방을 알아본 듯 멈추어서더니, 굽신 머리를 숙여 인사를 하는 것이었다.

전혀 남한테 절이라곤 할 줄 모르는 꺼꾸리가 마 서방한테만은 예외인 모양이었다. 지난봄에도 그러더니, 이번에 또 절을 하는 것이 아닌가. 이상한 일이었다.

자기에게 굽신 절을 한 꺼꾸리를 마 서방도 알아본 듯, 그러나 멀뚱히 바라보고만 있었다.

절을 하고 난 꺼꾸리는 이번에는 주머니에서 무엇을 꺼내더니, 그것을 마 서방에게 자랑이라도 하는 것처럼 흔들어 보이는 것이었다. 대추 열매였다. 마치 어린애가 어버이 앞에서 어리광을 하듯이, 그런 표정으로 꺼꾸리는 웃고 있었다.

갑례도 웃음이 나오지 않을 수 없었다.

"마 생원예— 다녀오겠심더."

"잘 다녀오소—"

한참 가다가 돌아보니, 마 서방은 여전히 이쪽을 멀뚱히 바라보고 서 있었다. 그런데 어쩐지 갑례 자기보다도 절름절름 앞장 서 가고 있는 꺼꾸리를 바라보고 있는 것처럼 느껴졌다. 갑례는 지난봄 그때처럼 또 이상하다, 혹시나…… 하는 생각이 들었다.

입실댁이는 경각의 몸이 되어 있었다. 얼른 보기에는 이미 숨을 거둔 사람처럼 느껴졌다. 그러나 이따금 목에서 갈갈하는 소리가 났다.

"아이고 엄마—"

갑례가 들어와 곧 울음을 터뜨릴 듯이 다가앉자, 입실댁이는 감았던 눈을 힘없이 떴다. 마치 기다리고 있었다는 듯이 말이다. 그러나 이미 두 눈동자엔 아무런 정기가 없었다. 그저 희멀건 눈을 갑례 쪽으로 번하게 뜨고 있을 뿐이었다.

갑례는 두 손으로 조심스레 어머니의 손을 잡았다. 뻣뻣한 막대기 같은 손이었다. 벌써 전혀 온기를 느낄 수가 없었다.

희멀건 눈으로 번하게 갑례를 바라보고 있던 입실댁이는 무슨 말을 하려는 듯 얼굴에 힘을 주는 것 같았다. 그러나 푸르스름하게 굳어든 입술이 약간 달싹거렸을 뿐이었다. 그리고 이제 마지막 남았던 기력마저 바싹 쇠진해버린 듯 절로 스르르 눈이 감기는 것이었다.

방 안에는 무거운 침묵뿐이었다. 두원이는 두 무릎을 꿇고 앉아 있었고, 갑례는 그대로 어머니의 손을 잡은 채 앉아 있었으며, 순녀는 윗목 구석에 조그맣게 웅크리고 있었다. 윤 생원은 벽에 기대어 지그시 눈을 감고 있었다. 모두 무슨 정물처럼 꼼짝도 않고 앉아서 입실댁이의 운명을 지키고 있는 것이었다.

이런 방 안의 무겁고 숨 막히는 긴장은 아랑곳없이, 뿌뚜리는 사랑방 툇마루에서 용이를 데리고 놀고 있었다. 이웃의 같은 또래가 몇이 와서 함께 어울려 용이를 어르고 있었다.

"용아 용아. 손 도고 보자, 손!"

"이름이 용이가?"

"그래, 내 조카다 아나?"

"용이가 머고?"

"와, 용이가 어떤노?"

"더럽다, 이름."

"상용이다 와. 상용인데 더럽나?"

"상용이는 개안타. 자 상용아, 나한테도 손 좀 도고 보자."

"용아 용아, 주지 마래이! 주지 마래이!"

"헤헤헤, 이렇게 주네. 아 이쁘다."

이러고 있을 때, 난데없이 큰방에서 울음소리가 왁자하게 터져 나왔다. 물론 두원이와 갑례, 그리고 순녀의 뒤섞인 울음이었다. 그 중에서도 마구 목 놓아 우는 갑례의 울음소리가 가장 두드러져 들렸다. 뿌뚜리는 난데없는 울음소리에 눈이 휘둥그레졌다. 겁에 질린 듯 잠시 정신없이 큰방 쪽을 바라보고 있다가 그만 저도 덩달아 무슨 영문인지도 잘 모르고 앙 울기 시작했다.

그러자 딴 아이들도 놀라 얼떨떨해서 그만 비실비실 사립 밖으로 모두 물러나갔다. 그러나 용이만은 두리번두리번하다간 다시 주먹을 입에 넣고 쭐쭐줄 맛있게 빨아대고 있었다.

입실댁이가 세상을 떠났다는 소문은 삽시간에 온 마을에 퍼졌다. 홍싯골은 술렁거리기 시작했다. 길사에도 그렇지만, 흉사에는 더욱 온 동네가 움직였다. 스무남은 가호밖에 안 되는 조그마한 두메 마을이니, 그것은 당연한 노릇이었다. 시골은 어디나 대체로 그렇다. 조그마한 마을일수록 도회지에서 멀리 떨어진 산간벽지일수록, 외딴 섬일수록 더욱 그런 것이다. 말하자면 그런 곳일수록 서로 한 손바닥 안 같은 이웃을 느끼게 되는 모양이다.

곡성이 일어나자, 벌써 가까운 이웃 사람들은 모여들고 있었다. 무슨 예의 절차 같은 것도 없었다. 그런 겉치레는 제쳐놓고, 우선 놀란 마음에 맨주먹으로 달려오기부터 하는 것이다. 그래서 마당에 모여서서, 상가로서 당장 마련해야 할 것부터 서로 의논해서, 마치 자기들 집안 일처럼 서둘러대는 것이다. 예의범절이라는 것이

따로 있는 것이 아니다. 바로 이런 것이 진정으로 우러나는 참다운 예의가 아니겠는가.

우선 마당에 차일이 쳐지고, 멍석이 깔린다. 그리고 부고를 써서 알릴만한 곳에 서로 나누어 가지고 달린다. 어지간한 곳은 다 이렇게 직접 사람이 가지고 달려가는 것이다. 아낙네들은 대체로 두 패로 나뉜다. 바느질 솜씨가 좋은 아낙네들은 삼베를 찢어 상복을 마련하는 축에 앉고, 음식 솜씨가 괜찮은 아낙네들은 부엌으로 들어간다. 술을 가지러 떠나는 축도 있고, 벌써 상여 교섭 차 나서는 노인의 모습도 보인다. 상가에 없는 것은 서로 물어서 있는 집에서 들고 온다. 누가 그렇게 시키는 것도 아닌데, 척척 맞아 돌아가는 것이다.

이런 일이 생기면 누구보다도 신이 나는 것은 말할 것도 없이 꺼꾸리였다. 꺼꾸리가 갑례네 고모 집과 시집에 알리러 가는 책임을 맡았다. 무슨 신바람 나는 소식이라도 가지고 가는 것처럼 꺼꾸리는 두 통의 부고장을 들고 재를 넘어 평촌까지 노상 달리다시피 했다. 그리고 돌아와서도 한시도 가만히 앉아 있질 않고, 이리 절름 저리 절름 설쳐댔다. 꺼꾸리에게는 길사니 흉사니 그런 구별이 필요 없었다. 사람들이 많이 어울려 들썩거리기만 하면 무슨 일이든 그저 신이 나는 것이었다. 그러니까 꺼꾸리에겐 흉사란 없고 세상에 길사뿐인 셈이었다.

꺼꾸리와 어느 정도 비슷한 사람이 또 한 사람이 있었다. 최 서방이었다. 물론 최 서방에게는 길흉의 구별도 있었고, 체모 같은 것도 있었다. 그러니까 덮어놓고 사람들이 들썩거린다고 좋은 것이 아니다. 그런 자리엔 으레 술이 출렁거리기 때문에 신이 나는 것이었다. 그리고 그는 길사보다도 흉사를 은근히 더 좋아하는 편이었다. 길사에는 대체로 술뿐인데, 흉사에는 으레 노름이 따르기 때문이었다. 차일 밑에서 밤샘을 해가면서 공공연히 떠들어대도 아무도 뭐라고 안 할 뿐 아니라, 오히려 그게 상가에 대한 큰 선심까지 되는 것이니, 그런 좋은 일이 또 있을가 싶었다. 말하자면 최 서방이 조의를 표하는 데 가장 안성맞춤의 방법인 셈이었다.

아무튼 흉사에는 그런 사람도 있어야 어울리는 법이다.

"왔구나! 또 왔어! 생전에 입실댁이가 날 이쁘게 본 모양이로구나."

가보도 곧잘 잡았다.

"헷헷헤, 정말 그런 모양이가, 우째 댄 심이고?"

"그눔의 가보, 만날 만주 갔다 온 사람한테만 붙노."

"독립운동가만 좋아하는 모양이제?"

"맞다, 흣흣흐……."

"헷헷헤……."

"헛헛허……."

상가에 노래는 금물이라지만, 밤이 이슥해서의 웃음소리는 상관이 없다. 오히려 그래야 음산한 집안 공기도 부드러워지고, 상제들의 슬픔에 지친 심신도 다소 누그러진다고 해서 그것도 일종의 부조로 치는 것이다.

어쨌든 그래서 상가에 쓸쓸한 바람이 조금도 일지 않고, 도리어 어떤 따스한 것에 감싸인 가운데 발인 날을 맞았다. 물론 삼 일장이었다.

상여는 보잘 것이 없었다. 유소(流蘇)도 보장(寶帳)도 없이, 다만 울긋불긋한 지화(紙花)로 장식된 을씨년스러운 것이었다. 앞서가는 명정(銘旌)도 공포(功布)도 없었고, 뒤따르는 만장(挽章)도 없었다. 운삽(雲翣)이니 불삽(黻翣)이니 하는 그런 것이 있을 턱은 더욱 만무했다. 들녘에 돋아난 한낱 풀잎처럼 이 세상을 살다가 가는 이름 없는 촌부의 저승길이니, 그럴 수밖에 없었다.

그러나 상제들을 비롯해서 상여를 메고 가는 상두꾼이나 뒤따르는 조객들의 애도는 어느 누구의 장송에도 못지않은 절절한 것이었다. 우선 상제들의 통곡이 그것을 말해 주었고, 상두꾼들의 구슬픈 해로가(薤露歌)가 그것을 말해 주었으며, 뒤따르는 조객들의 젖은 눈들이 그것을 말해 주었다.

발인제를 지낸 다음, 상여가 영영 마을을 하직하고 떠날 때, 상제들의 통곡은 정말 사무치는 것이었다. 특히 갑례의 피맺힌 울음은 듣는 사람들의 폐부를 찔렀다.

갑례는 목이 쉬어 있었다. 그동안 얼마나 울었는지 몰랐다. 순녀도 많이 울었다. 그러나 며느리인 순녀의 울음이 목에서 나오는 것이라면, 갑례의 울음은 오장육부에서 틀어 오르는 울음이었다.

갑례가 그렇게 통절한 울음에 파묻힌 것은 물론 어머니의 별세가 애통해서였다. 그러나 단순히 그래서만도 아닌 울음인 것 같았다. 어쩌면 그 아프디아픈 울음의 분류(奔流) 속에는 자기 자신의 슬픔 같은 것도 함께 뒤섞여 있는 것 같았다. 그렇지 않고는 그렇게 많은 분량의 짙은 울음이 쏟아져 나올 수가 없는 것이다. 벌써 그녀에게는 여자로서의 한이 서려 있는 것이다. 처음으로 몸을 바친 사랑하는 남자를 지아비로 삼지 못한 한, 지아비로 삼은 남자를 병대에 빼앗기고는 생사의 여부조차 알 수 없는 한, 이런 시국 탓으로 생긴, 여자로서는 결정적인 한이 어머니의 별세라는 슬픔 위에 함께 줄줄줄 녹아내리는 셈이었다.

목이 쉰 갑례의 통곡 소리에 상여의 종이꽃들도 바르르 떠는 것 같았고, 조객들도 누구 하나 눈시울을 적시지 않는 사람이 없었다. 사돈의 장례에 온 영일댁이도 며느리 갑례의 너무나 사무치는 울음 때문에 그만 자신의 어떤 슬픔이 복받쳐 곧장 손수건으로 눈물을 훔쳤다. 상여의 한쪽 단강(短杠)을 멘 영칠이도 어떤 슬픔에 젖으며 곧장 코를 들이마셨다.

이렇게 애끓는 울음소리와 상두꾼들의 해로성(薤露聲)에 실려 상여는 홍싯골을 뒤로 서서히 서낭고개를 저승길을 오르듯이 오르고 있었다.

시집간 여자에게 있어서 첫째 기둥은 남편인 것이고, 다음은 친정어머니인 법이다. 그런데 이제 갑례는 그 소중한 두 가지를 다 잃어버린 것과 다름없는 몸이 되었다. 남편은 아직 생사 여부를 알 수 없으나, 그러나 그것은 기다리는 안타까운 기둥이긴 할지언정, 당장 의지가 되는 기둥은 아닌 것이다. 갑례는 자리에 누우면 한숨이었다. 세상이 현저히 더 허전해지고 쓸쓸해진 것 같았고, 그 허전하고 쓸쓸한 공간에 자기는 기댈 것 없는 몸으로 떠 있는 것 같은 느낌이었다. 정말 너무하다는 생각이 들었다.

정말 이제 겨우 스물밖에 안 된 여자에게 이건 너무 가혹한 것이다. 아직 세상 물정을 모르고 신랑에게 어리광이나 부리면서 지내야 할 나이인데, 시어머니한테 혹시 큰 꾸지람이라도 들으면 토라져서 친정어머니에게 달려 가버리기라도 할 그런 나이인데, 그런 앳된 새색시를 벌써 이런 허전하고 쓸쓸한 공간에 내던져 버리다니, 정말 너무 가혹한 노릇이 아닐 수 없었다.

갑례는 종전보다도 더욱 짙은 한숨과 눈물의 독수공방을 하는 몸이 되었다. 그런 허전하고 쓸쓸한 공방에서 용이를 안고 지내는 갑례는 그 나이와는 어울리지 않게 어느덧 자신을 자신이 달래는 체념이라는 것을 조금씩 익혀가고 있었다. 남편이, 추측하는 대로 북지나나 만주 방면에 가 있었다면 어쩌면 이제 살아 있어도 영영 돌아오지 못하는 몸이 되어버린 것이 아닌가 싶은 것이었다.

들리는 말에 의하면 삼팔선이라던가 뭐라던가 하는 그 빌어먹을 것이 자꾸 높아지기만 해서, 이제는 그것을 넘어오기가 여간 힘이 들지 않는다는 것이었다. 넘어오다가 총에 맞아 쓰러지는 사람이 얼마나 많은지 모른다는 것이었다. 그녀는 삼팔선이라는 것이 뭐 어떻게 생긴 것인지는 모르지만, 어쩌면 그놈의 것이 기껏 살아 돌아오는 생사람을 잡아버리는 것이 아닌가 싶기도 했다.

그런 생각은 하면 할수록 심란하고 골치가 아팠다. 그래서 그녀는 슬그머니 그만, 아— 빌어먹을 것 될 대로 되겠지, 골치를 썩인다고 무슨 일이 되는 것도 아니고…… 이렇게 마음을 먹어보기 시작하는 것이었다.

이런 그녀의 서글픈 공방 윗목에는 그녀의 허전함과 쓸쓸함을 지키기라도 하는 것처럼 언제나 꽃요강이 놓여 있었다. 그러나 그 꽃요강도 주인처럼 빛을 잃어가고 있었다. 겉몸에 그려진 꽃과 나비도 하루하루 쓸쓸하게 퇴색해 가고 있었다.

제2부

불타는 나무

1

"불이야!"

초저녁이었다. 난데없는 고함소리가 온 동네에 울렸다.

"불이야— 불! 불!"

고함 소리는 산허리에 부딪쳐 메아리를 이루었다.

마을 사람들은 놀라 정신없이 밖으로 뛰어나왔다.

삼월삼질*(음력 3월 초사흘)을 지났건만 아직 밤바람은 썰렁했다.

"어디 어디?"

"어디 불났노?"

"누 집이고, 누 집?"

삽시간에 온 마을은 들끓었다. 개들도 다투어 짖어대기 시작했다.

윤 생원도 불이라는 소리에 놀라 마당으로 뛰어나와 우선 자기 집 지붕부터 쳐다보았다. 그리고 허겁지겁 사립 밖으로 뛰어나갔다.

불은 동구 앞쪽이었다. 그쪽이 벌겋게 타오르고 있었다. 모두 그쪽으로 달려가고 있었다.

윤 생원도 그쪽을 향해 마구 달렸다.

"부이야— 부이! 부이! 부이 났다— 부이!"

어둠 속에서 꺼꾸리의 외쳐대는 고함소리가 마치 무슨 짐승 소리처럼 들렸다. 꺼꾸리는 오늘 또 턱없이 신이 나는 셈이었다.

동구 앞에는 어느덧 마을 사람들이 새까맣게 쏟아져 나와 있었다. 그러나 모두 주춤하고 서서 수런거리고 있을 뿐, 아무도 불을 끄려고 들지 않았다.

"우야꼬, 우야꼬—"

"저런 저런……."

"이기 무신 일이고!"

"참 벨일도 다 있대이?"

"참 벨일도……."

정말 별일도 다 있었다. 집에 불이 난 게 아니라, 나무에 불이 붙은 것이었다. 동구 앞 정자나무에 불이 붙어 지금 막 활활 타오르고 있는 참이었다. 어디서 어떻게 불이 댕겨졌는지 아니면 나무의 썩은 둥치 속에서 절로 불이 일어나기라도 한 것인지, 참 별 얄궂은 일이었다.

두 아름 가까이 되는 느티나무였다. 그러니 확실한 것은 잘 모르지만, 아마 몇 백 년이 좋이 묵은 나무에 틀림없었다. 어쩌면 이 후미진 골짜기에 처음으로 사람이 발을 붙이게 된 그때 심어진 나무인지도 몰랐다. 혹은 그보다도 훨씬 오래 전부터 서 있어서, 이 나무를 보고 여기에 터를 잡게 되었는지도 모를 일이었다. 아무튼 홍싯골과는 떼어놓을 수 없는 한 덩어리로 얽힌, 분신과도 같은 나무였다. 그런 몇 백 년의 풍우와 성상 속을 함께 견디며 내려온 나무가, 마을의 대대손손을 위해 시원한 그늘을 드리우던 나무가, 어찌 된 영문인지 오늘 밤 이렇게 불이 붙어 마구 타오르고 있는 것이다.

"이기 우짠 일이고— 응이? 응이?"

불을 본 윤 생원은 여느 사람들 몇 갑절이나 더 놀라 어쩔 줄을 모르며 소리를 질렀다.

"이 사람들아— 와 보고만 있노! 응? 와 보고만 있어! 정자나무가 타는데, 구경만 하고 있을기가! 응이? 응이?"

윤 생원의 호통에 가까운 고함소리에 꺼꾸리는 덩달아 맞장구를 쳐댔다.

"부이 꺼자— 부이! 부이! 보고만 있지 마이고, 부이 꺼자— 부이 꺼자—"

그러나 얼른 어떻게 덤벼 볼 재주가 없어, 사람들은 그저 이리 갔다 저리 갔다 할 따름이었다. 그럴 수밖에 없는 것이, 불은 가지에서 가지로 옮아 붙으며 위로위로 자꾸 솟구쳐 올라가고만 있었다.

나무는 밑둥치에서 세 개의 큰 줄기로 갈라져 뻗어 올라갔는데, 그 가운데서 으뜸 되는 제일 굵은 줄기는 꿈틀꿈틀 올라가다가 중간에 벼락이라도 맞은 듯 뚝 부러져서 시꺼멓게 죽어 있었다. 그리고 그 줄기에서 벌어진 가지들은 죄다 시들시들 말라가고 있었다. 불은 그 말라버린 줄기의 가지가지를 태우며 딴 가지들의 파릇파릇한 잎사귀들까지 삼키려고 기세를 올리고 있는 참이었다. 시꺼멓게 죽었던 굵은 줄기는 어느덧 시뻘건 불덩어리로 변해 가고 있었다.

그러니 무슨 소방차 같은 것이라도 있어서 물줄기를 들이대기라도 한다면 모르지만, 그렇지 않고는 도무지 어떻게 해볼 도리가 없었다. 하지만 그렇다고 번히 서서 보고만 있을 수는 없는 노릇이 아닌가.

"사다리 갖고 온나! 사다리! 어서 어서! 그리고 물! 물! 물……."

윤 생원의 질러대는 고함소리에 사람들은 그제야 정신이 든 듯 재빨리 움직였다.

곧 사다리가 몇 개 나오고 물이 동이로 옹배기로 혹은 바께쓰로 줄줄이 뒤를 이었다. 불이 안 붙은 나뭇가지에 사다리가 걸쳐지고, 거기 올라선 사람에게 밑에서 바가지나 대야로 물을 떠서 올려주면 그것을 받아서 힘껏 불을 향해 내지르는 것이었다. 여러 개의 사다리에서 여러 개의 바가지와 대야가 잽싸게 움직여대니 제법 효력이 있었다. 이미 높은 곳으로 타올라 간 불길은 잡을 도리가 없었으나, 옆으로 번지려는 기운은 막을 수가 있었고, 낮은 곳의 불은 끌 수가 있었다.

누구보다도 땀을 뻘뻘 흘려가며 설쳐대는 것은 꺼꾸리였다. 서슴없이 사다리에 뛰어오른 꺼꾸리는 곧장,

"무이! 무이! 무이……."

하고 재촉하였고, 물을 받아 불을 향해 내지를 때마다 히히히 히히히…… 허옇게 이를 드러내며 웃어댔다. 여간 재미가 나는 것이 아니었다. 말하자면 이 불난리도 그에게는 경사가 되는 셈이었다.

난데없이 홍싯골의 밤하늘을 벌겋게 태우던 불꽃이 머리를 숙인 것은 밤이 제법 이슥해서였다. 말라버린 줄기와 가지들을 거의 다 태우고야 숨이 죽었던 것이다. 불꽃이 숨진 다음에도 불기는 좀처

럼 가시지가 않았다. 벌건 숯불이 된 가지들이 새까만 밤하늘에 마치 무슨 바다 속의 산호처럼 반짝거렸다. 그러다가 동강이 나서 픽픽 떨어지며 불똥을 튀기기도 했다.

불을 끄느라 땀깨나 흘린 사람들은 그 둘레에 앉아서 산호가지처럼 발간 나뭇가지를 쳐다보며, 참 살다가 별일을 다 본다고, 도대체 어떻게 해서 불이 난 것일까 하고, 두런두런 주고받으며 언제까지나 그 자리를 뜰 생각을 하지 않았다.

윤 생원 역시 담배를 뻐끔뻐끔 피우며 앉아서 이따금,

"음―"

하면서 불난리를 만난 정자나무를 멀뚱히 바라보고 있었다.

어떤 불길한 예감이 곧장 머리를 짓누르는 모양이었다.

도대체 어떻게 해서 불이 난 것일까, 하는 이야기는 그 뒤로 한동안 마을 사람들의 입에서 떠날 줄을 몰랐다. 정말 아무리 생각해도 괴이한 일이었다. 누가 불을 질렀거나, 아니면 저절로 나무에서 불이 일어났거나, 두 가지 중에 한 가질 것이었다. 그러나 어느 쪽도 도무지 믿어지지가 않는 이야기였다. 어떤 놈이 할 일도 어지간히 없어서, 더구나 얼마나 간덩이가 부었기에 마을의 정자나무에 올라가서 불을 지른단 말인가. 그렇지 않다면 결국 나무에서 저절로 불이 일어난 셈이 되는데, 도대체 그런 수도 있는 것인지, 알고도 모를 일이었다.

불을 맨 먼저 보고 불이야― 소리를 지른 사람의 의견이 가장 결정적인 역할을 할 터이었으나, 그 사람 역시 알 수가 없는 일이라고 고개를 내저었다. 자기가 불을 발견했을 때는 이미 불은 활활 타오르고 있었다는 것이다. 그러니 누가 질렀는지, 저절로 일어났는지 알 수가 있느냐는 것이었다.

결국 마을 사람들의 의견은 양쪽으로 나뉘었다. 어쩌다가 과실로 불이 댕겨졌는지도 모른다는 실화설(失火說)도 있었으나, 그 의견에는 아무도 따르려고 하질 않았다. 단연 누가 질렀다는 방화설과 나무에서 저절로 일어났다는 자연발화설 두 쪽이었다.

방화설 쪽은 대체로 젊은 축들이었다. 젊은 축들은 나무에서 저절로 불이 일어나다니, 그건 말도 안 되는 소리라는 것이었다. 과실로 불이 댕겨진다는 것도 전혀 있을 수 없는 일이고, 그렇다고 귀신이 한 노릇이 아닐진대, 필경 누군가가 일부러 불을 붙인 게 틀림없다는 결론이었다. 그리고 그놈이 누군지는 모르지만 기어이 잡아내야만 된다고, 열을 올리기까지 했다.

자연발화설은 대체로 노인들의 주장이었다. 머리가 돈 녀석이 아니라면, 어떤 환장한 놈이 일부러 정자나무에 기어 올라가서 불을 지르겠느냐고, 그렇게 하늘 무서운 줄을 모르는 놈이 어디 홍싯골에 있느냐는 것이었다. 딴 마을 사람이 무슨 원수가 맺혔다고 와서 불을 지를 턱도 없는 것이고 옛날부터 더러 오래된 고목나무에서는 저절로 불이 일어나는 수가 있다는 얘기였다. 절대로 허황한 이야기가 아니라는 것이었다.

물론 윤 생원도 자연발화설 쪽이었다. 그쪽이라도 아주 자신만만한 주장 격이었다. 윤 생원의 얘기에 의하면 아주 오래된 고목나무의 둥지 속에서 절로 불이 생기는 수가 있는데, 그러나 좀처럼 드문 일로, 시세의 이변을 알리는 흉조라는 것이었다. 그런 일이 있으면 반드시 그해에 무슨 변이 일어나고야 만다고, 그런 변을 숱하게 당해 보기라도 한 것처럼 곧장 수염을 쓰다듬어 내리며 미간에 주름살을 잡기도 했다. 아주 흉년이 들거나 큰 물난리가 나거나, 아니면 괴질이 돌아서 사람의 목숨을 수없이 앗아가거나 한다는 얘기였다. 그렇잖으면 하다못해 여름에 벼락이라도 한 덩어리 떨어지고 말지, 그냥 가만히 넘기진 않는다는 것이었다.

윤 생원의 이런 흉조설에 나이깨나 먹은 아낙네들은 대번에,

"아이 우야노……."

"그럼 푸닥거리라도 해야제."

"푸닥거리 갖고 대겠능게. 동네 굿을 한바탕 해얄끼 앙잉게."

"재 너메 용한 박수무당이 났다 카던데……."

이렇게 수런거렸다.

그러나 윤 생원은 고개를 내저었다. 다 소용없는 짓이라는 것이다. 천지 시운이 그렇게 돌아가는데, 그까짓 무당이 바가지나 엎어 놓고 두들긴다고 소용이 있겠느냐는 것이었다. 무당바가지 소리에 들 흉년이 안 들고, 물난리가 비켜나고, 괴질이 물러날 것 같으냐고, 어림도 없는 수작이라 했다. 공연히 무당 좋은 일만 시킨다는 것이었다.

윤 생원은 판수나 무당이라면 구린내라도 나는 듯 코를 찡그렸다. 괜히 무꾸리니 푸닥거리니 굿이니 해서 도리어 집 안에 잡귀들을 모여들게 한다는 게 평소의 윤 생원의 소신이었다. 그러나 그런 난데없는 변고가 일어났으니, 정자나무에 금줄을 두르고 간단한 고사를 지내는 정도는 반대하지 않았다. 그거야 뭐 밑져야 본전이라는 생각인 모양이었다.

방화설을 지지하는 축들도 윤 생원의 너무나 자신만만한 이야기

앞에서는 슬그머니 눌려서, 정말 그런 수도 있는가 하고 반신반의 상태가 되어 눈들만 끔벅거렸다. 그러나 개중에는 끝내 뻣뻣해 가지고, 그게 다 옛날 사람들의 호랑이 담배 피우는 식의 이야기라고 일소에 붙이는 사람도 더러 있었다. 말하자면 학교 물을 좀 먹은 신식 사람인 셈이었다.

어쨌든 날이 감에 따라 자연발화의 흉조설이 압도적으로 득세하고, 방화설은 형편없이 시들해지고 말았다. 그럴밖에 없는 것이, 방화설은 그럼 범인이 누구냐는 것뿐 별 흥미가 없고 오히려 흉흉한 느낌이 드는 데 비해, 흉조설에는 천지 시운의 이변이 어떤 것으로 나타날까 하는, 불안하고 슬그머니 겁까지 나면서도 옛날이야기 같은 신기하고 야릇한 호기심이 뒤따르는 것이었다.

그래서 마을 아이들 사이에는 금년에 하늘과 땅이 딱 붙어버린다느니, 땅이 두 개로 짝 갈라져서 불이 솟아나와 온통 세상을 불바다로 만들어버린다느니, 혹은 하늘의 무슨 별이 지구와 박치기를 해서 지구 덩어리가 산산조각으로 부서져 버린다느니 하는, 그런 황당무계한 이야기까지 나돌았다.

그러나 그런 이야기도 얼마 동안일 뿐, 마을은 다시 잠잠해졌다. 타다 남은 을씨년스러운 정자나무의 밑둥치에 이번 일을 기념하듯이 금줄이 둘러져 있을 따름이었다.

아무래도 금년은 수상한 해인 모양이었다. 도처에서 괴이한 일이 일어난다는 소문이었다. 소문은 어떻게 그렇게 잘 전파되는지, 먼 타지방에서 일어난 일도 바람결에 묻어오듯 곧잘 이 후미진 홍싯골까지 와 닿았다. 그러자면 자연히 중도에 많이 이야기가 보태어지고 변해져서 나중에는 사실과는 거리가 먼 엉뚱한 것이 되어 버리기 일쑤겠지만, 아무튼 별 괴이한 소문이 다 흘러왔다.

사람이 뱀을 낳았다는 소문도 있었고, 어떤 곳에서는 아홉 살 먹은 계집애가 어린애를 낳았는데, 그것도 하나를 낳은 것이 아니라 쌍둥이를 낳았다는 것이며, 또 어디서는 소가 대가리 둘 달린 송아지를 낳았다는 이야기도 있었다.

이런 출산에 관한 망측한 소문이 흘러오는가 하면, 어떤 마을에서는 밤마다 수십 마리의 쥐가 몰려나와 곡식은 말할 것도 없고 닭·돼지 심지어 소한테까지 마구 달려든다는 것이다. 개도 고양이도 질겁을 하고 달아나기가 바쁘다는 것이다. 난데없이 구렁이가 들끓어서 사람이 살 수가 없다는 지방이 있는가 하면, 대낮에 어찌 된 영문인지 새가 뚝뚝 떨어져서 떼죽음을 한다는 지방도 있었다.

이런 짐승들의 괴변에 이어서 이번에는 홍싯골 정자나무의 불난리와 비슷한 소문도 흘러왔다. 가까운 이웃 고을의 어떤 마을에서의 일인데, 그 마을은 본래 물이 좋기로 이름이 있다는 것이다. 여름에는 유별히 시원하고 겨울엔 따스한 물이 사철 철렁철렁 넘치는 우물이 거의 집집마다 있는데, 그 좋던 샘물이 하루아침 일어나 보니 시뻘건 흙탕물로 변해 있더라는 것이다. 꼭 핏빛 같더라는 것이다. 그것도 어느 한 집만 그런 것이 아니라, 온 동네 우물이 일제히 그렇고 보니 마을 사람들의 놀람은 이루 말할 수가 없어, 고사를 지낸다 굿을 한다 연일 야단이라는 것이다.

또 어떤 곳에서는, 여느 해보다 월등히 많은 송충이와 진디*(진딧물과의 곤충)가 생겨서 온통 나무라는 나무는 모조리 갉아 문대어 멀쩡한 나무들이 버쩍버쩍 죄다 말라비틀어져 간다는 것이었다. 벌레들도 여느 해의 그것 같지가 않고, 얼마나 크고 끈질긴지 잡아도 한정이 없어 사람들은 징그럽고 몸서리가 나서 그저 고개만 쩔쩔 내흔든다는 것이었다.

어느 산에서는 산불이 일어났는데, 한 달이 넘도록 아직 타고 있어, 그 산의 토끼니 노루니 멧돼지니 하는 것들은 모조리 다 타 죽었다는 것이다. 그런데 하루는 옷에 불이 붙은 허연 노인이 산에서 내려와 성난 얼굴로 어디론지 사라져 갔다는 것이다. 그 노인이 다름 아닌 산신령이라는 것이다. 그러니 그 산신령이 앞으로 가만히 있질 않을 것이라는, 마치 옛날이야기 같은 소문도 흘러나왔다.

한 가지 얄궂은 소문이 퍼지자, 말하기 좋아하는 사람들이 제멋대로 이야기를 만들어서 퍼뜨리는지는 모르지만, 어쨌든 이런 말 같지도 않은 괴상한 소문들이 뒤를 이었다. 이런 소문들은 홍싯골 정자나무의 불도 방화에 의한 것이 아니라, 저절로 일어난 괴화(怪火)라는 것을 뒷받침해 주는 것이었다. 한동안 잠잠해졌던 마을 사람들의 입에 다시 그 이야기가 오르내렸다. 윤 생원의 흉조설은 여러 곳의 괴이한 소문들의 힘을 입어 이제 확고한 것으로 굳어지는 셈이었다.

"두고 보라이까. 아무래도 금년엔 무신 일이 있고야 말 끼니……."

윤 생원은 더욱 자신만만하게 수염을 쓰다듬어 내릴 수가 있었다. 자연히 모여 앉으면 이야기는 윤 생원을 중심으로 이루어져 나갔다.

윤 생원의 얼굴에는 주름살이 더 는 것 같았다. 그럴 수밖에 없는 것이, 해방이 된 지도 어느덧 올 8월로써 꼬박 다섯 해가 되는 것이다. 세월이란 참 덧없이 빠른 것이다. 그러나 윤 생원의 기력은 그 꼬장꼬장한 생김새와 마찬가지로 여전했다. 마을 노인들 가운데서 가장 정정해 보였다. 말하는 목소리도 아직은 누구에게도 꿔이지 않을 그런 당찬 맛이 있었다.

"옛날 가등칭칭인강 먼강 하는 기 쳐들어오던 임진년에는 벨벨 괴승한 징조가 다 나타났었다는 기라."

가등청정(加籐淸正)을 가등칭칭이라고 아무렇게나 내뱉으며 윤 생원이 말하자, 좌중은 재미가 나서 조용해졌다.

"그놈들이 우리나라를 먹던 경술년에도 그렇고……."

이런 이야기는 젊은 축들이 더 구미가 당기는 모양이었다. 눈을 반질거리며,

"머 어떤 징조가 나타났답니꾜?"

하고 꿀컥 침을 삼키는 사람도 있었다.

"고목낡에 베락 치는 건 예사고, 밤마다 시뻘건 별똥이 떨어지는강 하면 대낮에 난데없이 세상이 캄캄해지기도 하더라는 기라."

"대낮에 캄캄해져예? 구름도 안 끼고 말입니꺼?"

"그래."

"그럼 해는 어디 가고예?"

"그러이까 괴승한 징조 앙이가. 그라느만*(그렇지 않으면) 누가 괴승한 징조라카능강."

"……."

"그기 다 천지시운이 기울어져서 그렁 기라."

"그럼 윤 생원요, 금년에도 그때처럼 난리가 난단 말입니꺼?"

그 말에 윤 생원은 잠시 빼끔빼끔 담배를 빨고 나서,

"그야 낸들 우애 아노. 난리가 날 낀지 숭년(흉년)이 들 낀지……."

하고 한숨처럼 연기를 푸— 내뿜었다.

좌중은 기분이 무거워지는 듯 잠시 아무 말이 없었다.

2

"저 빌어묵을 년이 뒤지지도 않고 또 와서 아침부터 재수 없구로, 궁딩일 남의 눈앞에……."

영칠이는 물동이를 이고 물을 길러 나가는 마누라의 뒷모습을 향해 공연히 허옇게 눈을 흘기며 투덜거렸다.

친정에 간 마누라가 또 보따리를 싸들고 온 것이었다.

영칠이는 마누라만 보면 절로 화가 치밀었다. 어제 오늘 비롯된 일이 아니었다. 장가를 든 지 한 달도 못 가서 벌써 그렇게 되어버렸었다.

영칠이가 장가를 든 것은 삼 년 전의 일이었다. 그러니까 해방된 다음 그 다음 해 가을이었다. 영칠이는 도무지 마음이 내키지가 않았으나 편모슬하라, 아따 모르겠다 하고, 어머니 좋은 대로 아무렇게나 장가를 들어버렸던 것이다.

같은 면내 색시였다. 얼굴도 도리납작하고 살결도 흰 편이어서 촌 색시치고는 그런대로 괜찮은 신붓감이었다. 목소리가 좀 연하지 못하고 어쩐지 금이 간 것 같은 소리였으나, 그렇다고 그게 뭐 그리 큰 허물이 될 것도 없었다.

삼 일 신행을 해오자, 영칠이 어머니 평촌댁이는 싱글벙글 좋아서 야단이었다. 이제 좀 집안에 사람이 사는 것 같은 훈기가 돌겠다고 여느 때보다 훨씬 이른 아침에 일어나 서성대기도 했었다.

그러나 영칠이는 그게 아니었다. 마음이 내켜서 든 장가는 아니었으나, 처음엔 그런대로 그러저럭 살 것 같더니 어찌 된 영문인지 날이 감에 따라 김이 새나가듯이 차츰 맥이 풀려나가는 것이었다. 그러더니 그만 한 달도 채 못 가서 마음이 싹 뒤집혀버리고 말았다. 마누라의 뒷모습만 보아도 슬그머니 화가 치미는 판이었다. 참 이상한 노릇이었다. 그래서는 안 된다는, 부부라는 인연을 맺었으니 억지로라도 눌러서 살아야 한다고 마음을 먹어 보기도 했으나 소용이 없었다. 자기 마음을 자기 마음대로 할 수가 없는 것이었다.

신랑의 그런 눈치를 챈 색시는 어째서 그러는지 알 수가 없어서 곧장 거울을 들여다보며 분첩으로 애꿎은 얼굴만 대고 두들겨댔다.

보얗게 분가루를 묻힌 마누라의 코빼기는 더욱 화가 나서 볼 수가 없어 영칠이는 마침내 꽥꽥 소리를 지르고 말았다.

"보기 싫단 말이다! 분은 어디서 공짜로 자꾸 생기는 줄 아나? 코빼기는 와 자꾸 칠갑을 해대노! 누가 이쁘다 카더나?"

고약한 심사였다.

색시도 정나미가 떨어지지 않을 수 없었다. 무엇이 불만이어서 그렇게 그러는지, 색시는 남몰래 슬피 울기도 했고 이를 깨물기도 했다.

한 번 그렇게 마음이 뒤집어지자, 영칠이는 마누라의 매사가 그저 밉고 싫어서 견딜 수가 없었다. 다홍치마를 입으면 다홍치마를 입었다고 미운 생각이 들었고, 마당을 쓸면 부지런한 체 마당을 쓴다고 싫었으며, 말없이 앉아 있으면 제까짓 게 무엇이 틀어져서 말없이 앉아 있느냐고 화가 치밀었다. 공방살이 들어도 이만저만 공방살이 든 게 아니었다.

결국 영칠이는 일을 하거나 놀거나 한시도 집에 붙어 있을 생각을 하지 않고 밥만 먹으면 바깥으로 나가기가 바빴다. 밤으로도 마을 사랑방으로 나가 자는 몸이 되고 말았다.

평촌댁이의 노여움은 이만저만이 아니었다. 남의 집 귀한 자식을 데려다 놓고 이게 무슨 짓이냐고 온갖 소리를 다해 보았으나 소용이 없었다. 점쟁이한테 가서 점도 쳐보고 살풀이를 한다고 무당을 데려다가 똥땅거려도 보았으나 헛일이었다. 사람의 마음이 그렇게 씌면 저절로 풀어지기 전에는 아무리 자식이지만 어떻게도 할 도리가 없었다. 한 가닥 보람 같은 것이 사라져버린 평촌댁이는 슬프기까지 했다. 그저 한탄이 쏟아질 따름이었다.

한탄이 되는 것은 영칠이도 마찬가지인 모양이었다.

"아— 내 팔자는 와 이렀노! 와 이래! 지기미할 것!"

술이 거나해지면 영칠이는 이렇게 남자가, 더구나 아직 서른도 안 된 젊은 놈이, 팔자를 뇌까려 댔다. 그리고 마구 마누라에게 주먹을 휘둘러 대기도 했다.

그렇게 공방살이 들어 마누라가 싫을수록 간절히 고개를 쳐드는 것은 갑례 생각이었다. 그처럼 공방살이 들게 된 것도 따지고 보면 가슴 밑바닥에 갑례에 대한 그리움이 짜릿하게 배어 있기 때문인지도 몰랐다. 그렇지 않고는 그렇게까지 사람이, 더구나 서로 살을 섞은 여자가 싫어질 까닭이 없었다.

갑례에게 장가를 들어 함께 산다면, 아— 영칠이는 생각만 해도 가슴이 미어지는 것 같았다.

그해 평촌의 그 조밭에서 일이 있은 뒤로 한동안 영칠이는 갑례를 단념하려고 들었었다. 제까짓 것 아니면 어디 여자가 없는 줄 아느냐고 괘씸한 생각이 들었던 것이다. 그러나 그렇게 간단히 끝장이 나는 게 아니었다. 아무래도 씻어지지가 않아 영칠이는 그 후에도 몇 차례 억지로 갑례를 만났다. 그러나 갑례는 이미 모든 것을 체념한 사람 같았다. 어린애를 낙으로 삼아 남편이 돌아오기를 기다리며 혼자 살겠다는 것이었다. 남편의 생사도 모르면서 딴 남자한테로 간다는 것은 말도 안 되는 소리라고 했다. 그리고 설사 남편이 영영 돌아올 수 없는 몸이 되었다 할지라도 어린애까지 딸린 몸이 총각한테 재혼을 한다는 것은 미안해시도 안 되는 일이라고 했다. 그 말에 영칠이는 화를 냈었다. 무슨 소리냐고, 우리가 남남이냐고, 아이가 있건 없건 내가 총각이건 아니건 우리 둘 사이에는 이미 그런 게 문제가 아니지 않느냐고, 숫총각과 숫처녀를 서로 나눈 몸이니 그 뒤는 어떻게 되었어도 상관없다고, 일부러 그런 것이 아니고 시국 탓으로 어쩔 수 없이 그렇게 되었지 않느냐고, 용기를 내라고 간절하게 다가들었었다. 그러나 갑례는 펑펑 눈물을 쏟을 뿐 아무런 대꾸가 없었다.

그러다가 한 번은 마 서방의 눈에 띄고 말았다. 역시 뒷밭에서의 일이었다. 그때는 조밭이 아니라 보리밭이었다. 그러니까 봄이었다. 갑례는 이번에는 영칠이의 품에서 벗어날 수가 없을 것 같았다. 남편이 있는 몸으로 딴 남자에게 몸을 내맡겨야 할 그런 아슬아슬한 순간이었다. 걷잡을 수 없는 흥분 속에서도 갑례는 처녀 때는 그랬을망정 이제는 안 된다고 마음을 단단히 도사려 먹었다. 말하자면 여자로서의 심지가 매우 꼿꼿한 셈이었다. 얼른 머리에 떠오르는 대로 오줌이 마렵다고 했다. 오줌도 못 누게 하느냐고 눈을 흘겼다. 그러자 영칠이는 벌겋게 웃으며 팔을 풀어주었다. 갑례는 벌떡 자리에서 일어섰다. 주위에 대해서는 깜박 잊어버리고 있었다. 그런데 공교롭게도 그때 마 서방이 언덕 위의 도토리나무에 기대앉아 쉬고 있었던 것이다. 난데없이 갑례가 보리 속에서 솟아나오는 것을 보자, 마 서방은 눈이 휘둥그레졌다. 시선이 마주치자, 마 서방은 보아서는 안 될 것을 본 것처럼 오히려 자기가 민망해서 얼른 일어나 돌아서서 저쪽으로 어정어정 사라져버리는 것이었다. 갑례는 온통 목덜미까지 홍당무가 되어 어쩔 줄 몰랐다. 이제 시집을 다 살았다 싶었다. 아무리 대낮이라고는 하지만 보리밭 속에서 나왔다면 예사로 생각할 사람이 있을 것인가 말이다. 소문이 퍼지는 날이면 첫째 시부모의 얼굴을 어떻게 대할 것인지 갑례는 눈앞이 아찔했다.

그러나 불안했던 것과는 달리 아무 일도 없었다. 마 서방은 그 큰 입을 꾹 다물고 그 일에 대해서만은 일체 말이 없는 것이었다. 갑례는 그런 마 서방이 한없이 고맙고 또 미더웠다. 그러나 부끄럽고 멋쩍어서 한 집안에 있으면서도 되도록이면 얼굴이 마주치는 것을 피했다. 어쩌다가 얼굴이 마주치게 되어도 마 서방은 도무지 그런 내색을 하지 않았다. 언제 그런 일이 있었더냐는 듯이, 그런 일은 나는 전혀 모른다는 듯이, 그전과 조금도 다름없는 얼굴이었다.

그런 일이 있고부터는 갑례는 절대로 영칠이를 만나지 않으려고 단단히 마음을 먹었다. 자꾸 질질 끌려가다가는 필경 무슨 걷잡지 못할 일이 일어나고야 말 것 같아 안타까운 일이었으나 어금니를 무는 도리밖에 없었다. 집요하게도 영칠이가 한 번 더 접근해 왔으나, 갑례는 쌀쌀한 얼굴로 돌아서버리고 말았다.

그러자 영칠이도 쓸개가 없는 놈은 아니어서 이제는 더 지근덕거리려고 들질 않았다. 마침 그런 때, 어머니가 마땅한 자리가 있으니 장가를 들라고 성화를 댔던 것이다. 어머니가 혼자서 집안 치다꺼리를 해나가느라고 고생이 많으시다는 생각도 들어, 아따 모르겠다, 어머니 좋을 대로 하자 하고, 색시 선도 보지 않고 응낙을 해버렸던 것이다. 일종의 자포자기라고 볼 수가 있었다.

그러니 앞날이 좋을 턱이 없어, 불과 한 달도 못 가서 그 지경이 되고 말았던 것이다.

그 후 삼 년 동안 무던히 으르렁거렸다. 걸핏하면 난리였다. 그리고 색시는 보따리와 함께 친정으로 쫓겨 가는 판이었다. 벌써 몇 차례나 쫓겨 갔는지 몰랐다.

쫓겨 오는 딸을 친정 부몬들 환영할 턱이 없었다. 일단 그 집 식구가 되었으니 죽어도 그 집에 가서 죽어 그 집 귀신이 되라고 도로 쫓아 보내곤 했다.

죽을 지경인 것은 여자였다. 무슨 던지고 받고 던지고 받고 하는 공 같았다. 전생에 무슨 죄를 지었기에 팔자도 이 지랄인지 모르겠다고, 색시는 보따리를 내던지며 울기도 많이 울었다.

이름은 귀분이라고 했다.

영칠이가 장가를 갔다는 소문을 들었을 때, 갑례는 가볍게 한 대 얻어맞은 듯한 느낌이었다. 평촌에 영칠이의 외가가 있기 때문에 그런 소문은 용하게 잘 귀에 들어왔다.

어차피 잘 된 일이 아닐 수 없었다. 자기 때문에 마음을 걷잡지 못하고 늙은 총각으로 노상 건들거린다면 될 일이 아니었다. 그리고 앞으로는 남들의 눈이 두려울 그런 일도 없을 것이니 마음이 턱 놓일 참이었다. 말하자면 심란하던 일이 이제 끝장이 난 셈이었다.

그러니 후련해야 옳을 일이었다. 그러나 그게 아니었다. 사람의 마음이란 그렇게 움직이는 것이 아닌 모양이었다. 공연히 일이 손에 잡히지가 않고, 오히려 더 마음이 뒤숭숭하기만 했다. 정말 이제 영칠이가 남의 사람이 되어버렸구나 생각하니 허망하고 쓸쓸한 것이 왈칵 몰아닥치는 것이었다. 그래서 갑례는 이불을 뒤집어쓰고 누워서 한참 소리 없이 울었다.

얼마가 지난 뒤 신랑 각시는 공방살이 들어서 한방 거처를 하지 않는다는 소문이 들려오자, 갑례는 그것 참 안됐다고 생각했다. 신랑 각시가 한방 거처를 안 한다면 그게 무슨 부부간이라고 할 수 있느냐 싶었다. 제법 쯧쯧쯧 혀까지 차며 측은한 표정을 지었다.

그러나 솔직하게 말하면 결코 기분이 나쁜 것이 아니었다. 기분이 좋다고까지는 말할 수 없을는지 모르지만, 아무튼 뒷맛이 쓰지가 않고 괜찮았다. 궁합이 맞지 않았나 보다고 혼자 헤죽 웃으며, 공연히 마당이 어질러지지도 않았는데 싹싹싹 비질을 해대기도 했다.

하지만 생각해 보면 그런 건 잠시 마음의 표면에 이는 하잘것없는 물결 같은 것이었다. 영칠이가 장가를 갔다고 서운할 것도 없고, 공방살이 들었다고 좋을 것도 없었다. 문제는 그런 것이 아니었다. 남편 태석이가 살아 있느냐, 살아 있다면 언제 돌아오느냐, 그게 문제였다. 자기의 신세를 거머쥐고 있는 것은 그것이었다.

도대체 남편은 살아 있는 것일까, 죽은 것일까— 갑례는 답답한 나머지 시어머니와 함께 여기저기 점쟁이라는 점쟁이는 모조리 찾아가 보았다. 그러나 결국 답답하기는 매일반이었다. 멀쩡하게 살아서 잘 있으니 아무 염려 말고 기다리라는 점쟁이도 있었으며, 단념하고 집 나간 날 제사나 지내주도록 하라는 점쟁이도 있었으며, 또 어떤 점쟁이는 뭐 이런 점괘가 나오는지 모르겠다고, 저승길과 이승길을 왔다 갔다 헤매고 있는 중이라는 알쏭달쏭한 말을 하기도 했다. 하도 답답해서 그러는 것이지, 실상 점을 치러 다니면서도 그 말을 꼭 믿으려 드는 것은 아니었다. 믿으려야 이 점쟁이 말과 저 점쟁이 말이 다르니, 어느 말을 믿어야 좋을지 걷잡을 수가 없기도 했지만 말이다. 그저 한숨이나 쉬면서 속의 울화나 잠시 꺼보자는 셈이었다. 아직 새파란 색시기 벌써 남편 일 때문에 점쟁이를 찾아다니다니, 참 처량한 노릇이 아닐 수 없었다.

이렇게 안타까운 사정도 아랑곳없는 듯, 해방이 된 지 다섯 해가 지나도록 종무소식이었다. 결국 제사를 지내는 수밖에 없겠다고, 영일댁이가 눈구석이 물큰해지며 입을 떼자 정 참봉은,

"공연한 소리!"

하고 한 마디로 꾹 눌러버리는 것이었다. 정 참봉 역시 속으로는 이제 틀린 일이 아닌가 싶었으나, 그러나 자기가 그런 태도를 보여서는 안 된다고 생각했다. 자기의 한 마디가 결정적인 역할을 하는 셈이었다. 집안에 내리덮이려는 그늘을 정 참봉은 막아야 된다고 생각했다. 역시 그 너불너불한 수염의 값어치가 다른 것이었다.

정 참봉도 이제 꽤 늙었다. 그 훤하던 얼굴에 어느덧 주름살이 몇 가닥이나 패였다. 감투란 참 묘한 것인 모양이었다. 면장 감투

를 쓰고 있던 두 해 동안은 그럴 수 없이 신수가 훤했다. 얼굴뿐 아니라, 너불너불한 수염에도 윤기가 자르르 흐르는 것 같았다. 그러나 일단 감투가 벗어지자, 묘하게도 나날이 신수가 달라져 보였다. 감투도 자의에 의해서 벗었다면 모르지만, 경쟁자가 생겨서 그에게 감투를 빼앗긴 격이 되었고 보면 울화통이 안 터질 도리가 없었다.

감투란 누구나 한 번 쓰면 벗기가 싫어지는 법이다. 예외는 드물다. 써보기 전에는 그 진미를 모르는 것이다. 정 참봉 역시 한 번 맛을 본, 면내에서 가장 어른 대접을 받는 감투에 미련이 없을 수 없었다. 그리고 자기를 밀어내고 그 자리에 앉은 그 자가 괘씸해서라도 한 번 더 면장질을 해야겠다고, 어떻게든지 그 자한테서 감투를 도로 빼앗고야 말겠다고 마음을 먹으니 주름살이 늘지 않을 도리가 없었다.

그래서 우선 정 참봉은 그 준비 태세로서 국민회장 자리에 앉는데 성공했다. 그리고 국민회 일을 열심히 돌보면서 음으로 양으로 면장 복귀운동을 추진해 나갔다. 그러나 자기 후임 면장이 된 그 녀석이 군수에게 또는 그보다 더 높은 곳에까지 줄을 넣어 어찌나 알랑방귀를 잘 뀌는지, 세 해가 가도록 도무지 그 감투를 탈환할 재주가 없었다. 그럭저럭 육십 일을 넘어서 이제 다시 감투를 쓰기는 거의 불가능한 일이 아닌가 싶었다. 그래 그런지, 올해 들어서의 정 참봉은 확연히 더 주름살이 깊어 보였고, 우울해 보였다.

이렇게 점점 우울해져가기만 하는 집안에 그래도 웃음을 자아내게 하는 것은 용이였다. 상용이는 어느덧 여섯 살이 되어 곧장 저지레를 하며 대문 안팎으로 쫓아다녔다. 어찌나 허옇고 탐스럽게 생겼는지, 아 그 녀석 아 그 녀석 하고 입을 안 대는 사람이 없었다.

상용이는 갑례뿐 아니라 정 참봉과 영일댁의 유일한 낙이기도 했다.

오 년이란 세월은 짧다면 짧고, 길다면 길다. 그러나 오 년이란 세월 동안 홍싯골에는 별다른 변화가 없었다. 집이 한두 채 늘어난 것이 변화라면 변화일 뿐, 논밭 농사도 여전했고, 감 농사도 여전했다.

해방 오 년— 그동안 세상은 꽤 뒤숭숭했다. 어쩌면 거세게 출렁거렸다고도 할 수 있다. 특히 산 가까운 고장은 공비들 때문에 많은 화를 입기도 했다. 그러나 홍싯골에는 그런 일도 없었다. 노인들 말마따나 명당자리인지도 몰랐다. 노인들은 홍싯골을 명당자리라고 했다. 예부터 전해 오는 말이라는 것이었다. 그래서 감이 그렇게 잘 열고, 맛이 그렇게 달다고 했다. 마을 형세로 보아 그럴 것도 같았다. 아주 구석지기는 했으나, 산자락에 아늑하게 안긴데다가 남향이어서 사철 햇볕이 잘 들었다. 그리고 물이 좋았다.

그러나 명당이란 지형지세로만 결정되는 것이 아니라 어쩌면 그 속에 담겨 사는 사람들에 의해서 좌우되는 것인지도 몰랐다. 한때 이 면내에까지 남로당의 손길이 뻗쳐 왔었다. 세포니 뭐니 하는 것이 부락마다 박혀서 세월을 뒤숭숭하게 만들었다. 그러나 홍싯골 사람들은 용케 아무도 그런 데 휩쓸리질 않았다. 그래서 자연 딴 마을들이 발칵 뒤집혀질 때도 홍싯골만은 무풍지대처럼 아무 일도 없었다. 달리 명당인 것이 아니라, 바로 이래서 명당인 것이었다.

실로 홍싯골도 자칫했으면 딴 마을들과 마찬가지로 명당이긴 커녕 쑥대밭일 뻔했었다. 최 서방이 슬금슬금 그런 쪽으로 눈을 돌렸던 것이다. 최 서방이 곧잘 남로당이 어떻고 공산주의가 어떻고 하면서 그 허풍 잘 치는 입에 거품을 물어댔다. 어디서 얻어들었는지, 노동자 농민이니 무산대중이니 하는 소리를 유식한 체 섞어가면서 말이다 그리고 끝에 가서는 우리 홍싯골도 이러고 있을 게 아니라고 은근히 사람들의 마음을 떠보는 것이었다. 아마 은밀히 그쪽 손길에 닿아서, 홍싯골에 세포 조직을 하라는 지령을 받은 모양이었다.

그러나 아무도 그 말을 믿어주려 들지 않았다. 왜냐하면 우선 최 서방이라는 인간을 믿지 않기 때문이었다. 만날 술이나 마시고 노름이나 하며 난봉이나 피우다가 훌쩍 만주로 날아가서는 집안 생각도 없는 듯 칠팔 년이나 굴러다니다가 해방이 되자 시꺼먼 되놈 옷을 입고 돌아와 여전히 옛날 그 버릇을 버리지 못하고 휘청거리고 다니는 녀석이 난데없이 공산주의라니 누가 곧이 들어먹어 줄 턱이 없었다. 평소에 착실한 딴사람이 그런 소리를 했다면 혹시 몇 사람쯤은 귀가 솔깃해서 그쪽으로 기울어졌을지도 모르지만 말이다.

"이 사람아, 우선 자네 집안이나 다스려놓고 공산주의를 하든동 무신 주의를 하든동 하게."

이렇게 비꼬는 사람도 있었고,

"그 공산당인강 먼강 이바구 들어보이 순 불한당패들이로구나! 남의 재산을 함부로 뺏다이, 순 도적놈들 앙이가."

이렇게 여지없이 쏘아붙여버리는 노인도 있었다.

윤 생원도 허리를 꼿꼿이 펴며,

"어흠!"

하고는,

"그런 고얀 소린 홍싯골에선 하지 말게. 그런 짓은 맘 바르게 뚫핀 사람은 할 짓이 앙이네. 두고 보게. 그게 다 사람 못 살게 할 징조 아잉강."

이렇게 말했다.

그리고 윤 생원은 이번에는 부드러운 어조로, 몹시 못마땅해서 뚱하고 앉아 있는 최 서방에게 무슨 사정이라도 하듯이,

"여보게 최 서방, 생각해 보게. 사람이란 자기 분수를 지키메 살아가야 대는 기지, 자네도 나이가 사십이 훨씬 넘은 사람이 그런데 눈이 팔리서야 대겠나. 잘 생각해 보게. 철없는 젊은 사람도 앙이고. 그리고 이 사람아, 부디 우리 동네 젊은 애들은 그런 데 끌어넣지 말게. 부탁이네."

간절하게 말했다.

우선 자기 집 두원이가 그런 데 휩쓸릴까 봐 겁이 났던 것이다.

젊은 사람들이라고 아무 말에나 무턱대고 장단을 맞추려 들지는 않았다. 최 서방의 말은 그만큼 젊은 사람들에게도 시세가 없었다. 그런 이야기로 은근히 낚싯밥을 던질 것 같으면 그러지 말고, 오입한 이야기나 또 해달라고, 최근에 잡순 여자는 어떻더냐고, 오히려 놀리려 드는 판이었다.

결국 최 서방도 헛헛허 웃고는,

"이 반동 녀석들, 그래 여자 이바구나 해주지. 사실 여자처럼 좋은 건 이 세상에 없는 기라. 공산주의도 여자보단 못하다이까."

이렇게 스스로 지금까지 자기가 한 말의 위신을 떨어뜨려버리는 것이었다. 여자라면 절로 헤— 침이 녹아 흐르는 모양이었다. 사람이사 최 서방도 이렇게 모자랄 정도로 호인이었다.

이렇게 세폰가 먼가 하는 것이 먹혀들어가질 않자, 위로부터 단단히 혼이 난 듯 한동안 맥이 빠져 시들시들하던 최 서방은 그만 어디론지 자취를 감추고 말았다. 처음에는 또 어디로 쏘다니며 노름이나 하고 난봉이나 피우는가 보다고 예사로 여기던 마을 사람들도 한 달이 지나고 두 달이 넘어도 아무 소식이 없자, 그제야 최 서방이 또 옛날처럼 바람기가 도져서 어디로 훌쩍 날아 가버렸나 보다고 했다. 이제 삼팔선이란 것이 생겨 있으니 옛날처럼 만주로 갔을 턱은 없고 멀리 잘 갔으면 서울로 갔을 것이고, 그렇지 않으면 여기저기 소도시를 전전하고 있을지도 모른다고 했다. 한편에서는 그게 아니라, 이번에는 필경 무슨 곡절이 있는 것이라고, 공산당을 하더니 붙잡혀 갔는지도 모른다고 수군거렸다.

어쨌든 그렇게 자취를 감춘 최 서방은 그 후 몇 해가 지난 지금까지 영 소식이 없었다. 어디 형무소에서 징역살이를 한다는 둥, 공비가 되어 무슨 산에서 죽었다는 둥, 알 수 없는 소문이 바람결에 한두 번 들려오곤 그만이었다.

속이 썩는 것은 배골댁이뿐이었다. 이제 푹푹 썩을 대로 다 썩어서 더 썩을 것이 없는 듯 그저 덤덤한 모양이었다. 징역을 살거나 말거나, 산에서 뒈졌거나 말거나 아랑곳없는 것 같았다.

해방이 된 지 다섯 해가 되었건만 테이신타이 나간 분임이도 돌아오지 않았다. 그 불쌍한 것이 어디 가서 죽었는지 살았는지…….
그러나 세월과 함께 이제 눈물도 말라버렸다. 그저 배골댁이는 창만이·창돌이 두 아들을 믿고 살아가는 셈이었다. 창만이·창돌이도 어느덧 장정이 되어 농사를 둘이서 곧잘 감당해 나갔다. 저희 아버지와는 다른 모양 같았다. 부디 그것들이라도 좀 사람 같아야지 하

고 배골댁이는,

"후휴—"

어깨가 약간 가벼워지는 한숨을 쉬었다.

마을 아낙네들도 배골댁이는 이제 늘그막에 두 아들 덕을 잘 볼 것이니, 젊어서의 고생을 한탄 말라고, 곧 고생도 끝나간다고 위로를 아끼지 않았다.

3

6월도 중순으로 접어든 어느 날 저녁, 동구 앞 정자나무 밑에 마을 사람들이 쏟아져 나와 빙 둘러앉았다. 동네 회의가 벌어진 것이었다. 회의라도 누가 시켜서 하는 그런 회의가 아니었다. 동네에서 의논할 일이 있어서 모인 모임이었다.

남자들만 나온 것이 아니라, 아낙네들도 더러 나와 모여 앉았다. 동네 회의가 있다니, 그것도 이장이 소집해서 이래라저래라 하는 식의 것이 아니다. 동네 일로 스스로들 모여 의논을 한다니, 무슨 일인가 궁금했던 것이다. 젊은 색시들은 밤중에 그런 자리에 감히 나올 생각을 하지 못했으나, 중년을 넘은 아낙네들은 심심한 판인데, 잘 되었다고 서슴없이 몰려나왔다.

덩달아 아이들도 재미가 나서 모여들어 수선을 떨었다.

달이 좋은 저녁이었다. 반딧불이 파릇파릇 날아오기도 했다.

의논이란 다른 것이 아니라 마을에 정자를 하나 짓자는 것이었다. 몇몇 노인들의 발기인 셈이었다. 물론 그 속에는 윤 생원도 들어 있었다. 어쩌면 윤 생원이 주동이라고도 볼 수 있었다.

며칠 전, 윤 생원과 장 영감이라는 노인이 정자나무 그늘에 가마니를 깔고 앉아서 장기를 두다가,

"눕어서 한숨 잤으만 좋겠다마는……."

장 영감이 크게 하품을 하며 말했다. 그 말을 받아 윤 생원이 얼른 한다는 소리가,

"정자가 있으만 낮잠 자기 좋을 낀데……."

이것이었다.

정자라는 말에 장 영감은 귀가 번쩍했다.

"정말 정자가 하나 있었으만 얼매나 좋겠노."

"음— 우리도 정자를 하나 짓도록 해볼까?"

윤 생원의 말에 장 영감은,

"좋지 좋아, 좋고말고."

덮어놓고 찬성이었다.

"저 건너 오릿골에도 정자가 있는데, 우리 홍싯골에 정자가 없다이 말이 대나."

윤 생원은 곧장 턱수염을 만지작거리다가,

"장이야!"

땅! 장기판을 때렸다.

"멍이야."

그리고 장 영감은,

"동네 회의를 열세. 한 집에 보리 및 말씩 풀만 폴 날라가구로 질수 있을 끼 앙이가."

했다.

"보자— 한 집에 보리 서 말 잡으만 열 집이만 석 섬이라, 그럼 여섯 섬 쪼매 넘겠구나, 보리 여섯 섬 가지고는 어려불걸."

"좌우간 공론에 붙여보세."

"그러세."

"헛헛허…… 그것 참, 와 지금까장 정자 하날 안 짓을까."

"글씨 말이네, 헛헛허……."

두 노인은 무슨 대단한 일이라도 착안한 듯 기분 좋게 웃었다.

그리고 먼저 몇몇 노인들의 찬동을 얻고 나서는 정식으로 동네 회의를 마련했던 것이다.

정자를 짓자는 말에 공론이 분분했다. 물론 누구나 정자를 짓는다는 그 자체에 대해서는 이의가 없었다. 정자가 있어서 해로울 것이 뭐 있겠는가 말이다. 모두 환영이었다.

아낙네들이 모여 앉은 곳에서 누군가가,

"정자를 지만 우리도 앉일 수 있능게—?"

여자들도 앉을 수 있느냐고 소리를 질렀다.

"암 앉일 수 있고말고. 누구나 앉일 수 있구마."

그러자,

"그라만 지어도 좋심더—"

하는 것이었다.

우스갯소리를 잘하는, 걸직걸직한 배골댁이었다.

모두 와그르르 웃어젖혔다.

문제는 비용이었다. 비용 때문에 공론이 분분했다. 그러나 결국 사는 형편을 삼등분해서, 상에 속하는 집은 보리 한 가마니, 중에 속하면 서 말, 하에 한 말씩 추렴을 하기로 했다. 그 등급은 이장이

가지고 있는 장부에 의하기로 했고, 그것을 걷어서 일을 추진해나갈 사람을 몇 사람 뽑았다. 그리고 이번 공사의 총책임을 윤 생원에게 맡겼다.

정자 하나 짓는 일쯤 아무것도 아니지만, 홍싯골로서는 큰 공사가 아닐 수 없었다. 마을이 생긴 이래 처음으로 정자가 서게 되는 터이니 말이다.

윤 생원은 무슨 대단한 임무라도 두 어깨에 걸머진 듯, 아침엔 여느 때보다 일찍 일어났고 밤에는 늦게까지 잠을 이루지 못하며 곧장 눈앞에 정자를 그리기가 일쑤였다. 그리고 아직 보리를 내지 않은 집이 어느 집 어느 집인가 일일이 외어보기도 했다.

회의 때부터 비용 문제로 공론이 많더니, 역시 가가호호에서 무엇을 거두어낸다는 것은 그리 쉬운 일이 아니었다. 스무 가호 남짓밖에 안 되는 터이지만 여간 힘이 들지가 않았다. 중이나 하에 속하는 집은 오히려 나은 편이었다. 애를 먹이는 것은 주로 상에 속하는 집들이었다.

상으로 등급이 매겨진 집은 다섯 가호밖에 되지 않았다. 그런데 그 다섯 가호 가운데서 윤 생원 자기네와 또 한 집만이 선뜻 한 가마니를 내놓았을 뿐, 다른 세 집은 차일피일 자꾸 미루기만 했다. 그러다가는 기껏 두어 말 내놓으며, 우선 받으소 곧 또 마련해 보겠으니, 이런 식이었다. 한 가마니를 온채로 내놓기가 아무래도 안타까운 모양이었다. 그렇다고 무슨 공출처럼 강제성을 띤 것도 아니니, 남의 집 광문을 열어젖힐 수도 없는 일이고, 더럽기만 했다.

그러나 윤 생원은 일을 흐지부지하는 성미가 아니었다. 자기가 총책임을 맡았으니, 뒤에 이러쿵저러쿵 말이 없도록 상·중·하 등급이 매겨진 대로 기어이 깨끗하게 다 받아내고야 말았다. 그렇게 열심인 윤 생원을 보고, 어떤 집 아낙네는 자기 집 광에서 기어이 보리 한 가마니가 나가는 게 몹시 가슴 아픈 듯,

"저 영감이 정자 지어서 거기서 장기나 둘라고……."

이런 소리를 하기도 했다. 아무튼 정자나무 곁에 터가 다져지고, 주춧돌들이 놓이기 시작했다.

공사가 시작된 며칠 뒤, 윤 생원은 읍에 나갔다. 장날이었다. 거둔 보리를 장에 내다팔고, 목재와 기와를 구입하기 위해서였다.

일행은 예닐곱 사람 되었다. 장 영감도 함께였고, 꺼꾸리도 섞여 있었다. 그러나 예닐곱 사람 모두가 그 일로만 가는 것은 아니었다. 장날이라 볼일도 있고 해서 함께 가는 것이었다. 보리를 실은 달구지는 이장네 집 머슴이 몰았다.

이른 아침을 먹고 출발했으나, 읍에 당도했을 때는 이미 해가 중천을 향해 기어오르고 있었다. 꽤 더운 날씨였다. 이제 제법 여름 맛이 나는 것 같았다. 장거리는 사람이 붐벼서 그런지 더 더운 것 같았다.

일행은 똑바로 곡물전으로 갔다. 그런데 어쩐지 장바닥 사람들의 움직임이 여느 장 때와는 다른 것 같았다. 시골 장이란 아무리 장꾼들이 들끓어도 그 유동이 느릿느릿하게 느껴지는 법이다. 사람들이 급해 보이지가 않고, 어딘지 한가하고 일없이 서성거리는 것처럼 보인다. 그런데 오늘은 그게 아니라, 어쩐지 사람들이 무슨 조급한 일이라도 생긴 것처럼 초조해 보이고, 장바닥이 온통 뒤숭숭하게 느껴졌다. 일없이 서성거리는 사람은 아무도 없는 것 같고

모두 볼일들을 서둘러대는 것 같았다. 사는 사람들만 그런 것이 아니라, 장사꾼들도 마찬가지인 듯했다.

아닌 게 아니라, 무슨 일이 있긴 있는 모양이었다. 싸구려를 외치는 보따리장수가,

"싸구리야— 싸구려! 싸구려! 말만 잘하면 돈 안 받고도 팝니더, 자—"

이러다가는 이번에는,

"난리야— 난리! 난리! 전쟁이 났는데 돈 벌어 머하겠노. 자— 막걸리 한 잔 값이구마. 한 잔 값! 한 잔 값!"

이렇게 고래고래 소리를 질러대는 것이 아닌가. 얼굴이 불그레한 것이 벌써 한 잔 걸친 모양이었다.

난리라는 말에 윤 생원의 눈이 휘둥그레지며, 그 싸구려꾼 앞에 걸음을 멈추었다.

"여보소, 그게 무신 소링게? 난리라니 무신 난리?"

일행도 모두 멈추어 섰다.

"노인 어른, 안주 모르시능교? 전쟁났심더, 전쟁."

싸구려꾼이 정색을 하며 말하자, 윤 생원은 안색이 확 변하는 것 같았다.

"머, 전쟁이 나?"

"예, 오늘 새복에 났답니더."

"어디서?"

"삼팔선에서요."

"삼팔선에서?"

"예, 인민군들이 쳐내려온답니더."

"인민군들이?"

"예."

"야단났군나, 야단나. 음—"

그러자 옆에 섰던 장 영감이 미심쩍다는 듯이,

"그 말 정말잉게? 누가 카덩게?"

하고 물었다.

"노인 어른들도 참, 누가 그런 말을 거짓말한답니껴. 큰일 날라고, 나지오에서 몇 분 방송했는동 모릅니더."

"나지오?"

"예."

"나지오가 먼게?"

"헛헛헛, 나지오도 모르시누만."

그렇다면 이야기를 다했다는 듯이 싸구려꾼은,

"자— 싸구리야— 싸구리! 싸구리! 인민군이 쳐내려오는데 후딱 팔고 도망가야지, 자— 골라잡아 술 한 잔 값! 술 한 잔 값!"

다시 이렇게 외쳐대기 시작했다.

그러자 꺼꾸리가 불쑥 나서 장 영감에게,

"나지오능 연서이하능 거 앙잉게. 노얘도 하고예. 저번에능 아이양(아리랑)도 합띠더."

제 딴은 라디오가 무엇인지 안다고 열심히 설명을 해대는 것이었다.

곡물전에 가서 보리를 매매할 때까지는 일행 가운데 아무도 별다른 말을 하지 않았다. 제각기 속으로는 전쟁이 일어났다는데 정자를 지을 필요가 있을까 하고, 전쟁과 정자를 연결해서 생각해 보고 있었다. 윤 생원 역시 슬그머니 이거 헛일을 하는 것이 아닌가 싶기도 했다. 그렇지만 설마 제깐놈들이 삼팔선을 넘어 쳐내려온다고 해도 여기까지야 오겠나 싶었다. 여기까지 내려온다면 세상 다되는 것이 아닌가. 여기까지 내려오도록 그럼 이쪽에서는 가만히 보고만 있단 말인가. 어림도 없는 소리 같았다. 아무 염려할 게 없을 것 같아, 윤 생원은 조금도 다른 기색이 없이, 보리 값을 한 푼이라도 더 받으려고 애를 썼다.

그러나 일단 보리가 지폐로 바뀌고 나자, 일행 가운데 표정이 달라지는 사람이 더러 있었다. 우선 장 영감부터가 그렇다.

장 영감은 윤 생원 손에 쥐인 지폐를 멀뚱히 바라보며,

"여보게 윤 생원, 목재하고 기와를 사갖고 갈 참인가?"

이렇게 입을 떼었다.

"그기 무신 소리고? 그럼 목재하고 기와 없이 어떻게 정자를 짓는다 말이고?"

"글씨, 정자를 지야 하능강 그 말일세."

"앙이 그럼, 머 할라고 보리를 걷었노? 이 사람 무신 그런 잠꼬대 같은 소릴…… 헛헛허……."

윤 생원은 장 영감의 생각하는 바를 모르는 게 아니었으나 이렇게 시치미를 뚝 떼고 웃기까지 했다.

장 영감은 장 영감대로 도리어 자기의 말뜻을 어찌 그렇게 못 알아듣느냐는 듯이,

"이 사람아, 전쟁이 났다이까 하는 말 아이가. 전쟁이 났는데 정자를 질 필요가 있능강 그 말일세."

하고 코로 비시그레 웃었다.

"전쟁하고 정자하고 무신 상관이 있노."

"와 상관이 없어, 전쟁이 쳐내려오는데 정자는 지서 머할끼고 말이다."

"아 이 사람, 그래 전쟁이 여기까지 쳐내려올 것 같은가? 이쪽은 머 가만히 보고만 있능강, 택도 없는 소릴세, 택도 없는 소리."

윤 생원의 자신만만한 어조에 눌려 장 영감은,

"그럼사 얼매나 좋겠노마는……."

슬그머니 그만 물러서버리는 것이었다.

목재와 기와를 구입해 가지고 홍싯골로 돌아갔을 때는 긴 초여름 해가 어느덧 기울어져 가고 있었다.

목재와 기와를 실은 달구지가 동구 앞에 와 닿았으나, 마을 사람들은 어찌 김이 샌 것처럼 히죽히죽 웃을 뿐, 별로 반기는 기색이 없었다. 이미 정자 같은 것은 관심 밖인 모양 같았다.

인민군이 남침을 해서 전쟁이 일어났다는 소문은 벌써 홍싯골까지도 퍼져와 있었던 것이다. 전쟁이 일어나서 야단인데 정자가 다 무엇이냐, 이것이었다. 보리를 하필 왜 오늘 싣고 나갔는지 모르겠다고, 하루만 늦추었더라도 그대로 도로 나누어버리는 것인데……. 대개 이렇게 안타까워하는 눈치들이었다. 직접 그런 말을 입 밖에 내놓는 사람도 있었다.

읍에까지 가서 수고를 하고 돌아온 사람들에게 들으라는 듯이,

"정자 지서 펜안이 낮잠이나 잘 수 있다면 얼매나 좋까, 얼매나 좋아."

이렇게 빈정거리는 사람도 있었다.

윤 생원은 슬그머니 화가 치밀지 않을 수 없었다. 그러나 얼른

겉으로 나타낼 수도 없는 일이어서,

"아, 벌써 날씨가 제법 더워졌는데…… 정자 질라면 땀깨나 흘리겠구나."

하고 예사로 중얼거렸다.

이미 보리가 목재와 기왓장으로 바뀐 터이라, 정자 짓기를 정면으로 반대하고 나서는 사람은 아무도 없었다. 그러나 아무래도 신통치 않게 된 일이라는 듯 시들한 얼굴들이었다. 정자에 대해서보다는 전쟁이 어떻게 되어 가는가, 그 소문에만 정신이 쏠리는 모양이었다. 죽고 사는 문제가 거기 달렸으니, 그럴 수밖에 없는 노릇이었다.

계속 열을 올리는 사람은 윤 생원 한 사람뿐이었다. 전쟁 같은 것과는 아무 상관이 없는 사람처럼 종일 공사장에서만 살았다.

목수와 일꾼들은 일을 하다가도 곧잘 일손을 놓고, 세상 되어가는 소문을 주고받았다. 도무지 일에 열중이 되지 않는 모양이었다.

"벌써 인민군들이 서울까지 들어왔다며?"

"서울을 다 묵고, 한강을 건너섰다는 거라."

"야단났구나, 야단났어."

"한강 다리를 뿌사삐릿다 카던데, 어떻게 건냈는동 모르겠다이까."

"헷헷헤, 다리 없으만 그거 하나 못 건낼까바."

"이쪽 국군은 머하고 있능공?"

"모르지, 헹핀없는 갔더라."

"야단났제, 야단났어."

그러자 윤 생원은,

"야단은 무신 야단! 아무 걱정들 말게. 천하없어도 여기까지는 못 오네. 못 와. 여기까지 쳐내리오만 그럼 세상 다되는 기라고. 자— 걱정들 말고 어서 일이나 하세."

이렇게 독려를 해댔다.

겉으로는 그러지만, 실상 윤 생원도 속으로는 슬그머니 염려가 되지 않을 수 없었다. 이 정자를 지어서 편안히 장기를 두고 낮잠을 즐길 수 있을는지 어떤지…… 생각하면 참 세상도 더럽게 돌아간다 싶었다. 해방된 지 불과 오 년 만에 또 난리가 나다니, 그것도 이번에는 같은 동포끼리 총질을 해대다니, 빌어먹을 세상이라고 생각했다.

윤 생원은 해방이 된 뒤로 흔하게 쓰이는 '동포'라는 말을 무척 좋아했다. 삼천만 동포라는 말은 아무리 들어도 물리지가 않았다. 그런데 그 동포끼리 붙어서 서로 물어뜯어 죽이는 판이 되었으니, 기가 막히지 않을 수 없었다. 공산당인가 뭔가 그것들은 노상 싸움질만 일삼으려 드니, 무슨 종자들이 그런 종자들이 다 있는가 싶기도 했다.

북쪽이었다. 가물가물 멀어져 간 산줄기 너머에서 무엇인가 번쩍 빛나는 것이 있었다. 번개 같았다. 그리고 잠시 후에 으루루루…… 은은하게 산줄기가 울려오는 것이었다. 으루루 으루루루…… 벼락이라도 떨어진 것일까.

윤 생원은 까맣게 그을은 얼굴에 더욱 주름살을 잡았다. 아무래도 우렛소리 같지가 않았다. 산이 허물어지고 있는 소리 같았다.

쿵 우루루루……. 이번에는 분명히 우루루 울리는 소리 앞에 쿵!

하는 소리가 들린 것 같았다. 윤 생원은 턱수염을 한 번 가늘게 떨고 나서,

"전쟁이 쳐내리오는 소링강."

하고 중얼거렸다.

정자 곁에 서서였다. 해거름이었다. 오늘로 공사가 끝난 것이었다.

여느 세월 같았으면 정자 하나쯤은 쉬엄쉬엄 지어도 한 대엿새면 충분할 일인데, 이건 거의 보름 가까이나 걸렸다. 목수나 일꾼들이 곧잘 날짜를 빼먹어서 윤 생원이 일일이 데리러 다니기까지 했던 것이다. 면소재지에 사는 목수는 정자 같은 것 한가하게 짓고 있을 때가 아니라는 듯, 데리러 가도 잘 일어서지 않을 때도 있었다. 이미 일할 구미를 잃은 모양 같았다. 면소재지만 해도 세상 되어가는 소문이 그만큼 빨랐던 것이다. 그래서 윤 생원은 공전(工錢)을 더 얹어 주겠다고 사정까지 했었다.

그렇게라도 하지 않았더라면 공사는 중도에 멎어버리고 말았을는지도 몰랐다. 아무튼 그렇게 다 지어놓으니까, 짓기 전에는, 전쟁이 났는데 정자가 무슨 소용 있느냐고 빈정거리던 사람들이 오히려 그 위에 먼저 올라앉으려고 들었다. 윤 생원은,

"가만히들 좀 있으소, 내일 낙성식을 올리고 나서 올라앉도록 하세. 안 그렁가? 사람들이 염치가 좀 있어야……."

하며 까맣게 그을은 얼굴에 웃음을 띠었다. 윤 생원의 그 그을은 얼굴 앞에 아무도 뭐라고 입을 떼지 못했다.

"낙성식이 멉니꼬?"

어떤 꼬마 녀석이 이렇게 소리를 질러서 모두 웃었다.

기와로 잘 이은 정자 지붕을 쳐다보는 윤 생원은 대견하고 흐뭇

했다. 마치 자기 혼자 힘으로 이룩해 놓은 것 같은 느낌이었다. 홍싯골 마을을 위해서 큰일 한 가지 했다 싶었다.

그렇게 흐뭇한 기분에 젖어 있는데, 난데없이 우루루루 하고 산줄기가 울리기 시작했던 것이다.

쿵 우루루루…… 쿵 우루루루…… 또 계속 울려오고 있었다. 먼 산줄기를 바라보는 윤 생원의 두 눈엔 근심의 빛이 역력히 서려 있었다. 좀 전의 흐뭇하던 기분은 어디로 날아갔는지 몰랐다. 기어이 전쟁이 여기까지 내려오는가 싶으니, 입맛이 뚝 떨어지는 것 같았다. 부디 대포소리가 아니고, 우렛소리기를 바랄 따름이었다.

"아무래도 천둥소리 같지 않제?"

"글씨, 꼭 먼디서 남포 트는 소리 같은데……."

"그렇지? 대포소리다, 틀림없다."

"벌써 저렇게 가까이까지 왔다 말이가?"

"그런 거 같은데……."

"야단났구나."

"정말 야단났대이."

마을 사람들도 모두 그 소리가 울려오는 쪽을 바라보며 수군수군 근심에 젖어들었다.

이튿날 간단한 낙성식이 있었다. 식이라고 해야 별다른 것이 아니고, 막걸리와 음식을 좀 차려놓고 몇 번 절을 한 다음, 둘러앉아 마시는 것이었다. 새로 지은 정자 위에 처음으로 올라앉아 막걸릿잔을 기울이니, 모두 기분이 썩 괜찮은 모양이었다.

술잔은 윤 생원에게 가장 많이 차례가 왔다. 평소에 윤 생원은 한두 잔이면 그만인데, 이날은 좀 낫게 받아 마셨다. 막걸리가 흘

러 묻은 수염을 쓰다듬어 내리며,

"음— 그 술맛 좋다."

이렇게 술맛을 추켜올리기도 했다.

그리고 잔을 두 번이나 꺼꾸리에게 돌리며,

"이번에 꺼꾸리가 젤 수고 많았지. 젤 수고 많었어."

하고 웃기도 했다.

다른 일꾼들이 모두 게으름을 피우고, 날짜를 빼먹을 때도 꺼꾸리만은 신이 나서 윤 생원과 함께 꼬박꼬박 일을 했었다.

술자리가 그렇게 흥겹게 돌아가고 있는데, 쿵 우루루루…… 또 북쪽 산줄기가 울리기 시작하는 것이었다.

쿵 우루루루…… 쿵 우루루루……. 어제보다 좀 가까운 곳에서 들려오는 듯했다. 포성에 틀림없는 것이었다. 마치 홍싯골의 경사를 시기해서 으르렁거리는 것처럼 곧장 울려오고 있었다.

4

포성은 낮에만 울려오는 것이 아니라, 때로는 밤에도 울려왔다. 쾅 와르르르 쾅 와르르르르…… 시꺼먼 산줄기를 타고 울려오는 밤 포성은 사람들의 간덩이를 서늘하게 흔들었다.

처음엔 쿵 우루루루루…… 먼 우렛소리처럼 은은히 들리던 포성이 이제는 쾅 와르르르르 쾅 와르르르르…… 이렇게 마구 울려오고 있었다. 현저히 가까워진 것이었다.

8월로 접어든 어느 날 밤, 홍싯골은 온통 정신을 차릴 수가 없을 지경으로 포성에 뒤흔들렸다. 홍싯골뿐이 아니라, 이 고장 일대가 그렇게 마구 뒤흔들렸던 것이다.

달은 없었으나, 별이 총총한 밤이었다. 더위가 한창 고비를 치닫고 있을 무렵이라, 저녁이 되어도 여전히 무더웠다. 마을 어른들은 대부분 정자로 나와 있었다.

조그마한 정자이기 때문에 자연히 노인들이 우선적이었고, 다음은 중년들이었다. 그리고 자리가 남으면 젊은 축들이 조심히 올라앉기도 했다. 그러나 대체로 젊은이들은 연장의 어른들과 자리를 같이하길 꺼렸다. 정자가 서고 처음 얼마 동안은 정자에 앉아 보는 맛으로 젊은이들도 곧잘 어른들 곁으로 비집고 올라가 한쪽 모서리를 차지하곤 했으나, 며칠이 지나자 그게 아니었다. 아무래도 저희들끼리만 어울려야 된소리 안 된소리 오만잡소리를 나 거리낌 없이 내뱉을 수가 있고, 또 빨고 싶은 담배도 팍팍 마음껏 빨아댈 수가 있는 것이었다.

그날 밤 역시 젊은 축들은 계곡에 멱이라도 감으러 간 듯 한 사람도 보이지 않고, 정자에는 노인들과 중년들만 올라앉아 있었다. 노인들 가운데는 아예 목침을 들고 나와서 베고 누운 사람도 더러 있었다. 그런 노인은 그냥 그대로 그 자리에서 잠이 들어버리기 일쑤였다. 무덥고 답답한 집구석보다 월등히 나은 잠자리인 셈이었다.

윤 생원도 목침을 들고 나와 있었다. 그러나 윤 생원은 아직 눕질 않고, 꼿꼿이 앉아서 담배를 피우고 있었다. 이야기는 절로 시국 되어가는 판세에 대해서였다. 세상이 어떻게 될 셈으로 대포소리가 그렇게 자꾸 내려오는지 모르겠다고 걱정들이 대단했다. 윤 생원도 이제 큰소리를 못했다. 전쟁이 여기까지 쳐내려올 것 같으냐고, 이쪽은 뭐 가만히 보고만 있을 줄 아느냐고, 아무 염려 없다고 자신 있게 말하던 윤 생원도 포성이 산줄기를 타고 울려오기 시작한 뒤론 슬그머니 풀이 죽어버렸다.

"아매도 이거 빨갱이 세상이 되는 기 앙이가?"

누군가가 이런 소리를 했으나, 아무도 그렇지 않다고 대꾸를 하는 사람이 없었다. 모두 얼떨떨하고 불안하기만 한 것이었다. 윤 생원 역시 이제 자신이 없어서 그저 담배연기와 함께 한숨만 푸— 내뿜었다.

그러자, 목침을 베고 누워서 다리에 와 닿는 모기를 철썩철썩 손바닥으로 치고 있던 장 영감이,

"올봄에 사방 군데서 얄궂인 일이 자꾸 일어나디이, 겨이 세상이 디집어지고 말 모양이제. 빨갱이 세상이 대만 머가 우얘 대능공?"

마치 호기심이라도 동하는 것처럼 말했다.

윤 생원은 장 영감의 그 호기심이 동하는 것 같은 어조가 못마땅해서,

"디집어질동 엎어질동 끝장이 나바야 아는 기지……."

하고 대꼭지*('담배통'의 방언)를 정자 마루 끝에 땅땅 두들겨댔다.

그러고 있는 참인데, 난데없이 쾅! 콰쾅! 포탄 터지는 소리가 천지를 뒤흔들었다. 바로 지척인 듯 온통 정자가 들썩하는 것 같았다. 콰쾅! 콰콰쾅! 그리고 와르르 와르르르…… 무너지는 소리가 뒤를 이었다.

콰쾅! 와르르 와르르…… 콰콰쾅! 와르르 와르르르르……. 앉아 있던 사람들은 얼결에 그만 그 자리에 납작납작 엎드렸고, 누워 있

던 사람들도 용수철에 튕긴 것처럼 벌떡 일어났다가는 도로 그 자리에 정신없이 엎어져버렸다. 개중에는 와당탕 뛰어내려 정자 마루 밑으로 뿔뿔뿔 기어들어가는 사람도 있었다.

콰쾅! 콰콰쾅! 와르르르 와르르르……. 시꺼먼 산줄기도 냅다 들썩거렸고, 밤하늘도 마구 뒤흔들렸다. 그리고 우뚝한 정자나무도 와들와들 떠는 것 같았다.

산 너머 한쪽 하늘이 불그레한 것이었다.

"읍 쪽이제?"

"그렇구만."

"읍내가 불바다가 대는 모양이구나."

"그런 모양인데……."

사람들은 부스스 고개를 들고 불그레 타오르고 있는 쪽 하늘을 멀뚱히 바라보았다. 당장 눈앞에 불이 떨어진 것이 아니라는 것을 알자, 마루 밑으로 기어들어갔던 사람도 엉금엉금 기어 나왔다. 포성은 여전히 포효하고 있었다.

혼이 나간 것은 비단 정자에 나와 있던 사람들뿐이 아니었다. 집 안에 있던 사람들도 마찬가지였고, 계곡에 가서 멱을 감고 있던 사람들도 매일반이었다. 어쩌면 계곡에서 멱을 감던 사람들이 제일 놀라고 당황했는지도 몰랐다. 모두 벌거벗고 있었기 때문에 말이다.

계곡의 위쪽에서는 영칠이랑 두원이, 그리고 몇몇 젊은 축들이 멱을 감고 있었고, 아래쪽에서는 아낙네들이랑 큰아기들이 물에 들어가 있었다. 위쪽 아래쪽이라 하지만, 불과 바위 몇 개 건넌 사이였다. 여자들이 먼저 나와 멱을 감고 있었기 때문에 사내들은 짓궂게 그 위에 바짝 자리를 잡은 것이다. 그러니까 서로 주고받는 말소리가 다 들렸다.

그런데도 사내들은 일부러 더 큰소리로 지껄여댔다.

"두원아— 어이 두원이—"

영칠이는 공연히 자꾸 두원이를 들먹거렸다. 아래쪽에 순녀가 섞여 있는 것 같아서였다.

"와? 와 자꾸 야단이고?"

"하따, 두원이 니 참 크구나—"

"머가?"

"머가 큰 동 모르겠나? 겨이 말로 해야 알겠나—"

"엑끼! 헛헛허……."

"인자 알겠나? 핫핫하……."

모두 와— 공연히 기분이 좋아서 웃어젖혔다.

그러자 아래쪽에서도 키들키들 웃는 소리가 들렸다. 철벙철벙 물장구를 쳐대는 소리와 함께,

"꼬집긴 와 꼬집노. 저거 서방 믿고 남을 막 꼬집네— 아이고— 히히히……."

이런 소리도 들렸다.

순녀도 섞여 있는 게 분명했다.

이렇게 위아래에서 바야흐로 재미가 나는 판인데, 쾅! 콰쾅! 했던 것이다. 천지가 진동하는 것 같은 대포 소리에 기급을 한 것은 물론 위쪽보다도 아래쪽이었다.

"아이고—"

"어매야—"

"우야꼬! 우야꼬!"

"아이고메, 사람 살려—"

벌거벗었다는 생각도 없는 듯 물에 젖은 엉덩이를 마구 흔들며 이리 비칠 저리 비칠 어쩔 줄을 몰랐다. 자기 옷인지 남의 옷인지도 모르고 아무 것이나 손에 닿는 대로 집어서 사타구니만 가리고 둔덕으로 뛰어오르다간 도로 계곡으로 미끄러지는 아낙네도 있었고, 뭉클뭉클한 알몸뚱이를 바위 밑에 갖다가 내던지듯이 엎드리는 여자도 있었으며, 그 궁둥이 위에 얼굴을 포개며 조그맣게 웅크리고 앉는 여자, 물속에 냅다 얼굴까지 처박아버리는 사람, 젖통이고 어디고 아랑곳없는 듯 물에서 벌떡 일어섰다가 앉았다가 하며 곧장 비명을 질러대기만 하는 사람……. 어두워서 망정이지, 그렇지 않았더라면 정말 가관일 뻔했다. 잠시 후에야 포성 속에서도 좀 정신들을 차리고 바위 밑에 미끈미끈한 물개들처럼 한네 보여 앉았다.

위쪽 사내들 역시 별로 다를 게 없었다. 그만큼 엄청난 포성이었다.

간덩어리가 모두 뚝뚝 떨어지는 듯한 밤이었다.

이튿날, 세상은 뒤집히고 말았다. 누군가의 말마따나 빨갱이 세상이 되고 만 것이다.

일 없이 절름절름 면사무소에 나갔던 꺼꾸리가 곧 눈이 휘둥그레 가지고 숨을 헐떡거리며,

"야다이났다— 잉밍궁이 왔다— 잉밍궁! 잉밍궁!"

냅다 소리를 지르며 돌아왔다.

그는 서낭고개에서부터 벌써 그렇게 고래고래 소리를 질러댔다.

지난밤의 그 엄청난 포성이 있은 뒤라, 마을 사람들은 얼굴들이

노래지며,

"머라고?"

"머, 인민군이 와?"

"정말이가? 어디 왔더노?"

"야단났구나, 야단났어."

너도나도 꺼꾸리를 둘러쌌다.

꺼꾸리는 뻘뻘 흐르는 땀을 닦을 생각도 없이 입에 거품을 물어 댔다.

"멘에도 와 있고, 지서에도 와 있심더, 모두 눕어서 쿠이이 막 잡띠더."

"및이나 대더노?"

"많이많이 댑띠더."

"이 녀석이 인민군인동 먼동 아나."

"와 모르능게, 그러멍 가 보소!"

꺼꾸리는 땀을 뻘뻘 흘리며 달려온 남의 공도 못 알아준다 싶은지 벌컥 화를 냈다.

더우니까 꺼꾸리도 화를 다 낸다고 모두 웃었다.

"그래, 총은 머 어떤 기더노?"

"띠바이총입띠더, 깽매기 같이 뚱구이 뚱구이한기 달맀입띠더."

"음—"

"그이고 빼이건 헝겊때기를 어깨에 붙이고 있입띠더."

"인민군 맞는 모양이제?"

"맞다이까예."

"세상 참…… 야단났구나, 야단났어."

밤 사이 순경들은 지서랑 면사무소를 처닫아버리고 철수를 했던 것이다. 그리고 새벽녘이 되자, 인민군 1개 소대가 들이닥쳤던 것이다.

인민군이 들어왔다는 소문은 홍싯골뿐 아니라, 온 면내에 삽시간에 퍼졌다. 아무리 한여름의 시골이라곤 하지만 평소 같으면 여기저기 논에서 김을 매는 사람, 멱을 감는 사람, 볼일이 있어서 길을 걷는 사람……. 이렇게 희끗희끗 사람들이 보이는 법인데, 인민군이 들어왔다는 소문이 퍼진 뒤론 마치 사람이 살지 않는 허허벌판인 듯 일체의 인적이 딱 끊어지고 말았다. 메뚜기 한 마리 얼씬하지 않는 것 같은 들녘에 이글이글 햇볕만 쏟아져 내렸다. 불안과 공포에 바람까지도 딱 멎어버린 듯한 풍경이었다.

그러나 여기저기 납작납작 흩어져 있는 마을에서는 무더위 속에서도 사람들이 모여 수군거리고 있었다. 화제란 전부가, 앞으로 세상이 어떻게 되는 것인가 하는 데 있었다. 인민군이 들어왔다는데 무사히 목숨을 유지하게 될 것인지, 아니면 어떤 변이 닥쳐올 것인지 예측할 수 없는 불안에 싸여 모두 떨고 있었다. 자연히 피난 이야기도 나왔다. 피난을 해야 할 것인지, 그만두고 그냥 앉아 있을 것인지, 도무지 뒤숭숭하고 심란하기만 했다. 그러나 마을마다 대체로, 피난하기에는 이미 때가 늦었고, 또 피난을 간다면 도대체 어디로 가서 무엇을 먹고 지낼 것인지, 막연하고 엄두가 나지 않았다. 조상 대대로 이 고장에 뿌리를 박고 흙을 파먹으며 살아온 사람들이라, 이 고장 흙을 떠나면 당장 굶어죽을 것만 같은 것이었다. 그리고 아무리 공산당 세상이라고는 하지만, 두더지처럼 흙만 파먹고 살아온 우리 같은 사람들이야 설마 어떻게 하겠느냐고, 그들도 사람들인데…… 이렇게 좋은 쪽으로 생각하며 마음을 누그리려 들었다.

홍싯골 역시 딴 마을들과 다를 바 없었다. 피난 이야기가 나오자, 윤 생원은 난중(亂中)에는 동(動)하지 않는 것이 바로 피난이라는 것이었다. 임진왜란 때도 홍싯골은 난리가 일어난 것조차 모르고 지냈다는 그런 명당자리이니, 여기가 바로 피난처지, 피난처가 따로 있는 것이 아니라는 것이었다. 그러니 동하지 말고, 가만히 엎드려 있는 것이 상책이라는 얘기였다. 공연히 피난이니 어쩌니 하고 옮아 다니다간 도리어 안 당할 난도 당하기 마련이라 했다. 그리고 동하지 않는다는 것은 비단 옮아 다니지 않는다는 뜻뿐이 아니라, 언동을 조심해야 한다는 뜻이라 했다. 폭탄이라도 떨어져서 한꺼번에 떼죽음을 당하는 그런 경우라면 몰라도, 그렇지 않을 경우엔 아무리 난중이라곤 하지만 생사가 다 자기의 언동에 달렸다는 것이다. 그러니 평소에도 그렇지만, 특히 이럴 때는 입과 발을 각별히 조심해야 된다는 것이다.

"입 조심은 말 조심인동 알겠심더만, 발 조심은 멉니꼬? 발을 다치만 도망갈 때 도망 못 간다 말입니꼬?"

젊은 녀석 하나가 물었다. 장 영감의 막내아들 용만이었다.

"헛헛허……."

윤 생원은 웃지 않을 수 없었다. 아무리 젊은 녀석이라곤 하지만, 그 말도 못 알아듣는가 싶으니 한심하기도 했다.

"다치까 조심하라능기 앙이라. 물론 다치까바 조심도 해야지 헛헛허. 그기 앙이라, 가야 댈 데 안 댈 데를 잘 가리서 행동을 조심하라 그 말 앙이가."

"발걸음을 조심하라 그 말이구만예."

"그렇지, 그렇지."

인민군이 들어온 이틀날부터는 포성이 지금까지와는 달리, 이제 남쪽 산줄기를 타고 울려오는 것이었다. 그리고 그 포성은 하루하루 날이 감에 따라 남쪽으로 남쪽으로 자꾸 멀어져 가더니, 마침내는 들릴 듯 말 듯 먼 우렛소리처럼 은은해지고 말았다.

최 서방이 몇 해 만에 다시 돌아온 것은 그런 어느 날이었다. 그러니까 그가 산에 가서 죽었다는 소문은 헛소문이었던 것이다. 징역살이를 한다는 소문이 맞았던 모양이었다. 우선 그 머리가 그것을 말해 주고 있었다. 빡빡 깎은 중대가리였던 것이다.

아침나절이었다. 유난히 매미들이 울어대고 있었다. 여기저기서 지글지글 끓는 것 같은 매미소리는 한층 더위를 돋우는 듯했다. 노인들은 정자에 나와 앉아 장기를 두고 있었다. 세상이 뒤집어진 뒤로 한동안은 모두 집안에서 잘 나오지도 않았으나, 며칠이 지나도 별일이 없자, 정말 임진왜란 때처럼 여기는 난리와는 무관한 명당 곳인가 보다고, 이제는 제법 장기판까지 들고 나와 땅땅 두들기는 판이었다.

"장이야!"

"멍이야!"

"또 장이야! 이 장을 우애 받을 긴고…… 에헴!"

"으흠—"

윤 생원이 장 영감에게 몰리는 판이고, 몇몇 노인이 둘러앉아 구경을 하고 있는데, 난데없이 서낭고개 쪽에서 총소리가 한 방 울렸다.

따쿵!

모두 눈이 휘둥그레지며 그쪽을 바라보았다.

웬 사람이 혼자 고개를 내려오며 공연히 허공을 향해 총을 한 방 쏘고는 그것을 척 어깨에 둘러메고 있었다. 마치, 내가 가니 좀 보라는 듯이 말이다. 얼른 보아도 군인은 아니었다. 바지는 후줄근히 낡은 군복인 것 같기는 했으나, 윗도리는 흰 것이었다. 그리고 멀리서 보아도 머리는 빡빡 깎은 중대가리라는 것을 알 수 있었다.

고개를 내려와 점점 가까워오는데 보니, 뜻밖에도 그 총을 멘 사람이 최 서방이었던 것이다. 드디어 이제 무슨 일이 나는구나 하고, 어느새 정자에서 땅으로 내려서 있던 노인들은 그게 다름 아닌 최 서방이라는 것을 알자 또 한 번 놀라 입을 딱 벌리지 않을 수 없었다. 다섯 해 전 해방이 되었을 때는 시꺼먼 되놈 옷을 입고 돌아오더니, 이번에는 또 어떻게 된 영문인지 기다란 총만 한 자루 덜렁 둘러메고 돌아오는 판이니, 과연 건들건들한 그 사람됨을 알아줄 만도 했다. 노인들은 우습기도 하고 슬그머니 겁이 나기도 해서 어떤 표정을 지었으면 좋을지 몰라 멋쩍고 어색한 얼굴로 바라보고 서 있는데, 최 서방은 의기양양하게 다가오더니,

"안녕들 하십니까?"

고함을 지르면서 빙글빙글 웃었다.

그전 같으면 으레 "별고들 없으십니꾜"일 텐데, 이제 제법 표준말로 "안녕들 하십니까"였다. 그리고 말투에 거드름이 역력했다. 그래 그런지, 노인들은 아무도 뭐라고 대꾸를 하지 않고, 어리둥절한 표정으로 그의 행색을 바라보고만 있었다.

한쪽 팔뚝에 붉은 완장을 차고 있는데, 그 완장에는 '자위대'라

는 세 글자가 멋없이 크게 씌어 있었다. 물론 노인들은 그게 무슨 표시인지 알 턱이 없었다. 그저 빨간 것은 헝겊이고 꺼먼 것은 붓글씨구나 싶을 따름이었다. 그러나 그게 예사로운 완장이 아니라는 것은 누구나 대번에 짐작을 하고 있었다. 어깨에 둘러멘 멋없이 길쭉한 총과 그 붉은 완장은 어쩐지 비슷한 공포감을 자아내게 하는 것이었다. 노인들은 모두 등에 으스스한 것을 느끼고 있었다.

자위대란 스스로 나서서 고장을 지키는 무리라는 뜻이다. 다시 말하면 순경들이 철수하고 난 지서를 점령하고 들어가서 스스로 치안을 담당하고 나선 지방 좌익들의 치안대인 셈이었다. 그러니까 최 서방은 홍싯골 자기 집보다도 먼저 면의 자위대를 찾아들었던 것이다. 되놈 옷을 입고 돌아와서 집에 들르기도 전에 농악패에 어울려 우쭐우쭐 춤부터 추어대던 오 년 진의 그때와, 발하자면 비슷한 행동이었다.

얼굴은 버쩍 여위어 있었다. 광대뼈가 유난히 불거지고 두 눈이 퀭했다. 그 퀭한 두 눈에 이상한 빛이 담겨 있었다. 종전의 그는 그런 눈빛이 아니었다. 항상 술기운에 젖어서 불그스레하고 흐릿하면서도 어딘지 모르게 온기가 느껴졌는데, 이젠 그게 아니었다. 흐릿하기는 매일반이었으나, 흐릿한 속에 이상하게도 섬찍한 것이 담겨 있는 것이었다. 살기 같은 것인지도 몰랐다. 몇 해 동안의 그의 행적을 짐작할 수 있는 그런 눈빛이었다. 그리고 검실검실한 구레나룻에 가려서 잘 보이지 않던 칼 흉터가 마침 면도를 해서 그런지 유난히 시퍼렇게 쩍 내갈긴 것처럼 보였다.

어느 모로 보나 종전의 그 건들건들한 난봉꾼은 아닌 것 같았다.

"여보게 최 서방, 여기 좀 올라앉으소."

조심스럽게 입을 연 것은 장 영감이었다.

그러자 그는 어깨에 멘 총을 벗기며,

"이 정자 언제 졌능교?"

하고 정자 지붕을 쳐다보았다.

"올 여름에 안 졌나."

윤 생원이 불쑥 대답하자, 그는 힐끗 윤 생원을 한 번 거들떠보고는 알았다는 듯이 고개를 끄덕끄덕했다. 그리고 총 개머리판으로 땅을 쾅! 짚으며 정자에 걸터앉았다. 어쩐지 무슨 심술이 자꾸 동하는 사람 같았다. 자기가 총을 가지고 있다는 사실을 곧장 과시하려 드는 것 같기도 했다.

"여보게 최 서방, 그동안 별 일 없었능가? 어디 가서 그렇게 몇 해나 소식이 없었노 잉? 마을에서 모두 얼마나 궁금해 했는동……."

장 영감의 혀는 매우 얇으스름하게 생긴 듯 부드럽게 잘 움직였다.

그러자 최 서방은 말한 사람이 면구스러울 정도로,

"흥!"

냅다 콧방귀를 뀌었다.

그리고,

"그렇게 모두 염려해 준 덕택에 이렇게 살아왔슈다!"

엉뚱한 말투까지 섞어가며 빈정거렸다. 아무래도 가슴에 무엇인가 못마땅한 것이 맺혀 있는 모양이었다. 몇 해 전 마을에 남로당의 세포를 박으려다가 끝내 뜻을 이루지 못한 그 원망이 아직 살아서 꿈틀거리는 모양 같았다.

장 영감의 얇으스름한 혀도 굳어들 수밖에 없었다. 에이 고얀 놈! 소리가 곧 목구멍으로 튀어 올라오려 했으나 윤 생원은 꿀컥 삼켰다. 세상은 더럽게 되고 만 것이다.

자리가 매우 어색해진 판인데, 마침 이때 남쪽 산줄기를 넘어 난데없이 질풍과 함께 두 대의 비행기가 날아들었다. 그리고 비행기가 제비처럼 어느새 씽! 머리 위를 지나간 뒤에야 귀를 째는 듯한 폭음이 쏟아져 왔다. 거창한 폭음이었다. 제트기가 저공으로 날아들었던 것이다.

어찌나 별안간에 일어난 일인지, 노인들은 그저 정신이 얼떨떨해서 입을 딱 벌리고 멍하니 하늘만 쳐다보고 있었다. 그러나 최 서방은 총을 안고 얼른 정자 기둥뿌리 곁에 납작 엎드리는 것이었다. 제법 제가 뭐나 되는 듯이 말이다.

제트기는 은빛의 조그만 새처럼 멀어져 가더니, 무엇을 발견했는지 타타타타…… 냅다 기관포를 퍼붓고는 가볍게 하늘로 솟구쳐 오르고 있었다. 솟구쳐 올라서는 거의 수직으로 도로 급강하를 하며 타타타타타타…… 또 불을 뿜어댔다. 그리곤 다시 솟구쳐 오르는 것이었다. 두 대의 제트기가 번갈아가며 그렇게 내리꽂혔다가는 솟구쳐 오르곤 했다. 그럴 때마다 타타타타 타타타타……불꽃이 튀었다. 마치 물제비의 곡예를 보는 듯한 느낌이었다.

노인들은 그거 참 별 희한한 비행기도 다 있구나 싶으며 넋이 나간 듯 헤— 입을 벌리고 바라보고 있었다. 기둥뿌리 곁에 납작 엎드렸던 최 서방도 부스스 털고 일어나 한참 정신없이 바라보고 있더니,

"저누무 빌어먹을 비행기가……."

하고 옆 볼때기의 시퍼런 칼 흉터를 실룩거렸다.

그리고 철그럭! 총을 장전하더니, 번쩍 제트기를 향해 쳐드는 것이 아닌가. 제 깐에 한 방 맞혀 볼 셈인지 제법 조준까지 하는 것이었다.

따콩!

노인들은 깜짝 놀라, 눈이 휘둥그레졌다. 귀가 멍멍했다. 고개를 내려오며 쏘았을 때와는 달리, 바로 곁에서 터지는 총소리는 엄청났다. 그러나 입맛을 쩝쩝 다실 뿐, 아무도 뭐라고 입을 떼지 못했다.

또 한 방 따콩! 했으나, 찌— 찌— 울어대던 매미들만 놀라 조용해졌을 뿐, 제트기는 어디서 당랑(螳螂)이 활이라도 쏘느냐는 듯이 눈썹 하나 까딱하지 않고 여전히 은빛으로 반짝거리며 유유히 곡예를 계속하고 있었다.

5

세상이 뒤집혀 공산당 치하가 되자, 무슨 놈의 회의가 그렇게 많은지 매일같이 회의 또 회의였다. 어쩌면 공산당 정치란 회의의 연속인지도 몰랐다. 그것도 밝은 대낮에 어디 널찍한 장소에서 하는 것이 아니라, 노상 밤이었다. 낮에는 부지런히 일을 해야 된다고 그러는지, 아니면 날아드는 제트기가 무서워서 그러는지 모르지만 아무튼 회의는 으레 밤에 열렸다. 어두운 밤에 부락 단위로 사람들을 모아놓고 무슨 대회니 무슨 대회니 하고 떠들어댔다. 여남은 사람이 모여도 그것은 '대회'인 것이었다.

가장 빈번한 것이 궐기대회였다. 무슨 궐기대회다 무슨 궐기대회다 해서 걸핏하면 주먹을 쥐고 핏대를 올리도록 몰아세웠다. 면당(面黨)이니 면인민위원회니 또는 민청(民靑)이니 하는 곳에서 사람이 나와 그러는 것이었다. 그리고 궐기대회가 끝나면 으레 '메시지'라는 것을 만들어서 바치도록 했다. 열 번이면 열 번 다 그것을 만들어야 되는 것이었다. 메시지란 물론 일종의 결의문 같은 것이었다. 그러나 결의문이라기에는 너무나도 판에 박은 듯 일률적인 문투였다. 열이면 열 다 '위대한 우리의 수령 김일성 장군……' 어쩌고저쩌고 이렇게 시작하는 것이었다. 말하자면 두목에게 충성을 맹세하는 그런 글이었다. 그런 글을 베에다가 붓글씨로 쓰고 그 가장자리에는 알록달록한 수까지 새겨야 되었다. 그래야 정성이 지극한 표시가 되는 모양이었다. 자연히 궐기대회가 있을 때마다 녹아나는 것은 수깨나 놓을 줄 아는 큰아기들이있다. 밤을 새워서라도 다 해내야만 되는 것이었다.

그렇게 완성된 메시지는 면당에 한데 모아져서 군당으로, 군당에서는 도당으로, 그리고 마침내는 김일성 수령 앞으로 간다는 것이었다. 그렇다면 김일성 앞에는 메시지가 산더미처럼 쌓이게 되는 셈이다. 참 어처구니없는 수작들이었다. 그런 수작 앞에서도 사람들은 감히 뭐라고 한 마디 입을 뗄 수가 없었다. 그랬다가는 당장 반동으로 몰릴 판이니 말이다. 반동으로 몰리기만 하면 그건 이제 볼 장 다 보는 셈이었다. 그러니 좋으나 궂으나 시키는 대로 따를 수밖에. 우리 같은 백성이 뭐 아느냐, 그저 이리 가라면 이리 가고 저리 가라면 저리 가는 것이 상책이지, 이렇게 되어버리지 않을 도리가 없었다.

백성이란 정말 이렇게 하잘 것 없는 풀 같은 것인지도 몰랐다.

그래서 예부터 백성을 민초라고도 일컬어오는 모양이었다.

홍싯골이라고 다를 턱이 없었다.

홍싯골의 회의 장소는 정자로 정해져 있었다. 안성맞춤인 것이었다. 마치 공산당 회의를 하기 위해서 일부러 지어놓은 것 같은 격이 되고 말았다.

그렇게 밤으로만 열리던 회의가 하루는 어찌 된 영문인지 난데없이 대낮에 소집되었다. 특히 이날의 회의에는 젊은 남자는 한 사람도 빠지면 안 된다는 것이었다. 그러나 '여성 동무'들은 나올 필요가 없다는 것이었다. 여느 회의 때는 여성 동무들도 모두 나와야 된다고 성화더니, 오늘은 이상했다. 그리고 다른 때는 대개 면에서 한 사람이 나오는데, 오늘은 두 사람이었고 또 그 가운데 한 사람은 총을 메고 있었다. 그것도 이상했다. 그 말을 들은 윤 생원은 대뜸 무엇인가 머리에 와 닿는 것이 있어,

"흐흠—"

했다.

그리고 얼른 집으로 가서 두원이를 찾았다.

마침 두원이는 마당가 감나무 그늘에서 낮잠을 자고 있었다. 윤 생원은 얼른 두원이를 깨웠다. 그리고 속히 지게를 지고 뒷산으로 피하라고 일렀다. 두원이는 별안간 무슨 영문인지 얼떨떨해서 벌건 두 눈을 대고 끔벅거리기만 했다.

"어서 어서!"

"무신 일인데요?"

"나중에 알 끼니 속히 피하라카이! 뒷산에 가서 나무하는 척하다가 해가 지거든 내리오란 말이다. 나무를 좀 해 가지고……."

"……."

"어서어서!"

그리고 윤 생원은 뒷짐을 지고 어정어정 정자로 나가보았다. 아니나 다를까, 오늘 회의는 처음부터 수상했다. 우선 면에서 나온 두 사람의 표정부터가 그랬다. 한 사람은 면당에 있는 사람이고, 총을 멘 사람은 분주소에 있는 사람이었다. 분주소란 곧 지서와 같은 것이었다. 세상이 뒤집힌 초기에는 자위대가 설쳐댔으나, 이젠 제법 자기들의 격식에 맞추어 분주소라는 것이 생겨 있었다.

면당 사람은 서서 연설을 해대고 분주소 사람은 총을 멘 채 정자 둘레를 빙빙 돌고 있었다. 그런데 그 연설이라는 것이 여느 회의 때보다 월등히 격한 것이었다. 주먹을 쥐고 마구 휘둘러대며 바락바락 악을 쓰기도 했고, 주르르 흐르는 땀을 씻을 생각도 않고 두 눈을 딱 부릅뜨며 좌중을 휘둘러보기도 했고, 그러다가는 발로 쾅! 마룻바닥을 굴러 사람들을 깜짝 놀라게 했다. 마치 무슨 대단한 잘못이라도 저지른 사람들을 앞에 놓고 화를 내대는 것 같았다.

"영용한 우리 인민군대는……."

어쩌고저쩌고,

"미제국주의자들이……."

어쩌고저쩌고 한참 입에 거품을 물어대다가는,

"이런 성스러운 남반부 해방투쟁을 앉아서 보고만 있을 게 앙이라, 우리도 총을 들고 일어서야겠심다!"

이렇게 발끈 핏대를 세우는 것이었다. 요는 그것이었다. 그 말을 하기 위해서 그렇게 악을 써댔던 것이다. 젊은 남자는 한 사람도 빠짐없이 나와야 된다고 한 까닭이 거기에 있었다. 뒤편 한쪽 가에 앉은 윤 생원은 그러면 그렇지, 하고 속으로 회심의 미소를 지으며 턱수염을 두어 번 쓰다듬어 내렸다.

"동무들! 총을 들고 일어섭시다! 그래서 해방투쟁의 영광스러운 대열에 용감히 뛰어듭시다! 알겠십니까?"

"……."

그러나 아무도 대답이 없이 멀뚱한 표정으로 눈만 끔벅끔벅하자,

"못 알아듣겠십니까?"

면당 사람은 발끈했다.

그제야 젊은이들은,

"알겠심더—"

소 울음처럼 느릿한 목소리로 대답했다.

"음—"

면당 사람은 이마에 땀을 닦았다. 그리고 좌중을 위압하듯 잠시 두 눈을 부릅뜨고 서 있더니,

"그럼 총을 들고 나설 동무 손들어 보시오!"

했다.

숨 막히는 긴장이 감돌았다. 그러나 아무도 손을 드는 사람은 없었다.

"아무도 없소?"

아무도 없었다.

"아니, 홍싯골 동무들 가운데는 그래 해방투쟁에 찬동하는 사람이 한 사람도 없단 그 말이요?"

여전히 모두 숨을 죽이고, 눈만 끔벅거리고 있을 따름이었다. 찌— 찌— 찌찌— 매미들의 울음소리만 한결 요란했다.

"응? 의용군에 나갈 동무가 한 사람도 없어?"

없었다.

"없어?"

쾅! 마룻바닥이 울렸다.

그렇다고 손을 들어야 할 성질의 일이 아니었다. 나중에는 끌려가서 삼수갑산엘 갈망정, 당장 손을 들고 제 발로 일어나 걸어갈 수는 없는 노릇이었다. 그것은 죽음을 자원하는 것과 다름없는 짓이라는 것을 모두 잘 알고 있었다.

노인들도 자연히 숨을 제대로 못 쉬고 죄인들처럼 웅크리고 있었다.

총을 메고 정자 둘레를 빙빙 거닐고 있던 분주소 사람도 한자리에 우뚝 멈추어 서서 바짝 긴장을 하고 있었다.

마룻바닥을 쾅 굴러도 아무런 효과가 없자, 면당 사람은 그만 맥이 탁 풀리는 듯,

"이 홍싯골은 순 반동들만 사는 동네로구나 알고 보니……."

하고는,

"위원장 동무!"

빽 소리를 질렀다.

난처한 얼굴로 엉거주춤 일어난 것은 장 영감이었다. 장 영감이 홍싯골의 부락인민위원장으로 뽑혀 있는 것이었다. 장 영감은 그것도 감투라는 생각이 들었는지, 아니면 이제 공산당 세상이 되었으니 그런 것이라도 하나 차지하고 있는 편이 어느 모로나 유리하다는 생각이 들었는지 아무튼 굳이 마다하질 않았던 것이다.

장 영감이 일어나자 면당 사람은,

"위원장 동무가 책임을 지소. 책임지고 요곳만 뽑아내소."
하고 손가락 세 개를 펴보였다.

홍싯골에 배당된 의용군 수효는 세 사람인 모양이었다.

장 영감은 몹시 난처한 듯 입맛을 쩝쩝 다시며,

"허는 수 있능교. 심지뽑길 하는 수밖에……."
하고 코로 히죽이 웃었다.

제비를 뽑는다는 말에 좌중은 수런수런 흔들렸다. 물론 노인들보다도 젊은 축들이 더했다. 벌써부터 얼굴빛이 핼쑥해져버리는 젊은이도 있었다.

영칠이도 가슴에서 무엇이 쿵! 하는 것 같았다. 목을 빼들고 곧장 좌중을 돌아보곤 했다. 두원이를 찾는 것이었다. 두원이의 모습이 보이지 않는 게 이상했다. 두원이는 어디로 가서 제비뽑기에서 빠지는 것일까. 혹 이런 줄을 알고 어디로 숨어버린 것이 아닐까? 생각할수록 공연히 배가 아팠다. 이럴 줄 알았더라면 자기도 어디로 내빼버릴 것인데…… 싶었다. 안타깝기 그지없었다.

제비가 마련되고, 십팔 세부터 삼십 세까지는 모두 그것을 뽑기 시작했다. 열일곱 살 먹은 사람과 서른한 살 먹은 사람은 그것 참 아슬아슬하게 살았다는 듯이 남달리 좋아서 싱글벙글했다. 영칠이는 아직 서른 안쪽이었다.

영칠이는 지그시 두 눈을 감으며 제비 한 개를 집었다. 그리고 떨리는 손으로 그것을 깠다. 순간 영칠이는 눈앞이 아찔했다. 앞에서 보고 있던 위원장 장 영감은 안 됐다는 듯이 슬그머니 얼굴을 돌렸고, 면당 사람은 히죽이 웃고 있었다. 노랗게 질렸던 영칠이는,

"에— 더럽네!"

하고 자리에서 일어나며 제비를 마룻바닥에 냅다 팽개쳐버렸다.

그러자 히죽이 웃던 면당 사람의 안색이 확 변하며,

"아니, 동무! 반항이요?"

무섭게 쏘아보는 것이었다.

영칠이는 슬그머니 한 손을 뒤통수로 가져가 긁적긁적 긁으며, 일부러 약간 모자라는 사람 같은 목소리로,

"앙입니더—"

했다.

그러자 면당 사람의 미간에 파였던 여덟팔자가 스르르 풀리는 것이었다.

이렇게 영칠이가 사태에 대해서 민감하게 대처할 수 있는 것은 그만큼 훈련이 된 탓이었다. 이런 경우, 아무 대답이 없이 무뚝뚝한 표정을 짓고 있으면 그 다음은 어떻게 된다는 것을 그는 너무나도 잘 알고 있었다. 북해도 탄광에 징용을 갔을 때, 수없이 몸으로 익혔던 것이다. 말하자면 그것도 한 가지 재주였다. 그러나 슬픈 재주였다.

재수가 더럽게 제비에 걸린 사람은 영칠이와 용만이, 그리고 창돌이 셋이었다. 그러나 어찌된 셈인지 용만이와 창돌이는 그다지 당황하는 빛이 없었다. 까짓것 나가서 한바탕 하고 돌아오는 것이지 뭐. 이런 정도로 생각하는 것 같았다. 둘은 다 아직 이십 미만이었다. 그러나 실은 그게 아니었다. 은근히 기대는 바가 있는 것이었다. 용만이는 장 영감의 막내아들이고, 창돌이는 최 서방의 작은아들이니 말이다. 설마 아버지가 홍싯골 위원장인데…… 설마 아버지가 분주소 소원인데…… 그냥 가만히 내버려 두지는 않겠지, 싶은

모양이었다.

그래서 당장 용만이는 아버지 장 영감의 얼굴을 곧장 기대에 찬 시선으로 바라보고 있었다.

고약하게 된 것은 장 영감이었다. 자기가 제비뽑기를 실시해 놓고, 자기의 아들이 걸렸다고 못마땅해 할 수는 없는 노릇이었다. 울며 겨자 먹기로 입맛을 두어 번 다시고 마는 도리밖에 없었다. 자기 얼굴에 와 닿는 아들의 시선이 괴로워 장 영감은 슬그머니 일어나 소변이라도 마려운 것처럼 정자를 내려섰다. 용만이의 기대에 찼던 얼굴은 차츰 어두워지며, 아버지를 원망하는 듯한 시선으로 바뀌어가고 있었다.

그런데 정말 어처구니가 없는 것은 당장 그 자리에서 출발인 것이었다. 집에 들러 옷이라도 갈아입을 그만한 틈도 주지 않았다. 분주소 사람은 어느새 총을 벗겨 두 손으로 불끈 거머쥐고 있었다.

일제 때, 징용으로 끌고 갈 때도, 테이신타이 혹은 징병으로 끌고 갈 때도 며칠 전에 통지를 해서 준비를 하도록 여유를 주었는데, 이건 어디 들녘의 짐승이라도 잡아가듯이 숨 돌릴 여유도 주지 않고 당장 몰아세우는 것이 아닌가. 그러면서도 명색이 '의용군'인 것이었다.

어처구니가 없는 것은 비단 당자들뿐이 아니었다. 마을 사람들 모두가 그저 어이가 없어서 벌어진 입이 다물리지가 않았다.

윤 생원은 속에서 불끈 무엇이 올라오는 것 같아 한 마디 할까 했다. 그러나 꿀컥 삼켜버렸다. 두원이 때문이었다. 공연히 나섰다가 두원이 쪽으로 화가 미치면 큰일이었다. 그렇잖아도 혹시 두원이 말이 나오지 않을까 조마조마했는데 말이다. 입안이 쓰디썼으나 하는 수 없었다.

면당 사람이 앞장을 서고, 창돌이·용만이·영칠이 순으로 뒤를 따랐다. 그리고 분주소 사람이 총을 다시 어깨에 메고 맨 뒤를 섰다. 이렇게 일행이 서낭고개를 향해 논둑길을 걸어가고 있을 무렵에야 기별을 들은 평촌댁이·배골댁이, 그리고 용만이 어머니가 쫓아 나왔다. 딴 아낙네들도 난데없이 무슨 이런 일이 있는가 하고 뒤를 따라 나왔다.

영칠이 마누라 귀분이도 슬금슬금 걸어 나와 담 모서리에 서서 멀뚱히 바라보다가,

"저 문딩이 잽히가는구나."

이렇게 중얼거렸다.

사람 괄시를 그렇게도 하더니, 잘도 잡혀간다 싶은 모양이었다. 정말 생각하면 지긋지긋할 것이었다. 남자가 다 그렇다면 어떤 빌어먹을 년이 시집을 갈 것인가 말이다. 그러나 그녀는 그것도 남편이라고,

"뒤지지는 말어래이, 뒤지지는 말어. 이 문딩이야."

하고 나직이 한숨을 쉬고 있었다.

분주소 뒤뜰에 각 부락에서 뽑혀온, 의용군 나갈 사람들이 앉아서 숙덕거리고 있었다. 홍싯골의 세 사람도 한쪽 그늘에 가서 묻혀 앉았다. 각 부락에서 거의 다 모여든 듯 꽤 많은 수효였다. 좋이 사십 명은 되는 것 같았다.

의용군이라면 으레 지원자들로 구성되어야 옳을 것이다. 그러나 전혀 그게 아닌 듯했다. 지원자들이라면 얼굴에 웃음이 감돌고 의

기양양할 것인데, 도무지 그런 사람은 할 사람도 눈에 띄지가 않았다. 모두 풀이 죽은 어두운 얼굴로 힘없이 앉아서 땀들을 흘리고 있었다. 이렇게 조금도 마음들이 내키지 않는데, 어떻게 '의용'이 되는 것인지 알 수 없었다.

한쪽 그늘에 가서 앉은 영칠이는 두 무릎을 세워 그 위에 팔을 얹고 얼굴을 묻어버렸다. 창돌이와 용만이는 나란히 앉아 곧장 두 눈을 말똥거리고 있었다. 창돌이는 자기 아버지가 나타나기를 기다리는 눈치였고 용만이 역시 부락위원장 아들이니 빼줄지 모르겠다는 일루의 희망에 매달리고 있는 것 같았다.

총을 메고 웬 납작한 토리우치 모자를 눌러쓴 최 서방이 건들건들 나타난 것은 해가 꽤 기울어졌을 무렵이었다. 그도 부락으로 의용군을 모집하러 나갔던 것이다. 먼 부락에 갔었는지, 아니면 '의용군' 뽑기가 용이하지 않았는지 아무튼 맨 꼴찌로 돌아온 모양이었다.

최 서방이 네 사람의 젊은이를 앞세우고 뒤뜰로 나타나자 창돌이는 얼른 자리에서 일어났다.

"아부지!"

그러자 용만이도 재빨리 자리에서 일어났고, 영칠이도 얼굴을 들고 엉거주춤 일어섰다.

"아이!"

최 서방은 창돌이를 보자, 뭐 이러노! 싶은 듯 주춤했다. 어깨에 메고 있던 장총을 벗겨 쾅! 아무렇게나 땅을 짚으며,

"지원했나?"

불쑥 물었다.

"앙이예."

그러자 용만이가 얼른,

"심지뽑았임더."

했다.

"응, 응."

제비를 뽑았다는 말에 최 서방은 잘 알고 있다는 듯이 고개를 끄덕끄덕했다. 그리고 납작한 토리우치 모자를 벗어 너풀너풀 부채질을 하며,

"영칠이도 뽑았구나— 헛헛허……."

뭣이 우스운지 그만 소리를 내어 웃어버리는 것이었다.

절로 영칠이도 멋쩍은 웃음이 나왔다. 앉아 있던 사람들도 모두 비식비식 웃으며 수군거렸다.

"잘 뽑았어, 잘 뽑아. 앉아 있어."

그러고는 다시 총을 휙 둘러메더니 사무실 쪽으로 가버렸다.

영칠이는 어쩐지 그런 건들건들한 최 서방이 오늘은 은근히 믿음직스럽게 여겨졌다. 물에 빠지면 지푸라기라도 거머쥔다는 그런 심정에서인 모양이었다. 그러나 이건 지푸라기가 아니라, 아주 튼튼한 널판때기인 것만 같았다. 어쩌면 희망이 있을지도 몰라, 영칠이는 가슴이 설레기까지 했다.

그러나 결국 혼자 가슴이 단 데 불과했다. 아무 소용이 없었다.

오십 명 가까이 되는 인원이 정렬을 해서 분대로 나누어지기 시작한 것은 해가 떨어지고 사방이 어두워진 뒤였다. 그동안 줄곧 그늘에 앉아 있었던 것이다. 밤이 되자 행동을 개시하는 것이 아마 낮 동안은 제트기가 무서워서 그러는 모양이었다.

분대 편성을 할 때, 낯선 분주소원 하나가 나타나서 창돌이를 불러냈다. 열에서 빠져나가는 창돌이를 보고 영칠이와 용만이는 가슴에서 무엇이 와르르 무너지는 것 같았다. 다 알겠는 것이었다. 최서방이 나타나지 않고 딴사람이 와서 불러가는 그 속셈도 다 짐작이 갔다. 용만이는 곧 울상이 되었고, 영칠이는 근육의 경련 같은 이지러진 웃음을 비시그레 얼굴에 띠었다. 비참한 심정이었다. 분하기까지 했다. 한마을에 사는 처지에 더구나 한때는 함께 술을 즐기며 어깨동무까지 하고 비틀거리고 다니던 처지에 그럴 수가 있는가 싶었다. 자기는 나타나지 않고 남을 시킨 그 소위가 더욱 야속했다. 그러나 별수 없는 노릇이었다. 영칠이는 코에서 자꾸 녹아내리려는 슬픈 것을 팽! 땅에 풀어 던지고, 어금니를 무는 도리밖에 없었다.

분대 편성이 되어 뒤뜰에 나란히 앉아 있자, 주먹밥이 왔다. 소금에 묻힌 그것을 한 덩어리씩 받아 물어뜯고 나자 잠시 후에 군관이라는 사람이 나타났다. 양쪽 어깨에 빳빳한 계급장을 달고 허리에는 제법 권총 혁대까지 두른 군관은 두 손을 허리에 떡 짚고 두 다리를 약간 벌리고 버티어서더니, 일장의 열변을 토하기 시작했다.

인민군 군관이라는 것을 처음 보는 터이라, 모두 얼떨떨해서 숨을 죽이고 바라보고 있었다. 그리고 그 말하는 억양이 어찌나 낯설고 특이한지, 슬그머니 재미가 나기까지 했다. 그리고슬라무니, 어쩌고슬라무니 하고, 말끝마다 곧장 '슬라무니'를 달아댔다. "영광의 의용군 전사가 되어 총을 들고슬라무니……" "영웅적인 과업을 완수하고슬라무니……" 어쩌고저쩌고슬라무니……. 그래서 용만이는 어느덧 입에 히죽이죽 웃음을 머금으며,

"세 번, 네 번, 다섯 번……."

하고, 나직이 헤아리고 있었다.

"자아 그러믄 이자부터 옆 사람과 손을 잡고슬라무니 출발—"

군관의 열변이 끝나자, 곧 출발이었다. 어느덧 깜깜한 밤이었다. 달이 조금 있을 터인데 구름이 낀 듯 사방은 먹물을 풀어놓은 것처럼 어두웠다. 새까만 공간에 파릇파릇한 개똥벌레만 몇 개 떠서 움직이고 있었다.

어두운 신작로를, 일행은 총검의 인솔하에 읍을 향해 걸었다. 옆 사람과 손을 잡고 터벅터벅 걸어가면서도 영칠이는 줄곧 최 서방을 원망하고 있었다. 최 서방은 출발을 할 때도 얼굴을 나타내지 않았던 것이다. 만나면 논의 물꼬를 좀 터놓으라고 집에 일러달라는 부탁이나마 하려고 했는데 말이다. 참 디럽고 화까지 나서 영칠이의 이마에는 더욱 땀이 내배고 있었다.

밤이었으나 무더위는 여전했다.

6

사흘째 계속되는 비였다. 그렇다고 좍좍 쏟아지는 것도 아니고 질금거리기만 해서 꼭 사람 환장하기 알맞았다. 좍좍 쏟아지면 아무리 급한 전쟁이라도 좀 중지하고 쉬게 될 텐데 말이다. 질금거리는 빗속을 더구나 주로 밤으로만 행군을 계속하는 판이니 미칠 지경이었다. 질금질금 비는 오는데 무더위는 또 어쩌면 그렇게 심한지 그저 혓바닥이 밖으로 축 늘어져 나오는 듯했다. 빗물과 땀에 뒤범벅이 된 옷이 몸에 칭칭 휘감기는데다가, 앞을 잘 분간할 수 없는 어둠 속이라 곧잘 걸음들이 헛놓여 비틀거리기 일쑤였다. 그러나 용케 한 사람도 낙오를 하지 않고 앞 사람을 따라 걷고 있었다.

영칠이도 곧장 헐떡거리고 있었다. 생각하면 참 어이가 없는 노릇이었다. 어디로 가는지, 가서 무엇이 어떻게 되는지도 잘 모르는 길을 마치 무슨 요긴한 볼일이라도 있는 사람처럼 부지런히 걸음을 옮기고 있으니 말이다. 어쩌면 죽으러 가는 길을 이렇게 낙오하지 않으려고 애를 쓰고 있는 것 같아 기가 차지기도 했다.

그러나 이미 지칠 대로 지쳐서 그런 생각을 하고 있을 기력마저 없었다. 그저 멍멍한 상태가 되어 기계적으로 걸음을 옮기고 있을 따름이었다.

그런 중에도 한 가지 다행인 것은 몸에 아무것도 지닌 것이 없다는 사실이었다. 명색이 '의용군'이라면서 총 한 자루 변변히 나누어주지 않았던 것이다. 옷만 허름한 것을 한 벌씩 던져주었던 것이다. 모자와 신도 던져주기는 했으나 골고루 돌아가지가 않아 모자를 쓴 사람, 안 쓴 사람, 신을 바꿔 신은 사람, 그냥 자기 고무신이나 짚신을 신은 사람…… 각양각색이었다. 그러나 모두 머리만은 일률적으로 빡빡 깎이었다.

영칠이는 옷과 신이 얻어 걸렸다. 그러니까 머리는 빡빡 깎은 맨대가리였다. 맨대가리와 맨손으로 전쟁을 치르러 가고 있는 셈이었다.

밤으로 행군을 하기 망정이지, 그렇지 않고 대낮에 길을 갔더라면 참 꼴불견일 뻔했다. 마치 무슨 산적의 무리처럼 보였을 것이다. 어쩌면 옛날에 만주에서 날뛰었다는 비적단이 꼭 이랬을 것 같았다.

고향을 떠난 지도 어느덧 일주일이 지나 있었다. 처음 며칠 동안은 읍 근처의 어느 산속에서 득실거리더니, 거기서 머리를 빡빡 깎아버리고 군복 나부랭이를 입혀 가지고는 부대편성을 다시 해서 출발인 것이었다. 그때 어떻게 그만 용만이는 딴 부대로 떨어져 나가버렸다. 그렇게 출발을 한 그 날 밤중부터 부슬부슬 내리기 시작한 비가 아직도 들질 않고 질금거리고 있는 것이다. 그리고 연사흘 밤으로만 걸었기 때문에 어디가 어딘지 도무지 짐작도 할 수가 없었다. 밝은 대낮이라 해도 어딘지 잘 모를 터인데 말이다.

낮으로는 산속의 조그만 마을이나 동굴 같은 데서 비를 피해 잠을 자고, 밥을 먹었다. 그리고 훈련을 받았다. 훈련이래야 기껏 총 다루는 법이었다. 총에 탄환을 장전하고, 가늠자 구멍으로 조준을 해서 방아쇠를 당기는 연습이었다. 실탄을 쏘는 법은 없었다. 그렇게 낭비할 실탄이 없는 것이었다. 그저 몇 자루의 총을 가지고 돌려가며 흉내만 냈다. 그리고 교양이라는 것을 받았다. 그것은 고향 마을에서 회의가 있을 때마다 귀가 아프도록 들은 그런 내용과 별 다름이 없었다. 요컨대는 '영웅적인 전사가 되어 남반부 해방의 위대한 과업을 완수하자'는 것이었다. 이에서 신물이 날 지경이었다.

교양이 끝나면 다음은 으레 노래였다. 그네들의 군가인 셈이었다. 어떤 것은 제법 온몸의 피를 긁어 일으키는 듯한 음률이었다. 그런 노래를 시키는 대로 주먹을 쥐고 흔들며 부르고 있으면 절로 어딘가가 근질근질해지는 것 같기도 했다.

그러나 영칠이는 뭐 별로 그렇지도 않았다. 의용군인지 뭔지 도무지 처음부터 조금도 마음이 내키지 않고 오히려 억울하고 분하기만 했던 참이라, 매사가 그저 개떡 같고 괴롭게만 여겨졌다. 도대체 삼십이 다된 놈이 머리를 빡빡 깎고 주먹을 흔들며 전쟁치는 노래를 부르게 되었느냐 말이다. 더러워서 죽겠는 것이었다.

간절한 것은 그저 고향 생각뿐이었다. 떠나올 때, 어머니를 한 번 만나보지도 못한 게 생각할수록 가슴 아팠다. 그리고 논의 물꼬를 터놓아야 할 판이었는데, 어떻게 되었는지…… 여간 걱정이 아니었다.

논의 물꼬 걱정은 비가 내리기 시작하자 바짝 더했다. 무덥고 고된 야간 행군 중에도 처음엔 노상, 물꼬를 터놓아야 될 낀데…… 터놓아야 될 낀데…… 이것이었다. 그리고 납작한 토리우치 모자를 눌러쓴 최 서방의 얼굴이 떠올랐다. "영칠이도 뽑았구나, 헛헛허……" 하고 웃던 그 얼굴이 한 대 갈겨주고 싶도록 얄미워서 영칠이는 이를 부드득 물기도 했다.

그러나 이제 그런 일 저런 일도 다 뇌리에서 사라진 듯, 그저 멍멍한 상태가 되어 기계적으로 앞 사람을 따라가고 있을 따름이었다.

목적지에 닿은 듯, 행군이 끝난 것은 그날 새벽녘이었다. 부대는 어느 산모롱이에서 멎었다. 비는 잠시 걷히고, 동녘이 희읍스름히 밝아오고 있었다. 멀리 강물 같은 것이 부옇게 떠올라 보이기도 했다. 낙동강인 것이었다.

산모롱이에 울창한 수풀이 있었다. 부대는 그 속에 자리를 잡았다.

영칠이네 부대가 하는 일은 참 괴이한 일이었다. 전장에 왔으나 전투에 참가하는 일은 없었다. 아직 총도 한 방 제대로 쏘아보지 못한 어중이떠중이들이라 그런지, 아니면 후일의 대공세를 위해 남겨두는 셈인지, 아무튼 낮으로는 포격과 비행기를 피하는 것이 일

과였다. 그리고 그 괴이한 일은 밤으로 행해졌다. 그렇다고 매일 저녁 그 일이 있는 것은 아니었다. 전투가 벌어진 다음에만 행동을 개시하는 것이었다.

그날 밤도 낙동강을 사이에 두고 일대 격전이 벌어졌다. 전투는 거의 언제나 밤으로만 있었다. 대개 밤 아홉 시나 열 시쯤 시작되는 것이었다. 이쪽 인민군 측이 먼저 강을 건너려고 덤비는 것이 통례였다. 대낮에는 엄두도 내지 못하고 노상 밤에만 기어나갔다.

전투가 벌어지면 강변 일대는 대낮처럼 밝아진다. 강 건너 유엔군 측에서 조명탄을 쏘아 올리기 때문이다. 그러니까 결국 밤 어둠을 타고 강을 건너려고 해도 대낮과 마찬가지 결과가 되고 만다. 그렇게 대낮처럼 밝혀놓고는 사정없이 마구 퍼부어 대는 것이다. 유엔군 측의 화력은 이만저만한 것이 아니었다.

처음 그런 전투광경을 보았을 때, 비록 멀리서이긴 했으나, 영칠이는 정신이 아찔했다. 쾅! 쾅! 빠캉! 빠캉! 작렬하는 포성은 곧 밤하늘을 무너뜨려놓을 것만 같았고, 따따따따따따…… 까르르 까르르 까르르…… 빠빵빠빵…… 쏘아대는 총소리는 온 천지를 벌집을 만들어놓을 것만 같았다. 공중에서 작렬해서 계속 사방을 대낮처럼 밝히는 조명탄, 파란 선 빨간 선을 그으며 날아오르는 신호탄, 번쩍번쩍 터지는 포화, 난무하는 총탄……. 마치 현란한 불꽃놀이를 보는 것 같아, 절로 입이 딱 벌어지기도 했다. 전쟁이란 멀리서 바라보면 이렇게 구경할 만한 것인지도 몰랐다.

그런 전투가 거의 서너 시간 계속되는 때도 있었고, 어떤 때는 이삼십 분 만에 끝나기도 했다. 그렇게 한바탕 볶아대던 전투가 끝나면 천지는 그저 기분이 나쁠 정도로 고요히 가라앉는다. 그런 정적이 내리덮이면 이번에는 영칠이네 부대가 슬슬 출동을 하는 것이다.

그날 밤도 영칠이는 동료 두 사람과 함께 전투가 벌어졌던 현장으로 접근해 갔다. 언제나 이렇게 세 사람 단위로 행동을 하는 것이었다. 세 사람 모두 맨손이었다. 어둠 속이라 잘 분간이 되지 않았으나, 세 사람은 곧장 무엇을 찾는 듯 두리번거리면서 조심조심 강가에 닿았다. 강물은 시꺼멓게 꿈틀거리며 흘러가고 있었다. 밤이기에 망정이지, 그렇지 않았더라면 강물은 아마도 피에 젖어 불그레 물들어 보였을 것이다.

강가를 두리번거리면서 걸어가던 세 사람 가운데 한 사람이,

"여기 하나 있다!"

나직이 소리를 질렀다.

두 사람도 걸음을 멈추었다.

시꺼먼 것이 거기 아무렇게나 나둥그러져 있었던 것이다. 시체였다. 영칠이는 움찔했다. 벌써 얼마나 시체를 건드렸는지 모른다. 그러나 여전히 그것을 볼 때마다 움찔움찔 몸서리가 쳐졌다. 세 사람은 우선 주위부터 두리번거렸다. 총을 찾는 것이었다. 총은 저만큼 떨어진 곳에 동댕이쳐져 있었다. 따발총이었다. 그리고는 시체를 더듬는 것이었다. 허리에 수류탄을 차고 있지 않는가, 혹 탄대나 호주머니 같은 데에 소총실탄이 들어 있지 않는가 해서였다.

그렇게 죽어서 나둥그러진 시체를 찾아 총을 비롯해서 수류탄·소총실탄 같은 것을 긁어모으는 것이 영칠이네 부대가 하는 일이었다. 말하자면 그것도 일종의 그들 말대로 '보급투쟁'인 셈이었다. 보급투쟁치고는 괴이한 보급투쟁이 아닐 수 없었다.

처음엔 누구나 진절머리를 냈으나, 차츰 몸에 익어서 어떤 치들

은 오히려 무슨 재미나는 일이라도 되는 듯이 날뛰기도 했다. 그런 치들은 시체를 발견하면 우선 호주머니부터 뒤지는 것이었다. 인민군의 허름한 호주머니에서 뭐 별다른 것이 나올 턱이 없었으나, 하다못해 담배꽁초라도 나올 것 같으면 그것부터 자기 호주머니에 집어 담았다. 그것도 일종의 보급투쟁임에는 틀림없었다.

따발총을 주워 든 세 사람은 다시 걸음을 옮겨 나갔다. 적어도 한 사람 앞에 한 자루 이상의 총과 몇 개의 수류탄이나 실탄을 거두어 가지고 돌아가야 말을 듣지 않았다. 만약 한 사람이라도 맨손으로 돌아가는 날엔 야단이었다. '과업태만'이라 해서 세 사람이 함께 호된 기합을 받았고, 또 '자기비판'이라는 것을 해야 했다. 그러니 좋으나 궂으나 눈을 부릅뜨고 어떻게 해서든지 부지런히 시체를 찾아 헤매지 않으면 안 되었다. 살다가 참 별일도 나 낭하는 것이었다.

그렇게 눈을 부릅뜨고 두리번거리면서 걸어 나가고 있는데,

"으으음—"

어디선지 사람의 신음소리 비슷한 게 나직이 들려왔다.

영칠이는 머리끝이 쭈뼛해지는 것을 느끼며 우뚝 걸음을 멈추었다. 그러나 두 사람은 그 소리를 못 들은 듯 그냥 걸어가고 있었다.

"어이어이! 저기 무신 소리고?"

그제야 두 사람도 걸음을 멈추었다.

"으으음— 으으음—"

또 신음소리가 들렸다. 이번에는 저쪽에서 이쪽을 의식한 것 같은 신음소리였다.

"부상병인 모양이제?"

"글쎄……."

"어디고?"

"가만있어 보래."

세 사람은 어둠 속에 서서 가만히 귀를 기울였다. 곧 다시,

"으흐흐흐 으으음―"

신음소리는 들려왔다.

세 사람은 가만가만 그 신음소리 쪽으로 걸음을 옮겨 갔다.

강변의 풀숲 속이었다. 우거진 풀숲 속에 사람이 내던진 듯이 나자빠져 있었다. 얼른 보면 꼭 시체 같았다. 꼼짝도 않고 뻗어져 있는 것이었다. 온몸이 피에 젖어 있는 것 같았다. 별빛을 받아 앞니빨이 희끄무레 내다보였다. 잇바디를 악물고 필사의 힘으로 내지르는 소리가 겨우,

"으흐흐흐 으으음―"

이것이었다.

세 사람은 숨을 죽이고 그 부상병을 내려다보고 있었다. 영칠이는 꿀컥 침을 삼켰다.

"여보 여보!"

그러나 아무 반응이 없었다. 이제 신음소리도 잘 나오지 않는 모양이었다. 그저 약간 잇바디 부딪는 소리 같은 것이 날 뿐이었다.

여기저기 풀숲에서 찌르르 찌르르…… 여치 우는 소리가 요란했다.

세 사람은 어떻게 했으면 좋을지 몰랐다. 도저히 가망이 없을 것으로 보였다. 그러나 그렇다고 아직 목숨이 붙어 있는 사람을 그대로 버려두고 그 자리를 뜰 수도 없는 노릇이었다. 물론 숨이 떨어

질 때까지 지키고 있을 수도 없는 노릇이고,

그러자 한 사람이,

“이러고 있을 게 앙이라, 어짜피 죽을 사람이니 총이나 찾아 갖고…….”

자리를 뜨자는 뜻을 비쳤다.

그 말을 받아 또 한 사람은,

“총만 찾을 게 앙이라, 어짜피 죽을 사람이니…….”

몸도 뒤져 보자는 뜻으로 말했다.

그 말에 영칠이는 야릇한 반발을 느꼈다. ‘어짜피 죽을 사람이니’라는 말이 어쩐지 귀에 거슬렸다. 그러나 처음 사람의 말은 그런대로 별로 불쾌하게 들리지 않았으나, 뒷사람의 말은 몹시 못마땅하게 느껴졌다. 어차피 죽을 사람이니, 몸까지 뒤져서 수류탄이나 소총탄환이 있으면 가지고 가자는 말이었다. 그 말이 이치상으로는 별 흠잡을 데가 없고 오히려 타당한 일인지도 몰랐다. 어차피 죽을 사람이니 말이다. 더구나 벌써 의식도 없는 것과 마찬가지 상태이니 말이다. 그러나 결코 그게 아닌 것이었다. 죽어가는 사람을 버려두고 그 자리를 뜬다는 것도 무엇 한데, 몸까지 뒤져 보고 가다니…… 사람의 새끼로서는 도저히 할 수 없는 짓이었다. 입장을 한번 바꾸어놓고 생각해 보란 말이다.

영칠이는,

“머라고?”

발끈했다.

저도 모르게 어떤 분노 같은 것이 끓어올랐다.

“어짜피 죽을 사람인데…….”

"그렇지만 안주 살아 안 있나!"

"그럼 우짠다 말이고?"

"……."

사실, 그럼 어쩔 것인지, 영칠이로서도 거기에 대해서는 얼른 뭐라고 할 말이 없었다.

"숨이 떨어질 때꺼정 기다린다 말이가?"

"……."

영칠이가 아무 대꾸를 못하자, 우쭐해지는 듯,

"어디 수루탄이나 차고 있는동 보기나 하자,"

하고, 그 자는 시꺼멓게 뻗어져 있는 부상병의 몸에 손을 가져가는 것이었다. 그때였다.

"으흐흐흐 으으으머니—"

부상병은 어머니를 부르며 한 번 꿈틀하는 것 같다.

그 소리에 손을 가져가던 자도 움찔하며 얼른 손을 거두었다. 영칠이도 움찔했다. 그리고 가슴이 뭉클했다.

풀숲에 옆으로 아무렇게나 엎어져 있는 부상병의 얼굴을 영칠이는 가만히 들여다보았다. 가지런한 앞니빨과 함께 어딘지 앳되어 보이는 얼굴이었다. 아무래도 아직 스무 살 안쪽인 것 같았다. 모자가 커서 거의 눈썹까지 덮고 있었다.

"음—"

영칠이는 지그시 어금니를 물었다. 그리고 동료 두 사람에게 말하는 것이었다.

"나한테 업혀 도고."

그러자,

"앙이 우짤라고?"

"부대로 업고 갈라고?"

두 사람도 과히 반대하는 기색은 아니었다. 으으으머니— 하던 소리가 역시 가슴에 찡했던 모양이다.

결국 세 사람은 교대로 업고 부축하며 그 부상병을 데리고 갔다. 은근히 속으로들 자랑스러움 같은 것을 느끼면서 말이다. 필시 부대장에게 큰 칭찬을 받으리라 생각하며 스스로 대견해서 크게 피로한 줄도 몰랐다.

그러나 뜻밖에도 그들을 맞아준 것은 칭찬이 아니라 호된 기합이었고, 자기비판이었다. 맡겨진 과업은 완수하지 않고, 제멋대로 엉뚱한 짓을 했다는 것이었다. 그렇게 다 죽어가는 사람을 누가 업고 오라 했느냐, 이것이었다. 그런 감상은 '부르주아적 잔재'라는 것이었다. '우리의 투쟁에는 그런 것은 아무 소용이 없으니, 냉혹하게 잘라버려야 한다'는 것이었다. 참 어처구니가 없는 노릇이었다.

세 사람 중에서도 영칠이가 가장 심하게 기합을 받았고, 자기비판을 했다. 죽어가는 사람을 살리려고 업고 온 것이 그렇게도 잘못인지, 영칠이는 아무리 생각해도 이해가 가지 않았다. 분하고, 치가 떨리기까지 했다. 무슨 이런 놈들이 세상에 다 있는가 싶기도 했다. 이런 놈들 패에 어울려 있다니, 도무지 말이 아닌 것이었다.

영칠이는 마침내,

"씨발 어디 보자!"

하고 어금니를 물었다.

속으로 무엇인가 결심을 굳히는 것이었다.

유엔군의 포격과 공중공격은 날로 심해 갔다. 그리고 어느덧 영칠이네 부대도 완전무장을 갖추고 있었다. 소총에 수류탄 두 개씩을 몸에 지녔고, 탄환이 가득 꽂힌 탄띠도 하나씩 두르고 있었다. 모자도 모두 썼고, 신도 이제 고무신이나 짚신을 신은 사람은 없었다. 제법 이제 소위 전사 같은 모습들이었다. 보급투쟁의 결과인 셈이었다.

그렇게 부대가 완전무장을 갖추자, 임무가 달라진 모양으로, 전투 후에 보급투쟁을 하러 출동하는 일이 없어지고 말았다. 그 임무는 새로 온 어중이떠중이들에게 넘겨진 모양이었다.

그 야간 보급투쟁이 없어지자, 영칠이는 여간 초조하지가 않았다. 결심한 바를 실천에 옮길 좋은 기회를 잃어버린 것만 같았다. 그러나 기회는 딴 데에도 있었고, 또 그 기회는 곧 닥쳤다.

부대 이동이 시작된 것이었다. 완전무장을 한 부대는 세 갈래로 나뉘어서 출발을 했다. 부대 전체가 한곳으로 가는 것이 아닌 모양이었다. 전투부대에 따로따로 보충이 되어 가는 게 분명했다. 어쩐지 요 며칠 공기가 이상하더니, 아마 곧 대공세라도 시작되는 모양 같았다. 별이 총총한 밤이었다.

영칠이는 바짝 긴장을 했다. 어쩐지 기회는 오늘 밤뿐이라는 생각이 들었다. 오늘 밤을 놓치면 만사는 나무아미타불일 것 같았다. 남들은 어디로 가는지 모르겠다고 수군거리도 했으나, 영칠이는 꾹 입을 다물고 눈에 빛을 담아 곧장 사방을 두리번거리면서 걸었다. 부대 이동이지만, 전투부대에 보충되어 가는 것이라면 밤새도록 행군하는 그런 장거리 이동은 아닐 게 틀림없으니, 더욱 초조하고 긴장이 되지 않을 도리가 없었다.

기다랗게 한 줄로 늘어서서 이리저리 휘돌며 행군을 하고 있는

데, 참으로 뜻밖의 일이 일어났다. 비행기소리가 나더니, 사방이 대낮처럼 밝아지는 것이 아닌가. 조명탄이 투하된 것이었다. 놀라 걸음들을 멈추고 하늘을 쳐다보며 당황하고 있는데, 이번에는 느닷없이 쓩— 쓩— 제트기가 날아들었다. 그리고 타타타타타타…… 타타타타타타…… 어느새 기총소사를 해대고 있었다.

정말 너무나도 의외의 일이 아닐 수 없었다. 밤으로 제트기가 날아든다는 것은 전혀 없는 일이었다. 아마 대공세가 임박했다는 것을 알고 미리 제압을 하러 나선 모양이었다. 어쨌든 영칠이에게는 절호의 기회가 도래한 것이었다. 마치 영칠이에게 기회를 가져다주기 위해 제트기가 날아든 것 같았다.

영칠이는 정신없이 뛰었다. 영칠이뿐 아니라, 모두가 메뚜기들처럼 흩어져 은신을 하느라고 정신이 없었다. 그러나 딴사람들은 모두 몸을 숨기느라고 한자리에 납작납작 엎드려서 꼼짝을 안 했으나, 영칠이는 그게 아니었다. 죽어라 하고 마구 뛰는 것이었다. 마침 콩밭머리를 지나가고 있던 참이라, 시꺼먼 콩밭 속을 정신없이 뛰었다. 저만큼 우북한 수풀 같은 것이 시꺼멓게 눈에 들어왔던 것이었다. 뽕밭이었다. 영칠이는 그 뽕밭 속으로 깊숙이 묻혀버렸다.

귀를 째는 듯한 폭음소리와 함께 타타타타타타…… 타타타타타타…… 기총소사는 여전히 계속되고 있었다. 이따금 아윽! 아윽! 내지르는 비명 소리도 들렸다. 아마 한 방 얻어맞고 뻗는 모양이었다. 영칠이는 뽕나무밭 깊숙한 곳에 딱 엎드려서 숨을 헐떡거리다가 얼굴을 흙에 가만히 눕혔다. 흙냄새가 물씬 코를 찔렀다. 그리고 뽕나무 냄새도 훅 풍겨왔다. 영칠이는 지그시 두 눈을 감았다. 이대로 푹 한숨 잤으면 하는 생각이 들었다. 잠이 모자라 죽겠는 것이었다. 그러나 이런 북새통에 잠이 올 턱이 없었다.

얼마나 지났을까. 찌르르찌르르…… 여기저기서 여치들이 울고 있었다. 그리고 눈앞은 깜깜한 어둠이었다. 마치 무덤 속 같은 느낌이었다. 제트기도 사라지고, 조명탄도 꺼진 지 오래였다.

영칠이는 부스스 몸을 일으켰다. 땅에 떨어져 있는 총을 주워들까 하다가 그만두었다. 슬금슬금 뽕밭 가으로 나가 동정을 살폈다. 그러나 이미 아무런 기척도 없었다. 살아남은 사람들은 다시 대열을 지어서 행군해 가버린 모양이었다. 세상은 무슨 일이 있었더냐는 듯이, 그저 깊은 어둠 속에 고요히 잠겨가고 있을 따름이었다.

영칠이는 그제야 숨을 한 번 크게 쉬었다. 그리고 즈봉*(바지) 단추를 끌러 물건을 꺼냈다. 아랫배가 뿌듯했던 것이다. 커— 내뿜는 오줌줄기는 커다란 포물선을 그으며 시꺼먼 콩 포기들을 냅다 갈겼다. 주루룩주루룩— 해방이 되는 것처럼 시원했다. 기분이 썩 괜찮았다.

그러나 오줌을 다 누고 나자, 아직 해방은 멀었다는 생각이 들었다. 이제부터가 더 큰일이라는 생각이 들자, 등허리가 으스스했다. 그러나 영칠이는 절반은 살아난 셈이라 싶으며 두 주먹을 불끈 쥐었다. 그리고 가만히 별을 쳐다보았다. 방향을 잡는 것이었다.

산은 멀지 않은 곳에 시꺼멓게 도사리고 있었다. 영칠이는 그쪽을 향해 걸음을 떼어놓기 시작했다.

몇 걸음 가다가 그는 모자를 벗었다. 그리고 그것을 휙! 보기 좋게 날려버리는 것이었다. 맨대가리에 와 닿는 밤공기가 상쾌했다. 이제 제법 가을이구나 싶었다.

수류탄 두 개도 버릴까 했으나, 그것은 만약의 경우를 위해서 그대로 차고 있기로 했다.

7

정 참봉은 전란이 일어나기 한 달 전인 지난 5월, 이제는 거의 불가능하리라 체념하다시피 한 면장 자리에 다시 앉게 되었다. 삼 년 만의 복귀였다. 참으로 뜻밖의 행운이 아닐 수 없었다.

군수를 비롯해서 그보다 높은 자리에까지 줄을 넣어 곧잘 알랑방귀를 뀌어대던 김 면장이 그만 실족을 한 것이었다. 공금을 판공비라는 명목으로 마구 써댄 것이 문제가 되었던 것이다. 김 면장은 군청을 문턱이 닳도록 드나들었고, 무슨 용무가 있는지 곧잘 도청까지 올라가곤 했었다. 그런 식으로 감투를 튼튼히 다지러들다가 도리어 제 재주에 제가 미끄러지고 만 셈이었다.

감투를 유지하는 데 대체로 두 가지 길이 있다. 하나는 성실과 근면으로 맡은 바 직분을 다하는 길이다. 그래서 실적을 올려 상부의 인정을 받는 것이다. 다른 하나는 요령과 아첨 제일주의로 맡은 직분보다는 항상 상위층에 눈길을 두고, 늘 알랑방귀를 준비하는 길이다. 그래서 높은 사람에게 잘 보여 감투를 유지해 나아갈 뿐 아니라, 보다 큰 감투를 얻어 쓰는 것이다.

물론 누구나 앞의 길이 정도라는 것을 안다. 그러면서도 사람들은 흔히 앞의 길보다 뒤의 길을 택한다. 왜냐하면 그 길이 훨씬 빠르고 수월하기 때문이다. 그리고 고지식하게 앞의 길만을 가다가는 뒤의 길을 택한 사람에게 자칫하면 밀려날 위험도 있는 것이다.

세상이 그렇게 되어 있는 것이다. 삼 년 전, 정 참봉이 김 면장에게 밀려난 것도 바로 그런 결과라고 할 수가 있었다.

그러나 김 면장은 그 아첨 제일주의의 길을 너무 지나치게 달리다가 그만 제물에 미끄러지고 만 것이었다.

면사무소의 경리장부가 문제가 되자, 정 참봉은 회심의 미소를 지으며, 때는 왔다 하고 마구 공격해 들어갔던 것이다. 면장이 무슨 놈의 도청 출장은 그렇게 많으며, 군청엔 무엇 하러 사흘이 멀다 하고 쫓아다녔느냐, 면사무소 돈이 면장 교제하라는 돈인 줄 아느냐, 이런 식으로 말이다. 점잖은 정 참봉이었지만, 거침없는 일면이 있었다. 그러자 면내 유지들도, 면장 자리는 역시 돈에 별로 관심이 없고 명예를 소중히 여기는 정 참봉이 적격이라고 호응을 해서, 무난히 면장 감투는 도로 정 참봉에게 돌아왔던 것이다. 삼 년 전에 자기를 밀어낸 그 갚음을 본때 좋게 하고야 만 것이었다.

면장 자리에 복귀한 정 참봉의 기분이 매우 좋았던 것은 그래서 만은 아니었다. 정 참봉은 올해가 회갑이었다. 가을에 회갑잔치가 있을 판이었다. 그런데 회갑을 맞아 다시 감투를 차지했으니, 고목에 회춘 격이어서 기분이 좋지 않을 수 없었다. 그리고 잔치 때에도 면장의 회갑연이라면 같은 값에 더 기분이 괜찮을 게 아닌가 말이다.

또 한 가지, 정 참봉은 자기가 면장으로서 기어이 해놓고 싶은 일이 있었다. 다리를 놓는 일이었다.

면사무소에서 자기네 평촌까지는 불과 3마장 정도밖에 되지가 않았다. 그러나 그 사이에 시내가 있었다. 별것 아닌 냇물이었으나, 비가 오면 건너기가 위태로웠다. 다리가 없는 것은 아니었으나, 그것은 한두 사람이 겨우 건널 수 있는 보잘 것 없는 목교(木橋)였다. 폭우라고 쏟아져서 큰물이 지면 아예 그 다리는 믿을 것이 못 되었다. 물에 떠내려 가버린 적도 더러 있었다.

몇 해 전, 면장으로 있을 때에도 정 참봉은 이 시내에 튼튼한 시멘트 다리를 놓아야겠다고 애를 썼었다. 그러나 그때는 미군정 치하여서, 불과 십여 미터밖에 안 되는 조그마한 교량이지만, 그런 데까지 돌아갈 돈이 도저히 마련되지가 않았던 것이다. 이번에는 어떻게든지 일을 성취시켜, 그 시내를 건너다니는 많은 사람들의 불편을 덜어 주리라 생각하니 절로 힘이 솟고 기분이 좋지 않을 수가 없어, 정 참봉은 너불너불한 수염을 쓰다듬어 내리기도 했다.

그런데 정 참봉이 다시 정 면장이 된 지 불과 한 달 만에 뜻하지 않게도 인민군이 남침을 해오기 시작한 것이었다.

인민군이 남침을 시작했다는 소식을 정 면장은 그날 오후 바둑을 두다가 들었다. 일요일이어서 이웃 노인과 함께 사랑에서 바둑을 두고 있는데, 마을 이장이 헐레벌떡 찾아왔던 것이다.

"응, 그래?"

인민군이 남침을 시작했다는 이야기를 듣고도 정 면장은 그저 이런 식으로 대수롭지가 않은 모양이었다.

바둑에 정신이 팔려서 잘 알아듣지 못했나 보다고, 이장은 오늘 새벽 삼팔선 전역에 걸쳐 대거 남침을 시작했다고 떠들어댔으나, 여전히 정 면장은 바둑알을 놓으며,

"미친 녀석들이지."

하는 것이었다.

이장은 어이가 없어서 정 면장의 얼굴을 멀뚱히 바라보기만 했다.

그러나 정 면장은 바둑에 열중해서 그런 것은 아니었다. 노상 삼팔선에서 소규모의 충돌이 있어 왔기 때문에 이번에도 그런 종류의 것이겠지 여겼던 것이다. 그렇지 않고 좀 규모가 큰 것이라 하더라도 까짓 놈들 어림이 있나, 싶었던 것이다.

"아니, 그럼 야단 앙이가."

이웃 노인이 당황하여 바둑알 놓을 생각을 않자,

"야단은 무신 야단! 그놈들이 망하고 싶어서 환장을 한 모양이지, 어디라고 감히……."

이렇게 딱 잘라버리고는,

"이 사람아, 어디 놓는가? 어서 놓소."

하는 것이었다.

정 면장이 너무나 대수롭지 않게 여겨버리는 바람에 그런가 보다 하고 이웃 노인은,

"보자…… 이거 까딱하만 빅수가 안 대겠다."

다시 바둑판으로 정신을 가져갔다.

이장은 열없어져서 슬그머니 뒤통수를 긁다가 자리를 떠버렸다.

까짓 놈들 어림이 있나 싶었는데, 그게 아니라 도리어 이쪽이 형편없이 밀려 내려오자 정 면장은 당황하지 않을 수 없었다. 무슨 이런 일이 다 있는가 하고, 슬그머니 화가 나기도 했다. 다시 면장이 되어 가슴에 여러 가지 생각이 잔뜩 부풀어 있는데, 세상 되어가는 판세가 이게 무어냐 말이다.

그러나 정 면장은 결코 낙심을 하지 않았다. 매사는 다 끝장을 보아야 하는 것이지, 처음에 좀 힘이 부쳐 밀린다고 해서 그대로 그냥 폭삭 망해버리는 것은 아니라고 생각했다. 병법에는 두 걸음

나아가기 위해서 한 걸음 물러서는 수도 있는 법이라고 말이다. 그리고 우방 여러 나라가, 특히 미국이 인민군의 불법 남침을 그냥 가만히 놓아둘 까닭이 없다고 굳게 믿었다. 그런 불법 침략을 묵과한다는 것은 자유와 평화와 인류의 정의를 묵살하고, 공산당의 야욕을 인정하는 결과밖에 안 되는 것이 아닌가. 제법 정 면장은 이렇게 차원이 높은 생각까지 하며, 너불너불한 수염을 쓰다듬어 내렸다. 그러나 역시 수염을 쓰다듬는 손길이 마냥 태연하지는 못했다. 어딘지 모르게 초조하고 불안해 보였다.

먼 우렛소리처럼 들리던 포성이 산줄기를 타고 하루하루 가깝게 울려 내려오자 정 면장은,

"음— 음—"

곧장 신음하듯 했다.

물론 이대로 폭삭 무너져버리는 것은 아닐 줄 안다. 미군이 와서 놈들을 쳐부수고 말리라. 그러나 당장 발등에 불이 댕기는 판이니, 아무래도 그냥 가만히 앉아 있어서는 안 되겠다고 생각했다. 어디로 잠시 피신을 해야겠다고 마음먹었다. 잠시나마 공산당 치하가 되면 면장질 한 것도 무슨 죄라고 가만히 두지 않을지 모른다. 공산당들이란 그런 것들이라고 들은 바가 많은 것이다. 이럴 줄 알았더라면 공연히 다시 면장 자리에 앉았구나 하고, 슬그머니 후회가 되기도 했다.

지서의 순경들이 철수를 한 이튿날, 정 면장은 마 서방과 함께 집을 떠났다. 우선 제일 가까운 데 있는 딸네 집을 찾아갔다. 셋째 딸이었다. 제일 가깝다고 하지만 삼십 리가 훨씬 넘는 이웃 면이었다. 피신을 오래해야 할 지경이면 딸네 집을 한 집 한 집 찾아다닐

생각이었다. 딸 많이 둔 것이 별로 자랑스러운 일이 못 되더니, 이럴 땐 그것도 여간 요긴한 게 아니라고, 정 면장은 딸네 집으로 가는 들길을 걸으며 히죽이 웃기도 했다.

그러나 딸네 집이란 생각과는 다른 데가 많았다. 여간 힘이 쓰이지가 않는 것이었다. 평상시에 며칠 다니러 간 것이라면 몰라도, 그게 아니고 난리통에 피신을 하러 찾아간 처지이고 보니, 매사가 미안하고 조심스럽기만 했다. 저쪽에서는 오히려 더 마음을 쓰는 것 같았으나, 그럴수록 더 등이 당기는 것이었다. 여름철만 아니라면 또 모르겠는데 이건 한창 무더운 삼복 때이고 보니 옷은 벗어야겠고, 우물에 나가 물도 끼얹어야겠고, 정말 할 짓이 아니었다. 바깥사돈이라도 있으면 또 좀 괜찮겠는데 그것도 아니고, 안사돈 대하기가 여간 미안스럽지가 않았다. 그래서 정 면장은 다른 딸네 집으로 옮겨 볼까 했으나 세상은 어느덧 공산당 천지가 되어버렸으니, 섣불리 움직이다가는 도리어 화를 당할지 몰라, 답답하기 한량없는 나날을 헉헉거리며 부채질로 보내고 있었다.

그런 어느 날 저녁, 마 서방이 찾아왔다.

마 서방은 정 면장이 이번에 이곳에 올 때 동행했을 뿐 아니라, 그전에도 몇 차례 심부름을 온 적이 있기 때문에 이 집 사람들과 낯선 사이가 아니었다. 밤중에 마 서방이 찾아오자 정 면장은 물론이고, 이 집 사람들도 모두 어쩐 일인가 하고 눈이 휘둥그레졌다.

영일댁이 몹시 아프다는 기별이었다. 무슨 병인지 며칠 전부터 시들시들 누워 앓더니, 오늘은 열이 대단한 모양으로 곧장 헛소리를 해댄다는 것이었다. 헛소리지만, 곧장 면장어른을 찾는다는 것이었다. 그래서 덜컥 겁이 나 아무래도 그냥 가만히 있을 수가 없어 기별을 하러 왔다는 것이다.

그 말을 듣자 정 면장은 음— 음— 하고, 곧장 수염을 쓰다듬어 내리며 어쩔 줄을 몰랐다. 정 면장뿐 아니라 딸 역시,

"아이고 우야노—"

대뜸 울상을 지었다.

사위 역시 마찬가지였다.

그래서 결국 그날 밤으로 마 서방의 뒤를 따라 정 면장은 평촌 집을 향해 떠났다. 딸과 사위는 자기들이 갔다 올 테니, 아버지는 그대로 움직이지 않고 있는 것이 좋겠다고 내세웠으나, 정 면장은 듣지 않았다. 사십 여 년을 함께 고락을 같이한 마누라가 아파서 위급한 상태에 놓여 있다는데 어찌 딸과 사위만 보내고 자기는 자기의 안전만을 위해서 멀리 떨어져서 번듯이 누워 있을 수가 있난 말인가. 어둠 속으로 살짝 갔다가 사태가 심상치 않으면 다시 살짝 빠져 나오는 한이 있더라도 한 번 가보지 않고는 배길 수가 없었다. 마침 달이 없는 때라 다행이었다.

어두운 밤길을 마 서방의 뒤를 따르는 정 면장의 발걸음은 조심스럽기만 했다. 혹시 마을에서 개라도 짖지 않을까, 혹시 길목에서 자위대원 같은 것이라도 불쑥 만나지 않을까 해서였다. 마치 무슨 도둑질이라도 해서 어둠 속으로 피해 다니는 것 같은 느낌이었다. 살다 보니 참 별일도 다 겪는구나 싶으며, 정 면장은 하늘을 우러러보기도 했다. 하늘에 총총히 박힌 별들은 그전과 조금도 다름이 없었다. 정 면장은 절로 쏟아져 나오는 한숨을 어쩌지 못했다.

정 면장이 집에 당도한 이튿날 오후, 닫아놓은 대문이 밖으로부터 쾅쾅 요란하게 울렸다.

대추나무 그늘에서 혼자 흙장난을 하고 있던 상용이가 놀라 눈이 휘둥그레지며,

"엄마— 누가 왔다—"

부엌 쪽으로 향해 소리를 질렀다.

갑례는 그때 부엌에서 시어머니의 약을 짜고 있었다.

"엄마— 누가 왔어—"

쾅쾅쾅…… 대문은 요란하게 울리고 있었다.

갑례는 덜컥 겁이 났다. 아무래도 예사로운 일이 아닌 것 같았다. 얼른 약수건을 놓고 큰방으로 뛰어 들어갔다.

영일댁이는 벌겋게 열이 오르고 있으면서도 쾅쾅거리는 대문소리가 들리는 듯,

"아가 무신 소리고?"

입을 떼었다.

"어무이예, 아무래도 얄궂심더, 아버님을 깨워야겠심더."

"머라?"

"아버님을 깨워야겠어예."

"우야꼬! 깨워라 깨워. 속히! 여보—"

열에 떠 있으면서도 영일댁이는 쉬 짐작이 가는 모양이었다.

정 면장은 방 윗목에 목침을 베고 누워서 한참 드릉드릉 코를 골고 있었다. 늙은 마누라의 병환을 지켜보고 있다가 오후의 무더위에 못 견디어 쓰러져 낮잠이 든 것이었다.

"아버님예! 아버님예! 어서 일어나시소!"

갑례는 하도 다급해서 별수 없이 시아버지의 앞가슴을 마구 흔들었다.

쾅쾅쾅쾅…… 대문 두들기는 소리와 함께,

"이 집에 아무도 없나? 문 열어! 문! 문!"

하는 고함소리에 문간방에서 한잠 늘어지게 자고 있던 마 서방은 으으윽— 크게 기지개를 켜며 눈을 떴다.

쾅쾅 두들겨 흔들어도 아무 기척이 없자, 이번에는 대문짝을 부셔버릴 셈인지 마구 발길로 내지르기 시작하는 것이었다.

"누고—?"

마 서방은 아무 생각도 없이 그만 소리를 질러버렸다. 남의 집 대문을 마구 걷어차다니, 무슨 이런 불한당 같은 놈들이 있나 하는 단순한 생각에 버럭 소리를 질러버렸던 것이다.

"문 열어란 말이다, 문!"

남의 집 대문을 걷어차면서도 빵빵 큰소리였다. 그제야 마 서방도 잠이 말짱 달아나고 정신이 번쩍 들었다. 야단났구나 싶었으나, 이미 어찌 할 도리가 없는 것 같았다.

"문 안 열끼가?"

곧 대문짝은 떨어져 나갈 듯했다.

마 서방은 하는 수 없이 짚신을 끌고 나가며,

"대문짝 뿌사지느만, 가만히들 좀 있으소. 누군지 모르지만……."

하고는 얼른 안채를 돌아보았다.

그리고,

"아— 그놈의 낮잠, 참 맛있게 자는 판인데……."

억지 기지개를 늘어지게 한바탕 켜고, 또 헐렁해진 고의춤을 풀어서 천천히 다시 매었다. 그러고 나서야 대문의 빗장을 뽑았다.

불쑥 들이닥친 것은 말할 것도 없이 총이었다. 총을 든 자위대원 두 사람이 눈을 번뜩이며 들어섰던 것이다.

황급히 잠을 깬 정 면장은 정신없이 다락 위로 기어올랐다. 다락 속은 한증막처럼 무더웠다. 그러나 정 면장은 온몸에 오스스 소름이 돋아 더위 같은 것은 조금도 느껴지지가 않았다. 대문 열리는 소리가 들렸을 때는 등골에 싸늘한 땀방울이 또르르 굴러 내리기까지 했다.

영일댁이는 곧 숨이 넘어가는 사람처럼 아이크 아이크— 곧장 앓는 소리를 질러댔고, 갑례는 그 곁에 조그맣게 웅크리고 앉아 떨고 있었다.

들이닥친 두 자위대원은 다짜고짜 마 서방에게 총을 들이대며,

"머 낮잠 맛있게 자는데 우짜고 우째?"

"이놈의 영감 배때기에 구녁을 뿡 뚤버 놀라구마. 어서 멘장 놈이나 내놓아! 어디다 숨깄나 말해!"

이렇게 을러대는 것이었다.

총구멍 두 개가 바싹 다가들자, 마 서방은 사지가 오그라드는 것 같았다. 난생 처음 당해 보는 일이었다. 그러나 마 서방은 곧 그 큰 입을 쭉 째며,

"와 이라능게."

하고 벌쭉 웃었다.

마 서방의 그 턱없이 큰 입이 양쪽으로 쭉 찢어져 나가는 것을 보자, 총을 들이댄 자들도 우스운 듯 한 사람은 그만 킥! 했다.

"멘장 어디 숨었는동 그기나 어서 말하소."

떵떵 해라를 하더니 이제 하소로 나왔다.

"멘장 어른 멀리 출타했구마."

"머, 멀리 출타를 해?"

다시 반말이었다.

"그렇구마."

"이놈의 영감도 반동이로구나, 맛을 좀 바야 알 끼가……."

"……."

"다 알고 왔는데 거짓말할 끼가?"

"……."

절로 웃음을 자아내게 하는 마 서방의 커다란 입도 딱 얼어붙어 버리고 말았다.

"어젯밤에 집에 돌아왔다는 걸 다 알고 나왔어. 이 영감쟁이야."

"……."

"평생 넘의 집 머슴살이나 할 영감 같으이라고. 저리 비끼라구마!"

총으로 그만 마 서방의 앞가슴을 사정없이 쥐어박아버리는 것이었다. 마 서방은 아이고— 비명을 지르며 뒤로 보기 좋게 궁둥방아를 찧고 말았다.

한 사람은 총을 불끈 거머쥔 채 그대로 마당에 우뚝 서 있고, 한 사람은 대뜸 큰방으로 뛰어 들어가는 것이었다. 신발을 벗을 생각도 없이 뛰어 들어가서는, 병자가 신음을 하고 있거나 말거나, 남의 집 젊은 며느리가 방에 있거나 말거나, 와장창! 대번에 다락문부터 열어젖히는 것이 아닌가. 마치 거기 정 면장이 숨어 있는 것을 아는 것처럼 말이다. 귀신같은 놈들이었다.

그리하여 결국 정 면장은 너불너불한 수염을 덜덜 떨며 다락에서 기어 내려와, 붉은 완장을 두른 두 사람의 자위대원에게 끌려 집을 나서고 말았다.

붙들려가는 정 면장의 뒷모습을 마 서방은 대문간에 서서 언제까지나 멀뚱히 바라보고 있었다. 총에 쥐어 박힌 앞가슴을 손으로 슬슬 어루만지면서. 그 곁에서 상용이는 삐— 삐— 울고 있었다.

갑례는 넋을 잃은 사람처럼 백짓장 같은 얼굴로 마루에 앉아 있었고, 영일댁은 울음소린지 신음소린지 분간할 수 없는 그런 소리를 곧장 내지르고 있었다.

정 면장이 갇힌 구류간은 자위대 정문 바깥에 있는 조그마한 소방 창고였다.

정 면장은 오늘도 구류간 바닥에 모로 누워서 더위에 헐떡거리며 하염없이 바깥 풍경을 내다보고 있었다. 창고의 문짝을 떼고 대신 굵은 나무창살의 문을 달아놓았기 때문에 누워서도 바깥이 잘 내다보였다. 더러는 앉아 있기도 하고, 서서 서성거리는 사람도 있었으나 정 면장은 허리를 다쳐서 식사 때 외에는 노상 모로 누워 있어야만 했다.

벌써 이 구류간에 갇힌 지도 열흘이 가까워져 간다. 그동안 몇 차례나 심문을 받았는지 모른다. 심문이라기보다도 숫제 고문이었다. 그것은 주로 밤중에 이루어졌다. 며칠 전의 심문에서 정 면장은 마침내 허리를 못 쓸 지경이 되고 말았다. 그런 뒤로는 아직 한 번도 호출이 없었다.

정 면장은 하염없이 바깥 풍경을 내다보다가 휑한 두 눈을 스르르 감았다. 아무리 생각해도 세상은 참 더러운 세상이 되었다는 생각밖에 안 든다. 자위대 대장이란 자의 얼굴을 생각하면 몸서리가 쳐진다. 무슨 죄가 있어서 심문을 하는 것이 아니라, 무슨 죄든 억지로 만들어 씌우기 위해서 행하는 심문인 것이었다. 생판 엉뚱한 소리를 꺼내어 놓고, 그랬느냐 안 그랬느냐, 바른 대로 말해, 이것이었다. 안 그랬다고 대답을 하면, 이 반동 놈의 자식 하고 마구 두들기는 판이었다. 사람 환장할 지경이었다.

그런데 알고 보니 그 자위대 대장이란 자가 김가였다. 자기와 면장 자리를 다툰 김 면장의 조카뻘 되는 사람이란 것이었다. 그제야 정 면장은 자기가 왜 이렇게 생벼락을 맞고 있는지, 그 까닭을 짐작할 수 있는 것 같았다. 무서운 것은 사람의 심사로구나 하고, 정 면장은 밤으로 잠이 안 올 때 음산한 구류간 천장을 바라보며 얼마나 몸서리를 쳤는지 모른다.

이렇게 무섭고 진절머리가 나는 기운데시도 정 면장의 가슴을 훈훈하게 해주는 것이 있었다.

그것은 며느리 갑례의 정성이었다.

갑례는 시어머니의 간병을 하면서 한편으론 시아버지의 뒷바라지를 하느라 잠시도 쉴 새가 없었다. 아침저녁은 물론이고 점심까지 매일 따뜻하게 지어서 찬과 함께 보자기에 싸들고 나르는 것이었다. 시아버지가 허리를 다친 뒤로는 식사와 함께 약까지 달여서 나르느라 이만저만 고생이 아니었다.

말하자면 갑례는 이렇게 난리를 치르고 있는 셈이었다.

갑례의 고생을 누구보다도 측은하게 여긴 마 서방은 틈이 나는 대로 갑례가 가지고 나서는 밥보자기를 자기가 받아드는 것이었다. 그래서 아침은 대개 마 서방이 나르게 되었고 점심과 저녁은 갑례가 날랐다.

퀭한 두 눈을 감고 이런 생각 저런 생각을 머릿속에 굴리고 있던 정 면장은 스르르 잠이 들어버렸다.

얼마나 잤을까.

"면장 어른요, 면장 어른요."

누군가가 흔들어 깨우는 바람에 눈을 떴다.

바깥 행길에 깔렸던 뙤약볕이 엷어지며 서서히 그늘이 덮여오고 있었다. 그 그늘 속으로 저만큼 갑례가 걸어오고 있었다. 밥보자기는 머리에 이고, 한 손으론 조그마한 주전자를 들고 있었다. 주전자에는 약이 담겨 있는 것이었다. 갑례가 오고 있는 것을 보자, 정 면장은 아픈 허리를 억지로 일으켜 벽에 비스듬히 기대앉았다.

"아버님."

창살문 곁에 와서 갑례는 나직이 부르며 밥보자기를 내렸다. 그리고 그것을 끌러 하나하나 창살 사이로 들여보내는 것이었다. 안에서 말없이 그것을 받는 정 면장의 손은 가느다랗게 떨리고 있었다.

"아버님, 허리는 좀 어떠십니꾜?"

"좀 낫다."

"어머님은 인제 많이 좋아졌십더. 인제 입맛만 돌아오시면 개안을 낍니더."

"음—"

시아버지가 식사를 하는 동안 갑례는 구류간 옆으로 돌아가 다소곳이 서서 기다렸다. 그리고 식사가 끝나자, 그릇을 받아 보자기에 싸서 들고 일어서며,

"아버님, 약 잊지 마시고 주무실 때 잡수이소."

나직한 목소리로 말했다.

보자기를 들고 돌아가는 갑례의 뒷모습을 정 면장은 벽에 기대앉은 채 잠시 멀뚱히 바라보고 있다가, 괴로운 듯 눈을 감으며 비시시 또 모로 누워버리는 것이었다. 웬일인지 오늘따라 몹시 아들 생각이 나는 것이었다. 그냥 생각이 나는 것이 아니라, 아주 원망스럽게 여겨졌다. 괘씸한 생각까지 들었다. 저런 착하고 어여쁜 제 색시를 두고, 이 녀석이 어디 가서 죽었는지, 살았는지 아무 소식도 없다니 참 기가 찰 노릇이었다. 제 발로 간 게 아니라 일본 군대에 끌려 나가 생사가 묘연한 아들을 정 면장은 이렇게 원망하고 있었다. 보자기를 들고 그늘 속으로 힘없이 돌아가고 있는 며느리의 뒷모습이 오늘따라 너무나도 쓸쓸해 보이고 아리따워 보였던 것이다.

"음—"

정 면장의 감은 두 눈 구석에 물기가 약간 비어져 나오고 있었다.

8

다복솔 그늘에 짐승처럼 아무렇게나 쓰러져 잠이 들었던 영칠이는 약간 한기를 느끼며 눈을 떴다. 얼마나 잤는지, 어느덧 해가 먼 서쪽 야산 위로 뉘엿뉘엿 기울어지고 있었다. 서늘한 바람이 일고 있었다.

영칠이는 부스스 일어났다. 솔 이파리가 이마를 찔러서 조금 자리를 옮겨 앉으며, 커다랗게 기지개를 켰다. 기지개는 두 팔을 힘껏 뻗으며 아가리를 있는 대로 다 벌려야 시원한 법인데, 그는 한 팔만 내뻗고 있었다. 왼쪽 팔은 베 조각으로 온통 칭칭 감아 새끼 오라로 목에 걸고 있는 것이었다.

영칠이는 조심스레 사방을 살피며 일어섰다. 수류탄 한 개가 달랑 허리에 매달려 있었다. 별로 먹은 것도 없는데 오줌이 마려웠다. 솔밭 속에 서서 한 손으로 아랫도리 단추를 헤쳐 줄줄줄…… 볼일을 보면서, 영칠이는 저만큼 눈 아래 펼쳐져 있는 마을을 내려다보았다. 틀림없었다. 틀림없이 그것은 평촌 마을이었다.

이 산기슭에 당도해서 쓰러져 잠이 들기 전에도 영칠이는 그것이 평촌이라는 것을 확인했다. 이제 살았다 싶었다. 그래 그런지 온몸의 긴장이 일시에 풀리며 왈칵 피로가 엄습해 왔다. 그리고 갑자기 허기까지 느껴져 그만 그 자리에 풀썩 아무렇게나 쓰러졌다. 목적지까지 무사히 당도하기는 했으나, 아직 마음을 놓아서는 안 된다고 생각했다. 어둠이 깃들면 외가로 스며들어 가리라, 외가에서 얼마나 놀랄까, 외삼촌은 별 일 없이 잘 계시는지, 잠시 이런 생각을 하다가 잠이 들었던 것이다.

탈주에 성공한 그날 밤, 영칠이는 우선 앞에 가로놓여 있는 시꺼먼 산으로 스며들어, 무턱대고 북두칠성을 바라보며 걸었다. 도대체 여기가 어디쯤인지 도무지 지리를 알 수가 없었으나, 아무튼 고향이 낙동강에서 북쪽이라는 것만은 짐작이 가는 것이었다. 밤 산길은 무섭고 험했다. 그러나 그날 밤 영칠이는 별빛을 유일한 벗 삼아 얼마나 걸었는지 몰랐다. 어쨌든 전쟁터로부터 뚝 멀리 떨어져 놓고 보자는 안간힘이었다. 죽기 아니면 살기인 것이었다.

이튿날은 확실한 방향을 알지 않으면 안 되었다. 그래서 어느 산모롱이의 길가에 있는 외딴집으로 내려갔다. 허리에서 수류탄 한 개를 끌러 손에 쥐고 말이다.

오두막집엔 하얗게 늙은 영감 할미가 손자인 듯한 아이를 하나 데리고 방 안에 앉아 있었다. 영칠이는 손에 쥔 수류탄을 도로 허리에 찼다. 그리고 길을 물었다.

노인은 잠시 눈을 끔벅거리며 영칠이의 행색을 훑어보더니,

"젊은이, 의용군 갔다 오는 길인게?"

하고 입을 열었다.

영칠이는 대답을 주저했다. 그 대신 빡빡 깎은 대가리를 한 손으로 어루만지며 씩 멋쩍게 웃었다.

"의용군 갔다가 돌아오는 길 맞구만……."

그러자 노파도 입을 뗐다.

"아이고— 우야꼬. 우리 아들은 우애 댔능공. 여보소 젊은이, 누추하지만 좀 들어오소. 방에……."

영감 할미의 아들도 의용군에 끌려간 모양이었다.

영칠이는 방으로 들어갔다.

영칠이가 방으로 들어가자, 영감 할미는 이것저것 번갈아가며 물어댔다. 난리가 어떻게 되어 가는지, 언제 끝나서 자기네 아들도 돌아오게 되는지 궁금한 것이었다.

"젊은이는 어디 다치지도 않응 거 같은데, 우애 돌아오능게? 보내주덩게?"

노인의 이 물음에 영칠이는 약간 찔끔했으나,

"야간전투 때 구만 부대를 안 잃어삐렸능교. 그래서 아따 모르겠다, 집에 가서 농사나 짓자고 돌아가는 길입니더."

시치미를 뚝 떼고 이렇게 대답했다.

"아이고 잘 했구마, 잘 했구마— 우리 아들도 부대나 좀 안 잃어

빠리고…… 관셈보살—"

노파는 안타까워 못 견디겠다는 듯 한숨을 쉬었다.

아이 녀석은 영칠이의 옆구리에 매달려 있는 두 개의 수류탄이 무척 신기한 듯, 곧장 손가락을 입에 물고 퀭한 두 눈을 굴렁거렸다.

재수 좋게도 노인은 이 고장뿐 아니라, 영남 일대의 지리에 아주 밝은 사람이었다. 이 영남 일대에 자기 발이 안 간 곳이 없다는 것이었다. 철이 들면서부터 도붓장수가 되어 사십여 년을 돌아다녔다니 그럴 만도 했다. 영칠이가 아무데 아무데에 있는 홍싯골이 고향 마을이라고 하자, 홍싯골까지는 알지 못했으나, 그 면소재지엔 가 본 일이 있다는 것이었다. 가만있자…… 하고, 노인은 잠시 두 눈을 끔벅거리더니, 여기서 그곳까지 이백오십 리가 멀다고 했다. 그리고 그곳까지 가는 길을 자세히 가르쳐 주었다. 영칠이는 세상에 죽으라는 법은 없구나 싶으며, 그 노인에게 얼마나 감사를 했는지 모른다.

밥까지 얻어먹고, 잠까지 한숨 잘 자고, 길을 떠난 것은 어둠이 깃들 무렵이었다. 코가 땅에 닿도록 고맙다는 인사를 하고 길을 나서는 영칠이의 뒷모습을 바라보며 노인은,

"여보게, 조심해서 잘 가게. 고향에 가서 농사나 잘 짓소."

하고 히죽이 웃었다.

노인은 영칠이가 의용군에서 도망해 나온 사람이라는 것을 이미 눈치 채고 있었던 것이다. 노파는 곧장 관세음보살을 찾고 있었다.

영칠이는 이제 산속으로 숨어 가는 것이 아니라, 노인이 가르쳐 준 대로 길을 찾아 걸었다. 팔을 다친 것은 그날 밤이었다. 새벽녘에 길을 걸으면서 깜박 졸다가 그만 헛디뎌 나가넘어졌던 것이다.

팔꿈치께를 갈아붙였을 뿐이었으나, 그는 러닝샤스를 벗어 갈기갈기 찢었다. 어쩌면 잘 된 일이라 싶었다. 만약의 경우, 전쟁터에서 부상을 당한 것처럼 변명을 할 수가 있을 것 같아, 그것으로 온통 팔뚝을 칭칭 감았다. 그리고 새끼 오라기를 주워 목에 걸었다.

그렇게 전상(戰傷)을 당한 것처럼 가장을 하고 나니 한결 불안감이 가시고 대담해져서, 영칠이는 대낮에도 겁 없이 길을 걸을 수가 있었다. 그러나 역시 신작로 같은 큰길로는 나서지 않았고, 길목에 있는 마을은 조심히 피했다.

그리고 가다가 길을 물을 때는 반드시 노인을 택했다. 아무리 세상이 흉흉하고 인심이 뒤집혀도 노인들만은 그렇게 야박하고 모질어지지는 않는 법이다. 더구나 세상 탓으로 시달리고 있는 사람을 도리어 해치러들지는 절대로 않는다. 만약에 그런 노인이 있다면 그것은 세상을 헛산 인간말짜라고밖에 할 수가 없다. 그런 사실을 영칠이는 오두막집에서 뜨겁게 느꼈던 것이다.

그렇게 노인들에게 길을 물으며, 영칠이는 탈주치고는 그다지 큰 곤경에 빠지는 일 없이 걸음을 재촉했다. 배가 고프면 무나 고구마 밭을 찾아가 실례하면서 말이다. 가을이란 이런 점에서 참 좋은 계절이었다.

그러나 사흘째 되는 날 저녁, 영칠이는 한 차례 혼이 나갔다. 홍싯골까지 이제 오륙십 리밖에 안 남은 것 같아, 그는 낮에도 종일 걸어서 몹시 지쳐 있었으나 걸음을 계속했다. 잘하면 그날 밤 안으로 당도할 듯해서 어금니를 악물었던 것이다. 그렇게 어느 산허리를 도는 참인데, 한 떼의 사람들이 시꺼멓게 줄을 지어 마침 저쪽으로부터 산굽이를 돌아오고 있는 것이 아닌가. 바로 지척이었다. 영칠이

는 반사적으로 우뚝 멈추어 섰다. 저쪽 선두도 멈칫하는 것 같더니,

"누구앗!"

대뜸 소리를 질렀다.

그리고 고함소리와 함께 어깨에 둘러멘 것을 후다닥 벗어 드는 것이었다. 총이 분명했다. 달은 없었으나 별이 총총해서, 그것이 인민군이라는 것을 얼른 알 수가 있었다.

인민군의 인솔하에 한 무리의 강제 동원된 인부들이 탄약을 짊어지고 전선으로 가는 길이었던 것이다. 말하자면 보급부대인 셈이었다. 인민군은 그런 식으로 밤을 이용해서 전선에 탄약을 보급했던 것이다.

영칠이는 순간, 저도 모르게 수류탄 하나를 뽑아 들었다. 그리고 홱 돌아서기가 무섭게 냅다 뺑소니를 치기 시작했다. 인민군을 대하자 전쟁터에서 하도 진절머리가 나서 그런지, 어떤 본능에서 우러나오는 것 같은 공포증이 온몸을 휩쓸어, 도저히 부상병을 가장해볼 용기가 나지 않았던 것이다.

"썅 깐나! 국방군 새끼 아니가!"

선두에 선 인민군 녀석이 소리를 지르자, 맨 뒤를 따르던 녀석도 놀라 허겁지겁 앞으로 뛰어왔다. 그리고 둘은 총을 장전하면서 뒤를 쫓기 시작했다.

타탕! 타탕!

어둠 속에 총성이 울렸다.

영칠이는 죽어라 하고 뛰었다. 뒤에서 총소리가 울리자, 본능적으로 허리를 굽히며 옆에 있는 밭 속으로 냅다 몸을 날렸다. 무슨 밭인지 알 수도 없었다. 그저 한 마리의 산짐승이 포수에 쫓겨 쑨

살같이 밭을 가로지르듯 그렇게 마구 내달릴 따름이었다. 가히 결사적인 도주였다.

타탕 타탕 타탕!

총성은 여전히 울리고 있었다. 그러나 그것은 이미 뒤쫓는 것을 포기하고, 아무렇게나 어둠 속으로 마구 쏘아대는 위협사격이었다.

그 총소리도 어느덧 아득하게 멀어지고 또 뜸해지자, 그제야 영칠이는 헐떡거리며 아무데나 쿡 처박히듯 쓰러져버렸다. 얼마나 달려왔는지 몰랐다. 정말 혼비백산이 아닐 수 없었다.

한참 쓰러져서 숨을 돌린 다음, 자리에서 일어난 영칠이는 손에 그대로 쥐고 있는 수류탄이 눈에 띄자, 슬그머니 창피한 생각 같은 것이 들었다. 그런 것을 손에 쥐고 있었으면서도 녀석들에게 쾅! 한방 선물로 먹여주지 못하고 내빼기에만 정신이 없었던 일을 생각하니 말이다. 그것을 도로 허리에 찰까 했으나, 이게 무슨 허리에 차고 다니기 위한 물건인가 싶으니 아무래도 못나 빠진 놈인 것만 같아, 킥 웃음이 나오기도 했다. 그래서 그만 겁 없이 안전장치를 쑥 잡아 뽑았다. 그리고 도망해 온 쪽을 향해,

"에라 이누묵 자식들!"

하고 냅다 힘껏 던졌다.

콰쾅!

사방이 들썩했다. 쩌르릉 밤하늘이 갈라지는 것 같았고, 시꺼먼 산허리가 와르르 무너지는 듯했다. 종로에서 뺨 맞고 한강에 와서 주먹질을 하는 격이었으나, 어쨌든 요란한 폭음은 가슴을 후련하게 했다. 수류탄 터지는 소리가 그처럼 엄청난 줄은 미처 몰랐었다. 귀가 멍멍했으나, 영칠이는 어쩐지 대견하고 기분이 좋아 입을 딱

벌리며 웃었다.

그렇게 엉뚱하게 한방 터뜨려 놓고는 다시 얼마 동안을 달렸다. 혹 폭음을 듣고 녀석들이 추격을 해 오지나 않을까 겁이 났던 것이다. 그러나 더 별일은 없었다. 지칠 대로 지친 영칠이는 그만 아무데나 쓰러져 잠을 청해버렸다.

이튿날 영칠이는 홍싯골로 가는 것을 단념하고, 목적지를 평촌으로 돌렸다. 아무래도 고향에 돌아간다는 것은 위험한 일일 것만 같았다. 잘 둘러 붙이면 얼마 동안은 무사할는지 모르지만, 그게 오래 갈 것 같지가 않았다. 말하자면 밑이 꿀리는 것이었다. 그리고 간밤의 일부터가 어쩐지 그쪽으로 가는 길은 재수가 없고 불길할 것만 같은 생각이 들었다. 평촌 외가에 가서 얼마 동안 숨어 있다가 세상 돌아가는 형편을 보아 또 어떻게 해보는 수밖에 없다 싶었다.

평촌 생각을 하니, 아련하게 다시 가슴 밑바닥에서 고개를 쳐드는 것이 있었다. 그것은 지금까지 잠잠하게 가라앉아 있던, 짜릿하고 근질근질한 것이 되살아나는 기운이었다. 갑례 생각이 난 것이었다. 갑례는 이 난리판에 어떻게 지내고 있는 것일까, 갑례의 얼굴을 못 본 지도 어느덧 몇 해가 흘러갔구나 싶으니, 어쩐지 쓸쓸하고 허망했다. 그러면서도 가슴의 피가 훈훈해지고, 온몸에 야릇한 힘이 감도는 것 같았다. 두 다리가 이제 여간 빼근한 것이 아니었으나, 영칠이는 호젓한 산길에서는 제법 휘파람까지 불면서, 평촌 쪽으로 길을 물어가며 걸음을 재촉했다. 그리하여 그날 오후, 해가 꽤 중천에서 기울어졌을 무렵, 평촌 뒷산 기슭에 당도했던 것이다

영칠이는 소변을 다 보고 나서도 그냥 그 자리에 우두커니 서

서, 갑례네 시집을 가만히 내려다보고 있었다. 마을의 집들은 거개가 초가지붕이었다. 기와를 인 집은 세 가호밖에 되지 않았다. 그 세 가호의 기와집 중에서도 가장 큼직한 집이 갑례네 시집이라는 것을 영칠이는 얼른 알 수가 있었다. 몇 해 전에 그 집 언저리를 빙빙 돌며 갑례와 만날 기회를 엿본 일이 여러 차례 있었기 때문에 쉬 분간이 되었다. 집을 두르고 있는 담 한쪽 모서리가 장마에 그렇게 되었는지, 약간 허물어져 있는 것이 눈에 띄었다. 영칠이는 어찌 된 셈인지, 그 약간 허물어진 담이 여간 반갑게 느껴지지가 않았다. 갑례를 둘러싸고 있는 높다란 담의 한쪽 모서리가 허물어져 있다는 것은 그만큼 틈이 생겨 있는 것을 의미하는 것 같아 매우 흐뭇했다.

그렇게 공연히 혼자 좋아서 빙그레 웃으며, 그 허물어진 담의 위치를 잘 보아 두는 참인데, 바로 그 허물어진 담 옆을 지나 대문 쪽으로 돌아가는 여자가 있었다. 흰 저고리에 초록색 치마였다.

"아!"

영칠이는 저도 모르게 소리를 지르며 눈을 번쩍 떴다.

갑례인 것이었다. 틀림없었다. 얼굴 같은 것이 식별되는 것은 아니었지만, 아무튼 대뜸 그게 갑례라는 것을 알 수 있었다. 갑례가 어디 갔다 오는지, 머리에 무슨 보자기를 이고 대문 안으로 들어가는 것이 아닌가.

갑례가 사라진 대문을 가슴 두근거리며 멀뚱히 바라보고 있던 영칠이는 가벼운 현기증과 함께 몹시 배가 고프다는 생각을 하며 그 자리에 주저앉았다.

영칠이가 슬금슬금 마을로 내려간 것은 해가 지고 사방이 어두워진 뒤였다.

갑례네 시아버지 정 면장이 자위대에 붙들려 들어갔다는 이야기, 붙들려간 지도 벌써 한 달이 다 되어가고, 자위대가 분주소로 바뀐 지도 오래인데, 아직 놓여나오지 못하고 있다는 이야기, 그리고 시아버지의 조석을 해 나르느라고 갑례의 고생이 이만저만 아니라는 이야기, 게다가 시어머니는 병환이 깨끗하게 끝나질 않아 노상 시들시들 기운을 차리지 못하고 방 안에만 틀어박혀 있다는 이야기 같은 것을 영칠이는 외갓집 사람들의 입을 통해 들었다. 이 마을에서 난리를 제일 톡톡히 당하는 것이 그 집이라는 것이었다.

그러고 보니, 엊그저께 갑례가 머리에 무슨 보자기를 이고 어딘가 갔다가 돌아온 것도 다름이 아니라, 시아버지의 저녁을 나르고 오는 길인 것이 분명했다. 흰 저고리에 초록색 치마를 입고 한 손으로 머리 위의 보자기를 받쳐 든 갑례의 모습이 어쩐지 측은하게 눈에 떠올라, 영칠이는 속으로 음— 했다.

그날 해질녘, 영칠이는 면소재지에서 오는 길가에 호젓한 산기슭 머루 덤불 그늘에 아무도 몰래 앉아 있었다. 물론 시아버지 저녁을 갖다 나르고 돌아오는 갑례를 기다리고 있는 것이었다. 한쪽 팔에 감은 베 조각도 새 것으로 갈았고, 목에 건 것도 새끼 오라기가 아니었다. 허리에 수류탄도 매달려 있지 않았다. 얼굴도 말끔히 씻었고, 옷도 갈아입었을 뿐 아니라, 이삼 일 배도 실컷 채운 듯, 이제 신수가 제대로 사람 같았다.

머루 덤불 그늘에 앉아 영칠이는 저만큼 들 가운데를 흘러가고 있는 시냇물을 바라보았다. 거기 놓여 있는 조그마한 다리가 마치 무슨 그림에 나오는 풍경처럼 보였다. 차츰 고운 빛으로 물들어가는 먼 서녘 하늘이 배경을 이루고 있어서 더욱 그럴싸했다.

갑례의 모습이 영칠이의 시야에 들어온 것은 잠시 후의 일이었다. 도토리나무 숲길을 빠져 나오는 모습이 눈에 띄었던 것이다. 아직 꽤 먼 거리였다. 그러나 그게 갑례라는 것을 영칠이는 대뜸 알 수가 있었다. 오늘은 흰 저고리에 다홍치마였다.

냇물에 이르러, 조심조심 다리를 건너는 그녀의 다홍치마 빛깔은 그렇잖아도 그럴싸한 한 폭의 풍경에 더욱 선연한 아름다움을 더하는 것 같았다. 서녘 하늘의 낙조도 한결 짙게 타오르고 있었다.

다리를 건너 이쪽으로 오고 있는 갑례를 영칠이는 약간 가슴의 고동을 느끼며 바라보았다. 머리에 밥그릇 보자기를 이고 힘없이 걸어오고 있는 모습이 어쩐지 영칠이의 가슴을 찌르르 아프게 했다. 여자란 시집을 가고 나면 저처럼 남의 집 사람이 되어버리는가 싶으니 좀 서글프기도 했다.

갑례가 바로 저만큼 눈앞에 다가오자, 영칠이는 자리에서 가만히 일어났다. 그리고 천천히 걸어 내려가며,

"갑례!"

하고 불렀다.

나직하나 약간 떨리는 목소리였다.

"어메야!"

갑례는 깜짝 놀라 주춤 멈추어 섰다. 너무나도 뜻밖의 일에 어쩔 줄을 모르면서도, 그녀는 얼른 손으로 치맛자락을 여몄다. 그리고 머리에 인 보자기를 내렸다. 발그레 얼굴이 물들어 있었다.

영칠이가 성큼 길에 내려서서 빙그레 웃으며 다가오자, 갑례는

이번에는 정말 어떤 두려움으로 눈이 휘둥그레졌다. 영칠이의 행색이 아무래도 예사롭게 느껴지지가 않았던 것이다. 빡빡 깎은 머리가 어쩐지 수상했고, 베 조각으로 칭칭 감아 목에 걸고 있는 한쪽 팔이 슬그머니 겁이 났다. 그래서 비실비실 몇 걸음 뒤로 물러서는 판인데, 영칠이는 얼른 다가들어 그녀의 손목 하나를 덥석 잡으며,

"와 내가 무섭나?"

했다.

그리고,

"내가 얼매나 기다렸는 둥 아나? 조용한 데 가서 이얘기나 좀 하자."

하고 손목을 잡아끌었다.

영칠이의 우악스러운 손아귀에 붙들리자, 갑례는 우선 누가 보는 사람이 없나 두려워 사방부터 둘러보았다. 마침 아무도 보는 사람은 없었다. 그러나 이런 데서 승강이를 하고 있을 수는 없다는 생각이 들었고, 또 우악스러운 손아귀로부터 손목을 통해 전신으로 퍼지는 야릇한 남자의 느낌 같은 것이 절로 맥을 못 추게 해서, 갑례는 잡아끄는 대로 순순히 따랐다.

저물어가는 산속은 호젓하기 이를 데 없었다.

"어디까지 가예? 그만 가예. 예?"

갑례는 내리덮이는 산그늘이 정말 무서운 모양이었다. 그리고 어떤 두려움이 왈칵 밀어닥치는 듯했다.

그러나 영칠이는 아랑곳없이, 아예 단단히 자리를 잡으려는 듯 골짜기로 깊숙이 자꾸 들어갔다. 그녀의 밥그릇 보자기까지 자기가 받아들고 말이다.

머루 덤불이 잔뜩 우거진 아늑한 풀밭이 눈에 띄자, 영칠이는 거기에 갑례를 앉혔다. 그리고 그녀의 보자기를 놓고 저도 앉았다.

머루 덤불에는 까만 머루알이 조랑조랑 수없이 열려 있었다.

"어메나―"

갑례는 대번에 감탄을 했다. 그러나 나직한 목소리였다.

갑례가 감탄을 하자 영칠이도 좋아서,

"야― 그놈의 멀구 많이도 열렸다."

필요 이상으로 싱글벙글했다.

머루 덤불 사이로 살짝 내다보이는 서녘 하늘은 이제 보랏빛으로 사위어 가고 있었다. 갑례는 두 무릎을 세워 그것을 다홍치마로 여미고 다소곳이 앉아서, 이번에는 그 보랏빛 하늘을 가만히 바라보았다. 영칠이도 잠시 말없이 갑례의 다홍치마를 보고 있었다. 어디선지 졸졸졸…… 물 흐르는 소리가 들렸다.

잠시 후, 영칠이가 불쑥 입을 열었다.

"갑례야, 몇 년 만이고?"

"……."

"퍽 오래 댔제? 한 삼 년 안 댔나?"

"……."

갑례는 아무 대답이 없었다.

그러자 멋쩍은 듯 영칠이도 다시 입을 다물었다.

잠시 후, 이번에는 갑례 쪽에서,

"팔 우야다가 그랬어예?"

하고 입을 열었다.

영칠이는 귀가 번쩍하는 모양이었다.

"응, 좀 다쳤어. 나 전쟁하는 데 갔다 안 왔나."

"예?"

"낙동강까지 갔다 왔어."

"어메나—"

갑례가 놀라는 얼굴로 바라보자, 영칠이는 싱긋 웃으며 빡빡 깎은 머리를 그녀 쪽으로 약간 기울여 보였다.

"그럼 의용군 갔다 왔단 말이예?"

"응, 그놈의 의용군인가 먼가 끌려가서 죽을 뻔했다니까."

"우야꼬—"

그제야 갑례는 영칠이의 행색에 대한 의혹이 풀리는 모양이었다.

그렇게 놀라는 갑례가 영칠이는 여간 고맙고 가깝게 느껴지는 것이 아니었다. 갑례는 지금도 역시 자기의 것임에 틀림없다는 그런 생각이 들기도 했다. 그래서 영칠이는 은근하고 따뜻한 목소리로 그러나 장난스럽게,

"갑례야, 내가 죽었더라면 시원했겠제?"

하며 바싹 곁으로 다가앉았다.

그러자 갑례는,

"치!"

하고 조금 비켜 앉으려 했다.

비켜 앉는 것을 영칠이가 가만히 둘 까닭이 없었다. 한쪽 성한 팔로 불끈 끌어당겼다. 갑례의 부듯한 상체가 팔 안에 꽉 차며 물큰 여자 냄새가 코로 스미자, 영칠이는 절로 가슴이 펄럭거렸다. 그리고 바로 눈앞에 와 있는 그녀의 하얀 귀를 바라보며,

"그동안 우얘 지냈노?"

속삭이듯 말했다.

갑례도 가슴이 걷잡을 수 없이 뛰는 모양이었다. 다소곳이 고개를 숙이며 말이 없었다.

"혼자서 외롭았제?"

"……."

"그제?"

"치!"

"그럼 안 외롭았다 말이가?"

"몰라!"

"헛헛허……."

영칠이는 벌겋게 웃었다. 그리고 걷잡을 수 없는 충동을 느끼며, 그만 뜨거운 입을 그녀의 입술로 가져가려 했다. 그러사 삽례는 와락 영칠이를 떠밀어내며,

"장개 가서 재미가 꿀 같다메?"

살짝 눈을 흘겼다.

"머?"

"색시가 그렇게 이쁘다메?"

"헛헛헛허……."

영칠이는 어이가 없었다. 그러나 그런 갑례가 못 견디게 좋았다. 말하자면 여자의 새암인 것이었다. 새암이 그렇게 짓궂은 표현으로 나타났던 것이다. 영칠이는 그녀를 깨물고 싶었다.

"아이 요고야!"

영칠이는 갑례를 힘껏 끌어안고 부르르 떨며 재차 입술을 덮쳤다. 무슨 뜨겁게 달아오른 것이 와 닿기라도 한 듯 갑례는 얼른 고

개를 돌렸다. 그러나 소용이 없었다. 어느새 몸이 뒤로 나가쓰러지고 있었고, 영칠이의 얼굴이 벌겋게 다가들고 있었다.

영칠이의 뜨거운 입술에 짓눌리며 갑례의 입술도 화끈화끈 익을 대로 익어갔다. 절로 두 눈도 스르르 감겼다.

그러나 다음 순가, 갑례는 눈을 떴다. 그리고,

"몰라! 몰라!"

냅다 영칠이의 앞가슴을 떠다밀었다.

정신이 홱 돌아오는 것이었다. 절대로 안 된다고 생각했다. 남의 아내 된 몸으로 이게 무슨 짓이냐 싶었다. 지금까지 지켜온 것이 이렇게 쉽사리 허물어져서야 되겠느냐 싶었다. 그러나 이미 일은 걷잡을 수가 없었다.

영칠이는 사나운 짐승 같았다. 어느새 부상을 해서 목에 걸고 있다던 팔까지 쑥 뽑아 마음대로 놀려대고 있었다. 부상을 했다는 것도 말짱 헛말인 모양이었다.

갑례는 고개를 옆으로 떨어뜨렸다. 시야에 수없이 많은 머루알이 비쳤다. 그런데 그 새까만 머루알들의 윤곽이 차츰 흐려져서 흐늘흐늘한 반점으로 변하는 것이었다. 그리고 그 무수한 반점들이 이번에는 흔들흔들 흔들리기 시작했다. 갑례는 안 된다고, 안 된다고, 뇌고 있었다. 그러나 그 소리는 음성이 되어 입 밖으로 나오는 것이 아니라, 입안에서 달디단 군침에 녹아 스러지고 있었다. 갑례의 두 눈은 저절로 다시 감겨버렸다.

영칠이와 갑례가 자리에서 일어났을 때는 이미 깜깜한 밤이었다.

이튿날도 영칠이는 산기슭에 나가 있었다. 그러나 그날은 갑례

대신 마 서방이 저녁을 갖다 나르고 오는 것이었다. 영칠이는 슬그머니 화가 치밀었으나, 하는 수 없었다. 그 이튿날도 마찬가지로 허탕이었다.

그런데 그 다음 날은 어찌된 영문인지 숫제 아무도 나타나지가 않았다. 그 다음 날도 역시 아무도 나타나지 않았다. 알 수 없는 노릇이었다.

그러나 알고 보니 그럴 수밖에 없었다. 정 면장이 내무서로 넘어갔다는 것이었다. 결국 여기서 놓여나오지 못하고, 기어이 군에 있는 내무서까지 압송되어 가고 만 것이었다.

영칠이는 입맛이 썼다. 다른 도리를 강구하는 수밖에 없었다.

그리고 영칠이는 갑례가 괘씸하다는 생각이 들기도 했다. 여자란 몸을 허락하기까지가 까다로운 것이지, 한 번 허락하고 나면 오히려 그쪽에서 안달이 나는 법인데, 갑례 이것은 어떻게 되어먹었는지 도무지 그런 법이 없으니 말이다. 더구나 이번에 처음으로 몸을 섞은 사이도 아닌데 말이다. 사람 환장할 노릇이었다.

"옳지, 그렇지."

영칠이는 무슨 좋은 생각이 떠오르기라도 한 듯 혼자 싱그레 웃었다. 그리고,

"까짓놈의 것!"

하면서 단단한 결심이라도 하는 듯 어금니를 물었다.

갑례네 시집의 그 약간 허물어진 담이 머리에 떠올랐던 것이다. 그리고 좀 엄청난 짓을 감행해야 무슨 끝장이 날 것 같은 것이었다. 그렇지 않으면 평생 가야 갑례를 그 시집에서 끌어내어 자기 것으로 완전히 만들어버릴 수가 없을 것 같았다.

영칠이는 밤이 깊기를 기다렸다.

갑례는 언제나 일찍 잠이 들었다. 저녁을 먹고 설거지를 하고 나면 자기 방에 돌아와서 잠시 바느질 같은 것을 한다. 그리고 상용이를 안고 아랫목에 누우면 그대로 스르르 잠이 드는 것이었다. 어쩌면 그녀에게 있어서는 잠자는 것만이 낙인지도 몰랐다.

그러나 요 며칠은 그렇지가 않았다. 그렇게 흔하던 잠이 어디로 사라졌는지, 도무지 잠을 이룰 수가 없었다. 첫닭이 울 무렵까지 잠을 이루지 못하고, 이리 뒤척이고 저리 뒤척이기가 일쑤였다.

물론 영칠이와의 그 일이 있고부터 생긴 병이었다. 뒤숭숭하고 심란하고, 후회가 막심이기도 했다. 남의 아내 된 몸으로, 더구나 남편은 지금 어디서 어떤 고생을 하고 있는지도 모르는 판국에, 딴 남자와 그런 짓을 저지르다니 죄스럽기 짝이 없는 노릇이었다. 양가(良家)의 며느리 된 입장에서도, 어린 것의 어머니 된 몸으로서도 도저히 있을 수 없는 일이라 생각했다. 그러나 이미 엎질러진 물은 후회를 한들 소용이 없었다. 앞으론 다시 그런 일이 없도록 하는 도리밖에 없었다. 이번 일은 어쩌다가 정신을 차리지 못하고 저지른 단 한 번의 실수로 돌리자고, 갑례는 혀를 자그시 물기도 했다.

그러나 사람이란 참 이상한 것이었다. 그렇게 잘못이라 뉘우치고, 단단히 마음을 도사려 먹으면서도, 한편으론 어디가 자꾸 근질근질한 것 같고, 허전한 것 같고, 울고 싶기까지 해서 견딜 수가 없었다. 지금까지 잠자고 있던 어떤 야릇한 기운이 눈을 떠서 온몸의 피를 긁어 일으키는 판이니 그럴 수밖에 없었다. 생각해 보면 꼬박 육 년 만의 일이었다. 육 년 만에 다시 남자의 뜨거운 살에 접했으니, 잠이 안 오는 병에 걸리는 것이 오히려 당연한 일일 것이다.

그날 밤도 갑례는 애꽂은 이불을 휘감고 누워서 멀뚱멀뚱 잠을 못 이루고 있었다. 밤은 어느덧 자정이 가까워진 듯 간혹 지나가는 바람소리가 들릴 뿐, 사위는 고요할 대로 고요했다. 상용이는 몸부림을 쳐서 저만큼 떨어져가 정신없이 자고 있었다. 등잔불은 가물거리고 있었고, 그 곁에 바느질감이 흩어져 있었다. 그리고 윗목에는 꽃요강이 놓여 있었다. 윗목에 달랑 놓여 가물거리는 등잔불에 은은히 비치고 있는 꽃요강은 어쩐지 이 방의 주인처럼 쓸쓸해 보였다.

갑례는 가만히 꽃요강을 바라보며 하염없이 생각에 잠겨 있었다. 여자란 어쩌면 이렇게도 하잘 것 없는 것인가 싶었다. 생사도 알 길이 없는 남편을 기다리며 이렇게 하고많은 나날을 독수공방으로 보내야 하다니, 참 어이가 없었다. 이렇게 돌아오지 않는 남편을 기다리며 평생을 늙어도 상관없는 것이 여자란 말인가 싶으니, 분한 생각이 들기도 했다. 양가의 며느리가 다 무엇이며, 어린 것의 어머니면 어쨌단 말인가 싶었다. 더구나 세상은 뒤집어져서 언제 어떻게 될지도 모르는 목숨인데 말이다.

갑례는 후유— 한숨을 쉬었다. 이럴 때는 빌어먹을 잠이라도 좀 쏟아졌으면 좋겠는데, 그것마저 뜻대로 안 되니 한숨이 나올 도리밖에 없었다.

영칠이도 이렇게 잠을 못 자고 있는 것일까, 이렇게 한숨을 쉬고 있는 것일까, 그런 생각이 들자 갑례는 불현듯 온몸의 피가 근질근질해지는 것 같았다. 며칠 전의 그 사나운 짐승 같던 영칠이가 못 견디게 그리워지는 것이다. 갑례는 괴롭게 몸을 뒤척였다.

이때였다. 밖에서 무슨 기척이 들렸다. 무엇이 담에서 떨어지는 것 같은 소리였다. 뒷담 쪽인 것 같았다.

갑례는 숨을 죽였다. 그리고 바짝 귀를 기울였다. 잠시 그렇게 귀를 기울이고 있었으나, 아무 기척도 없었다. 우수수 지나가는 바람소리뿐이었다.

바람에 무엇이 떨어진 것일까, 그렇게 생각하며 갑례는 부스스 자리에서 일어났다. 잠시 동안이나마 긴장을 했던 탓인지, 온몸이 나른했다. 이제 불을 끄면 어쩌면 잠이 올 듯도 했다. 갑례는 저만큼 떨어져 나간 상용이를 끌어다가 이불을 잘 덮어주고, 일어나 윗목으로 갔다. 꽃요강 뚜껑을 열고 앉는 것이었다.

이때 영칠이는 살금살금 발소리를 죽이며 뒤란에서 불이 켜진 방 쪽으로 돌아 나오고 있었다. 집 구조로 보아 이 방이 갑례의 방에 틀림없다고 생각하며, 방 옆에 붙은 조그마한 문 앞에 살그미 걸음을 멈추었다. 그러나 혹시 몰라서 방 안의 동정을 살피는 참인데, 난데없이 좍— 물 쏟아지는 소리가 들렸다. 영칠이는 고개를 찔끔하며 싱글 웃었다.

오줌 누는 소리였다. 요강에 떨어지는 오줌발이 여간 줄기찬 것이 아니었다. 밤이 깊어 사위가 너무나도 고요해서 그런지, 그 소리는 마치 어느 깊은 산 계곡에서 떨어지는 조그마한 폭포 소리처럼 들렸다.

영칠이는 온몸이 야릇하게 떨리는 것을 느꼈다. 묘한 쾌감이 몸속을 전류처럼 지나가는 것이었다. 으스스하도록 기분이 좋았다. 갑례에 틀림없는 것이었다.

그 소리가 멎자, 이어 쨍그랑하고 요강 뚜껑 닫히는 소리가 들렸다.

영칠이는 훅 더운 숨을 몰아쉬며 얼른 방문으로 다가들어 문고리를 잡았다.

"갑례야! 갑례야!"

나직하나 숨 가쁜 목소리였다.

그러나 방문은 열리지 않았다. 안으로 걸려 있는 것이었다.

"갑례야! 나야 나!"

갑례는 정신이 아찔하도록 놀랐다. 이 밤중에 난데없이 영칠이가 이게 무슨 일이란 말인가. 너무나도 뜻밖의 일에 갑례는 어찌할 바를 몰랐다. 정신없이 우선 치마부터 찾아 둘렀다.

"문 열어 도고! 문! 문!"

문고리는 곧장 딸그락거렸다.

그러나 갑례는 얼른 문고리로 손이 가지 않았다. 덜컥 겁이 나는 것이었다. 만약 이 일을 누가 안다면 자기는 아주 볼 장 다 보는 판이었다. 남의 남자를 시집에까지 불러들인 화냥년 치고도 이만저만한 화냥년이 아닐 판이니 말이다. 생각만 해도 온몸이 얼어붙는 것 같았다.

그런데 남의 속도 모르고,

"갑례야! 갑례야!"

문고리는 차츰 세차게 딸그락거렸다.

어쩌면 좋을지 갑례는 정신이 하나도 없었다.

그때였다.

"어험! 어험!"

기침소리가 들려왔다.

문간방에서였다. 마 서방이 헛기침을 해댄 것이었다. 잠을 깬 모양이었다. 그리고 기미를 알아챈 것 같았다.

갑례는 놀라 후닥닥 등잔불을 불어버렸다. 방 안이 깜깜해졌다. 깜깜한 어둠 속에 우두커니 서서 갑례는 문간방 쪽으로 귀를 기울였다.

영칠이도 놀란 듯 금세 문고리가 조용해졌다.

"어허험!"

마 서방이 자리에 일어나 앉는 모양이었다. 딱! 딱! 딱! …… 곰방대 두들기는 소리가 들렸다. 그리고 잠시 후 문이 열리며,

"아으윽— 곤하다. 우애 댔노. 인제 날이 새는 기가? 안주 밤중이가?"

하면서 마 서방이 밖을 나오는 기척이 났다.

그러자 영칠이가 질겁을 하고 후닥닥 뒤란으로 돌아가는 기척이 들렸다.

"대문을 잘 장갔나, 우얬노. 문 단속을 잘해야지. 문단속을……."

마 서방은 마치 누구한테 들으라는 듯이 큰소리로 중얼거렸다. 이어 몇 번 대문 덜컹거리는 소리가 들렸다.

이번에는 시어머니도 잠이 깬 모양이었다. 큰방 문이 열리는 소리가 났다.

"앙이 마 서방, 머가 우얘 댔능게? 머가 들어왔능게?"

시어머니 목소리가 들리자, 갑례는 얼른 아랫목 이불 속으로 묻혀버렸다.

뒷담 쪽에서 머가 쿵하고 떨어지는 소리가 났다. 영칠이가 훌떡 담을 뛰어넘는 모양이었다.

마 서방은 필요 이상으로 큰 목소리로,

"들어오긴 머가 들어와요. 아무꺼도 안 들어왔구마, 어서 주무시소!"

그리고 또,

"어엄! 어엄!"

헛기침을 해대는 것이었다.

갑례의 눈에서 눈물이 흘러내리기 시작한 것은 얼마 후의 일이었다. 큰방 문도 닫히고, 마 서방도 방을 들어간 듯 사위가 다시 잠잠하게 가라앉자, 갑례는 그만 가슴이 복받치는 것이었다. 무어라고 형언할 수 없는, 가지가지가 한데 뒤섞여 녹아내리는 듯한 그런 눈물이었다. 눈물은 추적추적 끝없이 베갯잇을 적셨다.

9

이튿날 오후, 마 서방은 허물어진 담을 고쳐 쌓기 시작했다. 간밤에 어떤 녀석이 뛰어넘어 왔었는지, 참 간덩이가 부을 대로 부은 녀석도 다 있다고 생각하면서, 마 서방은 공연히 화가 난 사람처럼 마디가 굵은 손으로 진흙을 철벅철벅 두들겨 붙였다. 그러나 그 심정을 이해 못 하는 바는 아니어서,

"담까지 띠넘었을 땐 오직이나 불알이 탔겠소."

하면서 그 큰 입을 쭉 찢으며 히죽이 웃기도 했다.

그리고 갑례도 겉으로 보기처럼 그렇게 얌전하고 반듯한 여자만은 아니라는 생각이 들었다. 정말 반듯하고 얌전한 여자 같으면 사내들이 감히 그런 엄두를 낼 수가 없는 것이다. 어딘가 사내들의 눈

에 살랑거리는 태가 보이고, 빈틈이 보이기 때문에 감히 남의 집 색시, 남의 집 며느리를 넘보게 된다 싶었다. 며칠 전 시아버지의 저녁밥을 가지고 갔던 갑례가 깜깜한 밤에 돌아왔던 일도 예사로운 일이 아니지만, 벌써 몇 해 전에 직접 눈으로 본 바도 있는 것이다.

마 서방은 몇 해 전, 뒷밭 보리 물결 속에서 불쑥 솟아나오던 갑례를 머리에 떠올렸다. 그때 언덕 위의 도토리나무에 기대앉아 쉬고 있던 마 서방은 눈이 휘둥그레지며, 이게 무슨 일인가 싶었다. 갑례와 시선이 마주치자, 보아서는 안 될 것을 본 것처럼 오히려 자기가 민망해서 얼른 일어나 돌아서서 어정어정 사라져버린 일이 생각났다. 그때 어쩔 줄을 모르며 발갛게 물들어 있던 갑례의 얼굴이 지금도 선명히 눈에 떠오른다. 갑례가 솟아오른 위치가 보리밭 언저리였다면 밭일을 하다가 볼일을 보러 들어간 것이라 보겠지만, 이건 그게 아니라, 아주 보리밭 한가운데였던 것이다. 그리고 자기가 도토리나무에 기대앉아 있은 지도 꽤 되었던 것이다. 그러니 아무리 좋게 생각하려야 생각할 도리가 없었다. 그러나 마 서방은 모른 척했었다. 그런 일을 함부로 입 밖에 내놓았다가 갑례의 전정(前程)을 그르칠 염려가 있을 뿐 아니라, 나이가 허연 사람의 할 노릇이 아닌 것이었다. 더구나 갑례는 자기를 꼭꼭 마 생원이라 부르며, 남달리 위해 주는 터가 아닌가 말이다.

아무튼 그때부터 갑례는 살짝살짝 외방남자와 만나온 게 틀림없는 것 같았다. 그렇게 차츰 간덩이들이 부어올라서 마침내 사내녀석이 담을 뛰어넘어 들어오기까지에 이른 것이라 생각했다. 그런데 궁금한 것은 사내 하나와 그러는 것인지, 아니면 그때의 남자와 지금의 남자가 다른 것인지 하는 점이었다. 그때의 남자와 지금의 남자가 다른 사람이라면 이건 용서할 수 없는 큰일일 것 같았다. 그러나 그렇지 않고, 한 사내와 그러는 것이라면 물론 좋은 일이라고는 할 수 없지마는, 가만히 생각해 보면 사람으로서 있을 수 있는 일인 것만 같이 여겨졌다. 남편과 함께 사는 처지에 그런다면 그야 말할 여지도 없지마는 말이다.

마 서방은 혼자 사는 외로움을 아는 사람이었다. 아는 것이 아니라, 알고도 남는 것이었다. 그 쓸쓸하고 허전하고, 때로는 미칠 것 같은 상태를 얼마나 겪어왔는지 모른다. 지금 역시 마찬가지 처지이지마는, 그러나 이제 몸과 마음이 함께 쇠해서 별로 큰 고통을 느끼지 않고 그럭저럭 살아가고 있는 것이다. 하지만 지금도 가을이 깊어져서 기러기라도 끼륵끼륵 비쳐올 것 같으면 공연히 마음이 뒤숭숭해지고 허전해지고, 슬그미니 지랄이라도 한 번 해버리고 싶은 심정이 되는 것이다. 그리고 어디론지 훌쩍 떠나버리고 싶어진다.

그런데 하물며 이제 스물댓밖에 안 된 꽃 같은 몸으로, 더구나 남자를 알고 어린애까지 하나 낳은 몸으로 어떻게 하고많은 세월을 혼자서 지낼 수가 있단 말인가. 여자라고 다를 게 뭐란 말인가. 충분히 이해가 가는 바였다.

그렇지만 시집을 사는 몸인데, 사내 녀석이 그 시집 담을 뛰어넘어 들어오기까지 하다니, 안 될 말이었다. 다시 말하면 시집 담 너머로 외방남자를 끌어들이는 셈이니, 절대로 될 말이 아니었다. 큰 벼락이 떨어질 노릇이었다. 간덩이가 부어도 분수가 있는 법이다.

"어떤 녀석인동 간도 크제, 간도! 간도!……."

마 서방은 철퍽철퍽 더욱 힘을 주어 진흙을 두들겨 붙였다. 그 간도 큰 녀석의 얼굴에 갖다가 두들겨 붙이듯이 말이다.

마 서방이 뒤안의 허물어진 담을 고치는 것을 알자, 갑례는 절로 목줄기가 당겨 들어가는 것 같았다. 그렇잖아도 낯을 들 수가 없는 판인데 말이다. 방문을 꼭 닫아걸고 자리에 누워 버렸다. 자리에 누워서 철퍽철퍽 진흙 두들겨 붙이는 소리가 들릴 때마다 갑례는 찔끔찔끔 눈을 감곤 했다. 마 서방이 마치 자기의 잘못을 향해 냅다 진흙을 두들겨대는 것만 같은 것이었다.

갑례는 새벽녘에야 잠이 들었었다. 그러나 깊은 잠을 이루지 못하고, 뭐가 뭔지 알 수도 없는 뒤숭숭한 꿈속을 헤매다가 눈을 떴다. 그러니 제대로 정신이 있을 턱이 없다. 간밤의 일을 마 서방이 정말 알았는지, 시어머니가 혹시 눈치를 챘는지 어떤지 알 수가 없었지만, 아무튼 그저 고개를 들 수가 없을 따름이었다. 어떻게 아침을 지었는지, 어떻게 설거지를 했는지도 모른다. 점심을 어떻게 먹었는지도 모른다.

그런 정신이 없는 속에서도 갑례는 시종 속으로,

"아이고 모르겠다. 댈 대로 대겠지, 댈 대로……."

이렇게 뇌고 있었다.

자포자기였다. 자기로서는 이제 이 일을 어떻게 감당해 나갔으면 좋을지 도저히 모르겠는 것이었다. 자꾸 그 생각에 골몰해 있다가는 그만 풀썩 무너져버릴 것만 같았다. 이런 경우에는 될 대로 되겠지, 될 대로…… 해버리는 편이 오히려 자기를 지탱하는 힘이 되는 법이다. 어쨌든 스물다섯밖에 안 된 꽃다운 색시가 벌써 이런 흐늘흐늘한 상태가 되다니, 참 딱한 노릇이 아닐 수 없었다.

방문을 꼭 닫아걸고 자리에 누워서 철퍽철퍽 뒤란에서 마 서방이 진흙 두들겨 붙이는 소리에 찔끔찔끔 눈을 감곤 하던 갑례는 잠

시 후,

"아이고 댈 대로 대라, 댈 대로……."

해버렸다.

"아— 내가 알기 머고, 내가…… 나같이 팔자가 빌어묵게 생긴 년은 그저 댈 대로 대는 기라, 댈 대로…… 이 집에서 나가라 카면 나가는 기고……."

이렇게 팔자까지 들먹거리고 있는 때였다.

와장창! 대문 열리는 소리가 들렸다. 빗장을 지르지 않고 그냥 닫아놓은 대문짝을 냅다 걷어차며 무엇이 들이닥치는 모양이었다.

될 대로 돼라 하고, 흐늘흐늘한 상태가 되어 있던 갑례도 반사적으로 자리에서 벌떡 일어나 앉았다. 어느새 온몸이 바짝 굳어져 있었다. 그러나 대문짝 소리가 너무 요란하고, 또 사람들 들이닥치는 기척이 거칠게 들려와서, 일어나 앉은 그대로 더 어떻게 꼼짝을 할 수가 없었다. 새파랗게 질리며 방문 밖으로 귀를 곤두세울 따름이었다.

뒤란에서 진흙 두들겨 붙이는 소리도 멎었고, 큰방에서 시어머니가 기침을 하는 소리가 들렸다.

"이 집에 아무도 안 사는 기가?"

"빈집이가?"

"사람이 오면 좀 얼굴이라도 내밀어야지, 우리 같은 기사 사람이 앙이라 그 말씸인강? 흥! 어디 좀 볼까!"

그러자 뒤란에서 마 서방이,

"뉘시오?"

하며 돌아 나왔다.

"누군지 보만 모르겠소?"

"예, 알겠심더, 알겠심더."

마 서방은 진흙 묻은 커다란 두 손을 덜렁 무릎 앞으로 떨어뜨리며 굽신해 보였다.

총을 맨 분주소원 두 사람과 토리우치 모자를 눌러쓴 사람 하나, 그리고 그냥 바지저고리 하나, 이렇게 네 사람이었다.

"동무는 이 집 머슴이지."

토리우치가 말했다. 보면 다 알겠는 모양이었다.

"예."

"지금이 어느 세상이라고 남의 집 머슴을 살고 있어? 더구나 이런 반동 놈의 집에……. 넋 빠진 영감 같으이라고?"

"예."

"해방 투쟁에 띠들어야지, 해방 투쟁에……."

"예."

"그건 그렇고, 이 집 주인 없나?

"예."

마 서방은 그저 등신처럼 예예 하며, 젊은 녀석들한테 굽실굽실 할 따름이었다.

"이놈의 영감, 와 주인이 없노?"

"잡아 안 갔능게. 벌써 한 달이 다 대가는데, 나아리는 모르능게?"

"우린 나아리가 아니다. 동무란 말이다, 동무……."

"예, 동무 나아리, 모르능게?"

마 서방은 메기주둥이 같은 입을 쭉 찢으며 헤— 웃었다.

"이놈의 영감쟁이, 헛헛허…… 동무 나아리가 머고, 동무 나아리가…… 그래 그 반동 면장놈은 교화 바드로 간 줄 안다만, 그럼 이 집에 영감 혼자 있단 말이가?"

"예, 아니요, 저……."

마 서방은 어쩔 줄을 몰랐다.

"안주인이 있을 끼 앙이가? 메느리도 있을 끼고……."

다 알고 있는 것이었다.

"……."

마 서방은 대답을 못해 우물쭈물하기만 했다.

그러자 분주소원 하나가 얼른 어깨에서 총을 벗어 들더니, 성큼 토방으로 뛰어오르며,

"안주인이 있을 끼 잉이가!"

냅다 소리를 질렀다. 그리고,

"와 얼굴도 안 내미노?' 우리 같은 기사 사람도 앙이라 말이가?"

사정없이 큰방 문을 열어젖히는 것이었다.

쿨룩쿨룩쿨룩……. 기침소리와 함께 영일댁이가 쓰러지듯이 새파란 얼굴을 내밀었다.

영일댁이의 얼굴이 나타나자 토리우치는,

"어험!"

하며 거드럭거드럭 그 앞으로 다가갔다.

그리고 호주머니에서 무슨 종이 한 장을 꺼내며,

"당에서 나왔소."

하는 것이었다.

영일댁이는 그저 겁에 질려서 파랗게 떨기만 할 뿐이었다.

토리우치는 또 한 번 어험! 하고는, 그 종이쪽지를 불쑥 내밀며,

"당의 지령에 의해서 역산(逆産) 몰수를 하로 왔소. 자, 이기 당의 지령서요."

그리고 파랗게 질린 영일댁이의 얼굴이 조금은 보기 안됐는 듯 시선을 비키며,

"어디까지나 당의 지령이니, 우릴 원망하진 마시오."

이러는 것이 아닌가.

역산 몰수가 무슨 말인지 몰라, 영일댁이는 여전히 그저 떨고만 있었다.

마당에 멀뚱히 서 있는 마 서방 역시 그게 무슨 말인지 알 수가 없었고, 방 안에서 조그맣게 굳어져 숨도 제대로 못 쉬고 있는 갑례 또한 마찬가지였다.

역산 몰수가 무슨 뜻인지 모르는 눈치자, 토리우치는 이제 곧 알게 될 테니 보라는 듯이 코로 비시그레 이지러진 웃음을 웃었다. 그리고,

"행동 개시! 우선 큰방부터!"

쩌렁 명령을 내리는 것이었다.

토리우치의 명령이 떨어지자, 분주소원 두 사람이 재빨리 큰방으로 뛰어들었고, 뒤이어 바지저고리가 마루 위로 올라갔다.

그러자 영일댁이는 질겁을 하며,

"아이고—"

냅다 비명을 질렀다.

시어머니의 비명 소리에 갑례는 저도 모르게 벌떡 일어나 방문을 열고 뛰어나갔다. 마 서방도 얼굴이 푸르락붉으락하며,

"이기 무신 일이고? 이기, 이기……."

어찌할 바를 몰랐다. 그저 커다란 두 손을 털렁털렁 흔들어 손에 묻은 진흙을 떨어뜨릴 따름이었다.

방 안에 뛰어 들어간 녀석들은 비명을 지르는 영일댁이를 아무렇게나 대청마루로 밀어내 버리고, 방 안을 마구 뒤지기 시작하는 것이었다. 그래서 쓸 만한 물건은 모조리 꺼내는 판이었다. 말하자면 날강도 판이었다. 그게 바로 역산 몰수인 것이었다.

"아이고— 세상에 이기 무신 짓들이고! 이기! 남의 물건을 와 끄집어내노! 와? 와? 앙? 앙?……."

장롱 깊숙이 묻어둔 피륙이랑 옷가지들을 마구 뒤적거려내는 것을 보자, 영일댁이는 발작을 한 사람처럼 고래고래 악을 써댔다. 병이 말끔히 씻어지지 않아 늘 시들거리는 영일댁이의 어디서 그런 다부진 소리가 나오는지 몰랐다.

그러자 토리우치가 쾅쾅 발을 구르며 토방으로 올라섰다.

"아까 말 안 했나! 역산 몰수란 말이다. 역산 몰수. 이 할망구야! 반동 놈의 재산을 몰수하는 기 역산 몰수란 말이다. 알겠나? 사람을 모조리 안 잡아가는 것만도 고맙다고 생각하란 말이다. 이놈의 할망구야! 어디서 고함을 지르고 야단이고. 또 고함을 지를 끼가? 앙?"

토리우치의 노성을 듣자, 방 안에서 분주소원 하나가 총을 번쩍 들고 일어서더니, 총구멍을 영일댁이 쪽으로 불쑥 들이댔다.

"맛 좀 봐야 알 끼가? 이놈의 할망구야!"

그리고 이번에는 잽싸게 총구멍을 대청마루의 천장으로 추켜들더니, 그만 진짜로 방아쇠를 당겨버리는 것이 아닌가.

빠캉!

온통 집 전체가 들썩했고, 귀청이 떨어져 나가는 것 같았다.

영일댁이는 혼이 날아간 듯 그만 그 자리에 벌떡 나가넘어져 버렸고, 갑례 역시 마룻바닥에 아무렇게나 철버덕 주저앉아 있었다. 마 서방 역시 입을 딱 벌리고 두 눈을 굴렁거리며 비실비실 뒷걸음질을 치고 있었다.

과연 무서운 것이 총소리였다. 그 위력은 대단했다. 한 방 총소리가 터진 다음엔 아무도 찍소리 한 마디 하질 못했다. 녀석들 마음대로였다.

갑례와 마 서방은 기절을 한 영일댁이를 사랑방으로 옮겨다 놓고 찬물을 끼얹는다 팔다리를 주무른다 할 따름이었다.

총소리를 듣고 마을 사람들이 조심조심 모여들어 대문 밖에서 안을 기웃거렸고, 놀러 나갔던 상용이가 뛰어 들어와,

"엄마— 엄마—"

소리를 지르며 마구 울음을 터뜨렸다.

그러나 녀석들은 아랑곳이 없었다. 마치 자기네 집의 이삿짐이라도 꺼내듯이 큰방·작은방·골방·부엌·광·헛간 할 것 없이 온통 집 안을 샅샅이 뒤져 물건을 끄집어내는 것이었다.

그렇게 끄집어낸 물건들 중에서 토리우치의 명령에 따라 값지고 쓸모 있는 것만 따로 가려내는 것이었다. 우선 오늘은 그것만 가져갈 모양이었다. 그리고 나머지는 광 속에 모조리 때려넣는 것이었다. 때려넣고는 문짝에 못을 치고, 그 위에다가 또 붉은 딱지를 넌더리나게 수없이 처발라 놓는 것이었다. 곧 또 가지러 올 터이니, 절대로 손을 대서는 안 된다는 표지였다.

환한 대낮이었다. 환한 대낮에 마을 한가운데 있는 집에서, 더구나 동네 사람들이 보고 있는 앞에서, 이런 일이 거침없이 오히려 유유히 자행되고 있었다.

그로부터 며칠 뒤의 일이었다. 마 서방은 마을 인민위원장이라는 사람의 호출을 받았다. 무슨 일인지, 공연히 불안해지며 기분이 언짢았으나, 그렇다고 안 찾아갈 수는 없었다.

허리춤에 두 손을 찌르고 어슬렁어슬렁 찾아가 보니, 위원회 사무실이라는 동네 사랑방에 몇몇 마을 사람들이 앉아 있었다. 물론 잘 아는 사람들이었다.

마 서방이 나타나자, 위원장은 들창코를 벌름거리며,

"마 동무 어서 들어오소."

하고 반기는 것이었다.

마 서방은 우선 불길한 일은 아닌 것 같아 마음이 놓였다.

마 서방이 방 안으로 들어가자, 위원장은 무슨 영문인지 제법 손 하나를 척 내밀며 악수를 청하는 것이었다. 마 서방은 당황했다. 지금까지 마 서방은 한 번도 악수라는 것을 해본 일이 없었다. 그러나 그래서 당황한 것은 아니었다. 위원장이란 사람과는 같은 마을에 살아왔기 때문에 벌써 옛날부터 지면*(이미 알고 있는 사람)이긴 했지만, 자기는 남의 집을 사는 처지이고 저쪽은 어디까지나 어엿한 일가의 가장일 뿐 아니라, 동네에서 말깨나 하고 제법 바깥출입도 하는 터여서, 간혹 만나면 이쪽에서 보내는 인사를 저쪽에서 받을 뿐인 그런 사이였는데, 더구나 세상이 뒤집어져서 이제 위원장이라는 감투까지 쓴 사람이 자기 같은 것에게 악수를 하자고 손을 내밀었으니 예사로울 도리가 없었다.

마 서방은 커다란 두 손으로 덥석 덮치듯이 어설프게 위원장의 손을 잡았다. 얼떨떨하고 조금 황송하기도 하고, 그런 모양이었다. 위원장과의 악수가 끝나자, 이번에는 방 안에 앉은 사람들이 제각기 모두 손을 내미는 것이 아닌가. 무엇이 어떻게 돌아가는 영문인지 알 수가 없어 마 서방은 어리둥절하기까지 했다. 그리고 곧 우습다는 생각이 들어,

"와들 이카능게?"

하고 허— 웃어버렸다.

그러자 위원장 역시 빙그레 웃으며 말했다.

"오늘부터 우리캉 같이 일하게 됐소, 마 동무."

"예?"

"자 거기 앉소, 앉으면 다 알 끼니까."

"……?"

마 서방은 어이가 없었다. 누구 마음대로 오늘부터 같이 일하게 되었다는 것인지 참 별일도 다 본다 싶었다. 그러나 앉으라는데 안 앉을 도리가 없었다. 엉거주춤 을씨년스럽게 쭈그리고 앉자, 편히 앉으라는 것이었다. 까짓 놈의 것, 무엇이 어떻게 되는지 편히 앉아 보았다.

"다름이 앙이라, 토지개혁을 하게 됐는데, 마 동무도 토지개혁위원으로 뽑혔다 그 말이요. 우리 마을 토지개혁위원이 모두 다섯 사람인데, 마 동무도 그 중 한 자릴 차지했다 그 말이구마. 어떻소 기분이, 마 동무."

위원장은 토지개혁을 '개헉'이라 주워섬기며, 마 서방이 무척 희색

을 띄리라 싶어 지레 빙글빙글 웃었다. 그러나 의외에도 마 서방의 표정은 신통치가 않았다. 도무지 내키지가 않는 그런 얼굴이었다.

사실 마 서방은 토지개혁이란 말을 더러 듣긴 했으나, 그게 무얼 어떻게 하는 것인지 도무지 알지도 못했으며, 흥미도 없었다. 그러나 그래서 마 서방이 내키지 않는 표정을 지은 것은 아니었다.

그게 아니라, 이자들과 함께 어울리기가 싫은 것이었다. 늙은이나 젊은이나 마구 동무라고 부르며 설쳐쌓는 꼴들이 아무래도 사람의 꼴이 아닌 것 같아 못마땅하기 짝이 없었다.

그리고 벌써 마 서방은 그들의 맛을 톡톡히 본 셈이기도 했다. 그들이 정 면장을 잡으러 나왔을 때 가슴패기를 총으로 쥐어 박혀 뒤로 나가넘어지기까지 했으며, 며칠 전 날강도 같은 그들의 행패를 눈으로 똑똑히 보았으니 말이다.

그런 패거리들과 어울려 토지개혁이 무언진 모르지만, 그런 걸 함께 한다면 똑같은 놈이 되고 마는 것이 아닌가. 될 말이 아니었다. 그리고 또 자기는 위원이니 뭐니 하는 그런 것과는 아예 손톱만큼도 상관이 없는 사람으로 세상에 나온 것이다. 자기가 무슨 위원이라니 배꼽이 웃을 노릇이었다. 그러나 나는 싫소, 하고 일어설 수가 없었다. 이자들 앞에서는 어찌된 셈인지 그렇게 되지가 않았다. 그저 눈을 멀뚱거리며 커다란 두 손을 무릎 아래로 축 늘어뜨려 놓고 앉아 있을 따름이었다.

그런 마 서방의 기색을 본 위원장은 약간 음성을 높였다.

"마 동무, 우째 아무 말이 없소? 우리가 마 동무를 생각해서 일부로 위원의 한 사람으로 뽑았는데…… 마 동무가 우리 마을에서 가장 가난하고 불쌍한 사람이라고, 모두 마 동무를 꼭 위원으로 뽑아야 한다고 얼마나 공론이 많았는동 아능게?"

마을에서 가장 가난하고 불쌍한 사람이라는 말에 마 서방은 그만 히죽 웃었다. 사실이 그런지 모른다. 그러나 마 서방은 자기가 가난하다거나 불쌍하다거나 그렇게 생각해 본 적은 한 번도 없었다. 그저 별 걱정 없이 마음 내키는 대로 뜬구름처럼 살아가는 인생이라고 생각하고 있는 것이다. 행복하다고 생각하지도 않으며, 그렇다고 불행하다고도 생각하지 않는다. 타고난 대로 그저 살아가고 있는 것이다. 뜬구름처럼 혼자 흘러가는 몸이니, 재산도 필요 없고, 다른 욕심도 없다. 그러니 오히려 홀가분하고 편하다는 생각이 들 때도 있다. 가을이 깊어지면 쓸쓸해서 마음을 걷잡지 못하는 것은 가난해서 그런 것도 아니고, 불쌍해서 그런 것도 아니다. 그런 것과는 무연한 일이다.

그런데 마을에서 가장 가난하고 불쌍한 사람이라 위원의 한 사람으로 뽑았다니, 쓴웃음이 안 나올 도리가 없었다.

마 서방이 메기주둥이 같은 큰 입으로 히죽이 소리 없이 웃자, 위원장은 다시 말을 이었다.

"토지개혁에는 마 동무 같은 사람이 반다시 한두 명 위원이 대야 댄다고, 면위원회에서 지령도 나와 있단 말이구마. 어떻소, 마 동무?"

"……."

"대답이 없는 기 생각이 없다 그 말이지? 아무래도 사상이 좀 의심스러분데……."

그제야 마 서방은 입을 열었다.

"나 같은 사람이 뭘 아능게. 낫 놓고 기억자도 모르는데."

"그러니까 못하겠다 말이지?"

"하고 못하고 보담, 토지개혁이 먼동 위원이 먼동…… 먹통 같은 사람이 멀 우짠단 말인게. 답답도 하구마."

"그기사 걱정할 것 없소. 일은 우리가 다 할 끼니까, 그저 와서 앉아만 있으면 대는 기라."

마 서방은 그만 큰소리로,

"헛헛헛허……."

한바탕 웃고 나서,

"그럽시더. 가만히 앉아 있는기사 머……."

이렇게 말해 버렸다. 그래서 결국 마 서방은 평촌부락 토지개혁 위원회 위원의 한 사람이 되고 말았다.

토지개혁이란 무척 힘이 드는 일인 모양이었다. 낮에도 오라, 밤에도 오라 성가시게 굴었다. 그런데 두어 차례 가서 한쪽 구석에 멀뚱히 앉아 하는 수작들을 보고 있으니, 아무리 먹통 같은 마 서방이지만, 무슨 짓들을 하는지 대강 알겠는 것이었다. 남의 논밭을 마구 이 사람 저 사람에게 갈라붙이는 모양이었다. 어디 있는 어느 논은 누구 앞으로, 그리고 어느 밭은 아무개 쪽으로…… 이런 식으로 이리 찢어 붙이고 저리 찢어 붙이는 판이었다. 자기들 멋대로였다. 물론 면위원횐가 뭔가에서 내려왔다는 종이쪼가리와 무슨 지저분한 문서 나부랭이를 놓고 들여다보아쌓으면서 말이다 곧잘 의견이 맞질 않아, 방 안이 시끌짝해지기도 했다. 이거 정말 야단났구나 싶었다.

"마 동무한테 어느 논을 띠주까? 옥토를 좀 띠조야지."

노골적으로 이런 소리까지 나오자, 마 서방은 그만 오줌을 누러

가는 척하고 자리를 떠버렸다.

그 뒤론 일체 걸음을 하지 않았다. 가지 않아도 데리러 오지도 않는 것이었다. 있으나마나 한 존재이니 이름만 그저 위원이라고 붙여놓으면 그만인 모양이었다.

그런데 며칠 후 마 서방은 참으로 난처해지고 말았다. 하필이면 마 서방에게 바로 주인집 논이 분배되었던 것이다. 물론 그 많은 논 전부는 아니었다. 그 중 일부였다. 그러나 그게 될 일인가 말이다. 자기가 몸담아 살아오고 있는 주인집 논을 세상이 뒤집혔다고 자기가 차지하다니, 사람의 탈을 쓰고는 할 수 없는 노릇이었다. 시퍼런 하늘이 두렵기만 했다.

주인집 논이 아니라, 딴 논이 분배되었다 하더라도 그런 것을 받을 마 서방이 아니었다. 뜬구름처럼 혼자 흘러가는 몸인데, 논이 무슨 필요가 있으며 또 설사 필요가 있다 하더라도 멀쩡한 남의 논을 생짜로 빼앗아서 주는 그런 것을 무슨 까닭으로 받느냐 말이다. 그런 논을 갈아서 거기서 난 곡식을 어떻게 입에 떠 넣으며, 그런 곡식으로 배를 채우고 세상을 살아서 도대체 무얼 할 것인가 말이다.

마 서방은 혼자 화를 참지 못해 뱉어 붙였다.

"베락을 맞을 자석들! 개 같은 자석들!"

그러나 밤에 자리에 누워서 잘 생각해 보니, 그게 아니라는 생각이 들었다. 자기에게 주인집 논이 분배되길 잘했다고 여겨지는 것이었다. 주인집 논밭이 모조리 자기에게 분배되었으면 더 좋았을 텐데 말이다. 만일 주인집 논밭 전부가 남에게 분배되었더라면 어쩔 뻔했나 싶기도 했다.

이튿날 아침 마 서방은 일찍 위원장 집을 찾아갔다. 위원장은 우물가에서 세수를 하고 있었다.

"위원장 동무!"

마 서방은 그렇게 못마땅하게 여기던 동무 소리를 자기 입으로 거침없이 사용하며 세수를 하고 있는 위원장을 향해 커다란 두 손이 무릎 아래까지 덜렁 내려가도록 굽신 절을 했다.

위원장은 물이 뚝뚝 듣는 들창코를 쳐들며 히죽 웃었다.

"우짠 일인게? 이렇게 일찍이."

"저…… 다름이 앙이라, 저…… 부탁이 있어서……."

"무신?"

"다름이 앙이라, 위원장 동무, 이 동네서 젤 가난하고 불쌍한 나한테 우리 주인집 논밭을 다 분배해 줄 수 없겠능게? 좀 그렇게 해주소."

"머라? 주인집 논밭을 다? 헛헛헛허……."

위원장은 어이가 없는 듯 껄껄껄 웃었다. 그리고,

"마 동무, 참 욕심도 대단하구려. 베락부자가 한 번 대보고 싶다 그 말씀인게? 엇헛헛헛허……."

또 웃는다.

"예, 그렇구마. 나같이 가난하고 불쌍한 사람 한 번 베락부자 대보는 것도 안 좋은게. 위원장 동무, 그렇게 좀 해주소."

"엇헛헛헛허……."

위원장은 무엇이 그렇게 우스운지, 세수를 마칠 생각은 않고, 들창코를 벌름거리며 가가대소를 해댔다. 마 서방이 왜 주인집 논밭을 전부 분배해 달라는지, 그 속셈은 모르고 말이다.

마 서방이 주인집 논밭을 전부 자기 앞으로 분배해 달라고 위원장을 찾아왔더라는 소문은 곧 온 마을에 퍼졌다. 그 말을 들은 사람들은 누구나 입을 딱 벌리거나 혀를 내두르며 그놈의 영감이 환장을 하지 않았으면 노망을 한 게 틀림없다고 욕을 해댔다. 남의 속도 모르고 말이다.

10

말이 유치장이지 이건 그냥 덜렁한 창고였다. 창고를 임시 유치장으로 사용하고 있는 것이었다. 정식 유치장이 초만원이기 때문이었다. 제법 널찍한 임시 유치장 안에도 붙들려온 사람들이 거의 가득했다. 그 속에 정 면장도 섞여 있었다. 정 면장은 축 늘어져서 한쪽 벽에 비스듬히 기대앉아 있었다.

정 면장이 내무서로 넘어온 지도 어느덧 열흘이 가까워 오고 있었다. 그동안 정 면장은 세 차례 불려나가 심문을 받았다. 면분주소에서 넘어온 조서에 의해서 심문을 받는 판이니, 그때와 마찬가지로 그저 얻어맞는 일이었다. 사실무근한 일을, 사실이지? 그랬지? 하고 다가드는 데는 정말 사람 환장하고 나자빠질 노릇이었다. 그리고 자서전인가 뭔가를 쓰느라고 얼마나 생땀을 흘렸는지 모른다. 그들은 피의자가 글줄깨나 알 것 같으면 으레 자서전이라는 것을 쓰게 했다. 태어나서 지금까지 자기가 걸어온 길을 하나도 빼먹지 말고 낱낱이 쓰라는 것이었다. 피의자에 대해서뿐 아니라 일반 사회인들에 대해서도 공산당 세상에서는 곧잘 자서전이라는 것을 쓰게 한다. 말하자면 문장으로 된 기다란 일종의 이력서인 셈이다. 그것으로 그 사람의 성분을 구체적으로 알 수가 있다는 것이다. 자서전이라면 아주 이름이 있는 사람이 만년에 쓰는 것으로만 알아온 정 면장은 도무지 아무것도 아닌 사람에게 자서전을 쓰라니 처음엔 사람을 놀리느라고 그러는가 싶었다. 그러나 장난이 아니었다. 조금도 거짓 없이 하나하나 다 토해 놓으라는 것이었다. 서툰 문장으로 더구나 손이 떨리기까지 해서 정 면장은 그놈의 자서전인가 지랄인가를 쓰느라고 얼마나 애를 먹었는지 코에서 단내가 나기까지 했다. 자서전을 쓴 다음 날, 세 번째로 불려간 정 면장은 마침내 전기고문을 당했다. 악질 반동이라는 것이었다. 그리고 분주소에서 넘어온 조서의 모든 죄목이 사실로 시인되고 말았다. 정 면장이 축 늘어지고만 것은 그 뒤부터였다.

전기고문이라는 것이 있다는 말은 들었지만, 그것이 그렇게 사람을 생으로 조져놓는 것인 줄은 몰랐었다. 정 면장은 그 전기고문을 당할 때의 고통을 생각하면 지금도 버르르 치가 떨렸다. 그런 고통을 또 당하게 된다면 그때는 차라리 혀를 물고 팍 엎어져 버리리라 싶기도 했다. 사람이 사람을 어쩌면 그렇게 지독하게 다룰 수가 있는 것일까. 세상에서 사람이 무엇보다도 제일 무섭다더니 정말 그렇다는 사실을 정 면장은 이번 난리 바람에 이에서 신물이 나도록 절감하고 있는 것이었다.

벽에 축 늘어져 기대앉아 퀭한 두 눈을 감았다 떴다 하고 있는 정 면장의 모습은 마치 반송장 같았다. 그 윤이 흐르던 너불너불한 수염도 말라비틀어진 옥수수수염처럼 형편없이 되어 있었다. 이제 산다거나 죽는다거나 하는 그런 데 대한 아무런 생각도 없었다. 가족들 생각도 나지 않았다. 한숨 같은 것도 말라버린 지 오래였다.

그저 자리에 눕고 싶다는 생각뿐이었다. 누워서 실컷 잠이나 잤으면 하는 생각뿐이었다. 그러나 그것마저도 마음대로 되는 몸이 아니었다.

그런 반송장 같은 상태가 되어 있긴 했으나 아직 피부의 감각은 제대로 살아 있는 듯 정 면장은 이제 가을이라는 것을 알고 있었다. 밤으론 약간 선득선득하기까지 했다. 무더운 한여름에 붙들려 왔으니, 확실한 것은 알 수가 없으나 아마 삼사십 일 된 것만은 틀림없었다. 이제 겨우 삼사십 일이라니, 한 달을 조금 넘겼단 말인가. 정 면장은 어이가 없었다. 그동안 겪어온 일을 생각하니 어찌나 끔찍하고 지겹고 신물이 나는지, 좋이 한 일 년은 된 것 같은데 말이다. 가을바람은 이 답답하고 구질구질한 임시 유치장 속까지 스며들고 있었다. 그리고 그 가을바람에 묻혀 오기라도 한 듯 어느 날 참으로 놀라운 소문이 유치장 안에 감돌았다.

맨 처음 누가 그 소문을 어디서 듣고 입 밖에 내놓았는지 모르지만 소문은 조심조심 입에서 입으로 순식간에 온 유치장 안에 퍼졌다. 곧 세상이 도로 뒤집힌다는 것이었다. 국군과 유엔군이 반격을 개시해서 인민군이 마구 쫓기고 있다는 것이었다. 꿈같은 이야기였다. 설사 그 말이 허황된 말이라도 좋았다. 어쨌든 그런 소리를 듣는 것만으로도 좀 살 것 같았다. 그러나 콩 안 심은 데 콩 날 리 없으며, 불 안 땐 굴뚝에 연기 날 리 없는 것이다. 소문이란 언제나 걷잡을 수가 없는 것이고, 실제보다 과장되기 마련이지만 그러나 전혀 터무니없는 그런 것은 아닌 법이다.

그 말을 들은 정 면장은 퀭한 두 눈을 번쩍 떴다. 흐릿하게 가물거리던 눈에 금세 생기가 확 도는 것이었다. 그리고 곧 이어 한쪽 눈두덩이의 피부가 경련을 일으킨 듯 바르르 바르르 떨기 시작했다.

"그러면 그렇지, 아—"

정 면장은 나직한 소리로 그러나 사무치게 쏟아놓는 것이었다. 그런 소문이 돌자, 야릇한 긴장과 흥분이 유치장 안에 감돌았다. 모든 사람들의 눈빛이 어둠 속에서 살아나고 있었다.

그날 밤, 정 면장은 잠을 이루지 못했다. 바싹 마른 나무에 다시 물이 오르듯이, 이런 생각 저런 생각이 꿈틀꿈틀 되살아나는 것이었다. 우선 낮에 들은 소문이 확실한 것일까, 아닐까, 하는 생각으로 가슴이 죄었다. 틀림없는 사실일 거라고 굳게 믿었다. 미국이 결코 가만히 보고 있을 턱이 없는 것이다. 그러나 만약 허황한 소문이라면 어쩔 것인가. 안타깝기 그지없었다. 공연히 자꾸 불안했다. 너무나 목마르게 기다리던 사실이기 때문에 뒤따르는 불안도 큰 모양이었다. 반격을 개시했다면 지금 어디쯤에서 싸우고 있는 것일까. 이곳에는 언제 당도하게 되는 것일까. 하루 한시라도 속히 와서 이 유치장 문을 활짝 열어주었으면 얼마나 좋을까. 생각만 해도 꿈 같았다. 그런데 그런 소문이 어떻게 이 유치장 안에까지 흘러들어 왔는지 참 신기한 일이라는 생각이 들기도 했다.

그리고 집 생각이 났다. 마누라는 병이 완쾌되어 잘 있는지, 우리 고마운 며느리는 여전히 고생이 많겠지, 상용이도 잘 놀고 있는지, 마 서방이 있기 때문에 마음이 든든하긴 하지만 하도 더럽고 무서운 세상이 되어서 혹시 무슨 일이 일어나지나 않았는지…… 역시 불안한 생각이 뒤를 따랐다.

세상이 도로 뒤집혀서 살아 나가면 면장 자리에 도로 앉을 것인가 어쩔 것인가, 그런 생각도 해보았다. 그리고 무고한 사람을 잡아다가 이런 팔자에 없는 고생을 시키는 그 김가 놈을 어떻게 해줄 것인가 하고 자기도 모르게 뿌드득 이를 갈기도 했다. 그러니 잠이 올 턱이 없었다.

다음 날 밤도 마찬가지였다. 그런데 이날 밤 자정이 훨씬 지났을 것 같은 무렵이었다. 바깥에서 시끌시끌한 소리가 들려왔다. 퀭한 두 눈을 떴다 감았다 하며, 이리 뒤적 저리 뒤적 잠을 이루지 못하고 있던 정 면장은 귀가 번쩍했다. 가만히 신경을 곤두세우고 숨을 죽였다. 다른 사람들은 모두 곯아떨어진 듯 코고는 소리만이 여기저기서 드르릉거렸다. 달이 있는 듯 유치장 안은 희읍스름하고 휑했다.

바깥의 시끌시끌한 소리는 꽤 오래 계속되었다. 물론 사람들의 소리였다. 이 한밤중에 무엇을 하는지 이리 밀리고 저리 밀리는 것 같은 기척이었다. "이 새끼야!" "썅간나 새끼!" "빨랑빨랑 못해!" 이런 소리가 날카롭게 섞여 들리기도 했다. 아무래도 예사로운 일이 아니었다. 도대체 무슨 일일까. 왈칵 불길한 그늘이 와서 덮이는 것 같아 정 면장은 턱을 덜덜 떨었다.

시끌시끌한 소리가 어디로 쏟아져 나가는 듯 사라지자, 사방은 다시 고요해졌다. 그런데 얼마 후, 이번에는 난데없이 웬 꽹과리소리가 일어났다. 꽹과리뿐 아니라 징소리도 들렸다. 그다지 먼 곳이 아닌 것 같았다. 이 오밤중에 이게 도대체 어찌 된 일일까.

깨갱깨갱 깽깽 깨갱깨갱 깽깽…… 징징— 징징—

처음에는 이렇게 가락을 맞추어 들려오더니 나중에는 그만 발광이라도 하는 것처럼 마구 두들겨대는 것이었다.

깨갱깨갱 깨갱깨갱 깽깽깽깽깽깽깽깽…… 징징— 징징징징

징…….

아닌 밤중에 무슨 이런 놈의 농악이 다 있단 말인가. 그리고 어쩐지 꽹과리와 징소리뿐 아니라, 사람의 고함소리 같은 것도 어렴풋이 들리는 듯했다. 정 면장은 부르르 떨었다. 섬찍한 것이 등골을 타고 흘러내리는 것이었다.

그 괴상한 농악소리가 그친 다음에도 정 면장은 오래오래 잠을 이룰 수가 없었다. 귓전에 그 꽹과리소리와 징소리가 아직도 남아 쟁쟁 기분 나쁘게 울리는 것만 같았다. 도대체 그게 무슨 농악일까. 아무리 생각해도 알 수가 없었다. 그러나 다음 날 밤, 정 면장은 그게 무슨 농악인지 똑똑히 알게 되었다.

"모두 일어나라우."

자정이 훨씬 지났을 무렵이었다. 유치장 문이 드르릉 열리며 내무서원 한 사람이 냅다 소리를 질렀다. 오늘 밤은 정 면장도 코를 골며 잠이 들어 있었다. 연 이틀 밤잠을 설쳤기 때문에 몹시 피곤했던 것이다.

"일어나라우! 빨랑빨랑!"

내무서원의 총 끝에는 칼이 박혀 있었다. 한 사람뿐이 아니었다. 적어도 여남은 명은 그렇게 착검을 한 총을 메고 몰려온 것이었다.

유치장 안은 난데없는 고함소리에 수라장이 되었다. 잠에서 깨어난 사람들은 한밤중에 이게 무슨 일인가 싶은 듯 정신을 차리지 못하고 허둥거렸다. 개중에는 이런 북새통에도 여전히 드르릉거리고 있는 태평이도 더러 있었다.

정 면장은 잘 뜨이지 않는 눈을 억지로 뜨며 부스스 일어나 앉았

다. 골이 휑해서 도무지 정신을 차릴 수가 없었다. 그러나,

"모두 일어섯!"

내무서원의 날카로운 고함소리에 정신이 번쩍 들며, 이거 야단났구나 싶었다. 얼른 머리에 오는 것이 있었던 것이다. 간밤의 일이었다. 간밤의 그 시끌시끌하던 사람들 소리, 그리고 그 수상한 꽹과리소리, 징소리…… 정 면장은 정신이 아찔해지는 것 같았다.

"지금부터 장소 이동을 한다! 알간! 한 사람씩 차례차례 나오라우!"

안 나갈 장사가 어디 있으랴. 앞에서부터 한 사람씩 나가자 두 손을 돌려 팔뚝과 몸뚱어리를 여지없이 꽁꽁 묶는 것이었다. 그런 식으로 줄줄이 가닥으로 묶어나가는 것이었다. 여느 포승이 아닌 것 같았다. 훨씬 굵고 훨씬 팽팽해서, 굴비처럼 가닥으로 엮어진 사람들은 꼼짝도 할 수가 없었다.

정 면장 역시 한 마리의 굴비처럼 묶였다. 늙고 쇠약해진 몸이라 굵고 팽팽한 포승에 팔뚝이 으스러지는 것 같았고, 허리가 꺾어지는 듯했다. 거의 정신을 잃을 지경이었다. 정말 어디로 이동을 하는 것인지, 어떻게 되는 것인지 그런 것을 생각할 기력도 없었다. 그저 아직 목숨이 붙어 있으니까 살아서 묶여 있는 것뿐이었다.

한 사람도 남김없이 모조리 그런 식으로 묶은 다음, 어디론지 출발이었다. 총총히 가닥으로 묶인 사람들은 걸음이 제대로 걸어지지가 않았다. 그러나 총검의 위협을 받아 마치 어디 급한 볼일이라도 있는 사람들처럼 열심히 종종걸음을 쳐댔다. 길거리에는 쥐새끼 한 마리 얼씬거리지 않았다 달빛만 좍 깔려 있었다. 보름 가까운 달이었다. 달빛을 받아 총검이 섬쩍섬쩍하게 번뜩거렸다.

거리를 벗어나, 강가로 끌고 내려오는 것이었다. 강가에는 하얗게 달빛이 깔린 모래밭이 끝없이 펼쳐져 있었다. 그 모래밭을 또 한참 끌고 가는 판이었다. 모래밭은 더욱 걷기가 힘이 들었다. 어떤 사람은 그만 비실비실 하며 걸음을 옮기질 못했다. 그러나 다른 사람들과 한 가닥으로 묶여 있기 때문에 마음대로 쓰러질 수도 없었다.

"썅, 개새끼! 빨랑 걷지 못하간?"

냅다 총대가리로 갈기는 것이었다.

그렇게 한참을 가니 저만큼 전방에 사람들이 까맣게 모여 이쪽을 바라보고 있는 것이 아닌가. 손에 손에 무엇인가 연장들을 들고 있는 것이 달빛으로 역력히 보였다.

정 면장은 사색이 다 되어 있었다. 이제 모든 것을 알겠는 것이었다. 이제 모든 것은 끝나는 판이었다. 도대체 이렇게 억울할 수가 세상천지에 또 있을까 싶었다. 도대체 하늘은 무엇을 하고 있는 것일까 싶었다. 국군인가 유엔군인가는 무엇을 하고 있는 것일까 싶었다. 그러나 이제 다 소용이 없었다. 이제 다 늦은 것이었다. 그저 와들와들 전신이 떨릴 따름이었다. 정 면장뿐 아니라 묶인 사람들 모두가 이제 닥쳐오는 운명이 어떤 것인가 눈치를 채고 있었다. 그래서 벌써 아이고 비명을 내지르는 사람도 있었고, 신음소리를 하는 사람도 있었고, 어머니를 부르는 사람도 있었다. 울음을 터뜨리는 사람도 있었다. 그리고 자연히 모두 걸음을 멈추어버렸다.

"썅! 못 가간?"

"빨랑빨랑 못 가간?"

"이 개새끼들 봐라! 야— 이 반동 놈의 새끼들이……."

내무서원들은 덤벼들어 마구 총대를 휘둘러대는 것이었다. 하나씩 둘씩 비명을 지르며 쓰러지자, 따라서 모두 와그르르 무너지듯 모래밭에 주저앉아버렸다. 마치 도수장 앞에서 버티는 소와도 같이 말이다. 그러자 내무서원 하나가,

"어—이!"

하고, 저만큼 전방에 까맣게 모여 있는 사람들을 향해 소리를 지르며 손짓을 했다.

"이리 와— 이리이리!"

그러자 곧 까만 떼서리*('떼거리'의 방언)들이 와— 이쪽으로 몰려오기 시작했다.

깨갱깨갱 깽깽 깨갱깨갱 깽깽…… 징— 징—

꽹과리소리 징소리가 함께 말이다.

꽹과리소리와 징소리가 나자, 정 면장은 그만 간이 얼어붙는 것 같았다. 온몸에 소름이 오스스 돋아나는 것이었다. 간밤의 그 꽹과리소리와 징소리…… 지금의 꽹과리소리와 징소리…… 정 면장은,

"으악—"

자기도 모르게 냅다 소리를 지르며 그만 그 자리에 쓰러져버렸다. 몰려오는 떼서리들은 제각기 괭이 아니면 쇠스랑이나 삽 같은 것을 하나씩 들고 있었다. 꽹과리패는 그 뒤를 따르고 있었다.

떼서리들이 가까워지자 분주소원들은 멀찍이 비켜서는 것이었다. 굶주린 이리 떼들에게 먹이를 내주듯이 끌고 온 사람들을 그 앞에 내맡기고 말이다.

"죽이자—"

"죽이자—"

"원수 놈들을 죽이자—"

"반동 놈들을 죽이자—"

"와—"

"와—"

"와—"

몰려온 떼서리들은 연장을 휘두르며 사정없이 마구 달려드는 것이었다. 묶인 사람들은 일어나 필사적으로 도망을 치려 했으나 될 일이 아니었다. 마치 맹수의 무리에 짓밟히는 가련한 짐승 격이었다.

"아이고—"

"으악!"

"윽!"

"사람 살려—"

"나 죽네—"

"아이고매—"

"으악!"

"으악!"

목불인견이었다. 연장들이 마구 난무하고 있는 것이었다. 괭이가 사람의 대가리를 찍는가 하면, 쇠스랑이 사람의 얼굴을 긁어내고 있었고, 삽이 사람의 몸뚱어리로 파고들고 있었다. 산 사람의 머리가 쪼개지고 있었고, 산 사람의 어깨가 부서지고 있었으며, 산 사람의 가슴이, 산 사람의 배가, 산 사람의 팔다리가 그렇게 엉망진창으로 망그러지고 있었다. 생피가 마구 튀고 있었다.

깨갱깨갱 깨갱깨갱 깽깽깽깽깽깽깽…… 징징— 징징징징징징…….

꽹과리와 징은 미친 듯이 울리고 있었다.

사람이 사람을 그렇게 죽이고 있는 것이었다. 더구나 동족이 동족을 말이다. 달이 훤히 내려다보고 있는 하늘 아래에서 말이다.

11

세상은 하루아침에 간단히 도로 뒤집히고 말았다. 물론 세상이 도로 뒤집히기까지에는 이편 군대들의 말할 수 없는 고투가 있었겠지만, 이 시골구석에서는 그것은 너무나도 간단하게, 하룻밤 사이에 이루어졌다. 허망할 정도였다.

어제까지 그렇게 떵떵거리던 작자들이 하룻밤 사이에 면당·면인민위원회·분주소 등의 문을 처닫아버리고 어디론지 감쪽같이 자취를 감추고 말았던 것이다.

세상이 도로 뒤집혔다는 소문을 갑례는 이웃 고모네 집에 갔다가 거기서 들었다. 아침 설거지를 마치고 바로였다. 어느새 면소재지에 갔다 왔는지 모르지만, 소문은 벌써 온 마을에 퍼지고 있었다. 면당·면인민위원회·분주소 등의 문이 닫혔을 뿐 아니라, 마당에는 서류 같은 것을 불사른 잿더미가 시꺼멓게 쌓여 있다는 것이었다.

소문을 들은 갑례는 가슴이 울렁거리는 것을 어쩌지 못하여 곧 집으로 뛰어 돌아왔다. 집 대문을 들어서면서 갑례는 냅다,

"어무이예—"

큰소리로 시어머니를 불렀다. 전에 없던 일이었다. 아무리 급한

일이 생겨도 며느리가 대문간에서 시어머니를 고함쳐 부를 수는 없는 법이다. 그러나 오늘은 그런 것을 가리고 있을 계제가 아니었다.

"어무이예! 어무이예!"

난데없는 며느리의 호들갑스러운 고함소리에 영일댁이는 어리둥절해지며 얼른 방문을 열었다.

"어무이예, 세상이 도로 디집혔답니더, 빨갱이들이 모두 도망갔답니더."

"머라? 그기 정말이가?"

영일댁이는 두 눈을 번쩍 뜨며 자기도 모르게 큰소리를 질렀다.

"정말입니더. 분주소랑 인민위원회랑 뭐랑 죄다 문을 처닫고 도망갔답니더. 서류 같은 것은 다 불살라버리고예."

"아이고 이제 살았구나. 그 문딩이 같은 놈들……."

"어무이예, 세상이 도로 디집혔으니 아버님도 인제 나오실 거 아입니꾜?"

"아이고 관셈보살— 하늘이 결코 무심치 않니라."

이러고 있을 때, 논에 나갔던 마 서방이 올벼를 베어 한 지게 지고 돌아왔다. 마 서방이 마당으로 들어서자 갑례는,

"마 생원예, 세상이 도로 디집힌 거 아능교?"

하고 물었다.

"세상이 도로 디집힌능게?"

마 서방은 아직 모르고 있었다.

볏단을 마당 한쪽에 갖다 부려놓고, 손을 툭툭 털며 다가오는 마 서방의 얼굴을 영일댁이는 눈여겨보고 있었다. 그 표정이 어떤가 살피기 위해서였다. 영일댁이는 요 얼마 동안 마 서방을 석연치 않은

눈으로 보아오고 있었다. 소문을 들었기 때문이었다. 마을의 토지개혁위원이 되었을 뿐 아니라, 집의 논 전부를 자기에게 분배해 달라고 위원장인가 뭔가 하는 사람에게 간청을 했다니, 영감이 환장을 했는지, 그렇지 않으면 노망을 했는지 모를 일이었다. 설마 마 서방이 그러랴 싶으면서도 사람의 속이란 알 수 없는 것이라고 영일댁이는 여느 때와는 다른 눈길로 마 서방을 보지 않을 수 없었다.

그러나 갑례는 그렇지가 않았다. 토지개혁위원이 된 것은 그들이 시켜서 억지로 된 것일 테지, 마 서방이 무엇을 안다고 자진해서 그런 데 나설 것이며, 또 집의 논을 전부 차지하려고 했다는 소문은 잘못된 소문이 아니면, 반드시 거기엔 무슨 곡절이 있는 것이지, 평소에 물욕이라곤 도무지 없는, 홀아비 신세인 마 서방이 이제 와서 무슨 까닭으로 그런 터무니없는 욕심을 냈겠느냐 싶었다. 아무리 세상이 뒤집히고 인심이 변했다 하더라도, 다른 모든 사람들이 환장을 해서 날뛴다 하더라도, 마 서방만은 절대로 그럴 사람이 아니라고 갑례는 굳게 믿었다. 그리고 실제로 마 서방의 어디에도 그런 기색은 나타나 보이지가 않았다.

"정말인게? 누가 카덩게?"

그것 참 잘 된 일이라는 듯이 마 서방이 두 눈을 번들거렸고, 큰 입은 곧 옆으로 찢어져 나가려 하고 있었다. 영일댁이는 그런 마 서방의 표정을 보고도 참 알 수 없는 것은 사람의 속이로구나 싶은 듯 아직도 개운찮은 얼굴이었다. 그러나 갑례는 그러면 그렇지 싶었다. 마 서방이 그런 사람일 턱이 없는 것이다.

"누가 면에 가 봤는데, 분주소랑 인민위원회랑 죄다 문 닫았답니더. 서류는 불태우고예."

"하— 그럼 도로 그전 세상이 들어서느만……?"

"그렇지예."

"그럴 걸 가지고 그놈들 그렇게 지랄을…… 그럼 멘장 어른도 안 나오겠능게?"

"나오시지예."

"그럼 마중을 가 봐야 대겠구만……."

마 서방의 이 말에 영일댁이는 귀가 번쩍 트이는 듯,

"마 서방, 수고시럽지만 좀 군에까지 가 바주소."

했다.

"수고시럽기는요……."

"관셈보살—"

영일댁이는 이런 마 서방을 공연히 의심했구나 싶은 생각이 들어 나직이 한숨을 쉬었다.

마 서방과 갑례가 정 면장을 마중하러 집을 나선 것은 해가 제법 중천에 왔을 무렵이었다. 아직 점심때는 일렀으나 앞당겨 밥을 몇 술 뜨고, 쌀을 서너 되 싸가지고 집을 떠났다. 어쩌면 하룻밤을 묵어야 될지도 모르기 때문이었다. 마 서방은 혼자 가려 했으나, 갑례가 굳이 따라나섰다. 붙들려가서 고생을 하고 나오는 시아버지를 집 안에 앉아서 맞이한다는 것은 며느리 된 도리가 아닌 것 같았던 것이다. 갑례는 보자기에 시아버지의 옷가지를 싸들고 있었다.

군까지는 삼십 리가 더 되었다. 그것도 신작로 길이 아니라 질러서 가는 길이 그랬다. 신작로로 가면 큰 산을 돌기 때문에 오십 리는 족히 된다는 것이었다. 날씨는 길을 걷기에 꼭 알맞았다. 들과 산에 서서히 가을이 젖어들고 있었다.

쌀을 싸들은 마 서방이 앞서 걸었고, 옷보자기를 든 갑례가 뒤를 따랐다. 호젓한 들길 · 산길이었으나, 별로 지루한 줄을 몰랐다. 앞서가는 마 서방이 심심찮게 이야기를 꺼내곤 했던 것이다. 우스갯소리도 곧잘 해서 갑례는 깔깔깔…… 기분 좋게 웃기도 했다.

가령, 옛날에 한 간덩이 큰 도둑이 있었는데, 한 번은 어떤 집에 들어가 물건을 훔쳐 가지고 나오다가 주인에게 들켰다. 주인이 "도둑이야―" 하고 고함을 치자, 이 도둑 태연히 "시끄러워―" 하고 받아넘기더라는 것이다. 이런 따위 우스개 이야기를 슬금슬금 얼마나 꺼내놓는지, 갑례는 마냥 즐겁기만 했다. 마치 나이 많은 사촌 오라버니의 뒤를 따라 어디 친척집 경사에라도 가는 듯한 느낌이었다.

그렇게 가다가, 어쩌다가 이야기가 그만 갑례의 장차 문제로 옮겨졌다. 먼저 슬쩍 마 서방이 건드렸던 것이다. 옛날 어떤 수절 과부 이야기를 한 끝에 문득 생각이 미친 듯이,

"참, 용이 엄메는 우짤 작정인게?"

하고 물었다. 갑례를 마 서방은 '용이 엄메'라고 불렀다.

갑례는 난데없는 물음에 귀밑이 붉어질 뿐 아무 대꾸를 하지 못했다. 그러나 그녀는 곧 입을 열었다.

"정말 우쨌으만 좋을지 모르겠심더. 마 생원예."

갑례는 마 서방이 남처럼 생각되지가 않았다. 꼭 오라버니뻘이나 아저씨뻘이 되는 사람처럼 여겨졌다. 그래서 이 기회에 답답한 심중도 좀 풀어낼 겸, 장차 어떻게 했으면 좋을지 의논을 해보고 싶은 생각이 들었던 것이다.

갑례가 그렇게 나오자, 마 서방도 잠시 말문이 막혔다. 마 서방

역시 갑례를 단순히 주인집 며느리로만 생각하지는 않았다. 자기에게도 이런 딸이 있고도 남으며, 아들이 있다면 이런 며느리를 보고도 남는다는 생각에서인지, 그동안 한 집에서 노상 대해 와서 그런지, 마치 어떤 살붙이의 정 같은 것을 느끼고 있었다.

잠시 후 마 서방은 무겁게 입을 열었다.

"글씨…… 쉽운 일이 앙이구마."

"……."

"우선 용이 아배 생사부터 알아야 멀 우짜던동 할 낀데……."

"……."

"그렇다고 생사도 모르는 사람을 무작정 기다릴 수도 없는 일이고……."

"글씨 말입니더."

생사도 모르는 사람을 무작정 기다릴 수도 없는 일이라는 말에 갑례는 저도 모르게 얼른 이렇게 대꾸를 했다. 마치 그 말을 기다리기나 했던 것처럼 말이다. 그렇게 대꾸를 해놓고 갑례는 스스로 얼굴을 붉히고 있었다. 그전 같으면 결코 그런 대꾸가 쉽사리 입밖에 나오질 않았을 것이다. 영칠이와 그런 일이 있은 뒤로 갑례는 생각이 많이 달라진 것이었다.

"옛날 같으만 좋나 싫으나 일부종신을 해야 사람 축에 들었지만…… 세상도 많이 달라졌고, 또 사람이 산다는 기 먼데…… 그럴 필요 없구마. 까짓 거 하고 싶은 대로 하는 기라. 죽으만 그만인 기라."

"……."

"가고 싶은 데가 있으만 가는 기라. 까짓거……."

"정말입니꾜? 마 생원예."

"정말이구마. 사람이 한 번 나서 죽으만 그만인 긴데, 머한다고 싫은 걸 억지로 참고, 더구나 한평생을 혼자서 늙는단 말인게. 다 소용 없구마. 가고 싶으만 가는 기라."

"……."

"안 댄 말이지만, 지금까지 소식 없는 사람이 이승 사람인 줄 아능게?"

"……."

"잊어삐리소. 잊어삐리고, 가고 싶은 데가 있으만 가는 기라. 마음이 씌어서 일부종신을 한다면 모르지만, 마음에도 없는데 혼자 늙는다는 건 아무것도 앙이구마. 인생이 불쌍할 뿐이구마. 혼자 늙는 기 얼매나 설분지 아능게?"

"그런데 마 생원은 와 혼자 늙십니꾜?"

"내사 그렇게 타고난 사람 아잉게. 전생에 죄가 많아서……."

"……."

"혼자 늙기사 하지만, 우리만치 하고 싶은 대로 하고 산 사람도 드물 끼구마. 훨훨 얼매나 돌아다닜는동…… 내가 혼자 늙어도 한이 없구마."

호젓한 소나무 숲길이었다. 쭉쭉 뻗어 오른 낙엽송 가지 사이로 햇빛이 가랑비처럼 쏟아져 내리고 있었다. 앞서가던 마 서방이 가만히 걸음을 멈추었다. 나뭇가지에서 유난히 새가 지저귀고 있었던 것이다. 갑례도 따라서 걸음을 멈추었다. 갑례는 약간 마음이 들뜬 상태가 되어 있었다. 마 서방이 그렇게 시원시원한 말을 할 줄은 정말 몰랐던 것이다. 얼마나 자기를 위해주는 고마운 말인지,

그리고 옳은 말인지, 가슴이 뿌듯해지기까지 했다. 암담하던 앞길이 후련하게 트이는 듯한 느낌이었고, 알 수 없는 야릇한 용기가 솟는 것이었다.

마 서방이 우러러보는 나뭇가지를 갑례도 미열이 있는 듯한 얼굴을 들어 우러러보았다. 무슨 샌지, 참 희한하게 고운 새였다. 노란 빛깔에 초록색 무늬가 반짝이는 새 두 마리가 지금 한창 신나게 지저귀고 있는 참이었다. 한 마리는 나뭇가지에 앉아서 꼬리를 쳐들며 지저귀고 있었고, 한 마리는 그 둘레를 팔락팔락 돌며 지저귀고 있었다. 삐욜삐욜 호르르 호르르…… 삐욜삐욜 호르르 호르르…… 지저귀는 소리도 여간 자지러지는 것이 아니었다. 그러다가 파닥파닥 날개를 치며 둘레를 돌아쌓던 새가 가지에 앉아 지저귀는 새의 등 위로 살짝 내려앉는 것이었다. 그리고 꼬리를 파르르 떠는 것이 아닌가. 나뭇가지 사이로 쏟아지는, 가랑비 같은 햇빛을 받아 두 마리의 새는 마치 무슨 진귀한 보석처럼 눈부셨다.

갑례는 얼른 시선을 돌렸다. 살짝 얼굴이 물들고 있었다.

마치 무슨 황홀한 광경이라도 바라보듯 빙그레 웃음까지 띠고 우러러보고 있던 마 서방도 뒤에 갑례가 있다는 생각이 들었는지,

"허 그것 참…… 어험—"

하고는 다시 걷기 시작했다.

삐욜삐욜 호르르 호르르 호르르……. 두 마리의 새는 여전히 자지러지는 소리를 흘리며 나뭇가지 사이로 어디론지 반짝반짝 날아가고 있었다.

잠시 말없이 걸음을 옮기던 마 서방은,

"혼자 사는 기사 사는 기 앙이지, 사는 기 앙이라……."

하고 중얼거렸다.

그 말을 들은 갑례는 일부러 못 들은 체 콜록콜록 공연한 기침을 몇 번 했다. 그러나 속으로는,

"맞심더, 맞심더."

이렇게 맞장구를 치고 있었다.

군청 소재지인 읍내에 당도한 것은 해가 제법 서쪽으로 기울어졌을 무렵이었다. 그러나 아직 날이 저물기까지는 멀었다. 산길·들길을 꽤 빨리 걸은 셈이었다.

똑바로 내무서를 찾아갔다. 이젠 세상이 도로 바뀌었으니 내무서라고 할 수가 없겠지만, 아무튼 정 면장이 압송되어 간 곳이 그곳이니 그곳을 찾아갔다. 그러나 헛걸음이었다. 내무서는 시꺼먼 잿더미로 화해 있었다. 담벼락만 불에 그을은 채 남아 있을 뿐, 건물은 온통 시꺼먼 숯덩어리가 되어 폭삭 무너져 앉아 있었다. 도망을 가면서 불을 질러버린 모양이었다. 시꺼먼 잿더미 속에서 개들이 꼬리치고 있을 따름이었다.

마 서방과 갑례는 담 너머로 그 황량한 광경을 잠시 말없이 바라보고 있었다. 그렇다면 붙들려 온 사람들은 모두 어떻게 된 것일까. 두 사람의 얼굴에는 어두운 그늘이 서리고 있었다. 누구한테 물어볼 수밖에 없었다.

마침 지나가는 노인이 있어 물어보았더니, 노인은 잠시 두 사람의 행색을 번갈아 훑어보았다. 그리고 안됐다는 듯이 미간에 주름을 잡으며,

"저 앞 갱변에 가 보소."

하는 것이었다.

"예? 갱변에요?"

강변에 가보라니 무슨 말인지, 마 서방은 어리둥절했다.

"거기 가보만 알 끼구마."

"앙이, 붙들리 온 사람들이 갱변에 있단 말잉게?"

"글씨, 가보만 알 끼라니까……."

노인은 말하기가 난처한 듯 얼른 돌아서버린다.

어떻게 된 영문인지 알 수가 없었다. 그러나 강변으로 가보는 수밖에 없었다.

강변 둑에 올라서자, 마 서방은 그만 두 눈이 휘둥그레지고 말았다. 갑례도 입이 딱 벌어졌다. 저만큼 백사장에 사람들이 들끓고 있었던 것이다. 그런데 얼른 보아도 무슨 일인지 대번에 알겠는 것이었다.

"아이고메—"

갑례는 그만 저도 모르게 비명을 울렸다. 얼굴에 핏기가 싹 가시고 있었다.

"아이고 저런!"

마 서방도 소리를 질렀다.

도대체 이게 어떻게 된 일일까. 너무나도 뜻밖의 광경이었다. 모래밭에 여기저기 새까맣게 흩어져 있는 것은 다름 아닌 사람의 시체였다. 수없이 많은 시체가 그렇게 흩어져 있는 사이를 사람들이 누비고 다니며 서성거리고 있었다. 가족들이 시체를 찾고 있는 모양이었다. 한편에서는 아직도 모래밭을 파헤치며 계속 시체를 끄집어내고 있었다.

"아이고 아이고—"

갑례는 질겁을 하며 두 손으로 얼굴을 감쌌다. 그리고 그 자리에 주저앉아버렸다. 옷보자기가 아무렇게나 땅바닥에 굴러 떨어졌다. 도저히 눈을 뜨고 볼 수가 없는 것이었다.

한참 넋 나간 사람처럼 서서 바라보고 있던 마 서방은 쌀 보자기를 갑례 곁에 놓고 천천히 둑을 내려갔다.

터벅터벅 모래밭을 걸어가던 마 서방은 잠시 주춤거렸다. 훅 송장 썩는 냄새가 풍겨왔던 것이다. 고약하기 짝이 없는 냄새였다. 절로 이맛살이 찌푸려졌다. 가까이 다가갈수록 그 냄새는 더 짙게 엄습해 왔다. 도저히 콧구멍을 그냥 벌리고 있을 수가 없었다. 마 서방은 커다란 손바닥 하나로 덥석 코와 입을 가렸다. 그러나 여전히 냄새는 스며들었다. 무슨 냄새 무슨 냄새가 고약하다 해도 송장 썩는 냄새처럼 지독하고 역한 것은 없을 것이다.

현장까지 간 마 서방은 또 한 번 놀라지 않을 수 없었다. 시체라도 그냥 시체가 아닌 것이었다. 이건 사람을 죽여도 어떻게 죽였는지, 시체라는 것이 도무지 말이 아니었다. 온통 난도질을 해놓은 것 같았다. 찍히고 할퀴고 맞아서 제대로 제 꼴을 지니고 있는 시체는 하나도 없었다. 어느 것이 어느 것인지, 분간도 할 수 없는 그런 시체들 가운데서 정 면장의 시체를 찾아낸다는 것은 여간 힘 드는 일이 아닐 것 같았다. 그러나 마 서방은 한 손으로 코를 막은 채 시체 하나하나를 살펴나가기 시작했다. 퉁퉁 부어오른 시체가 있는가 하면 시퍼렇게 멍이 든 게 있고, 어떤 것은 팔이 떨어져나가기도 했고, 다리가 꺾어지기도 했고, 머리가 깨진 것, 배가 찢어진 것, 눈깔이 흘러나온 것, 혓바닥이 쏟아져 나온 것……. 그야말로 처참하기

형용할 길이 없었다. 몸서리가 쳐졌다. 아무래도 끝까지 찾아볼 수 있을 것 같지가 않아 그만두고 돌아설까 하는데, 문득 시선이 끌리는 곳이 있었다. 저만큼 떨어진 곳이었다. 거기 아무렇게나 누워 있는 시체가 이상하게도 얼른 눈에 들어왔다. 틀림없었다. 틀림없이 그것은 정 면장이었다.

"저기구나! 아이구—"

마 서방은 얼른 그쪽으로 갔다.

정 면장은 두 눈을 번하게 뜨고, 잇바디를 허옇게 물고 있었다. 괭이에 찍힌 듯 한쪽 볼이 까뒤집어져 퉁퉁 부어올랐고, 수염은 피에 젖어 시꺼멓게 오그라붙어 있었다. 그리고 옷이 갈기갈기 찢어지고, 온몸에 구렁이가 감긴 듯 온통 멍투성이였다.

그런 끔찍한 몰골이 되어 정 면장은 아무렇게나 누워 있었다. 발도 맨발이었다.

"아이고, 이기 무신 일이고, 무신 일이고……."

마 서방은 한참 동안 어쩔 줄을 몰랐다. 이 일을 어떻게 했으면 좋을지, 그저 어처구니가 없을 따름이었다. 일이 이렇게 된 줄 짐작이라도 했더라면 아예 단단히 준비를 해가지고 나섰을 것인데, 그저 석방되어 나오는 줄만 알고 왔으니 난감한 노릇이 아닐 수 없었다.

마 서방은 정신을 가다듬어 사방을 둘러보았다. 여기저기서 시체를 찾은 가족들이 울부짖는 소리가 요란했다. 그리고 저만큼 떨어진 곳에서는 찾은 시체를 가매장하느라고 법석이었다. 당장 시체를 집으로 옮겨 가거나 장사를 지낼 처지가 못 되는 사람들은 우선 그렇게 모래밭에 가매장을 해놓는 수밖에 없었다. 마 서방도 옳지, 싶었다. 그렇게 우선 묻어놓고, 집에 돌아가서 상의를 하는 도리밖에 없었다.

그러나 가매장을 하더라도 당장 가마니때기 한 장은 있어야 될 것 같았다. 모래밭에 묻혔던 시체라 전신이 모래투성이였으나, 그렇다고 아무리 가매장이지만 다시 그대로 묻어둘 수는 없는 노릇이었다. 마 서방은 가마니때기를 구하러 그 자리를 떴다.

갑례는 둑에서 내려와 쌀 보자기·옷보자기를 양손에 든 채 모래밭에 우두커니 서 있었다. 아무래도 겁이 나서 더 가까이 가 볼 수는 없었던 것이다. 터벅터벅 마 서방이 걸어오자, 갑례는 보자기들을 모래밭에 내려놓았다. 그리고 말없이 마 서방의 얼굴을 바라보기만 했다.

가까이 온 마 서방은 혼잣말처럼 중얼거렸다.

"가마이때길 한 장 구해야겠구마."

그 말에 갑례는 무엇이 어떻게 되었는지 다 알겠는 것이었다.

"아이고, 우야꼬— 우야꼬—"

갑례는 절로 우는 소리가 나왔다.

마 서방은 몸서리가 쳐지는 듯 허옇게 앞니를 물며,

"아이구 그놈들, 사람을 죽이도 그냥 죽이는 기 앙이라…… 아이구 지독한 놈들, 천벌을 맞일 놈들……."

쩔쩔 고개를 내저었다.

"돌아가싰구만예. 아이고— 아이고—"

갑례는 울음이 터져 나와 모래밭에 무너지듯 풀썩 주저앉아버렸다.

마 서방이 헌 가마니때기 두 장을 구해 와서 그것으로 시체를 대강 싸가지고 모래밭에 묻었을 때는 어느덧 해가 뉘엿뉘엿 서천으로 떨어져 가고 있었다. 갑례는 끝내 시체 가까이에 접근하지는 못했다. 마 서방이 모래밭을 파서 시체를 묻는 동안 갑례는 멀찍이 떨어져 앉아 하염없이 눈물을 흘리기만 했다.

이렇게 백사장에 난데없는 모래무덤이 여기저기 생기고 있었고, 서녘 하늘은 오늘따라 유난히도 짙게 타오르고 있었다. 강물도 놀에 젖어 핏빛으로 흘러가고 있었다.

두두룩한 모래무덤 위에 돌을 주워다가 표지를 해놓고, 마 서방과 갑례는 강변을 떠났다.

12

면인민위원회가 도로 면사무소가 되고, 분주소가 도로 지서로 바뀌었다. 그리고 온 면내에 자수 선풍이 불었다. 공산당 세상이 되었을 때, 본의든 본의 아니든 그들에게 협력을 한 사람들은 모두 자수를 하라는 것이었다. 그러면 관대히 처리를 한다는 것이었다. 굵은 부역자들은 이미 어디론지 자취를 감추고 없었으나, 소소한 사람들은 너도나도 자수하러 지서로 몰려들었다.

평촌에서도 꽤 많은 사람들이 자수를 했다. 부락 인민위원장은 물론이고, 당에 가입한 사람들, 민청과 여맹에 가입한 사람들, 그리고 토지개혁위원이 된 사람들도 모두 자수를 했다.

그러나 마 서방은 자수를 하지 않았다. 내가 무슨 죄를 지었다고 자수를 하느냐는 것이었다. 자수가 뭔지 그런 것 나는 모른다는 것이었다. 나와는 상관이 없다는 것이었다.

사실 마 서방이 자수를 해야 할 까닭은 없었다. 토지개혁위원의 한 사람이 되었다고는 하지만, 그것은 순전히 허울뿐이었고, 또 순전히 강제에 의한 것이었으니, 그게 무슨 죄가 될 턱이 없었다. 그러나 세상은 그런 것이 아니었다.

마 서방은 마침내 구속을 당하고 말았다. 자수를 안 한 것도 안 한 것이지만, 요놈의 영감이 아주 고약한 욕심쟁이라는 것이었다. 다른 집도 아닌, 바로 자기가 머슴을 살고 있는 주인집 논밭을 전부 자기 앞으로 분배해 달라고 간청을 했다니, 요런 고약한 영감은 단단히 좀 맛을 봐야 된다는 것이었다. 부락위원장의 입에서 말이 나왔던 모양이었다.

마 서방은 어이가 없었다. 그러나 어떤 속셈이었든 그런 말을 한 것만은 사실이니 무척 난처한 일이었다. 주인 집 논밭을 전부 분배받아서 도로 주인 집 것이 되도록 하려고 그랬노라고 사실대로 말을 했으나, 들어줄 턱이 없었다. 이놈의 영감이 어디서 그런 수작이냐고, 그런 어린애 같은 수작에 넘어갈 줄 아느냐고, 도리어 어이가 없는 듯 껄껄껄 웃기까지 했다. 답답할 노릇이었다.

결국 마 서방은 지서 앞에 있는 소방 창고 신세를 일주일 가까이나 져야만 했다. 분주소 때에도 이 소방 창고가 임시 구류간이더니 이번에도 마찬가지였다. 그때는 정 면장이 갇혀 있었는데, 이번에는 마 서방이었다. 그 임시 구류간 한쪽 구석에 앉은 마 서방은 정말 입맛이 없었다. 이렇게도 사람의 속을 몰라주는가 싶으니 야속하기만 했다. 그리고 단단히 맛을 본 터이라, 온몸이 부서지는 것 같았다. 살자니 참 더러웠다.

마 서방이 구금되자, 누구보다도 걱정을 하는 것은 갑례였다. 마 서방이 무슨 죄를 지었다고 잡아 가두는지 모르겠다고 안타까워했다. 영일댁이 역시 걱정하는 빛이 없는 것은 아니었으나, 이미 영일댁이는 그런 데까지 정신이 돌아가는 사람이 아니었다. 정 면장의 장례를 치르고 난 뒤로 영일댁이는 꼭 넋이 빠져 버린 사람처럼 되고 말았다. 실성한 사람 같기도 했다. 정말 정 면장이 그렇게 무참한 죽음을 당할 줄은 몰랐던 것이다. 무슨 죄가 있다고 사람을 갖다가 그렇게 무지막지하게 죽여 놓는지, 생각할수록 억울하고 분하고 치가 떨렸다. 그리고 어쩌면 사람이 사람을 그런 식으로 죽일 수가 있는 것인지, 도대체 그놈들은 무슨 가죽을 뒤집어쓴 놈들인지, 생각만 해도 겁나고 몸서리가 쳐졌다. 그런 식으로 죽음을 당할 때, 과연 그 고통이 어떠했겠는가 생각하면 견딜 수가 없었다. 미칠 것 같았다. 넋이 빠지고, 실성한 사람처럼 되는 것도 무리가 아니었다. 그리고 영일댁이는 여름에 아프고 나서부터 내내 시들시들하던 몸이 이제 더 맥을 출 수가 없어 노상 누워 있기만 했다. 세상만사가 귀찮은 것이었다.

그러니 죽어나는 것은 갑례였다. 마 서방이 붙들려간 뒤로는 쇠죽까지 쑤어야 될 형편이었다. 그리고 시아버지의 상청이 마련되어 더 일이 많았다. 장례에 왔던 시누이들 중에서 두 사람이 아직 돌아가지 않고 남아 있긴 했으나, 그럴수록 일은 더 많았으면 많았지 덜하지는 않았다. 집안이 이렇게 되어 그런지 무슨 까닭인지, 이제 갑례는 일을 해도 그저 마지못해 하는 것이었다. 일을 하면서도 생각은 엉뚱한 데 가 있기가 일쑤였다. 김이 새버린 셈이었다. 자기의 앞으로의 일이 이제 절실한 문제로 다가와 있는 것이었다.

그러면서도 마 서방 걱정만은 떠나지가 않았다. 자식 하나 형제

하나 없는 늙은 몸이 구류간에 갇혀 있으면 얼마나 서글플까 싶었다. 더구나 하루 두 번 주먹밥을 준다고는 하지만, 커다란 사발에 고봉으로 담아주는 밥도 모자라는 터에 그것으로 어떻게 견디는지 측은한 생각이 들기도 했다. 그래서 사흘째 되는 날, 갑례는 커다란 양푼에 밥을 가득 담아 반찬과 함께 싸들고 마 서방을 찾아갔다.

마 서방이 지서 앞 소방 창고 속에 갇혀 있는 것을 알자, 갑례는 몹시 기분이 이상했다. 빨갱이 세상 때는 시아버지가 갇혀 있던 곳인데, 이번에는 마 서방이 그 속에 갇히다니 참 세상도 얄궂다 싶었다. 그리고 자기는 그 안에 갇힌 사람의 밥을 나르는 팔자인 것만 같아 조금 우습기도 했다.

갑례가 밥을 싸들고 온 것을 알자, 마 서방은 당황했다. 금세 코허리가 시큰해지는 것이었다. 이미 소문을 들어, 자기가 십의 논밭을 다 분배받으려 했다는 것을 어찌 됐든 알고 있을 터인데, 이렇게 자기를 주려고 밥을 싸가지고 오다니, 정말 고맙고 미안하기 짝이 없었다. 갑례만은 자기의 마음속을 알아주는 것 같아 마 서방은 어쩔 줄을 몰랐다.

구류간 창살문 사이로 갑례가 힐끗 안을 들여다보며,

"마 생원예."

하고 불렀을 때, 마 서방은 어느덧 두 눈에 눈물이 번들거렸다.

"밥 가지고 왔심더."

"……."

목이 메어 말이 나오지가 않았다.

"다 잡수이소. 밤으로 쌀쌀하지예?"

"……."

"진작 온다는 기…… 바빠서 몸 빼낼 새가 있어야지예."

"……."

마 서방의 커다란 입이 실룩거렸다. 그러나 역시 말은 나오지가 않았다.

"몸 아픈 덴 없십니꼬?"

"……."

마침내 마 서방의 볼에 두 줄기 뜨거운 것이 지르르 흘러내렸다.

갑례는 얼른 고개를 돌렸다. 마 서방의 눈물을 본 것은 이것이 처음이었다. 갑례는 자기도 가슴이 뭉클해지며 눈시울이 뜨거워지고 있었다.

갑례는 이튿날도 밥을 싸들고 마 서방을 찾아갔고 다음 날도 찾아갔다. 그리고 그다음 날, 마 서방은 석방되어 나왔다.

정 면장의 사십구일재(齋)는 성대히 거행되었다. 평촌에서 오 리 상간되는 절에서였다. 딸들은 여섯 가운데서 한 사람 빠지고 모두 왔고, 사위는 세 사람이 왔다. 그리고 일가친척들이 모였고, 면 유지도 더러 참석했다. 구경 삼아 놀러온 사람들도 많았다.

비참하게 학살을 당한 고인의 넋을 위로하고 명복을 비는 재라, 독경소리·목탁소리도 한결 간절했고, 유족들의 합장배례도 낙루(落淚)와 함께 수없이 계속되었다. 재는 저녁나절 내내 걸렸다. 큰 재인 셈이었다.

그날 밤, 집안은 흥성거렸다. 출가외인들이 모처럼 이렇게 한꺼번에 친정에 모였고, 또 서랑(婿郎)들이 셋이나 처가에 모여 앉았으니, 조용할 턱이 없었다. 장례 때도 모이긴 했으나, 그때는 기별이

늦어 못 온 딸 사위가 많았을 뿐 아니라, 초상 마당이었으니 그저 모두 침통할 따름이었다. 오늘도 고인의 재를 올리기 위해 모인 것이긴 하지만, 그러나 장례 때와는 달랐다. 이제 죽은 사람은 죽은 사람이고, 산 사람은 산 사람인 것이었다. 으레 화투놀이가 무르익었다. 그리고 술상이 차려졌다.

동서 사이를 백년친구라고 한다. 남이면서도 남이 아니고, 그러면서도 서로 아무런 허물이 없는 것이 동서간이다. 못할 말이 없고, 못할 짓이 없고, 서로 기대고, 서로 아끼게 마련이다. 이렇게 친구치고는 최고의 친구이니 백년친구일 수밖에 없다.

그런 백년친구가 세 사람 모여 앉았으니, 술상이 간단하게 끝날 리가 없었다. 마시고 또 마셨다. 세 사람 가운데 한 사람은 술이 좀 약한 편이었으나, 두 사람은 고래였다. 두 고래는 밑이 빠진 사람처럼 자꾸 부어대는 것이었다. 여자들도 마실 수 있는 사람은 조금씩 얻어 마시고 흥을 돋우어댔다.

이렇게 서로 조금도 허물이 없는 사이고 보면 이야기도 별별 이야기가 쏟아져 나왔다. 남편 흉 마누라 흉이 웃음과 함께 쏟아지는가 하면, 시어머니 · 시누이 흉이 쏟아지고, 자식들 자랑이 쏟아지고, 사는 형편 이야기가 널려지고, 공산당 세상 때 이야기가 나오고…… 그러다가 결국 마 서방 이야기까지 튀어나왔다.

공산당 세상 때, 마 서방이 부락의 토지개혁위원이었다는 이야기는 좌중을 놀라게 했다. 그런 일자무식인 늙은 머슴이 토지개혁위원이었다니, 참 어이가 없는 모양이었다. 그리고 그가 우리 집의 논밭을 전부 자기 앞으로 분배받으려 했다는 이야기는 더욱 좌중을 경악케 했다.

"머? 그기 정말이가?"

버럭 소리를 지른 것은 눈언저리가 차츰 불그레 물들고 있는, 두 고래 중의 한 사람인 허 서방이었다. 세 동서 가운데선 제일 손위였고, 모든 동서 중에서는 위로부터 두 번째였다.

"머? 논밭을 다 자기 앞으로……?"

안 서방도 소리를 질렀다. 안 서방 역시 지금 한창 실력을 발휘하고 있는 고래로서, 셋째 사위였다. 그러니까 난리가 쳐내려올 때, 정 면장이 잠시 피신하기 위해서 찾아갔던, 바로 이웃 면에 있는 그 사위였다.

안 서방은 무슨 놀라운 사실이 한 가지 머리에 떠오른 듯 거슴츠레한 두 눈을 곧장 깜작거렸다.

"하하— 영감이 빨갱이였구나. 그렇다면 장인어른이 붙들리간 것도 영감 때문이 아잉가 모르겠는데……."

"앙이, 장인어른 붙들리간 기 영감 때문이라아……?"

허 서방은 귀가 번쩍 틔는 모양이었다.

"장인어른이 우리 집에 피신 와 안 계셨나. 그런데 영감이 딜로 와서 가싰거든. 가신 이튿날 바로 빨갱이한테 붙잡힜다는 기라."

"흠—"

"빨갱이들이 우째 알았겠노 말이다."

"흠—"

"밤중에 살짝 가싰는데, 누가 고자질을 안 하고야 우째 알고 잡으로 왔겠노. 앙 그러나?"

"글씨……."

이때, 갑례가 입을 열었다. 갑례도 자리가 하도 재미나는 것 같아 잠시 들어와서 윗목 구석에 앉아 있는 참이었다.

"마 생원이 아버님을 찾아간 거는 어무이가 편찮으싰기 때문이라예. 어무이가 몸에 열이 나고 하도 편찮으시서 아버님한테 기별하로 간 기지, 아버님을 모시로 간 거는 앙입니더."

좌중은 조용해졌다. 방 안 공기가 약간 굳어지는 듯한 느낌이었다.

그러자 아랫목에 누워 잠든 것 같던 영일댁이가 힘없는 목소리로,

"그 말은 맞다."

했다.

갑례는 다시 말을 이었다.

"그리고 마 생원은 절대로 그럴 사람이 앙입니다. 아버님을 위해서 얼매나 욕을 봤다고예. 아버님이 분주소에 갇혀 있을 때랑 시체를 찾을 때랑…… 마 생원은 우리 한 집안 식군데, 그런 말씀 마이소."

"한집안 식군데, 그럼 논밭을 와 전부 자기가 차지할라고 했능게? 앙 그렁게?"

안 서방은 거슴츠레한 두 눈을 바르르 떨며, 앞에 놓인 술잔을 들어 단숨에 벌컥벌컥 들이켰다. 그리고 젓가락으로 무 쪼가리를 쿡 찍으며,

"마 생원……? 생원이 다 먼게? 그런 놈의 영감은 그저…… 그저……."

당장에 어째 버릴 듯이 입에 거품을 물어댔다. 그리고 느닷없이 발작을 하는 사람처럼 벌떡 일어서더니,

"죽이삐리야지! 죽이삐리, 죽이삐리……."

고함을 지르며 냅다 방문을 박차고 뛰어나가는 것이었다.

"이놈의 영감— 이놈의 영감 나온너라— 죽이 삐리끼다! 죽이 삐리……."

문간채를 향해 고래고래 소리를 질러대며 비틀비틀 마루를 내려서는 것이 아닌가. 주기가 대단한 것 같았다. 안 서방은 술을 곱게 마시는 축이 못 되었다. 술이 오를수록 얼굴이 붉어지는 것이 아니라, 새하얘지고 눈이 거슴츠레해져서, 걸핏하면 주사를 내놓는 것이었다. 기분 나쁜 일이 있으면 으레 고함을 지르고, 한바탕 난리를 꾸며야만 직성이 풀리는 모양이었다.

우르르 모두 뒤쫓아 나왔다.

마 서방은 누워 막 잠이 들려 하는 참이었다. 갑례가 갖다 준 술을 한 대접 쭉 들이켜고, 자리에 누워 위채에서 들려오는, 이 집 딸·사위들이 떠들어대는 소리를 들으며 제법 자기도 흐뭇한 기분이 되어 있다가,

"죽은 사람만 불쌍치, 죽은 사람만……."

하며 불을 끄고 잠을 청하는 판인데, 난데없이 이놈의 영감— 하고, 고래고래 고함소리가 날아오는 것이 아닌가.

마 서방은 무슨 일인지 어리둥절해서 벌떡 일어나 앉았다. 분명히 자기를 향해 지르는 고함소리였다. 마 서방은 방문을 열었다.

"논밭을 전부 니가 차지해? 머, 토지개혁위원이라? 이놈의 빨갱이 영감 같으이. 이리 나온너라! 당장에 쳐죽이삐릴 끼니……."

모두 쫓아 나와 말리고 있었다. 그러나 그럴수록 주정하는 사람은 더 기가 나는 법이다. 안 서방은 팔을 걷어붙인다, 주먹을 내두른다 하면서 온통 도깨비처럼 설치고 있었다.

마 서방은 기가 찼다. 속에서 무엇이 욱하고 치솟아 올랐으나,

참는 수밖에 없었다. 술 취한 개라고, 술 취한 사람을 상대로 같이 떠들어댈 수는 없는 노릇이었다.

"음—"

무거운 신음소리를 토할 따름이었다.

"환장을 해도 분수가 있지, 머슴 놈이 주인집 논밭을 전부 삼킬라 카다이 전부……."

"……."

"늙은 영감이 빨갱이라도 아주 악질 빨갱이구만…… 알고 보이……."

"……."

"저런 악질 빨갱이는 당장에 쳐죽이삐리야 대, 당장에……."

"머가 우째?"

참는 것도 한도가 있었다. 마 서방은 자리를 박차고 일어났다.

"이누묵 자석! 말 다했나?"

부르르 떨며 밖으로 뛰어나가는 것이었다.

기어이 일이 벌어지고 말 모양이었다. 당황한 것은 갑례였다. 갑례는 마당으로 뛰어내려와 마 서방 앞을 가로막았다.

"마 서방예, 마 서방예, 참으이소. 참으이소."

"머, 당장에 쳐죽인다고? 어디 쳐죽이 바라. 쳐죽이 바……."

"술이 취해서 안 캅니꾜. 참으이소. 참으이소."

"참는 것도 분수가 있능 기지, 그래 젊은 놈이 술을 처묵었으만 처묵었지, 말을 하만 다 말인 줄 아나! 내가 빨갱이라고? 내가 이 집 논밭을 다 차지할라 했다고?"

그러자 여러 사람에게 끌려 못이기는 체 방으로 들어가던 안 서방이 다시 돌아보며 악을 썼다.

“다 차지할라 안 했나? 안 했어? 안 했으만 와 그런 말이 나오노? 안 땐 굴뚝에 연기 안 나는 기라. 이놈의 영감아!”

“그래 이눔아! 내가 그런 부탁을 하기는 했다. 그러나 내가 이 집 논밭을 내 것 만들라고 그런 부탁을 했는 줄 아나! 남의 속을 모르만 말을 말아. 이눔아!”

“헷헷헤…… 그럼 다 차지해서 우짤라 캤디노? 누구 줄라 캤디노? 헷헷헤…….”

안 서방이 같잖다는 듯이 킬킬거리는 바람에 다른 사람들도 그만 웃음을 터뜨려버렸다. 험악하던 공기가 금세 확 누그러지는 것이었다.

“헛헛허…… 맞다. 다 차지해서 누구 줄라 캤덩강?”

기어이 허 서방도 한 마디 빈정거렸다.

갑례까지 웃음이 나오는 판이었으나, 마 서방은 더 약이 오르기만 했다.

“이누묵 자석들이 사람을 머로 아노. 사람을…… 너거는 이눔들아, 애비도 없는 놈들이가? 순 후래자석들 같으이라고…….”

“저놈의 영감 바라…….”

“너거가 이눔들아, 날 욕하만 죄로 간다. 죄로 가. 하늘이 알고 있다. 하늘이……. 내가 이 집 논밭을 내 것 만들라 그랬는가 우쨌는가, 하늘은 안다 하늘은…….”

“그럼 우짤라고 그랬노? 어디 말 좀 들어보자.”

“이 집 논밭 남한테 안 넘어가도록 할라고 그랬다. 내가라도 붙잡아 두어야 댈 것 같아서 그랬다 말이다. 남의 속도 모르고 너무 그렇게 함부로 입을 놀리는 기 앙이다. 날 욕하만 죄로 간다. 죄로 가."

"……."

"아무리 머슴 사는 영감이고 일자무식이라도 나는 도리를 하는 사람이다. 도리를……. 나는 이 집에 대해서 내 할 일을 다 했다 말이다."

"……."

"그런데 이기 그 대접이가? 응? 이놈들아!"

"……."

이제 아무도 입을 여는 사람이 없었다.

그러자 영일댁이가 내다보며,

"마 서방 그만 진정하소. 이 사람이 술이 너무 과해서 앙 그렇게. 진정하고 그만 들어가소."

했다.

갑례도,

"마 서방예. 그만 들어가이소. 예? 들어가 지무시이소."

하고 다가섰다.

그러나 마 서방은 분함과 비감에 젖은 채 우두커니 서서 움직일 줄을 몰랐다.

고함소리에 놀라 슬금슬금 모여든 이웃 사람들이 대문 밖에서 기웃거리고 있었다. 서리가 내리는 듯 싸늘한 밤이었다.

마 서방이 둥긋한 옷 보따리를 들고 어디론지 정처 없이 떠나간 것은 이튿날 아침나절이었다. 갑례를 비롯해서 영일댁이랑 여러 딸들이 만류를 했으나 소용이 없었다. 두 사위도 나서 붙들었고, 간밤에 사정없이 해댄 안 서방도 술 탓이었으니 용서하라고 다가갔으나 역시 소용이 없었다. 이제 이 집에 정나미가 떨어지고 만 것이었다. 한시도 더 머물러 있고 싶지가 않았다. 한 번 싫어지면 견디지 못하는 것이 마 서방의 성미였다. 뜬구름처럼 흘러가는 몸이 무엇이 답답하고 아쉬워서 싫은 것을 억지로 참으면서까지 살아야 하느냐 이것이었다. 그리고 이 집에 대해서만 정나미가 떨어진 것은 아니었다. 이 마을, 이 고장에 대해서도 이미 진절머리가 나 있었다. 이번에 겪은 세월 탓이지만, 아무튼 이 집과 이 마을, 이 고장을 떠나, 새로운 고장, 새로운 마을의 새로운 집에서 새로운 세월을 살고 싶은 것이었다. 간밤의 그런 일이 없었더라도 마 서방은 올해로써 이 집과 이 고장을 하직하리라 마음먹고 있는 터였다. 그런데 난데없이 간밤에 그런 견딜 수 없는 일이 생겨 앞당겨서 낭상보따리를 싼 것뿐이었다. 정 그러면 사경이라도 받아 가지고 가야 될 게 아니냐 했으나, 줄려면 당장 있는 대로 돈으로 달라, 모자라면 그만이라는 것이었다.

그런 식으로 떠나가니 아무도 마음이 좋을 사람이 없었다. 특히 갑례는 섭섭해서 견딜 수가 없었다. 갑례는 마치 마 서방을 따라가기라도 하려는 것처럼 마 서방의 보따리를 받아들고 마을 밖 멀리까지 배웅을 했다. 어디로 갈 것인지, 마 서방은 정처가 없었다. 그러나 우선 홍싯골로 가는 길을 택하는 것이었다.

도토리나무가 서 있는 언덕 모퉁이에서 마 서방은 갑례한테서 보따리를 받아들었다.

"고맙구마. 용이 엄메. 그만 돌아가소."

"……."

갑례는 잠시 말이 나오지가 않았다.

"돌아가소."

"예."

"……."

"마 서방예, 어디로 가실 낍니꼬?"

"글씨요. 그저 발 가는 대로 가 보다가 마땅한 데가 있으만 주저앉는 기고……."

"이리 가만 우리 홍싯골로 가는데……."

갑례는 마 서방이 홍싯골로 가서 주저앉아주었으면 싶은 생각이 들었다. 그리고 불현듯 고향 마을이 그리워지는 것이었다.

"그란해도*(그렇지 않아도) 우선 홍싯골로 가볼까 하느마."

"그래예? 그라이소. 가시거든 우리 아부질 찾으이소."

"찾아보지요."

"우라부지한테 부탁해서 홍싯골이나 근처에 계시도록 하이소. 예? 마 생원예."

"고맙구마."

그러나 어찌 된 셈인지, 마 서방의 얼굴에는 쓸쓸하고 허전한 웃음이 떠오르고 있었다.

옷 보따리를 들고 혼자 터벅터벅 멀어져 가는 마 생원의 뒷모습을 바라보며 갑례는 가만히 한숨을 쉬었다. 그 모습이 너무나도 처량해 보였기 때문이었다. 참 불쌍한 인생도 다 있구나 하는 생각이 들기도 했다. 그리고 마 서방까지 떠나버린 시집에서 앞으로 어떻게 살 것인지, 아득하고 허전하고 눈물이 날 것만 같아 견딜 수가 없었다.

갑례는 집으로 돌아가며,

"나도 떠나야지, 떠나야지."

이렇게 중얼거리고 있었다.

마 서방이 홍싯골로 향한 것은 거기 가서 있을 자리를 알아보기 위해서가 아니었다. 마 서방은 홍싯골 같은 데에 자리를 잡고 싶은 생각은 추호도 없었다. 거기도 새로운 고장 새로운 마을은 아닌 것이었다. 아무도 아는 사람이 없는, 전혀 생소한 고장으로 훨훨 떠나갈 생각이었다. 그러나 우선 홍싯골에 들러 보는 것은 달리 까닭이 있어서였다.

홍싯골에 도착한 마 서방은 바로 갑례네 집을 찾아 들어갔다.

한참 감을 따고 있는 중이었다.

감나무 밑에 서 있던 윤 생원은 대뜸 미 서방을 일아보고,

"잘 오시오."

하고 반기면서도, 무슨 일인가 궁금한 모양이었다.

"지나가는 길에 들렀구마."

"예, 사돈 양반 안녕하싱게?"

"예."

"우리 여식도 잘 있고요?"

"예."

그러면 우선 안심이라는 표정이었다.

바깥사돈이 그런 흉측한 변을 당한 뒤로 윤 생원은 늘 한 가닥 걱정이 떠나질 않았다. 물론 갑례 걱정이었다. 갑례를 앞으로 어쩔 것인가, 생각하면 점이 안 올 때도 많았다. 바깥사돈이 살아 있을 때는 그래도 든든한 기둥이 있는 것 같아 덜 마음이 쓰였는데, 이

제는 기둥 없는 집에 딸을 맡겨 놓은 것처럼 노상 불안했다. 그러나 잘 있다니, 우선 안심이었다.

따 내리는 감을 밑에서 받고 있던 두원이도 알은 체를 했다.

그런데 난데없이 감나무 위에서,

"헤헹 헤헹 헤헹……."

묘한 웃음소리가 쏟아져 왔다.

꺼꾸리였다. 꺼꾸리가 나뭇가지에 올라서서 장대로 홍시를 따고 있다가 마 서방을 보더니 공연히 좋아서 웃음을 터뜨렸던 것이다.

마 서방이 쳐다보자 꺼꾸리는,

"오싱능교?"

소리를 지르며 고개를 끄덕였다. 그리고 몹시 반가운 듯,

"홍시 많이많이 열었지예?"

하고 곧장 벙글벙글 웃어댔다.

그러나 마 서방은 귀 언저리가 약간 물드는 것 같았을 뿐 아무런 대꾸도 없이 그저 멀뚱히 바라보기만 했다.

꺼꾸리는 마 서방이 바라보고 있는 것이 여간 신나는 일이 아닌 듯 곧장 괴상한 소리를 지르며 부지런히 홍시를 따댔다. 참 얄궂은 일이었다. 그런 꺼꾸리를 마 서방은 약간 물기가 어린 것 같은 번질한 눈으로 하염없이 지켜보고 있는 것이었다. 홍싯골을 찾아온 까닭이 거기에 있는 것처럼 말이다.

그날 밤 마 서방은 윤 생원에게 무슨 이야기를 꺼낼 듯 하다가 결국 그만두었다. 그리고 이튿날 마 서방은 홍싯골을 떠났다.

마 서방이 둥긋한 옷 보따리를 들고 홍싯골을 떠날 때, 꺼꾸리는 절름절름 절면서 마을 앞 정자가 있는 곳까지 뒤를 따랐다. 윤 생

원이 사립 밖까지 나왔을 뿐 아무도 배웅하는 사람이 없는 마 서방을 이상하게도 꺼꾸리만 혼자서 뒤를 따르는 것이었다.

정자가 있는 곳에서 마 서방은 꺼꾸리에게,

"배는 안 고프나?"

이렇게 물었다.

평소에 배는 안 곯느냐는 뜻이었다. 그러나 꺼꾸리는 그 뜻을 알리가 없었다. 별안간 배는 안 고프냐고 묻는 것이 우스워서, 냅다 히히히 웃어댔다.

그런데 그 말에 이상하게도 기분이 좋아져서, 꺼꾸리는 그만 그 자리에 두 손을 짚고 벌떡 물구나무를 서는 것이었다. 그리고 뿔뿔뿔 옮아가기까지 하며,

"앙 고빠, 앙 고빠……."

소리를 질렀다. 마치 어리광을 부리는 것처럼 말이다.

그런 꺼꾸리를 마 서방은 측은한 눈길로 바라보다가 그만 얼른 돌아서서 잰걸음을 치기 시작했다. 보따리를 덜렁거리며 걸음을 재촉하는 마 서방의 두 눈엔 슬픈 것이 흥건히 괴어 있었다.

13

마 서방이 떠나버리고 나자, 갑례는 걷잡을 수 없는 허전함을 느꼈다. 마 서방이 있을 때라 해서 그런 허전함이 없었던 것은 아니지만, 그러나 어딘지 모르게 마음의 의지가 되어 든든한 바가 있었는데, 마 서방까지 그렇게 뜻하지 않게 하루아침에 훌쩍 어디론지

영영 떠나버리고 나니 온통 집안이 텅 빈 것 같았다. 밀어닥치는 허전함을 어찌할 수가 없는 것이었다.

하루하루 날씨가 추워짐에 따라, 더욱 모든 것이 어설프기만 했다. 도무지 무슨 일이 일같이 손에 잡히지가 않았다.

이렇게 텅 빈 것 같고, 그늘에 덮인 것 같고, 이제 다 된 것 같은 집에서 앞으로 언제까지 이렇게 살아야 하는 것인지, 생각할수록 아득하고 기가 차는 노릇이었다. 그리고 왈칵 무서운 생각이 들기도 했다.

아무래도 무슨 일이 있어야겠는 것이었다. 도저히 이대로 지탱해 나갈 것 같지가 않았다.

낮에는 그래도 이것저것 일을 해야 하기 때문에 덜했지만, 밤이면 그런 생각에 갑례는 시달릴 대로 시달렸다.

—가고 싶은 데가 있으만 가는 기라. 까짓 거…… 사람이 한 번 나서 죽으만 그만인 긴데…… 다 소용 없구마. 가고 싶으만 가는 기라. 혼자 사는 기사 사는 기 앙이지. 사는 기 앙이라…….

마 서방이 하던 말이 귀에 쟁쟁했다. 그러나 막상 간다면 어디로 갈 것인지, 구체적으로 생각해보니, 덜컥 앞이 막히고 한숨밖에 나올 것이 없었다.

물론 가고 싶은 데가 없는 것은 아니다. 영칠이한테 당장에라도 가고 싶은 것이다. 그러나 어떻게 간단 말인가. 그는 좋든 싫든 아내가 있는 몸이다. 아무리 공방살이 들었다고는 하지만, 엄연히 남의 남편인 것이다. 될 말이 아니었다. 그러면 딴 데 어디로 간단 말인가? 그렇게 아무데나 가고 싶은 생각은 없다. 그러니 한숨밖에.

그러나 갑례는 마침내 한숨만 쉬고 있을 수는 없는 처지가 되고 말았다. 어쨌든 영칠이를 만나보지 않을 수가 없게 되고 만 것이었다.

몸이 이상해진 것이었다. 있어야 할 것이 두 달째 없자, 슬그머니 겁이 났다. 그러나 설마 했었다. 그런데 입덧이 나고, 헛구역질이 올라오기 시작했으니, 이제 의심할 여지가 없게 된 것이다.

까만 반점이 되어 무수히 흔들어대던 그날의 머루알이 눈에 선했다. 단 한 번에 이렇게 될 일이 무엇인지, 참 야속한 노릇이 아닐 수 없었다. 이 일을 어쩌면 좋을지 울고 싶기까지 했다. 그러나 한편 정신이 바짝 차려지며, 이제 무슨 끝장이 나야 한다고, 아랫입술을 자그시 물기도 했다. 그래서 결국 이번에는 이쪽에서 먼저 영칠이를 찾아가지 않을 도리가 없었다.

갑례는 오래간만에 상용이를 데리고 홍싯골을 찾아갔다. 여섯 살짜리 상용이는 외가에 간다는 바람에 좋아서 앞장을 서 폴짝폴짝 뛰었다. 그러나 얼마 가지 않아서, 다리가 아프다고 칭얼거렸다. 상용이를 업기도 하고 걸리기도 하면서, 쉬엄쉬엄 재를 넘어가는 갑례는 그저 막막할 따름이었다. 이렇게 재를 넘어 영칠이를 찾아가고는 있지만, 그를 만난다고 별 뾰족한 수가 있을 것 같지도 않으니 답답할 수밖에 없었다. 그렇게 막막하고 답답하면서도 한편으론, 그를 만나게 된다고 생각하니 슬그머니 가슴이 울렁거려지고 사뿐사뿐 걸음이 가볍게 내디뎌지기도 하는 것이었다. 참 염통머리 없고 치사스러운 것이 남녀 간의 정이로구나 싶으며, 씁쓸한 웃음을 웃기도 했다. 그리고 마 서방은 어떻게 되었을까, 홍싯골에 자리를 잡았으면 참 좋을 텐데…… 싶기도 했다.

고갯마루에서 쉬면서는 실컷 헛구역질을 토해냈다. 아이가 서는

데도 남의 눈이 무서워 마음 놓고 구역질도 할 수 없는 신세이니, 아무도 없는 이 산꼭대기에서나마 실컷 좀 토해내자 싶은 모양이었다. 그러나 여기에도 아무도 없는 것은 아니었다.

"엄마, 니 어디 아프나?"

상용이가 눈이 휘둥그레지며 묻는 것이었다.

"아니."

"그럼 와 그라노?"

"고액! 고액!……."

"응? 엄마!"

"개않다. 고액! 고액!……."

"흥, 엄마―"

상용이는 그만 덜컥 겁이 나는 듯 삐― 울음을 터뜨렸다.

"고액! 고액! 고액!……."

곧장 헛구역질을 해대는 갑례의 눈에는 이슬이 맺히고 있었다.

오래간만에 갑례가 다니러 오자, 윤 생원은 여느 때보다 월등히 반가워하는 기색이었다. 반가우면서도 한편 측은한 생각에 가슴이 미어지는 듯, 두 눈구석에는 어느덧 물기가 어리고 있었다. 외손자 녀석을 보니 더욱 그런 모양이었다.

두원이도 몹시 반겼고, 순녀 역시 마찬가지였다.

그리고 누구보다도 호들갑스럽게 좋아서 야단인 것은 뿌뚜리였다. 뿌뚜리는 국민학교 6학년이었다. 그러나 전쟁이 밀어닥치는 바람에 학교가 문을 닫아, 집에서 놀고 있었다. 퍽 숙성한 편이어서 벌써 처녀 태가 나는 것 같았다.

뿌뚜리는 상용이가 귀여워서 못 견디었다. 상용이 역시 누구보

다도 뿌뚜리가 제일 마음에 드는 모양이었다. 곧장,

"이모야, 이모야."

하면서 따랐다.

이렇게 온 식구가 모두 여느 때보다 한결 반기는 것은 그동안에 난리가 휩쓸어 갔기 때문인 것이었다. 이번 난리통에 갑례네 시집이 유난히 벼락을 맞았다는 것을 알고 있기 때문이었다. 그 속에서 얼마나 고생을 했느냐는, 혈육의 간절한 정이었다.

밤이 이슥토록 절로 이야기는 갑례를 중심으로 무르익었다. 특히 시아버지의 시체를 찾는 장면 이야기에서는 모두 듣기만 해도 몸서리가 치는 듯 이맛살을 찌푸리며 고개를 내저었다.

"사람이 사람을 우째 그렇게 죽이노. 그렇게 죽일 수가 있으까."

두원이는 이렇게 말했고,

"아이고 무시라, 무시라."

순녀는 목을 움츠리며 눈을 찔끔 감았다.

뿌뚜리도 무서워서 숨을 크게 쉬지도 못하며, 순녀 곁으로 바싹 다가붙고 있었다. 그러나 뿌뚜리는 마치 무슨 옛날 옛적 이야기라도 듣는 듯 재미가 나서 침을 꿀컥 삼켰다. 윤 생원은,

"죽일 놈들, 죽일 놈들."

하고 수염을 바르르 떨며, 대꼭지를 문지방에 땅땅 두들겨댔다.

생각만 해도 몸서리나는 난리였지만, 그러나 이렇게 친정 식구들과 한자리에 앉아서 그동안 겪은 이야기를 쏟아놓으니 갑례는 속이 후련해지는 것 같고, 기분이 흐뭇하기만 했다. 친정이란 그래서 언제나 좋고, 그리운 것인 모양이었다.

갑례는 홍이 나서, 제법 손짓까지 해가며 이야기를 이어나갔다.

이제 입담도 꽤 괜찮아, 방 안에 웃음이 터지기도 했다.

마 서방이 집을 나간 이야기를 하고는,

"참, 아부지예. 마 생원 우리 집에 왔습띠꾜?"

갑례는 정작 궁금한 일을 깜박 잊어버리고 있었다는 듯이 물었다.

"그래, 왔더라. 와서 하룻밤 자고 안 갔나."

"자고 그냥 갔습니꾜?"

"그래."

"아무 말도 없습디꾜?"

"별다른 말 없던데…… 와?"

"아부지한테 부탁해서, 우리 마을이나 어디 이 근방에 주인을 정하라고 했더니……."

"……."

"어디로 간다는 말도 없고예?"

"없더라. 그냥 서낭고개 쪽으로 가던데……."

"……."

갑례의 얼굴에는 매우 섭섭한 빛이 서리고 있었다. 그런 말을 꺼내지도 않을 참이었으면, 무얼 하러 홍싯골엔 왔는지 알 수 없는 노릇이었다. 좌우간 몹시 남다른 사람일 뿐 아니라, 어딘지 좀 헤아릴 수 없는 구석을 간직한 노인이라고 생각하며, 갑례는 잠시 말이 없었다. 어디로 갔는지, 이제 영영 만나지 못할 것이라 생각하니, 짜릿하게 가슴이 아파오는 것이었다. 참 좋은 노인이었는데, 어디 가서 좋은 주인을 만나, 오래오래 병 없이 살아야 될 것인데…… 싶었다.

이튿날 점심을 먹고 잠시 후, 갑례는 살짝 집을 빠져나갔다. 영칠이를 보았던 것이다. 영칠이가 마침 지게를 지고 감나무 숲 쪽으로 가고 있는 것이 담 너머로 보였던 것이다. 제법 떨어진 거리였으나 틀림없이 그것은 영칠이었다. 영칠이가 멀리서도 대번에 갑례를 알아보듯이, 갑례 역시, 어디가 어떻게 남들과 구별되는지 모르지만 영칠이를 대뜸 식별할 수가 있는 것이었다.

아침부터 갑례는 어떻게 영칠이를 만날 것인지, 거기에만 마음이 쓰여, 혹시 하고 곧장 담 너머로 사방을 두리번거렸고, 일부러 사립 밖으로 나가 영칠이네 집이 있는 등성이 쪽을 안타까이 훔쳐보곤 했었다. 그러다가 점심을 먹고, 뒷간에 갔다 나오며 힐끗 담 너머로 저쪽 감나무 숲께를 한 번 바라보았더니, 마침 영칠이가 지게를 지고 혼자 나무를 하러 가는 듯 어슬렁어슬렁 그쪽으로 가고 있는 것이 아닌가. 갑례는 순간 가슴이 걷잡을 수 없이 울렁거렸다. 같은 마을이긴 하지만, 어떻게 용케 만날 기회가 있을지 마음이 죄었는데, 옳지 잘 되었구나 싶으며, 갑례는 혹시 누가 보지나 않나 하고 집안을 두리번거리고는, 얼른 사립 밖으로 빠져나간 것이었다.

11월도 어느덧 다 되어가고 있었다. 그러나 오늘은 마치 포근한 봄날 같은 날씨였다. 더구나 점심때를 조금 지난 한낮이어서 여간 햇빛이 두텁지가 않았다.

갑례는 걸음을 재촉했다. 그러나 영칠이가 걸어간 길을 그대로 뒤쫓아 갈 수는 없는 노릇이었다. 남의 눈이 두려워, 딴 길로 해서, 그가 자취를 감춘 감나무 숲을 향해 갔다.

갑례가 숲에 들어섰을 때는 이미 영칠이는 숲을 지나 저쪽 산모퉁이를 돌아가고 있었다. 혹시나 놓칠세라 안타까워서, 갑례는 숨을 헐떡거리며 숲길을 마구 뛰었다. 이제 마을을 훌쩍 벗어나서 아무도 보는 사람이 없으니, 치마폭이 펄럭거리거나 옷섶이 너풀거리거나 아랑곳없었다. 그러나 갑례는 잠시 달리다가 걸음을 늦추었다. 숨이 차기도 했지만, 그럴 필요가 없다는 생각이 들었던 것이었다.

산모퉁이를 돌아갔다 한들, 산길은 외줄기로 빤한 것이다. 뭐 구태여 그렇게 급히 뒤쫓을 까닭이 없는 것이다. 오히려 깊숙이 산속으로 들어가서 만나는 편이 남들의 눈도 절대 안심이 되고, 또 마음 놓고 모든 이야기도 할 수가 있을 것 같았다.

그리고 갑례는 이미 영칠이를 경계한다거나, 자기의 몸을 곱게 가져야 한다는 그런 생각은 없었다. 벌써 그런 단계는 지나버린 것이다. 곱게 가질려야 가질 수도 없는 몸이 아닌가 말이다. 뱃속에 그의 씨앗이 들어 있는 판인데, 그를 경계하다니 오히려 우스운 이야기였다.

이미 그런 게 문제가 아니었다. 문제는 보다 큰 데 있었다. 앞으로 어떻게 살아가야 하느냐 그런 데 있었다.

여자란 한 번 몸을 허락하고 나도 그렇지만, 특히 잉태를 하고 나면 그것으로 완전히 납작해져 버리고 마는 것이다. 지금까지의 콧대는 간 곳 없이, 그저 남자 앞에 기게 되고, 질금질금 매달리게 되는 것이다.

갑례도 바로 그것이었다.

그런 갑례가 뒤따라오고 있는 줄은 꿈에도 모르고, 영칠이는 날씨가 따뜻해서 기분이 좋은지 콧노래를 흥얼거리며 곧장 산길을 올라가고 있었다.

갑례는 어디까지나 자꾸 따라가는 것도 뭣하고, 다리도 뻐근해서 그만 걸음을 멈추었다.

그리고 가만히 소리를 질렀다.

"나 봐예—"

영칠이는 마침 바위를 돌아 사라지고 있었다.

"좀 봐예—"

이번에는 약간 더 큰소리로 불렀다.

그러자 도로 바위를 돌아 나타난 영칠이는 너무나도 뜻밖의 일에 입이 딱 벌어지는 것이었다. 이게 어찌 된 일인가 싶은 듯 어리둥절한 표정이더니, 금세 온 얼굴이 함박 같은 웃음으로 변하며, 지게를 진 채 껑충껑충 뛰어오는 것이었다.

이게 꿈인지 생시인지, 기가 막히게 좋은 모양으로 영칠이는,

"앙이 이게 우짠 일이고? 갑례야, 언제 왔노?"

곧장 싱글벙글 어쩔 줄을 몰랐다.

갑례도 온 얼굴을 발그레 물들이며 곧장 웃었다. 그러나 가슴이 울렁거려 말은 잘 나오지 않았다. 이렇게 깊은 산속까지 제 걸음으로 따라온 것이 몹시 부끄럽기도 했다.

두 사람은 길에서 벗어나, 호젓하고 양지바른 곳을 찾아가 자리를 잡았다. 큰 바위 앞이었고, 덤불이 알맞게 우거져 있어서 마치 아늑한 내실 같은 느낌이었다.

영칠이는 지게 같은 것 이제 귀찮다는 듯이 아무렇게나 벗어던져 버렸다. 그리고 갑례 곁으로 바싹 다가앉았다.

"언제 왔띠노?"

"어제예."

갑례는 이제 영칠이가 곁으로 바싹 다가와도 약간 얼굴을 돌릴 뿐, 몸을 비키려 하지는 않았다.

"이번에 고생 많았제?"

"……."

"시아부지가 돌아가싰다메?"

"응."

갑례는 대답을 '예'가 아니라, '응' 해버리는 것이었다.

그게 영칠이는 여간 기분 좋은 것이 아니었다. 어쩐지 전과는 매우 다르게 느껴졌다. 그래서 그만 영칠이는 슬그머니 갑례의 손 하나를 잡으며,

"또 평촌에 갈 끼가?"

하고 물었다.

갑례는 이 말에 아무 대답을 하지 않았다. 물론 안 가겠다는 뜻은 아니었다. 그러나 간다고 선뜻 대답할 수도 없는 처지가 아닌가 말이다. 안 갈 수만 있다면 안 가고 싶은 것이다. 그래서 이렇게 영칠이를 찾아온 것이 아닌가.

갑례가 아무 대답이 없자, 영칠이는 속으로 이것 봐라! 싶었다. 예삿일이 아닌 것이었다.

"갑례야!"

영칠이는 똑바로 갑례의 얼굴을 바라보았다.

"인제 안 갈 끼제?"

"……."

"그제?"

그제야 갑례는,

"나 우짜만 좋지 모르겠어."
하고 울상이 되었다.

"우짜긴 멀 우째."

"……."

"까짓 것 안 가만 그만인 기지 머."

"나 알라 뱄다 말이예."

갑례의 귀밑이 살짝 물들었다.

"머? 알라 배?"

눈이 휘둥그레진다. 그 말에는 영칠이도 과연 깜짝 놀라는 모양이었다.

"언제 뱄노?"

"언제 배긴……."

갑례는 눈을 살짝 흘겼다.

"그때 구만 배 삐맀구나. 핫하—"

"……."

"우째 그렇게 대번에 구만……."

"몰라!"

"핫핫하…… 잘 됐다, 잘 됐어."

그러면서도 너무나 의외의 일이라 그저 얼떨떨한 눈치였다.

가만히 영칠이의 표정을 지켜보고 있던 갑례는,

"이 일을 우짜지예?"

정말 어떻게 했으면 좋을지 모르겠다는 듯이 물었다.

"우짜긴…… 알랄 뱄으만 놓는 기지."

"어디서 놓능교?"

"……."

"평촌 시집에서 노란 말이예, 친정에서 노란 말이예?"

"……."

영칠이는 말문이 막혀 그저 눈만 끔벅거렸다. 너무나 뜻밖의 일부터 앞에 닥쳐온 것 같아 멍멍하기만 한 것이었다.

그러자 갑례는 고개를 살짝 돌리며 힘없이 말했다.

"나 죽어뻴라예."

"머?"

"……."

"그기 말이라고 카나?"

"그럼 우짜지예?"

"도망가자, 도망가서 같이 살만 댈 끼 앙이가."

"……."

"아무도 모르는 데로 가는 기라. 까짓것…… 가서 둘이 살만 댈 끼 앙이가 말이다. 알라도 놓고…… 내가 전에도 안 카더나. 도망가서 같이 살자고……."

"……."

갑례는 귀가 솔깃한 모양이었다. 얼굴에 발그레 핏기가 오르고 있었다.

"새로 시작하는 기라. 아무도 모르는 데 가서 우리 둘이 살만 얼매나 좋겠노."

"힛히……."

"와 웃노?"

영칠이는 그만 갑례를 가슴 안에 끌어안았고, 갑례 역시 발그레

열이 오른 얼굴을 영칠이의 품 안에 묻었다. 그리고 곧 두 사람의 입술이 마주쳤다.

잠시 후, 영칠이는 갑례를 가만히 뒤로 눕히며,

"그날 밤 와 문꼬릴 안 빗기줬노?"

하고 빙그레 웃었다.

담을 뛰어넘던 날 밤 이야기였다.

"몰라!"

갑례는 눕히는 대로 순순히 뒤로 넘어가며 이맛살을 찌푸렸다. 그리고 눈을 감았다. 그러나 결코 기분이 언짢아서 그러는 것은 아니었다. 언짢기는 고사하고, 그저 못 견디게 좋기만 했다.

햇빛이 너무 눈부시기 때문에 그러는 것이었다. 너무나 환한 대낮인 것이었다.

갑례와의 사이가 그렇게 뜻밖에 밀착되어 버리자 영칠이는 이제 살맛이 무럭무럭 나는 것 같았다. 세상이 확연히 달라진 듯한 느낌이었다. 아침에 돋아 오르는 해부터가 전과는 달리 한결 찬란한 것만 같았다. 모든 것이 새삼스럽게 느껴지는 것이었다.

그리고 무슨 일을 해도 그저 즐겁기만 했다. 가령, 전에는 전혀 마음이 내키지 않던 마당 쓸기 같은 것도 이제 재미가 나는 판이었다. 영칠이는 왜 그런지 도무지 마당 쓰는 일만은 질색이었다. 아무리 어질러져도 나는 모른다는 식이었다. 까짓 놈의 집안을 쓸면 뭐할 것이냐 싶은 모양이었다. 귀분이가 보는 앞에서 마당을 쓸다니, 도저히 될 말이 아닌 것이었다. 그래서 마당은 노상 귀분이 아니면 어머니가 쓸기 마련이었다.

그런데 그 마당까지 쓸게 되었으니, 과연 갑례가 좋기는 좋은 모양이었다. 그리고 그 갑례의 뱃속에 지금 자기의 새끼가 들어 모락모락 커 오르고 있다는 생각을 하면 공연히 킬룩 웃음이 나오고, 기분이 야릇하게 좋은 것이었다. 멀지 않아 자기도 아버지가 된다니 유쾌한 일이 아닐 수 없었다.

이렇게 매사가 그저 즐겁기만 했으나, 단 한 가지 전보다 더욱 못마땅하고 지긋지긋하게 느껴지는 것은 여편네였다. 귀분인가 뭔가 이게 아주 커다란 혹이 되어 눈앞을 가리는 것 같았다. 이것만 아니면 당장 갑례를 집에 데리고 올 수가 있을 텐데 싶으니 견딜 수가 없었다.

사실, 말은 쉬워서 도망가자고 했지만, 곰곰이 생각해 보면 그게 그렇게 간단한 문제가 아니었다. 물론 막다른 생각을 먹자면 안 될 일은 아니다. 그러나 어디 가서, 무얼 먹고 산단 말인가. 막연한 것이었다. 두어 군데 친척이 있는 고장을 생각해 볼 수도 있다. 하지만 이 어려운 세상에 친척이 크게 의지가 될 턱이 없다. 그리고 그런 경우, 친척이 오히려 더 이해해 주지 않을 수도 있는 것이다. 물론 나서서 닥치는 대로 일을 할 것이다. 그러나 혼자 몸이라면 모르지만, 더구나 아이까지 밴 사람을 감당해 나갈 수 있을는지 아무래도 선뜻 자신이 서지 않는 것이었다.

아무래도 방법은 하나뿐인 것 같았다. 새로 장가를 드는 방법 말이다. 갑례와 정식으로 혼례식을 올려서 떳떳하게 집에 데리고 오는 것이다. 그러기 위해서는 말할 것도 없이 지금의 여편네와 끝장을 내야 한다. 혹을 깨끗하게 도려내야 하는 것이다.

영칠이는 마침내 그렇게 마음을 먹었다.

한 번 그렇게 마음을 먹으니 주저할 게 없었다. 그저 무슨 일이든 꼬투리만 잡으면 되는 것이었다.

그런 남의 속도 모르고 어느 날 아침, 귀분이는 마당을 쓸고 있는 영칠이를 부엌에서 가만히 내다보고 있었다. 저이가 이제 마음을 잡게 되나 보다고 커다란 희망을 걸고 바라보는 것이었다. 오늘 처음이 아니라 벌써 사흘짼가 나흘째인 것이다. 희망을 걸어 볼 만한 사실이 아닐 수 없었다. 이럴 때 자기도 어떻게 좀 부드럽게 다가가야 할 게 아닌가, 이런 생각이 드는 것이었다.

사실, 근래에 와서 퍽 수그러진 영칠이였다. 의용군에 끌려갔다가 죽을 고생을 하고 돌아왔기 때문인지 모르지만, 그전처럼 그렇게 고약하게 굴지는 않았다.

여전히 말 한 마디 건네는 일 없는 남남이긴 했으나 밀이다.

의용군에 갔다가 집에 돌아오던 날, 영칠이는 어쩐 일인지 귀분이를 보고 히죽 한 번 웃었었다.

영칠이가 평촌에서 홍싯골로 돌아온 것은 갑례네 시집 담을 뛰어넘은 그 며칠 뒤의 일이었다. 담까지 뛰어넘었는데도 실패를 했으니 이제 갑례를 다시 만날 수 있을 것 같지가 않아 맥이 풀렸고 슬그머니 화도 났던 것이다. 그리고 외가에서 언제까지나 빈둥빈둥 놀고 있을 수도 없는 일이었으며, 또 마을 사람들이 차츰 수상한 눈으로 보는 것 같아 불안했다. 차라리 부상당한 의용군 행세를 하고 당당히 홍싯골로 돌아가는 편이 나을 성 싶었다. 그래서 팔 하나를 다시 베 조각으로 칭칭 동여서 목에 걸고 귀향했던 것이다.

마을에 당도한 것은 해질 무렵이었다. 마침 귀분이가 물동일 이고 물을 길러 나오고 있었다. 귀분이와 마주치자 영칠이는 저도 모르게 그만 히죽 웃음이 나와 버렸다. 멋쩍은 웃음이었다. 목에 덜렁 걸고 있는 팔도 팔이지만, 빡빡 깎은 맨대가리가 쑥스러웠던 것이다. 말하자면 그게 인사인 셈이었다. 아무리 공방살이 들었다고는 하지만 명색이 여편네니 전장에 갔다 돌아오는 판에 그 정도의 인사까지 없을 수는 없는 모양이었다.

아무튼 그런 점으로 미루어 보아도 어쩌면 차츰 마음이 잡혀가고 있는 것이 아닌가 싶어 귀분이는 아침부터 안타까웠다.

그러다가 어쩌다가 시선이 마주쳤다. 시선이 마주치자 귀분이는 얼른 상그레 웃음을 지어 보였다.

그러나 오산이었다.

"와 웃노?"

이렇게 나오는 것이었다.

영칠이는 마치 귀분이가 자기를 보고 웃기를 기다리고나 있었던 것처럼 내뱉었다.

"와 사람을 보고 웃노? 같잖나? 니 눈에는 내가 그렇게 같잖게 보이나?"

참 기가 막힐 노릇이었다. 아무리 그렇지만 도대체 이럴 수가 있단 말인가. 귀분이는 온 얼굴에서 싹 핏기가 가시는 것 같았다.

"이년이 재수 없게 아침부터 남을 보고 픽픽 웃어. 어디 또 웃어 보래. 웃어봐!"

영칠이는 빗자루를 내던지고, 곧 어째 버릴 듯이 주먹을 쥐고 다가들었다.

정말 어처구니가 없었다. 사람을 무엇같이 여겨도 분수가 있지, 이게 무슨 꼴이란 말인가. 귀분이는 도저히 가만히 있을 수가 없었다. 바르르 떨렸다. 너무 비참한 것이었다.

"죽이라, 죽이! 와 못 잡아묵어서 아침부터 지랄이고!"

"머가 우째? 지랄이라고?"

"그래, 지랄이다! 자, 죽이라, 죽이!"

"이년이!"

마침내 영칠이의 주먹이 날았다. 사정없었다.

귀분이는 대번에 부엌바닥에 나가떨어지고 말았다. 나가떨어진 귀분이를 덮쳐누르며, 영칠이는 마치 피를 본 짐승처럼 정신없이 주먹을 휘둘러 댔다. 너 죽고 나 죽자. 이년아! 와 안 가고 물귀신같이 날 못 잡아묵어서 야단이고, 오늘은 결판을 내자— 이것이었다.

놀라 뛰어나온 평촌댁이가 뜯어 말리느라고 생땀을 뺐다.

전에도 무던히 으르렁거렸고, 주먹을 휘둘러 대기도 했지만, 그러나 이렇게까지 사정없이 눈에 불을 켜지는 않았었다.

귀분이가 보따리를 싼 것은 이튿날이었다. 이제 완전히 정나미가 떨어진 모양이었다. 이 집에 계속 눌러붙어 있다가 맞아 죽기밖에 할 것이 없다는 결론에 도달한 것 같았다. 마음을 고쳐먹고, 갈 길을 찾아가자는 얼굴이었다. 꼭 다문 입술과 싸늘하게 깜작거리는 눈이 그것을 말해 주고 있었다.

귀분이가 보따리를 들고 나서자, 평촌댁이가 붙들려고 했다. 그러자 토방에 섰던 영칠이가 벌떡 소리를 질렀다.

"어무이, 와 붙잡는교? 나두이소."

평촌댁이는 아무래도 이게 끝장인 것 같아,

"아가—"

하고 울상을 지었다.

우리 집에 와서 고생만 하고 결국 이렇게 가다니, 같은 여자로서 몹시 가슴이 아픈 모양이었다.

"후유—"

한숨이었다.

귀분이 역시 평촌댁이에게는 가슴이 짜릿한 얼굴이었다.

그러나 사립을 나서면서 귀분이는 싸늘하게 뒤를 돌아보며, 기어이 한 마디 남기는 것이었다.

"어디 두고 보자! 어떤 년을 얻어가지고 얼매나 잘 사는 동!"

오뉴월 서릿발 같은 것이었다.

귀분이가 그렇게 보따리를 싸가지고 가버렸다는 소문은 순식간에 온 마을에 퍼졌다. 이번에는 아마 영영 가버린 모양이라고, 모두 무슨 대단한 사건이나 되는 것처럼 수군거렸다.

마을 사람들이 이렇게 바짝 호기심을 가지는 것은 단순히 그들 부부 사이가 이제 끝장이 나는 것 같기 때문만은 아니었다. 영칠이의 꿍꿍이속이 궁금한 것이었다. 아무래도 달리 마음 가는 데가 있는 것이라고 생각했다. 그렇지 않으면 그렇게 무지막지하게 사람을 몰아낼 수가 없는 것이다. 그리고 그 마음 가는 데가 어디인지, 마을 사람들은 이미 대략 짐작을 하고 있었다. 마침 갑례가 친정 온 때를 같이해서, 그렇게 주먹다짐으로 귀분이를 몰아낼 게 무엇인가 말이다. 뿐만 아니라 벌써 총각 처녀 때부터 그들 사이는 수상했으며, 근년에도 영칠이가 곧잘 외가에 간다고 평촌엘 찾아갔던 것이 아닌가. 앞으로 일이 어떻게 되어나갈 것인지, 이것이야말로 근래에 드문, 재미있는 구경거리라는 듯이 마을 사람들은 야릇한 미소를 짓기까지 했다.

그러니 자연 마을 사람들의 눈은 영칠이와 갑례에게 쏠리지 않을 수 없었다.

마을 사람들의 눈이 자기들에게 쏠리고 있다는 것을 모르고 그날 해질 무렵 영칠이와 갑례는 뒷산 그 바위 아래서 만나고 있었다.

영칠이는 의기가 양양했다. 마치 무슨 남 못하는, 대단한 일이라도 해낸 사람 같았다. 그리고 이제 모든 것이 다 해결된 것처럼 갑례를 안은 팔에 부듯이 힘을 주며,

"아들 셋에 딸 둘만 놓제이."

이런 소리까지 꺼내고 있었다.

그러나 갑례는 피식 웃었다. 남자란 어쩌면 모든 것이 간단할까 싶었다. 자기로서는 아직 그런 소리는 도무시 실감이 나시 않는 섯이었다. 앞으로도 많은 문제가 남아 있을 것 같았다.

그리고 갑례는 지금 기분이 그렇게 썩 유쾌한 것이 아니었다. 영칠이의 마누라가 어떤 여자인지 본 일은 없지마는, 같은 여자로서 몹시 안 됐는 것이었다. 그 여자가 쫓겨 가게 된 것이 전적으로 자기 탓인 것 같았고, 그렇게 남을 밀어내고, 그 자리에 자기가 들어앉는다는 것이 사람으로서 할 짓이 아닌 것 같아 우울했다. 될 수 있으면 이런 못할 짓은 안 하고 살고 싶었다.

그러면서도 한편 혹시 그 여자가 영영 간 것이 아니라, 다시 돌아온다면 어쩔 것인가 슬그머니 이런 걱정이 되기도 했다.

참 걷잡을 수 없고, 야속한 것이 여자의 심사로구나 싶었다.

이런 남의 속도 모르고 영칠이는 곧장 혼자 들떠서 야단이었다.

"인제부터 나보고 여보라 캐 잉?"

"……."

"어디 한 번 캐바."

"치!"

"고렇게 부끄럽나?"

"몰라!"

"헛헛허…… 부끄럽긴 머가 부끄럽노. 내사 하나도 안 부끄럽다."

그러면서 영칠이는 그만 갑례를 안고 뒹굴어버리는 것이었다.

잠시 후였다. 어디선지 킥킥킥…… 소리가 들렸다. 처음엔 무슨 새나 산짐승 소린 줄 알았다. 그러나 그게 아니었다. 사람의 웃음소리였다. 어디서 이쪽을 엿보고 있는 게 분명했다. 더구나 한 사람이 아니라, 몇 사람 되는 것 같았다.

영칠이와 갑례는 소스라쳐 일어났다.

해가 저물어 산그늘이 덮이고 있었다.

그러나 사방은 아직 밝았다.

영칠이와 갑례는 얼굴에 불이 붙는 것 같았다. 갑례는 정신없이 치마를 여미며, 다람쥐 구멍이라도 있으면 들어가고 싶었다. 바지를 끌어올리는 영칠이 역시 마찬가지였다. 그러나 영칠이는 냅다 고함을 질렀다.

"어떤 개 같은 자식들이고!"

산이 쩌렁 울렸다.

그러자 곧,

"누가 갠지 모르겠대이!"

하고 응수하는 소리가 들렸다. 그리고 킥킥킥…… 웃음소리가 뒤를 이었다.

그날 밤, 홍싯골은 온통 그 소문으로 들끓었다. 비상하게 빠르고, 또 비상하게 무르익는 것이 그런 소문인 모양이었다. 남자는 남자들대로, 여자는 여자들대로, 그저 재미가 좋아서 야단이었다. 노소가 별로 다를 바 없었다.

"참 재주도 좋제. 마느래를 내쫓더니, 즉시 장개를 드는 걸 보이……."

"약혼은 진작 다 대 있었던 모양이제."

"헷헷헤……."

"힛힛히……."

또는,

"춥지도 않능강, 산에서……."

"춥은 기 상관 있능게. 핫핫하……."

"그럴까? 힛힛히……."

혹은,

"갑례가 그럴 줄 몰랐대이."

"갑례는 머 밥만 먹고 살 수 있능강."

"홋홋호……."

"앙 그러나? 헛헛허……."

개중에는,

"고얀 놈, 그랄라고 지 예핀넬 그렇게 구박했구만."

"갑롄가 그것은 자식을 데리고 친정에 와서 그기 무신 짓이고……."

"더구나 산에서, 대낮에……."

"개보다도 못한 것들."

이렇게 이맛살을 찌푸리는 사람들도 있었다.

이런 판국이 되었으니, 갑례는 한시도 더 홍싯골에 머물러 있을 수가 없었다. 만약 아버지의 귀에까지 이 말이 들어가면 어쩔 것인가, 생각만 해도 아찔했다. 불효는 이만저만이 아닌 것이었다.

그날 밤을 새우잠으로 새우고, 이튿날 아침 갑례는 상용이를 데리고 도망치다시피 홍싯골을 떠났다. 평촌으로 돌아가는 것이었다. 돌아가서 앞으로 어쩔 것인지, 그런 생각을 할 정신도 없었다.

그저 당장 홍싯골을 떠나는 것뿐이었다.

재를 넘으면서 갑례는 울었다. 멀리 산 아래 가물거리는 홍싯골을 내려다보며, 이제 영영 홍싯골을 찾아갈 수 없는 몸이 된 것만 같아 하염없이 눈물을 흘렸다. 참 팔자도 기박하다 싶으며 울었다.

갑례가 홍싯골을 떠난 것을 알자, 영칠이는 마음을 걷잡을 수가 없었다. 아무래도 갑례를 뒤쫓는 수밖에 없다고 생각했다. 여자의 마음에 혹시 가다가 무슨 일을 저지를지 모를 일이었다.

그리고 이제 갑례 없이는 살 것 같지가 않았다. 더구나 그녀의 뱃속에는 자기의 아이까지 들어 있지 않는가 말이다. 이제 무엇과도 바꿀 수 없는 갑례였다. 갑례 없이는 세상 모든 것이 다 소용 없을 것 같았다.

영칠이는 곧 갑례를 뒤쫓았다.

고갯마루에 올라서자, 영칠이는 두 손을 입에다 갖다 대고, 눈앞에 후련하게 펼쳐진 그쪽 하계(下界)를 향해 냅다 소리를 질렀다.

"갑례야—"

그 소리는 이 산 저 산에 메아리가 되어 울려나갔다.

"갑례야— 갑례야—"

영칠이는 곧장 그렇게 소리쳐 부르면서 산길을 내려가고 있었다.

이 산 저 산이 온통, 갑례야— 갑례야— 하고 갑례를 부르고 있었다.

14

바람이 꽤 세차게 부는 밤이었다. 감나무 가지 흔들리는 소리가 쉥— 쉥— 제법 요란하게 들리고 있었다. 이제 본격적인 추위가 올 모양이었다.

윤 생원은 가물거리는 등잔불 곁에 앉아서 뻐끔뻐끔 담배를 빨고 있었다. 밤이 꽤 깊었는데도 도무지 잠이 오지 않는 것이었다. 바람소리 때문인지 어쩐지 심란하기만 했다.

갑례 생각을 하고 있었다. 갑례를 어쩌면 좋을지, 생각할수록 입맛이 썼다. 마을에 퍼진 소문이 사실이라면 정말 큰일이 아닐 수 없었다. 도저히 용서할 수가 없을 것 같았다. 어디 하필 사내가 없어서, 영칠이 같은 그런 녀석하고 눈이 맞았으며, 또 그런 녀석을 따라 도망을 가다니 기가 찰 노릇이었다.

마을에는 영칠이와 갑례가 함께 도망을 갔다는 소문이 퍼지고 있었다. 갑례가 떠나자 곧 영칠이가 뒤를 따랐으며, 그 후 영칠이 소식이 묘연하니, 필시 둘이 어디론지 살러간 게 분명하다는 것이었다.

그 소문의 진부는 알 수가 없었으나, 아무튼 윤 생원은 얼굴을 들고 동네에 나설 수가 없을 것 같았다. 마을 사람들뿐 아니라, 우선 며느리 보기도 여간 창피스러운 게 아니었다. 갑례가 설마 이런 망신을 시킬 줄은 꿈에도 생각지 못했던 것이다. 믿는 도끼에 발등 찍힌다는 말이 이래서 생긴 말이로구나 싶으며 한숨이 나왔다.

그리고 생각하면, 그 영칠이란 녀석이 괘씸하고 얄밉기 짝이 없었다. 그 녀석이 제 여편네를 마다하고 그렇게 구박을 한 것도 갑례 생각이 있어서 그랬던 것이로구나 싶으니 못 견디게 화까지 치밀었다. 제까짓 녀석이 제 여편네나 간수할 일이지, 어디라고 감히 시집을 가서 아들까지 낳은 남의 귀한 색시를 마음에 먹느냐 말이다. 비록 남편의 생사를 알 길이 없어, 생과부 같은 처지가 되어 있긴 하지만 말이다.

윤 생원은 영칠이라 하면 그렇잖아도 고개를 내흔드는 판이었다. 몇 해 전 언젠가 최 서방과 함께 술이 곤드레가 되어 가지고 대낮에 비틀거리며 자기를 보고, 장인어른요— 장인영감요— 하고 고함을 지르던 그때부터 영 정나미가 떨어져버리고 말았던 것이다. 그래서 고얀 녀석이라고 늘 못마땅하게 생각해 오는 터인데, 원수는 외나무다리에서 만난다고, 바로 그 녀석이 정말 이제 사위가 되려고 하는 판이니, 참 더러워 죽겠다는 것이었다. 그러고 보니 그 녀석 그때부터 벌써 갑례가 속에 있었던 모양이었다. 고얀 녀석, 당장 눈앞에 있다면 목침으로 대갈통을 바수어주고 싶었다.

윤 생원은 땅땅땅…… 애꿎은 재떨이만 사정없이 두들기고 나서, 다시 담배를 재었다. 그러나 아무리 담배를 빨아도 조금도 심화가 누그러지지 않아, 윤 생원은 잠자리에 드는 수밖에 없다고 생각했다. 그저 잠이 보배라고 생각되는 것이었다. 그동안만이라도 만사를 잊을 수가 있으니 말이다.

불을 끄고 잠자리에 들었으나, 여전히 잠은 오지 않았다.

바람소리는 한결 거세어지는 것 같았다. 뒷산에서부터 수우— 수우— 불어 내려와서, 감나무를 쓰러뜨릴 듯이 쉥— 쉥— 흔들어 대는 바람소리에 귀를 기울이며, 윤 생원은 또 심란한 데로 빠져 들어가는 것이었다.

이렇게 날씨는 추워지는데, 그것이 정말 어디로 그 녀석을 따라 간 것일까? 어린 것은 어떻게 하고 말이다. 측은한 생각이 들기도 했다. 미우나 고우나 자식이니 하는 수 없는 모양이었다. 이 바람이 지나가고 날씨가 좋아지면 평촌엘 찾아가 보아야지. 가서 정말 어떻게 되었는지 확인을 해야지 싶었다. 만일 소문대로 정말 도망을 갔다면, 사돈은 어떻게 대할 것인지 생각만 해도 벌써부터 얼굴 근육이 굳어드는 것 같았다.

"참 살다 보니 벨일도 다 보제."

이렇게 중얼거리며 입맛을 다시고 있는 참인데, 난데없이 개 짖는 소리가 일어났다. 처음에는 한두 마리가 짖더니 곧 온 마을의 개가 다 나서서 다투어 짖어대는 것이었다. 개 짖는 소리는 산에 메아리를 이루며, 바람소리와 함께 온통 마을을 뒤흔들었다.

이 바람 속에 무슨 일일까? 윤 생원은 얼떨떨했다.

잠시 후, 이번에는 사람 소리도 들리는 것 같았다. 마을 등성이 쪽이었다. 분명히 한두 사람의 소리가 아니었다. 여러 사람이었다. 여러 사람이 떼를 지어 산에서 쏟아져 내려오는 모양이었다.

윤 생원은 온몸이 바짝 굳어지는 것을 느꼈다. 틀림없었다. 틀림없이 사람들이 산에서 쏟아져 내려와, 마을로 흩어져 들어오고 있는 것이었다. 벌써 이 집 저 집에서 비명소리가 일어나고 있었다. 개들도 한결 악을 써대고 있었다.

"야단났구나!"

윤 생원은 자리에서 벌떡 일어났다. 무슨 일인지 이제 알겠는 것이었다.

공비가 내려온 것이었다.

지금까지 이야기로만 들어온 공비였다. 아직까지 홍싯골에는 한 번도 공비가 나타난 적이 없었다. 몇 해 전부터 이곳저곳에 공비가 생겨서 세상을 소란하게 만들고 다닌다는 이야기를 들었지만, 직접 겪어본 일은 없었다. 물론 이번 난리에 세상이 뒤집혀 공산당이라는 것들을 구경하기는 했지만, 그것도 이렇게 밤중에 산적처럼 쏟아져 내려오는 공비는 아니었던 것이다.

그래서 홍싯골을 자고로 명당자리라고 하는지도 몰랐다. 그런데 오늘 밤은 이 바람 속에 무서운 공비들이 직접 홍싯골을 찾아 쏟아져 들어온 것이다. 이제 홍싯골도 명단 자리로서 김이 새 나가버린 모양인가.

윤 생원은 어둠 속에서 옷을 찾아 대강대강 몸에 걸쳤다. 그리고 방문을 열고 뛰어나가 안채로 갔다. 두원이를 깨우기 위해서였다.

두원이는 그런 줄도 모르고, 순녀의 궁둥이를 안고 한참 곯아 떨어져 있었다. 드릉드릉 코고는 소리가 요란했다. 어쩌면 둘이 다 잠귀도 이렇게 어두운지 몰랐다. 개들이 저렇게 짖고 있는 판인데 말이다.

윤 생원은 왈칵 방문을 열어젖히고,

"야야! 두원아! 두원아!"

냅다 고함을 질렀다.

"인나라! 인나! 야단났다! 야단났어!"

그러자,

"예? 아이고메야!"

발딱 일어난 것은 순녀였다.

그리고 두원이도 으윽— 기지개를 켜며,

"머 불났능교?"

하면서 부스스 일어나 앉았다.

"야단났다! 산손님들이다. 산손님!"

"머예? 산손님이요!"

그제야 정신이 번쩍 드는 모양이었다. 두원이는 이불을 박차고 벌떡 일어섰다.

"오메야—"

순녀도 소스라쳤다.

"우야꼬! 우야꼬……"

시아버지 앞이건 말건, 속곳 바람으로 뛰어 일어나 곧 어쩔 줄을 몰랐다.

"빨리 어디로 튀라 튀! 아가, 니도 빨리 숨고…… 빨리! 빨리!"

윤 생원은 마음이 조급해서 못 견디었다. 이번에는 뿌뚜리가 자고 있는 작은방 문을 가서 왈칵 열어젖혔다. 그리고 뿌뚜리를 두들겨 깨웠다.

어느덧 이쪽으로도 우두두두…… 몰려오는 소리가 들렸다.

마당에는 달빛이 환하게 깔려 있었다. 쉉— 쉉— 바람에 흔들리는 감나무 그림자가 마당에서 어지럽게 춤을 추고 있었다.

두원이가 뒷담을 뛰어넘고, 순녀와 뿌뚜리가 뒤안 솔가리 더미 속에 몸을 숨기기가 바쁘게, 서너 명의 공비가 들이닥쳤다. 윤 생원은 그대로 넋 나간 사람처럼 마당에 서 있었다.

"손 들엇!"

"손 들엇!"

불쑥 다가드는 두 개의 총구멍 앞에 윤 생원은 을씨년스럽게 두 손을 들어올렸다.

그러자 곧 뒤따라 들어선 시꺼먼 그림자 하나가,

"엇헛헛허……."

냅다 웃는 것이었다. 그리고,

"윤 생원 손 내리소."

하는 것이 아닌가.

윤 생원은 두 눈이 휘둥그레지지 않을 수 없었다. 이게 도대체 누구인가? 손을 내리면서 자세히 보니, 그건 다름 아닌 최 서방이었다. 만주에 갔다 온 최 서방 말이다.

이번 공산당 세상 때, 팔에 붉은 완장을 두르고 날뛰다가 도로 세상이 뒤집히자 어디로 달아났는지 행방이 묘연하더니, 이렇게 공비가 되어 홍싯골에 나타난 것이다. 머리에는 토리우치 모자를 푹 눌러쓰고 있었고, 옷은 군복인지 평복인지 잘 분간이 안 가는 그런 것을 탱탱하게 입고 있었다. 얼른 보아도 바로 산손님인 것 같았다.

"앙이, 최 서방 아닌가."

윤 생원이 놀란 얼굴을 하자 그는,

"최 서방이 앙이라 최 동무구마."

하고 빙그레 웃었다. 그리고,

"벨고 없능교?"

제법 인사말까지 던지는 것이었다.

윤 생원은 너무나 뜻밖의 일에 그저 어이가 없어서, 멀뚱히 바라보고만 있었다.

그러자 그는,

"두원이 어디 있능게?"

물었다.

윤 생원은 간이 철렁했다.

"두원이 좀 딜꼬 가야겠는데…… 어디 있능게?"

"딜꼬 가다니, 어디로?"

"산으로 말이구마."

"머라고? 우리 두원일 산으로 딜꼬 가? 아이고 이 사람아, 아이고…… 그기 무슨 소리가? 우리 두원인 어디 가고 없네."

"어디 갔능게?"

"처가에 갔네."

입에서 나오는 대로 말했다.

"정말인게?"

"내가 언제 거짓말하던가?"

"어디 한 번 찾아봅시다."

그는 신을 신은 채 마루로 껑충 뛰어오르는 것이었다.

그리고 방문을 열어젖혔다. 그러자 다른 공비들도 여기저기 마구 집 안을 뒤지기 시작했다.

실은 두원이를 찾는 게 목적이 아닌 모양이었다. 농을 뒤져 옷가지를 마구 꺼내기도 했고, 부엌에서 갖가지 양념을 뒤져내기도 했고, 작은방에서는 쌀을 마구 퍼내기도 했다. 노략질인 것이었다. 곶감을 찾아내어 당장 아가리에다 쑤셔 넣고 우물거리기도 하면서 제멋대로 노략질을 해대는 것이었다.

윤 생원은 그저 어처구니가 없어 입을 딱 벌리고 덜덜덜 떨면서 마당에 서 있을 따름이었다.

바람은 여전히 쉥— 쉥— 기세를 올리고 있었다.

이렇게 온 마을이 노략질을 당하며 발칵 뒤집히고 있을 때 살금살금 마을을 빠져 나가는 그림자가 하나 있었다. 그것은 꺼꾸리였다. 꺼꾸리는 이 바람 속에 절름절름 절면서 서낭고개 쪽으로 달리는 것이었다. 공비들이 내려와서 마을을 털고 있다는 것을 지서에 알리러 가는 것이었다.

꺼꾸리는 동구 앞 정자가 있는 곳이 가까워지자 벌써부터,

"곰비다— 곰비, 곰비!"

하고 소리를 지르기 시작했다.

"곰비 왔다— 곰비! 곰비!"

신이 나는 모양이었다.

그러자,

"누구얏!"

시꺼먼 그림자 하나가 정자에서 툭 불거져 나왔다. 물론 총을 불쑥 내밀면서 말이다.

혹시 누가 마을을 빠져 나가지 않나 망을 보고 있었던 것이다.

"아고—"

꺼꾸리는 질겁을 했다. 그러나 순간 그는,

"곰비구나! 곰비."

하고는 후닥닥 길 밑으로 굴렀다.

그리고 마구 뛰었다. 논이고 밭이고 아랑곳없었다.

"힛힛힛히……."

무엇이 우스운지, 곧장 웃어대면서 뛰고 있었다. 재미가 나는 모양이었다. 절름거리기는 했으나 여간 빠른 것이 아니었다.

빠빵!

총소리가 울렸다.

그러나,

"힛힛힛히……."

꺼꾸리는 여전히 뛰고 있었다.

빵! 빠빵!

소용이 없었다.

"힛힛힛히…… 곰비다— 곰비! 곰비."

꺼꾸리는 서낭고개 쪽으로 차츰 멀어져 가고 있었다.

마을에 불길이 오르기 시작한 것은 잠시 후의 일이었다. 공비들이 불을 지른 것이었다. 꺼꾸리가 지서에 알리러 간 데 대한 보복이었다.

꺼꾸리를 놓치자, 그 공비는 곧 마을로 달려가서 대장에게 사실을 보고했던 것이다. 대장은 뿔이 돋았다. 이미 총소리를 듣고 그런 놈이 있어서 쏘아 죽인 것으로 그는 알고 있었다. 그런데 놓쳤다니. 몹시 화가 치미는 모양이었다. 그렇다면 큰일인 것이었다. 지서에서 곧 출동이 있을 것이며, 자칫하면 산속의 아지트까지 추격을 당할지도 모를 일이었다. 빨리빨리 서둘지 않으면 안 되었다.

그 파수 보던 공비가 보기 좋게 얻어터진 것은 물론이다. 그러나

그것만으로 끝이 나지는 않았다. 보복이 남이 있는 것이었다. 대장은 이마에 여덟팔자를 곤두세우며,

"이 반동 놈의 마을, 불 질러버렷!"

이렇게 악을 쓰고 마는 것이었다.

불길은 삽시간에 온 마을에 번졌다. 대단한 기세였다. 거센 바람을 타고 마구 너울너울 춤을 추며 휩쓸어 나가고 있었다. 집들만 타는 것이 아니라, 나무들도 타는 것이었다. 감나무에도 불길은 번져서 활활활 걷잡을 수 없이 타오르고 있었다. 온통 밤하늘도 벌겋게 타는 것 같았다.

마을은 아비규환의 도가니였다.

이렇게 홍싯골을 불바다로 만들어놓고, 공비들은 노략질한 물건들을 짊어지고 돌아가고 있었다.

이렇게 하룻밤 사이에 홍싯골은 잿더미로 화해 버리고 말았다.

탈 수 있는 것은 죄다 타버리고 흙벽이나 돌담만 시꺼멓게 그을은 채 무슨 형해처럼 남아 있었다. 그리고 질그릇 · 사기그릇 · 쇠붙이 같은 것만 뒹굴고 있었다.

오늘은 바람 한 점 없는 좋은 날씨였다. 어젯밤의 그 거센 바람은 마치 거짓말이었다는 듯이 말이다.

윤 생원은 초점을 잃은 것 같은 눈으로 멀뚱히 폐허가 된 마을을 바라보고 있었다. 여기저기서 혹시 뭐 타다 남은 것이라도 없는가 하고, 마을 사람들은 잿더미를 헤치고 있었다. 순녀도 뿌뚜리도 그렇게 잿더미를 헤치고 있었다. 그냥 앉아서 울고 있는 사람도 있었다.

윤 생원은 이제 한숨도 말라버린 듯 나오지가 않았다. 그저 골치

가 띵하고 가슴이 먹먹할 따름이었다.

임진란 때도 이곳은 피난처였다는데, 그런 명당자리가 이번에 이렇게 무참하게 불타버리다니, 참 어이가 없었다. 올봄에 마을 앞 정자나무에 원인 모를 불이 났을 때, 아무래도 금년엔 무슨 변이 있고야 말 것 같더니 말이다.

그리고 앞으로 이 홍싯골이 어떻게 될 것인지 궁금했다. 영 없어지고 말 것인지, 그렇지 않으면 다시 모여서 전처럼 마을을 이루어 살게 될 것인지…… 부디 다시 전처럼 마을을 이루게 되기를 윤 생원은 간절히 바라고 싶었다.

그러나 그런 생각보다는 당장 급한 것은 올 겨울을 어떻게 지내느냐 하는 문제였다. 집도 없고 먹을 것도 없고 입을 것도 없으니 말이다.

하는 수 없었다. 두원이는 순녀와 함께 처가로 보내고, 자기는 뿌뚜리를 데리고 처남을 찾아가는 수밖에. 늙은 몸이 딸을 데리고 처남에게 의지하러 찾아간다는 생각을 하니 입맛이 썼다. 그러나 시국 잘못 만난 탓이니 할 수 없는 노릇 아닌가.

멀뚱히 서서 이런 생각을 하고 있는데 뿌뚜리가,

"아부지예, 저것 보이소."

하면서 하늘을 가리켰다.

까마귀 떼였다. 어디서 날아왔는지, 새까만 까마귀 떼가 파아란 하늘에 커다란 원을 그리며 빙빙 돌고 있었다. 그렇게 빙빙 돌면서, 차츰 아래로 아래로 내려오고 있는 것이었다.

잠시 후엔, 까욱 까욱 까욱 까욱…… 요란하게 울어대는 소리와 함께, 쉬— 쉬— 바람을 일으키는 소리까지 들렸다.

윤 생원은 가만히 까마귀 떼를 지켜보고 있었다.

까마귀들은 분명히 이 불탄 홍싯골로 내려앉으려는 것 같았다. 시꺼멓게 잿더미가 된 것이 아무래도 뭐 좀 먹을 게 있다고 생각되는 모양이었다.

까욱 까욱 까욱 까욱 까욱 까욱…….

그러나 사람들이 있어서 내려앉을 수가 없는 듯 곧장 요란한 소리를 내지르며, 바로 저만큼 머리 위에서 날개를 치고 있었다.

까욱 까욱 까욱 까욱 까욱 까욱…….

마치 사람들에게 좀 비키라는 듯이 말이다.

윤 생원은 순간, 무엇이 속에서 욱! 하고 치솟는 것을 느꼈다. 눈에 불이 이는 것 같았다. 그래서 닥치는 대로 돌멩이를 집어서 까마귀 떼를 향해 마구 던지기 시작했다.

꼭 무슨 분풀이를 하는 사람 같았다.

"힛힛히……."

뿌뚜리는 웃음이 나오는 모양이었다. 그러나 곧 저도 돌멩이를 집어 들고 있었다.

뿌뚜리뿐 아니라 순녀도 두원이도, 그리고 마을 사람들도 한 사람 두 사람…… 돌멩이를 집어 들고 있었다.

그러자 까마귀 떼는,

까욱 까욱 까욱 까욱 까욱 까욱…….

도로 위로 떠올라가는 것이었다.